NORA ELIAS

Königsberg
Glänzende Zeiten

GOLDMANN
Lesen erleben

Nora Elias

Königsberg
Glänzende Zeiten

Roman

GOLDMANN

Dieses Buch ist auch als E-Book erhältlich.

MIX
Papier aus verantwortungsvollen Quellen
FSC® C014496

Verlagsgruppe Random House FSC® N001967

1. Auflage
Originalausgabe Juni 2019

Dieses Werk wurde vermittelt durch die
Literarische Agentur Thomas Schlück GmbH, 30161 Hannover
Umschlaggestaltung: UNO Werbeagentur München
Umschlagfoto: © Novarc Images / Alamy Stock Foto;
FinePic®, München; mauritius images / Michael Harker
Redaktion: Regine Weisbrod
BH · Herstellung: kw
Satz: Uhl + Massopust, Aalen
Druck und Bindung: GGP Media GmbH, Pößneck
Printed in Germany
ISBN: 978-3-442-48785-1
www.goldmann-verlag.de

Besuchen Sie den Goldmann Verlag im Netz

Teil 1

1880–1885

I

»Eine solche Stadt, wie etwa Königsberg am Pregelflusse, kann schon für einen schicklichen Platz zur Erweiterung sowohl der Menschenkenntnis als auch der Weltkenntnis genommen werden, wo diese, auch ohne zu reisen, erworben werden kann.«

Immanuel Kant

September 1880

Der Altweibersommer spann silbrige Fäden in die Bäume, ein zartes Gespinst, in dem sich das Licht verfing. Magdalena lag im Laub auf dem fedrigen Boden unter den Platanen, in dem sie noch die Reste sonnenwarmer Tage spürte, als wolle dieser den Sommer ebenso beharrlich festhalten wie sie. Hier waren die geschäftigen Geräusche, die vom Gut kamen, nur eine beschaulich anmutende Kulisse, vor der es sich träge in den Tag träumen ließ.

Wäre da nicht die Stimme Gesa von Reichenbachs. »Magdalena! Ich muss mit dir sprechen!«

Aber ich doch schon lange nicht mehr mit dir, Mutter. In früher Kindheit hatten Magdalena und ihr Bruder Carl ein Spiel gespielt, das lautete: sich taub stellen. Während sie einander fortwährend lustige Geschichten erzählten, durfte der andere nicht einmal mit den Lippen zucken. Meist war es Carl, der als Erster mit dem Lachen herausgeplatzt war. Inzwischen waren sie erwachsen, aber das Spiel beherrschte Magdalena immer noch.

Schritte waren zu vernehmen, langsam und fest, unverkennbar die eines Mannes. »Was denkst du, wie lange du ihr aus dem Weg gehen kannst?«

Magdalena gab einen Moment lang das Taubstellen auf, erkannte glänzende Stiefel, in denen Reithosen steckten, und beschattete die Augen, obwohl sie seine Stimme längst erkannt hatte.

»Carl?« Die Stimme Gesa von Reichenbachs hatte sich von soldatischer Strenge in mütterliches Entzücken gewandelt. Sie kam über die Veranda in den weitläufigen Garten. »Warum kommst du nicht rein?« Abrupt blieb sie stehen. »Grundgütiger! Was für ein Benehmen! Sofort stehst du auf!«

Aufreizend langsam – Rebellion konnte auch in Gehorsam gekleidet sein – erhob Magdalena sich und strich ihr Kleid glatt. Carl grinste.

»Die von Dornheims kommen zum Nachmittagstee, und du bist noch nicht einmal passend angezogen.«

Als müsse sie den Wahrheitsgehalt dieses Vorwurfs überprüfen, sah Magdalena an sich hinab.

»Na, für die wird's reichen«, sagte Carl und zupfte ein Laubblatt aus Magdalenas Haaren.

Gesa von Reichenbach presste die Lippen zu einem schmalen Strich zusammen und scheuchte beide vor sich her ins Haus. Wenn er sich zu offensichtlich auf die Seite seiner Schwester stellte, wurde Carl in ihren Augen stets wieder zum rotznasigen Bengel, dem es an Benehmen mangelte.

»Zieh dich um!«, befahl sie, kaum, dass sie das Haus betreten hatte. »Und du wirst nachher pünktlich sein und dich reizend präsentieren, sonst kommst du mir nicht mehr zu deinem Pferd, auf keine zehn Schritte, das verspreche ich dir.«

Magdalena tat einen tiefen Atemzug und stieß die Luft in einem langen Seufzer aus, mehr Widerspruch wagte sie nicht, denn es galt, die Konsequenzen gegen den Gewinn aufzuwiegen. Ihre Mutter war unbeirrbar geradlinig in der Unterscheidung dessen, was sich gehörte und was nicht, und wenn sich etwas nicht gehörte, war jeder Disput müßig. Sie waren privilegiert in der Gesellschaft, das, so wurde sie nie müde zu betonen, verlangte ein gewisses Benehmen, und dieses bestand darin, nur zu tun, was sich gehörte. Insbesondere als junge Frau. Und wenn etwas nicht verboten war, so galt es doch, Maß und Ziel zu kennen.

Schon in ihrer Kindheit war jedes Aufbegehren, jeder Widerspruch damit abgewürgt worden. *Magdalena, das gehört sich nicht.* Carl bekam dergleichen nie zu hören, dafür galt es für ihn, die Ehre zu wahren, ein überaus komplexes Gut, das durch einen zu kurzen Rock oder eine allzu freimütige Bemerkung der Schwester schon arg ins Wanken geraten konnte, jedoch nicht den kleinsten Makel bekam, widmete der Hüter derselben sich amourösen Abenteuern.

»Wo warst du?«, fragte Magdalena, als sie an Carls Seite die Treppe zum Obergeschoss betrat und ihre Mutter außer Hörweite wusste.

»Beim alten Schneidbrenner. Ein Kaufmann aus Masuren hat eines der Füllen gekauft, die Papa letztes Jahr gezogen hat.«

»Gloriette?«

Ihr Bruder nickte nur, wohl wissend, dass Magdalena

gerade diesen Jährling nur ungern ziehen ließ. »Er möchte sie für seine Tochter.«

Etwas in Carls Tonfall ließ Magdalena aufmerken, und sie wandte den Kopf, um ihn anzusehen, bemerkte, wie ein Anflug von Röte in seine Wangen kroch. Dass er schwieg und nicht in Schwärmerei geriet, nicht beteuerte, er habe »das schönste Mädchen der Welt« gesehen, gab mehr Aufschluss über die junge Frau, als Worte es vermocht hätten. Carl war beeindruckt, so tief beeindruckt, dass er offenbar befand, Worte könnten dem nicht gerecht werden.

»Lebt er hier, dieser Kaufmann?«, fragte Magdalena.

»Nein, er hat hier nur geschäftlich zu tun.«

Also würde er wohl bald wieder gehen und das beeindruckende Mädchen mit ihm. Aber begannen so nicht alle großen Liebesgeschichten?

Adela wusste die Blicke auf sich gerichtet, als sie die kastanienbraune Stute am Halteseil führte – der ihres Vaters streng und prüfend, der ihres Bruders aufmerksam und die aller übrigen Männer in trägem Begehren. Sie ignorierte sie allesamt und wandte sich der Stute zu, die die Ohren aufmerksam aufgestellt hatte und mit geblähten Nüstern witternd den Kopf hob. Leise Koseworte murmelnd streichelte Adela ihr die Stirn, strich die Ponyfransen zur Seite und klopfte den glänzenden Hals. Sie wusste, dass sie sich bei ihrem Vater für das Geschenk bedanken sollte, aber sie ahnte, dass dieses nicht ohne Hintergedanken gemacht worden war. Erfahrungsgemäß sollte es ihr eine noch zu erwartende bittere Pille versüßen.

Ihr Vater, Oskar Lamberg, sah in allem eine mögliche

Kapitalanlage, selbst in seinen Kindern, da er zwar über viel Geld verfügte, nicht aber über einen großen Namen. Und was dies anging, war Adela sein größtes Kapital, darüber hatte er sie nie im Unklaren gelassen. Da war nun also dieses wunderschöne Pferd. Klug investiertes Geld in etwas, das so viel Gewinn versprach, dass es den horrenden Preis für das Tier aufwog. Innerlich begehrte Adela auf, wollte sich umdrehen und ihm entgegenschreien, dass sie das Tier nicht annahm, das ihr nun zutraulich seinen warmen Atem ins Gesicht blies.

»Und? Was sagst du?«

Sie drehte sich zu ihrem Vater um. »Sie ist wunderschön.« Das musste ihm Dank genug sein, und offenbar gab er sich damit zufrieden. Ihr Bruder Justus sah sie an, dann das Pferd, und nicht der leiseste Anklang eines Lächelns trat auf seine Lippen. Er kannte den Vater ebenso gut wie sie, und ihm schien wahrhaftig nicht zum Lächeln zumute zu sein.

Adela wandte Vater und Bruder den Rücken und streichelte die Stute ein weiteres Mal. Dann drehte sie sich erneut um. »Ich würde gerne einen Spaziergang machen.«

»Ja, tu das ruhig«, antwortete ihr Vater, nickte ihr zu und wandte sich zu Jakob Schneidbrenner, seinem alten Freund, auf dessen Gut sie logierten. Adela ging langsam vom Hof, versuchte, sich nicht anmerken zu lassen, wie sehr es sie fortzog, denn das könnte ihren Vater dazu veranlassen, ihr unvermittelt Zügel anzulegen.

Ob sie den hübschen jungen Mann noch einmal sah, der das Pferd gebracht hatte? Offizier war er, hatte Jakob Schneidbrenner gesagt, hatte sein Patent erworben und seine militärische Ausbildung abgeschlossen, ehe er sich den Belangen des väterlichen Gestüts widmete. Adela wusste um die Bedeutung jener Männer, denn die Gutsbesitzer gehörten zu der Gesellschaftsschicht, die die Stimmungslage im Land beeinflusste. Allerdings schien dieser junge Mann – Carl von Reichenbach – ihrem Vater nicht wichtig genug zu sein, um ihm mehr Aufmerksamkeit zu schenken, als Begutachtung und Bezahlung der Stute erforderten. Er war sogar so unbedeutend, dass er die Blicke zwischen ihm und Adela nicht bemerkte, die Bestürzung beider, als sie ihre eigenen, so plötzlich aufflammenden Gefühle in den Augen des jeweils anderen gespiegelt sahen.

Schritt um Schritt entfernte Adela sich vom Schneidbrenner-Gut. Satt und grün erstreckte sich die Landschaft, gesäumt vom schwarzen Grün dichter Wälder. Adela folgte dem Weg, den sie den jungen Mann hatte nehmen sehen, und hoffte, dass dieser nicht irgendwo unvermittelt abzweigte. Es war ohnehin eine Torheit, sie konnte ja unmöglich bis zum Gestüt gehen und im Hof stehend darauf hoffen, dass er zur Tür hinaustrat.

Ihr begegnete niemand, und in der in einer – wenn auch kleinen – Stadt aufgewachsenen Adela, die emsige Geschäftigkeit auf den Straßen gewohnt war, löste diese Einsamkeit eine Mischung aus Beklemmung und Befreiung aus. Würde sie jetzt das Kleid bis über die Knie raffen und sich tanzend im Kreis drehen, würde es niemand dem Vater zutragen können. Bei dem Gedanken stieß sie ein Lachen aus, hob instinktiv die Hand an den Mund und erinnerte sich dann daran, dass hier niemand war, der sie ob des Lachens für närrisch halten könnte.

Sie tauchte in die Schatten einer langen Allee ein, auf der die Sonnenstrahlen nur mehr goldfarbene Tupfer waren, die durch das halb entlaubte Geäst zu Boden tropften. Bunte Blätter raschelten unter Adelas Füßen, und sie überkam der Impuls, wie ein Kind hindurchzulaufen, dass das Laub zu allen Seiten aufwirbelte. Ehe sie jedoch ernsthaft in Versuchung geriet, diesem kindischen Trieb nachzugeben, machte sie in der Ferne die hohe Gestalt eines Reiters aus, der sich in gemächlichem Trab näherte. Vielleicht trug sich jemand, der so unvermittelt und unbändig verliebt war, mit Ahnungen, die über die Vernunft hinausgingen, aber Adela war sich gewiss, dass *er* es sein musste. Langsam ging sie weiter, beobachtete den Reiter, dessen schlanke Statur nun keine Silhouette mehr war, sondern Farbe und Gestalt bekam. Und als er nahe genug war, erkannte sie ihn und wusste, ihre Ahnung hatte sie nicht getrogen. Es zog ihn zu ihr wie sie zu ihm.

»Vorsicht, sie bricht aus!«, war die Stimme des Stallmeisters Hans Wolters zu hören, gefolgt von dem Scheppern eines Blecheimers.

»Spricht er von einem Pferd oder von seiner Frau?«, witzelte Leonhard von Schletter, und seine Schwester Elisa prustete recht undamenhaft los. Von seinem Vater allerdings bekam er einen derben Klaps auf den Hinterkopf, als sei er noch ein Bub, dem Benehmen eingebläut werden musste.

»Ins Haus, Elisa«, befahl er. »Und du, Leonhard, hilf, die Stute einzufangen.«

Im Stall schien es hektisch zuzugehen, aber noch ehe

Leonhard sich in Bewegung setzen konnte, war trommelnder Hufschlag zu hören, und im nächsten Moment jagte das Tier im fliegenden Galopp durch das Stalltor hinaus auf den Hof und von dort aus über das angrenzende Feld.

»Verdammt noch mal!«, fluchte sein Vater. »Los, fang sie ein, ehe sie sich ein Bein bricht!«

Leonhard rannte zum Stall, wo einer der Burschen bereits sein Pferd sattelte und aufzäumte. Er nahm die Zügel, saß auf, dann ritt er hinaus in den Hof und trieb den noch sehr jungen und ungestümen Wallach in einen raschen Trab, von dem aus er ohne weiteres Zutun in einen gestreckten Galopp fiel. Weit vorn sah er die Stute, und das flatternde Halteseil, das ihr zwischen die Beine zu geraten drohte, tat seinem Reiterherzen weh. Er trieb seinen Wallach an, aber obwohl dieser in einen schnellen Jagdgalopp fiel, holten sie kaum auf, und kurz darauf geriet die Stute wieder außer Sicht.

Sein Wallach drohte durchzugehen, und so parierte Leonhard durch, damit der Galopp sich verlangsamte und weniger raumgreifend wurde. Die Stute holte er ohnehin nicht ein, da brauchte er weder sich noch sein Pferd zu gefährden. Er ritt auf eine Allee zu, zwischen deren Bäumen er das Tier hatte verschwinden sehen. Und da stand sie, das Halteseil in den Händen einer jungen Frau, die in Begleitung Carl von Reichenbachs war. Das Tier zitterte am ganzen Körper, aber die Frau schien einen beruhigenden Einfluss zu haben. Sie sprach leise auf das Tier ein, während Carl einige Schritte entfernt stand, bereit einzugreifen, falls sich die Stute befreite. Sein Hengst stand an einen Baum gebunden, unruhig, den Kopf zurückwerfend.

»Rosst die Stute?«, fragte er, als er Leonhard bemerkte und offenbar die richtigen Schlüsse auf die Herkunft des Pferdes zog.

»Ja.« Leonhard zügelte seinen Wallach und stieg ab. »Danke, dass du sie eingefangen hast.«

»Der Dank gebührt Fräulein Lamberg, die Stute hat sich von ihr einfangen lassen, während ich damit beschäftigt war, Grandeur zu beruhigen.«

Leonhard wandte sich an die junge Frau. »Vielen Dank.«

Sie schenkte ihm ein bezauberndes Lächeln. »Gern geschehen.« Sanft klopfte sie der Stute den Hals, während diese immer wieder den Kopf hochwarf und auf der Stelle tänzelte. Leonhard bemerkte den Blick, mit dem Carl die junge Frau ansah, die in der Tat ausgesprochen hübsch war mit dem Haar in der satten Farbe von altem Gold, dem sahneweißen Teint und den grünblauen Augen. Nun, es sei ihm gegönnt, dachte er und ging zu der jungen Frau, um ihr das Seil aus der Hand zu nehmen. Er tauschte einen Blick mit Carl und zwinkerte ihm zu, dann stieg er auf seinen Wallach.

»Wir sehen uns«, verabschiedete er sich von seinem Freund.

»Auf bald«, antwortete dieser.

Leonhard ritt im Schritt zurück, was den Pferden die Gelegenheit gab zu verschnaufen. Dreißig Minuten später kam das Gut in Sicht, von Weitem imposant und hochherrschaftlich. Erst wenn man näher kam, wurden die Anzeichen des Verfalls deutlich, anfangs ein wenig verwunschen und romantisch anmutend, ehe es sich schließlich in seiner ganzen Verwahrlosung offenbarte. Schloss Lilienau war seit Hunderten von Jahren im Besitz der Familie, und auf Leonhard von Schletter ruhte die Erwartung, das Familiengut vor dem endgültigen Untergang zu bewahren. Er hatte nicht die leiseste Ahnung, wie er das bewerkstelligen sollte, aber derzeit schien es ohnehin, als sei dafür nicht mehr als seine reine Existenz notwendig.

Neben ihm stob ein Rabe aus dem Gebüsch, und die Stute scheute, aber Leonhard gelang es direkt, sie wieder zu beruhigen. Als er in den Hof ritt, kam ihm ein Stallbursche entgegen.

»Der Herr Baron hatte schon Sorge, dass die Stute auf und davon ist.«

Leonhard übergab dem Burschen das Pferd. »Das hätte ich niemals zugelassen, Peter.«

Er ließ seinen Wallach am langen Zügel auf den Stall zugehen und stieg schließlich ab. Sein Vater war weit und breit nicht zu sehen, was ihm nur recht war.

»Lass nur«, sagte er, als ein Stallbursche kam, um ihm den Wallach abzunehmen. »Ich mache das selbst.« Er führte das Pferd in die geräumige Box, nahm ihm Sattel und Zaumzeug ab, hängte dies über die hölzerne Wand, die die Box von der Stallgasse trennte, und öffnete die Tür zum Auslauf hinter dem Stall. Hernach räumte er Sattel und Trense in die Kammer. Als er sich umdrehte, bemerkte er eine Gestalt an der Tür und fuhr zusammen.

»Himmel, hast du mich erschreckt«, sagte er.

»Ich stehe hier doch nur.« Seine siebzehnjährige Schwester Karolina, die um zwei Jahre jüngere seiner beiden kleinen Schwestern, lehnte am Türrahmen, eine steile Falte zwischen den dunklen Brauen. War seine Schwester Elisa blond und von Kind an wie ein Sonnenschein gewesen, so war Karolina dunkelbraun wie er selbst, mit grauen Augen. Sie standen einander nicht sehr nahe, vermutlich, weil sie sich in vielen Dingen sehr ähnlich waren.

»Papa führt die Stute gerade dem Hengst zu«, erklärte sie.

»Ich weiß. Bei seinem letzten Versuch ist die Stute ausgebrochen.«

»Er hat mich weggeschickt, als hätte ich dergleichen auf den Viehweiden nicht Dutzende Male gesehen.«

Leonhard verließ die Kammer und zog die Tür hinter sich zu. »Na ja, auf diese Weise kann er sich weiterhin einreden, deine unschuldigen Augen vor dergleichen geschützt zu haben.«

Sie verließen den Stall, und Leonhards Blick fiel auf jenen Bereich, wo sich die Besamungsbox befand. Der Beschäler stammte aus der eigenen Zucht, eines der wenigen wirklich guten Pferde, die sein Vater gezogen hatte. Die Stute hatte er für eine Summe gekauft, die ihre Mittel eigentlich überstieg, weil er sich von ihr gute Anlagen versprach. Dabei war sein Vater wahrhaftig nicht der geborene Pferdezüchter, und erst recht konnte er nicht in Konkurrenz mit den von Reichenbachs treten, die mit Johannes von Reichenbach in der dritten Generation reinrassige Trakehner zogen.

»Wo willst du hin, Wildfang?«, fragte er, als Karolina sich anschickte, den Hof zu verlassen.

»Ich gehe hinten herum und sehe durchs Fenster zu.«

Er hob die Brauen. »Das will ich nicht gehört haben.«

»Hast du doch auch nicht, oder?« Sie lachte und lief

davon. Kopfschüttelnd sah er ihr nach, dann ging er ins Haus.

Adela hatte noch nie zuvor geküsst, und so war dieser Moment unbeschreiblich, als Carl sie an sich zog, seinen Mund auf ihren senkte, ihn umschmeichelte, dazu brachte, sich zu öffnen. Bei ihren letzten Treffen waren sie nur spazieren gegangen, und Adela war es schon sehr gewagt und intim vorgekommen, ihm zu erlauben, ihre Hand zu nehmen. Aber sie hatte es gemocht, wie sich seine Finger in sanftem Druck um die ihren schlossen. Ebenso, wie sie es nun mochte, wenn er sie küsste.

»Ich komme mir furchtbar verrucht vor«, sagte sie, als er sich von ihr löste und sie ansah.

Ein kleines Lächeln tanzte auf seinen Lippen. »Ich finde dich wundervoll, wenn du verrucht bist.«

Sie lachte und wünschte, er würde sie noch einmal küssen, was er umgehend tat. Ein langer Kuss, der sich viel Zeit nahm und eine Begierde entfachte, die sich fremd anfühlte und tief in ihr zu nisten schien. Eine Wärme, die in den Bauch aufstieg und atemlos machte.

»Wie lange werdet ihr bleiben?«, fragte Carl, nachdem er sich von ihr gelöst hatte.

»Mein Vater ist vage geblieben. Aber so bald steht die Abreise noch nicht an.« Alles sprach dafür, dass ihr Vater in Verhandlungen war, deren Ausgang er noch nicht so recht absehen konnte. Sie hatte Justus gefragt, aber der hatte beteuert, nichts Genaueres zu wissen. Wenn es um rein

Geschäftliches ging, weihte ihr Vater ihn in der Regel ein, und so war es überaus beunruhigend, dass dies nicht geschehen war.

»Wenn ich hier eines Tages stehe, und du kommst nicht zu unserem Treffpunkt, werde ich dir nach Johannisburg nachreisen.«

Sie musste lächeln. »Mein Vater ist ein schwieriger Mann.«

»Meiner auch – damit werde ich schon fertig.«

Jetzt lachte sie, und er zog sie an sich, um sie wieder zu küssen.

Hernach gingen sie spazieren, und Adela erzählte von Johannisburg, von ihrem prachtvollen Stadthaus und von einem sehr geselligen Leben, das sie jeden Winter zur Saison nach Berlin führte, wo sie Freunde ihres Vaters trafen.

»Er ist ein Geschäftsmann durch und durch. Ich fürchte, er hat nicht einen echten Freund in der Welt, aber so viele Geschäftsfreunde, dass man sie kaum zählen kann. Es war ihm stets wichtig, sich mit uns zu präsentieren, uns auf Bällen vorzuzeigen, als seien wir ein Produkt, das man bewirbt, um möglichst großen Gewinn zu erzielen.« Und genau aus dem Grund war diese Reise hierher zu dieser Jahreszeit so ungewöhnlich. Im November stand normalerweise die Jagd an und danach die Reise nach Berlin. Ihr Vater verreiste nie bereits im September – und dazu noch ohne ein Ende der Reise geplant zu haben.

Carl hatte Adela so weit begleitet, wie er es durfte, ohne Gefahr zu laufen, dass man sie zusammen sah. Sie trafen sich stets frühmorgens, weil es am unverfänglichsten war, einen Spaziergang vor dem Frühstück zu machen. Nach seinem Dafürhalten hätte es diese Heimlichtuerei nicht gebraucht, aber sie war sehr deutlich gewesen, was den Charakter ihres Vaters anging, und er wollte nicht, dass sie in Schwierigkeiten geriet. Was seinen eigenen Vater anging, machte er sich weniger Sorgen, der würde froh sein, wenn er überhaupt irgendwann an eine Ehe dachte, und hatte gelegentlich beklagt, dass Carl so wenig Interesse an einer festen Bindung zeigte.

Und nun, da Carl zum ersten Mal in seinem Leben so unbändig verliebt war, wusste er, dass es ihm unmöglich war, sich jemals mit weniger zufrieden zu geben. Er würde nur den richtigen Moment abwarten müssen, und der lag in Adelas Hand, denn es war ihr Vater, der überzeugt werden musste. Carl würde warten, selbst wenn das bedeutete, dass er ihr in der Tat hinterherreisen musste.

»Da bist du ja«, sagte sein Vater, als er in den Hof ritt. »Athena lahmt, der Neue hat sie zusammen mit Goldstein auf die Weide gebracht, und die hat gekeilt.«

»Hat ihm niemand gesagt, dass die beiden unter keinen Umständen zusammengebracht werden dürfen?«

»Angeblich schon, aber du weißt ja, wie das ist, da lässt sich der Schuldige im Nachhinein nur schwer ausmachen. Das Zureiten müssen wir nun natürlich verschieben.«

Carl ging in den Stall, wo die Stute von einem Reitburschen versorgt wurde. Der Tierarzt war auf dem Weg, und so lange musste jemand bei Athena bleiben, um die dicke, heiße Schwellung zu kühlen.

»Na, Prinzessin«, murmelte Carl und streichelte die

weichen Nüstern, »was machst du für Sachen, hm?« Er vergewisserte sich mit einem Blick, dass der Reitbursche das Bein vernünftig versorgte, dann klopfte er der Stute noch einmal den Hals und ging ins Haus, was er jedoch umgehend bereute, da hier ein lautstarker Streit zwischen seiner Mutter und Magdalena im Gange war.

»Du bleibst augenblicklich stehen, junge Dame!«, rief seine Mutter, indes Magdalena aus dem Raum stürmte und fast in Carl hineingerannt wäre.

»Hoppla.« Er fing sie mit einem Griff um den Arm ab, als sie bei dem Versuch, ihm auszuweichen, fast gestolpert wäre. In ihren Augen standen Tränen, und sie befreite hastig ihren Arm und lief weiter.

»Bleib stehen!« Gesa von Reichenbach folgte ihr, so rasch es Kleid und Würde erlaubten. »Magdalena! Ich bin noch nicht fertig mit dir!«

Ohne sich umzudrehen rannte Magdalena durch die Halle und war zur Tür hinaus, noch ehe ihre Mutter auch nur den halben Weg zurückgelegt hatte. »Himmel, dieses Kind bringt mich noch verfrüht ins Grab!« Gesa von Reichenbach presste sich die Hand auf die Brust.

»Was ist denn passiert?«, fragte Carl.

Seine Mutter schnaubte. »Hat Dinge in ihr Tagebuch geschrieben, die ein anständiges Mädchen nicht einmal denken sollte. Gerede von Liebe, von … ich mag es nicht wiederholen. Es waren Gedanken, wie sie keine wohlerzogene junge Frau hegt.«

»Du hast ihr Tagebuch gelesen?«

»Glücklicherweise fiel es mir in die Hände, ja. Wer weiß, welche Blüten es sonst noch getrieben hätte.«

Carl sah zur Tür, durch die seine Schwester verschwunden war. »Warum hast du das getan?«

»Das ist alles, was dir dazu einfällt?«

»In der Tat, ja.«

Wieder schnaubte seine Mutter, und Carl fragte sich, ob sie wusste, wie wenig damenhaft dieser Laut klang.

»Ich sehe mal, wo sie ist«, sagte er. »Wirst du ihr das Tagebuch zurückgeben?«

»Das ist nicht möglich, ich habe es in den Kamin geworfen.« Kopfschüttelnd ging sie zurück ins Wohnzimmer. »Ich wüsste zu gerne, wo ich bei diesem Kind versagt habe.«

Carl sah sich im Hof um, ohne seine Schwester entdecken zu können. Im Garten war sie gewiss nicht, der war vom Salon her einsehbar, und dort würde ihre Mutter sie zuerst suchen. In den Stallungen war die Gefahr zu groß, auf ihren Vater zu stoßen. Blieb das alte Pförtnerhaus am Portal zum Hof.

Er behielt Recht, hier saß sie auf dem Boden zwischen Staub und Mäusedreck, hatte die Arme um die Brust geschlungen und weinte leise. Als er eintrat, blickte sie kurz auf und sah rasch weg, während sie die Zähne in die Unterlippe grub, um ein Schluchzen zu unterdrücken. Carl ließ sich nach kurzem Zögern neben ihr nieder. »Sie denkt vermutlich, dass sie das Richtige tut«, setzte er behutsam an.

»Ach ja, tut sie das? Sie hat mein Tagebuch gelesen, meine geheimsten Gedanken. Und dann hat sie so getan, als seien sie etwas Schmutziges. Seit einem Jahr schreibe ich alles hinein, was mich bewegt, und sie verbrennt es einfach.«

Carl legte ihr den Arm um die Schulter und zog sie an sich. »Ich fahre morgen nach Königsberg und kaufe dir ein neues Buch.«

»Sie wird es wieder finden und verbrennen. Und vorher wird sie das, was ich geschrieben habe, laut vorlesen und mich wegen unzüchtiger Gedanken beschimpfen. Dabei habe ich doch nur von der Liebe geträumt und davon, wie sie sich anfühlen mag. Darf ich das nun nicht einmal mehr für mich im Geheimen tun?«

»Wir wissen ja alle, wie sie ist, nicht wahr? Aber was das Buch angeht, so kannst du es in meinem Zimmer verbergen. Mein Eigentum durchsuchen – das wagt sie nicht.«

Argwöhnisch taxierte sie ihn. »Und du würdest es nicht lesen?«

»Wofür hältst du mich?« Seine Empörung war nicht gespielt, und ein kleines Lächeln zuckte auf ihrem Mund.

»Hätte ich gewusst, dass Mutter das Buch liest, hätte ich mir sehr verruchte Inhalte ausgedacht, die sie wahrhaftig schockieren.«

»Sie wirkte auch so durchaus schockiert. Woher kennst du überhaupt verruchte Dinge?« Er taxierte sie mit Strenge, die nur halb gespielt war.

»Ach, man hört so dies und das«, antwortete sie ausweichend. »Aber in meinem Tagebuch stand nichts Verruchtes, es waren nur meine Gedanken über das Leben und die Liebe. Na ja, und ich habe über alltägliche Begebenheiten geschrieben, auch darüber, wie eng das Leben für mich ist. Ich vermute, das hat Mutter auch nicht gefallen.«

Das war anzunehmen. »Und was machst du jetzt? Dich bis heute Abend hier verstecken?«

Sie zuckte mit den Schultern.

»Komm.« Er erhob sich, nahm ihre Hand und zog sie hoch. »So schlimm wird es schon nicht sein. Ausgetobt hat sie sich ja, und nun bin ich dabei und stehe dir zur Seite.«

»Sie wird es Vater erzählt haben.«

»Die verruchte Version deiner Gedanken, ja. Du hingegen kannst erzählen, dass du Mädchenträume gehegt hast. Und da das Tagebuch nun verbrannt ist, kann niemand etwas anderes behaupten. Abgesehen davon – du weißt doch, was er von Vertrauensbrüchen hält. Er wird Mutter eher übelnehmen, dass sie hinter deinem Rücken in dem Tagebuch liest, das er dir geschenkt hat, und dies überdies noch verbrennt, als dass er wütend auf dich sein wird, weil du es seinem Zwecke entsprechend genutzt hast.«

Sie wirkte nicht überzeugt, begleitete ihn jedoch ins Haus, wo sich ihr Vater in der Tat bereits zum späten Frühstück eingefunden hatte. Magdalena sah ihn an, die Miene in vorsichtiger Wachsamkeit. Und obwohl es ihrer Mutter nur schlecht gelang, ihre Wut und Entrüstung unter einer Miene freundlicher Aufmerksamkeit zu verbergen, so schien sie doch zu demselben Schluss gekommen zu sein wie Carl und hielt es offenbar für angebracht, das Tagebuch nicht zu erwähnen.

Dezember 1880

Adela löste sich aus Carls Kuss und stieß einen tiefen Seufzer aus. Konnte sich das Leben vollkommener anfühlen? Der Atem stand zwischen ihren Mündern, dann küssten sie sich wieder.

»Ich möchte mich deinem Vater erklären«, sagte er.

Sie zögerte. »Das wünsche ich mir auch, wir müssen nur den passenden Zeitpunkt abwarten.« Sie hegte jedoch die Befürchtung, ihr Vater würde nicht einwilligen, denn er verfolgte grundsätzlich nur Pläne, die er selbst geschmiedet hatte. Und ein junger Mann, den er schon bei seinem ersten Auftauchen der Beachtung für nicht würdig erachtet hatte, würde niemals Gnade vor seinen Augen finden.

»Was ist mit deiner Familie?« Vielleicht bestand Hoffnung, wenn Carls Vater jene Art Mann war, dem ihr Vater mit Respekt begegnete.

»Mein Vater hat mir nie etwas verwehrt«, antwortete Carl. »Er wird mir auch diesen Wunsch nicht verweigern.«

Adela nickte, obgleich ein stetes Unbehagen an ihr nagte, selbst bei Nacht, wenn sie in ihrem Bett lag und vergeblich Schlaf suchte. Ihr Vater plante etwas, das war offensichtlich, aber nicht einmal Justus war eingeweiht. Dass ihr Vater ein solches Geheimnis daraus machte, legte nahe, dass er mit ihrem Widerspruch rechnete. Nicht dass er viel darauf gab, aber es war ihm einfach lästig. Ohne seine Einwilligung zu heiraten war gewiss eine schöne Vorstellung, nichtsdestoweniger war es eben genau das – eine Vorstellung und somit nur ein Traum. Adela hätte diese Treffen mit Carl schon viel früher wieder beenden sollen. Aber es fühlte sich so wundervoll an, und ganz aufgeben mochte sie den Gedanken an eine Zukunft mit ihm eben doch noch nicht.

Langsam spazierten sie am Waldsaum entlang, Arm in Arm, als dürfe jeder sehen, dass sie zusammengehörten. Dabei hatten sie diesen Treffpunkt gewählt, gerade weil sie wussten, dass niemand sie hier sehen würde. Der Schnee knirschte unter ihren Stiefeln, und der Atem stieg in weißen Wölkchen auf, während die Welt in einer frostkalten Stille zu verharren schien. Die Vorstellung gefiel Adela. Alles war regungslos, die Zeit blieb stehen und verschaffte ihnen einen endlos währenden Augenblick des Beisammenseins.

Als der Moment kam, sich zu verabschieden, taten sie das eng umschlungen mit einem langen Kuss. Raben flatterten krächzend auf, und der endlos währende Augenblick war vorbei, die Welt hielt nicht mehr inne.

»Wo, um alles in der Welt, ist Carl?«, fragte Johannes von Reichenbach an diesem frostkühlen Morgen.

Fortgeritten, mit liebestrunkenen Augen, dachte Magdalena, schwieg jedoch und zuckte mit den Schultern. Sie stand in der Box ihrer Stute und streichelte die weichen Nüstern. Ein wenig beneidete sie Carl darum, einfach fortzureiten, in der Hoffnung, ein Mädchen zu treffen, in das er sich so unvermittelt verliebt hatte. Natürlich würde ihr Vater ihm eine solche Liaison, sollte sie ernst werden, nicht bewilligen, aber ein wenig träumen konnte man ja trotzdem. Die Position ihres Vaters machte es seinen Kindern schwer bis unmöglich, ihren Lebensweg selbst entscheiden zu können.

»Ist er schon lange fort?«, fragte ihr Vater nun, und Magdalena zuckte mit den Schultern. Die Seide ihres teuren Kleides raschelte leise bei jeder Bewegung, ein seltsamer Missklang zwischen den Geräuschen mahlender Mäuler, dem leisen Schnauben, dem Klirren von Zaumzeug und dem Aufflattern im Gebälk.

Ihr Vater murmelte etwas, das sie nicht verstand, das jedoch verärgert klang und zweifellos wenig schmeichelhaft für ihren Bruder war. Magdalena wandte sich wieder der Stute zu, murmelte Koseworte und lauschte der morgendlichen Geschäftigkeit.

Im Herbst, nach der Ernte, hatten die Reitjagden stattgefunden, quer über ungepflügte Stoppelfelder und Wiesen, die vorher gemäht worden waren. Auf diese Weise waren lange Galoppstrecken möglich, und die Vorfreude auf die nächste Jagd vibrierte bereits in der Luft.

Magdalena hatte an der Jagd selbst kein Interesse. Sie konnte zwar gut schießen, aber sie tat es nicht gerne. Vielmehr genoss sie den wilden Galopp über Wiesen und Felder, und da es in der Hand ihrer Mutter lag, ihr dieses Vergnügen zu verwehren, hatte Magdalena sich sehr folgsam und angepasst gegeben.

Sie verließ den warmen Stall, in dem es nach Leder, Pferd und Stroh roch, und atmete die Schneeluft, als sie den Hof betrat, der still im blassen Licht des frühen Tages lag. Im Haus hatte die Geschäftigkeit schon vor Anbruch des Morgens begonnen, und auch in den Ställen war die Arbeit aufgenommen worden, aber der Hof schien erst langsam zu erwachen. Marie, die Magd, verließ durch den Seiteneingang die Küche, um im Hühnerstall die Eier zu holen. Der Bauer hatte die Milch bereits in aller Frühe gebracht, und obwohl Magdalena bei dem Gedanken an frisches Brot, Kaffee, Butter und süßes Kompott einen drängenden Hunger verspürte, hatte sie es nicht eilig, ins Haus zurückzukehren.

»Du riechst nach Pferd«, begrüßte ihre Mutter sie, kaum, dass sie die Halle betreten hatte.

»Wir leben ja auch auf einem Gestüt«, antwortete Magdalena und barg die Hände in den Falten ihres Kleides.

»Wo ist dein Bruder?«

»Grandeur steht nicht in der Box.« Das musste ihrer Mutter Antwort genug sein, und diese nickte nur und wies Magdalena mit einem knappen Nicken an, ins Speisezimmer zu gehen.

Der Tisch war gedeckt, und auf der Anrichte standen Körbe mit frischem Brot, hauchdünn geschnittener Schinken, Süßrahmbutter, Kompott, Honig, Käse und Wurst. Außerdem Kannen mit Tee und Kaffee.

»Guten Morgen, gnädiges Fräulein«, sagte Hanne, eines der Stubenmädchen. Derer hatten sie im Haus acht, allesamt adrett gekleidet in Kleider, die fein grau gestreift waren, mit weißen Schürzen und ebensolchen Hauben.

Magdalena nahm Platz, als ihre Mutter gerade den Raum betrat und sich mit einem Blick davon überzeugte, dass alles ihren Wünschen entsprechend war. Kurz darauf folgte ihr Vater. Magdalena beobachtete, wie Hanne die Kaffeekanne von der wärmenden Haube befreite und Kaffee in eine Tasse aus weißem Porzellan einschenkte. Diesen servierte sie hernach dem Hausherrn und reichte Magdalena den Brotkorb sowie das Butterfässchen und das Kompott.

»Halte dich gerade«, sagte ihre Mutter, und Magdalena drückte das Kreuz durch und nahm die Schultern zurück.

Die bleiche Sonne malte durch die Gardinen hindurch ein Spitzenmuster auf das honigfarbene Parkett, durchbrochen von aufflatternden Schatten, als ein Rabe krächzend aufflog. In Magdalena vibrierte eine stete Unruhe, und sie frühstückte rasch, obwohl sie wusste, dass sie sich erst vom Tisch erheben durfte, wenn ihre Mutter dies erlaubte. Und wie immer war es, als erahnte diese, wie es in ihr aussah, und verlängerte absichtlich die erzwungene Ruhe. Dem Vater zuliebe beendete sie schließlich das Frühstück, und noch bevor sie Magdalena aufhalten konnte, hatte diese sich erhoben und war aus dem Raum geflohen.

In der Kammer, wo Mäntel und Stiefel standen, zog sie sich an, streifte pelzgefütterte Handschuhe über die Hände und eine Mütze übers Haar. Zu guter Letzt wickelte sie einen Wollschal um und huschte hinaus in den winterlichen Morgen.

Grete, die Tochter des Hausverwalters, kam über den Hof gelaufen. Seit ihrer Geburt, als klar war, dass sie nicht war wie andere Kinder, lief sie einfach so nebenher mit. Sie hatte leicht schrägstehende Mandelaugen wie eine Asiatin, ein flächiges Gesicht und sprach nicht richtig, auch weil sich von klein auf niemand so recht darum gekümmert hatte, dass sie es lernte. Dafür hatte sie ein sonniges Gemüt und umarmte die Menschen, die sie mochte. Magdalena gehörte zu diesen, und als sie ihr »Guten Morgen, Gretchen« zurief, kam die Zehnjährige auf sie zugelaufen und drückte sie überschwänglich an sich.

Magdalena löste sich sanft von ihr, schob ihr die wirren Haarsträhnen aus dem Gesicht und setzte ihren Weg fort. In den Stallungen herrschte emsige Geschäftigkeit. Das Gut hatte über vierhundert Gestütsbedienstete und weitläufige Stallungen und Ländereien. Alles stand im Dienst der edlen Pferde, der ganze Stolz der von Reichenbachs. Die Region mit ihren futterwüchsigen Böden und den natürlichen Weiden war ideal für die Zucht. Magdalena hatte schon auf einem Pferd gesessen, bevor sie laufen konnte. Ihr Vater hatte sie oft vor sich in den Sattel gesetzt und festgehalten, wenn er über die Ländereien ritt. Später hatte sie ein eigenes Pony bekommen und als Halbwüchsige schließlich ihren ersten Trakehner, eine Stute, die sie sich aus der eigenen Zucht hatte aussuchen dürfen, womit ihr Vater auch gleich ihren Pferdeverstand auf die Probe stellte. Denn es galt, ein Pferd auszusuchen, das zu ihr passte. Und die Wahl, die sie getroffen hatte, war die richtige gewesen.

Sie ging zwischen den Stallungen hindurch zur Rückseite des Anwesens. Ein eisiger Wind stach wie Nadelspitzen in Magdalenas Wangen, und sie senkte das Kinn in ihren Schal. Außer Sichtweite des Hauses atmete sie durch, immer leichter, je weiter sie sich von dem Gut entfernte. Zwei Monate zuvor war sie sechzehn geworden, und ihr entging nicht, wie sich die Blicke und das Verhalten der jungen Männer ihr gegenüber wandelten. Sie war nicht mehr Carls lästige kleine Schwester, die von seinen Freunden geärgert und an den Zöpfen gezogen wurde. Als habe sie eine Grenze überschritten, die jeder außer ihr sah.

Vor allem ihrer Mutter schien dieses Überschreiten sehr bewusst zu sein, denn sie war nun zunehmend bestrebt, sie mit jungen Männern bedeutender Familien bekannt zu machen. Und auf einmal war Magdalena diese Aufmerksamkeit nicht mehr nur fremd, sondern auch unangenehm.

Sie blieb stehen, tat einen tiefen Atemzug und genoss die kalte Wintersonne. Vor ihr breitete sich die Welt aus, weit, unberührt und dahinter der Wald. Ein verwunschenes Reich, in das sie gerne verschwunden wäre.

Johannes von Reichenbach, feinsinniger Unterhalter und Liebhaber schöner Pferde – Trakehner, die einen der wichtigsten Pfeiler wirtschaftlicher Einflussnahme in Ostpreußen darstellten –, hatte Macht, und er wusste diese zu nutzen, um seiner Familie Geltung zu verschaffen, indem er seine Vasallentreue zum König von Preußen und nun Kaiser des Deutschen Reiches bei allem, was er tat, in den Vordergrund stellte. Er hatte geheiratet, weil es von ihm verlangt wurde, und er hatte aus demselben Grund Nachwuchs gezeugt.

Zehn Kinder hatte seine Frau von ihm empfangen, drei hatte sie vor ihrer Zeit verloren, eines war kurz nach der

Geburt verstorben, weitere vier hatten nur das Kleinkindalter erreicht. Geblieben waren ihnen Carl und Magdalena, auf die insbesondere Gesa von Reichenbach große Hoffnungen setzte. Carl würde das Gut führen, aber Magdalena bot die Möglichkeit, in eine weitere große Familie einzuheiraten, neue Verwandtschaftsbeziehungen zu knüpfen. Nun, derer gab es genug, das konnte Johannes getrost seiner Ehefrau überlassen. Er machte sich vielmehr Gedanken um Carl, der bei aller Pflichterfüllung den nötigen Ernst vermissen ließ. Erst letzte Nacht war er wieder bis in die Morgenstunden aus gewesen, zusammen mit Leonhard von Schletter. Die Freiherren von Schletter hatten einst einen großen Namen, Macht und viel Geld besessen. Jetzt besaßen sie nur noch einen Namen.

Die von Reichenbachs hingegen waren Bürgerliche gewesen, die in der Generation von Johannes' Großvater in den Adelsstand erhoben wurden. Die Nobilitierung war dem Umstand zu verdanken, dass Walter Reichenbach seinerzeit sein gesamtes Dasein in den Dienst des Königshauses gestellt und sich im Militär verdient gemacht hatte. Und so hielt Johannes von Reichenbach es noch heute, daher besaß sein Sohn das Offizierspatent und diente dem Kaiser. Sieben Jahre Wehrdienst waren für jeden Mann ab seinem zwanzigsten Lebensjahr Pflicht, aber man konnte seine Söhne bereits mit siebzehn in den Militärdienst schicken, daher hatte Carl seinen Wehrdienst mit vierundzwanzig abgeleistet. Johannes vertrat die Auffassung, dass eine Aufgabe gleichzeitig eine Gabe war, die entsprechend gewürdigt werden musste.

Carl musste dies jedoch offenbar immer wieder aufs Neue

eingeimpft werden, denn gerade jetzt glänzte er wieder durch Abwesenheit, obwohl er auf dem Gestüt gebraucht wurde. Ich habe ihn zu sehr verwöhnt, dachte Johannes, ihm zu viel durchgehen lassen. Dass Carl abends gerne ausging, war ihm bekannt. Aber dass er sich bereits vor dem Frühstück davonstahl, ließ auf eine Liebschaft schließen, von der er offenbar nicht wollte, dass sie ans Licht kam. Und das konnte und würde Johannes ihm nicht erlauben.

So war er in keiner besonders nachgiebigen Stimmung, als sein Sohn eine Stunde später in gemächlichem Schritt auf den Hof geritten kam. Carl stieg vom Pferd und pfiff leise ein Lied.

»Wer ist sie?«

Das Pfeifen bekam einen Missklang, und Carl sah seinen Vater erstaunt an.

Kinder, dachte Johannes, hielten ihre Eltern stets für Narren und glaubten, so viel klüger zu sein. Als hätte man selbst dergleichen nicht auch bereits erlebt.

»Das Mädchen, für das du dich fortwährend heimlich davonstiehlst. Wer ist sie?«

»Hat Magdalena etwas erzählt?«

»Nein, aber das ist auch nicht nötig.«

Carl schwieg einen Moment lang. »Dieses Mal ist es mir ernst.«

»Tatsächlich? Und warum triffst du sie dann heimlich?«

»Weil ihr Vater es noch nicht wissen soll.«

»Spricht nicht gerade für sie.«

»Er ist ein strenger Mann, der seine eigenen Pläne für sie hat.«

»Die da wären?«

»Das hat er ihr noch nicht eröffnet.«

Vermutlich war das Mädchen anderweitig versprochen. »Wer ist sie?«

»Die Tochter eines Kaufmanns aus Masuren.«

»Ein einfacher Kaufmann? Denk nicht einmal daran.«

In Carls Augen blitzte etwas auf, das jeden Willen zum Gehorsam entbehrte. Johannes seufzte und stellte sich auf einen längeren Disput ein. Carl jedoch, und das war wahrhaft beunruhigend, entgegnete nichts, sondern neigte nur den Kopf. Nicht fügsam, sondern als stelle er klar, dass er seine Zeit abwartete.

»Weder deine Mutter noch ich werden dergleichen erlauben«, betonte Johannes. »Mit dir haben wir andere Pläne.«

Ein kaum merkliches Zucken zwischen Carls Brauen war die einzige Antwort darauf. »Er ist reich«, sagte er schließlich.

»Reich? Reich bin ich selbst.«

Daraufhin schwieg Carl, und Johannes hoffte, dass er nicht anfing, gefühlsselig von Liebe zu reden, aber sein Sohn wusste offenbar, dass diese Art von Geständnis nicht zum Ziel führen würde.

»Wie lange kennst du sie?«

»Seit drei Monaten.«

»Etwas kurz, um schon an eine Ehe zu denken, nicht wahr?«

»Du hast Mutter vier Tage vor eurer Verlobung kennengelernt.«

»Die Umstände waren anders. Wir wurden zusammengebracht, weil es für beide Familien eine nützliche Beziehung war. Du hingegen willst ein Mädchen heiraten, nach dem es dich gerade verlangt, das ist ein Unterschied.«

Carl sah ihn an, schien etwas sagen zu wollen, dann jedoch nickte er nur knapp und führte Grandeur in den Stall.

Selbst der festliche Schmuck war für das geübte Auge nur eine dünne Tünche über dem allgegenwärtigen Verfall. Seit Tagen gaben sich die beiden Stubenmädchen und der Hausdiener alle Mühe, unter der Aufsicht Berta von Schletters das Haus prunken zu lassen, dabei wirkte es jedoch wie eine alte Dame, die versuchte, mit viel Schminke das Alter zu kaschieren. Da Leonhard wusste, wie viel dieser schöne Schein seiner Mutter bedeutete, bestätigte er mehrmals, wie hübsch alles geworden war.

»Man sieht dir tatsächlich nicht an, dass du lügst«, sagte seine Schwester Karolina.

»Ich nenne es die Wahrheit ein wenig beugen.«

Karolina hob spöttisch die Brauen.

»Weißt du eigentlich, wer dieser besondere Gast ist, der heute kommen soll?«, fragte Elisa.

»Nein.« Sein Vater hatte es bei diffusen Andeutungen belassen.

»Vermutlich hat er endlich einen Bräutigam für dich gefunden«, spöttelte Karolina. Sie hatte natürlich gut reden, sie wäre erst an der Reihe, wenn Elisa verheiratet war.

Elisa hingegen riss erschrocken die Augen auf.

Es war ein mehr oder weniger offenes Geheimnis, dass

sie für Carl von Reichenbach schwärmte. Der jedoch war nun leider vergeben, und so, wie er von dieser jungen Frau schwärmte, war nicht anzunehmen, dass er von ihr ablassen würde. Aber dieser Umstand würde Elisa noch früh genug bewusst werden, es brachte nichts, ihr das ausgerechnet jetzt zu sagen.

Ihre Mutter huschte mit der bebenden Nervosität eines Rennpferds um sie herum. »Vielleicht noch ein wenig mehr von dem Tannengrün?«

»Auf keinen Fall!«, riefen Elisa und Karolina wie aus einem Mund und ernteten dafür einen tadelnden Blick von Leonhard, dem die Verunsicherung seiner Mutter angesichts des vehementen Widerspruchs nicht entging.

»Wenn ihr meint …«, sagte sie zögernd.

»Es ist alles entzückend«, sagte Leonhard.

Seine Mutter schenkte ihm ein Lächeln. »Ja, das ist es, nicht wahr?« Sie wandte sich ab. »Mariechen, bring das Tannengrün in den Salon, hier benötigen wir es nicht mehr.«

»Hoffen wir«, sagte Karolina, als ihre Mutter den Speisesaal verlassen hatte, »dass die Gäste nicht in den Salon geführt werden.«

Elisa lachte, und Leonhard scheuchte beide hinaus, ehe seine Mutter zurückkam. Er verbrachte den Nachmittag damit, die Bilanzbücher zu prüfen, mit dem ernüchternden Ergebnis, dass sie mehr rote Zahlen schrieben denn je. Im Grunde hätten sie viel sparsamer haushalten müssen, aber das ging in diesem heruntergekommenen, überdimensionierten Kasten nicht. Schloss Lilienau. Einmal ein Name, der Respekt einflößte, jetzt war er angesichts der prekären finanziellen Lage der Freiherren von Schletter nur noch ein müdes Lächeln wert. Es war deprimierend, und Leonhard fragte sich nicht zum ersten Mal, wann dieser schleichende Prozess, der alles den Bach hinuntergehen ließ, begonnen hatte. Früher hatte sich der Verfall wenigstens noch einigermaßen kaschieren lassen, jetzt jedoch …

»Du wirst dir die Augen verderben.« Die Stimme seines Vaters riss Leonhard aus den Grübeleien. Er blickte auf und sah seinen alten Herrn in der Tür stehen. Es war bereits stockfinster, und das Öllicht auf dem Schreibtisch tauchte den Raum in einen milchig gelben Schimmer.

»Ich mache gleich Schluss.«

Sein Vater nickte. »Beeil dich aber. In einer Stunde kommen unsere Gäste, und ich möchte einen guten Eindruck machen.«

»Ja, natürlich.« Leonhard nahm die Schreibfeder wieder auf, und seine Hand fuhr schnell übers Papier, hinterließ in gestochen scharfer Schrift Einnahmen und Ausgaben. Eine halbe Stunde später war er fertig, legte Löschpapier auf die Seiten und erhob sich.

Pünktlich um sieben Uhr führte Markus, der Hausdiener, die Gäste in den Speisesaal, wo die Familie sie erwartete. Oskar Lamberg, wie Wilhelm von Schletter ihn vorstellte, Händler aus Masuren, in Begleitung seiner beiden Kinder, einem Sohn, der in etwa in Leonhards Alter sein musste, Justus, und jenem Mädchen, von dem Carl so schwärmte, Adela.

Sie wurden zu Tisch geführt, und Karolina warf Elisa ihren »Ich habe es doch gesagt«-Blick zu. Die wirkte, als sinke ihr der Mut, dabei sah der junge Mann wirklich gut aus, und einen freundlichen Eindruck machte er überdies, soweit sich das auf die Schnelle sagen ließ. Leonhard nickte seiner Schwester aufmunternd zu, aber dieser schien es den Appetit verdorben zu haben, denn sie nahm kaum etwas von den über ihre Verhältnisse dargebotenen Speisen.

Das Tischgespräch wurde von Wilhelm von Schletter und Oskar Lamberg bestritten, beides Männer, die sich gut darin gefielen zu reden. Leonhards Mutter schwieg, Adela schien mit ihren Gedanken ebenfalls woanders zu sein, und Karolina fing eine Unterhaltung mit Justus an, in die sie Elisa mit einbezog, wozu diese unübersehbar wenig Lust hatte. Leonhard lächelte seiner Mutter zu und aß schweigend, indes er seinen Gedanken nachhing. Ab und zu beantwortete er eine Frage, die Oskar Lamberg an ihn richtete, ansonsten zeigte er an dem Besuch kein Interesse, das über reine Höflichkeit hinausging. Er würde Carl später erzählen, wer hier zu Gast gewesen war. Sollte es tatsächlich dazu kommen, dass Elisa Justus Lamberg heiratete, wäre vielleicht auch der Weg zu Adela für Carl einfacher. Immerhin wäre er dann näher dran.

»Ihr fragt euch sicher«, sagte sein Vater, als das Dessert gereicht wurde, »was der Grund unseres heutigen Zusammenkommens ist.« Er lächelte wie ein Zauberer, der im Begriff war, das Kaninchen aus dem Hut zu holen, und nicht wusste, dass sein Trick längst durchschaut war. »An diesem Abend möchten wir die Verbindung unserer Familien offiziell machen.«

Leonhard warf Elisa einen verstohlenen Blick zu und

bemerkte, dass auch Justus nicht eben glücklich aussah. Beruhigend drückte er die Hand seiner Schwester.

»Im kommenden Frühjahr wird sich Leonhard mit Oskars Tochter Adela vermählen.«

Leonhards Griff um Elisas Hand erschlaffte, dafür drückte diese nun zu. Sein Blick flog zu seinem Vater und von dort zu Adela. Diese wirkte nicht annähernd so schockiert wie er, vielmehr zeichnete eine leise Überraschung ihre Miene, die beherrscht war von einem Ausdruck der Resignation, als trete etwas ein, das sie insgeheim befürchtet hatte, wenngleich womöglich auf andere Art als gedacht.

»Ich freue mich sehr«, fuhr sein Vater fort, »in Adela eine dritte Tochter in mein Haus aufzunehmen.«

»Und ich gewinne einen Sohn dazu«, gab Oskar Lamberg die einzig mögliche Erwiderung darauf.

Leonhard war es, als drehe sich ihm der Magen um, und das Dessert erschien ihm Übelkeit erregend süß. Er legte den Löffel hin und sah erneut zu Adela, die nun ihrerseits den Blick gesenkt hatte. Aber niemand würde ihr das zum Vorwurf machen, vielmehr wirkte es so entzückend sittsam, dass seine Mutter mit gerührter Miene nach ihrer Hand griff.

»Ich freue mich, mein Kind.«

Trotz allem war Adela ihre Höflichkeit nicht abhandengekommen, denn sie hob den Blick und schenkte ihr ein Lächeln, das auf einen unbefangenen Beobachter schüchtern wirken musste, letztlich jedoch nichts anderes als distanziert und zurückhaltend war. Adela wollte hier nicht sein, das war offensichtlich. Und mochte sie sich auch fügen – welche Wahl hatte sie? –, so war ihr Blick in dem Moment, in dem sie Leonhards erwiderte, der eines Pferdes, dem man unvermittelt aus der Freiheit heraus Zügel angelegt hatte. Schon senkte sie wieder die Lider.

Leonhard hätte im Nachhinein nicht zu sagen vermocht, wie er es geschafft hatte, den Rest des Abends freundlich und beherrscht zu bleiben. Während er auf alle Fragen nur bemüht antwortete, war Elisa nun gelöst und in Plauderstimmung, und in Karolinas Miene malte sich unübersehbare Belustigung. Endlich war es so weit, und sie erhoben sich vom Tisch, die Herren, um im Herrenzimmer zu rauchen, die Damen, um im Salon der Hausherrin beisammenzusitzen.

Während Leonhard sich eine Zigarre ansteckte und dabei zusah, wie sich Oskar Lamberg an der Karaffe bediente, stellte er fest, dass er diesen Mann nicht mochte. Er konnte das nicht an etwas Konkretem festmachen, es war der Gesamteindruck, die Jovialität, mit der er zu ihm trat, ihm auf die Schulter klopfte, ein Gewinnerlächeln auf den Lippen. Leonhard fiel es zunehmend schwerer, seine Wut im Zaum zu halten. Dass sein Vater ihm eine Braut aussuchte – geschenkt. Aber hätte er nicht vorher mit ihm darüber sprechen können? Musste er ihn vor vollendete Tatsachen stellen? Und musste es ausgerechnet dieses Mädchen sein?

Sein Vater unterhielt sich mit dem Kaufmann, beide offenkundig zufrieden mit sich selbst, und in fortwährendem Bekunden dieses Umstands balzten sie voreinander herum. Leonhard rauchte schweigend und sprach nur, wenn eine Frage an ihn gerichtet wurde. Schließlich kam der langersehnte Moment des Abschieds. Natürlich nicht, ohne einen erneuten Besuch zu vereinbaren, schließlich sollten die Brautleute die Möglichkeit bekommen, einander kennenzulernen. Leonhard begleitete die Gäste zusammen mit seinen Eltern und Schwestern zur Tür und wandte sich sogleich an seinen Vater.

»Hieltest du es nicht für angebracht, mir vorher davon zu erzählen?«

Karolina und Elisa wandten neugierig die Köpfe.

»Das müssen wir nicht hier besprechen, ja?« Sein Vater wies zum Arbeitszimmer hin, und Leonhard nickte knapp.

»Ich habe es dir nicht erzählt«, sagte Wilhelm von Schletter, nachdem er die Tür hinter ihnen geschlossen hatte, »weil ich nicht wollte, dass du ihnen womöglich direkt mit Ablehnung begegnest. Schließlich kenne ich deine Haltung zur Ehe.«

»Und die zu berücksichtigen fiel dir nicht ein, ja?«

»Nicht in diesem Fall. Oskar Lamberg ist reich, obszön reich. Und wir brauchen Geld. Im Gegenzug bekommt er die Verwandtschaft mit uns, ohne die er einfach nur ein reicher Geldsack wäre.«

»Und wenn ich sie nicht heiraten möchte?«

Sein Vater taxierte ihn mit leicht schräg gelegtem Kopf. »Was ist an ihr auszusetzen? Sie ist bildhübsch.«

Natürlich konnte Leonhard nichts davon erzählen, dass Carl ein Auge auf sie geworfen hatte und sie seine Gefühle erwiderte. Damit hätte er ihren Ruf in Gefahr und sie in große Schwierigkeiten gebracht. Also schwieg er.

»Ich erwarte keine eheliche Treue von dir«, fuhr sein Vater fort. »Aber ein paar Kinder mit ihr zu machen, vorzugsweise einen Erben, das sollte dir bei einer so hübschen Frau doch wohl gelingen, nicht wahr?«

Leonhard fuhr sich durchs Haar, dachte an Carl. Verdammt noch mal!

»Finde dich damit ab«, sagte sein Vater. »Und wenn du's nicht tust, auch recht. Aber du heiratest sie, gleich, wie sehr es dir widerstrebt. Allerdings muss ich mich tatsächlich fragen, ob mit dir etwas nicht stimmt, wenn in dir der Gedanke, mit einer solchen Frau ins Bett zu müssen, einen solchen Widerwillen auslöst.«

Leonhard hob den Blick, verengte die Augen. »Du weißt, dass es in einer Ehe nicht allein damit getan ist, mit der Frau ins Bett zu gehen. Eine hübsche Bettgespielin kann ich jederzeit auch mit deutlich weniger Aufwand finden.«

»Na, da bin ich erleichtert, dass es daran nicht scheitern wird. Wie auch immer, die Sache ist beschlossen. Und nun sei so gut und lass mir einen Moment meine Ruhe, der Abend war anstrengend.«

Abrupt wandte Leonhard sich ab und verließ den Raum, wobei er beim Öffnen der Tür fast in seine Schwestern gelaufen wäre. »Neugier gestillt, ja?«, blaffte er sie an.

»Zumindest wissen wir nun, dass es nicht an Bettgespielinnen mangelt«, antwortete Karolina keck.

Leonhard war kurz davor, sie zu ohrfeigen. Rasch ging er an ihr vorbei und strebte auf die Treppe zu.

»Leon?«, hörte er Elisa rufen und blieb stehen, ohne sich zu ihr umzudrehen. »Was?«

»Hättest du lieber gesehen, wenn man mich an Justus Lamberg verheiratet?«, fragte sie. Justus Lamberg, der –

wie sie nebenbei beim Essen erfahren hatten – bereits eine Ehefrau hatte.

»Angesichts der Umstände wäre das tatsächlich die bessere Wahl gewesen«, antwortete er und setzte seinen Weg fort.

»Warum hast du mich nicht gefragt?«, äffte ihr Vater sie nach. »Weil ich wusste, dass du von Anfang an mit einem langen Gesicht am Tisch gesessen hättest, und kaum etwas wirkt abschreckender auf einen künftigen Bräutigam. So wart ihr eben beide überrascht. Abgesehen davon muss ich dich nicht fragen, du hast dich zu fügen, und damit hat es sich.«

Es war ein letztes Aufbegehren, das von Beginn an sinnlos gewesen war. Justus hatte es seinerzeit auch nichts gebracht, er hatte trotzdem die Tochter eines Berliner Industriellen heiraten müssen – eine unglückliche Allianz. Ihr Vater jedoch war ein vorausschauender Mann, der ahnte, dass die Zeit der Menschen, die er ein wenig spöttisch als »Industrieadel« bezeichnete, noch kommen würde. Solange allerdings der echte Adel noch das Sagen hatte, war es wichtig, dorthin ebenfalls die Fühler auszustrecken.

Aber gänzlich widerspruchslos wollte Adela sich dennoch nicht fügen. »Und wenn ich einen anderen Mann liebe, der ebenfalls über Einfluss verfügt?«

Der Blick ihres Vaters veränderte sich, er war auf der Hut. »Wer soll das sein?«

»Carl von Reichenbach.«

»Der Kerl, der uns das Pferd gebracht hat?«

»Ja.«

»Indiskutabel.«

»Was ist an ihm auszusetzen?«, fragte Adela.

»Er hat uns nichts zu bieten.«

»Er hat Geld!«

»Geld! Geld habe ich selbst.«

»Ich liebe ihn.«

»Grundgütiger! Kennst du mich wahrhaftig so schlecht, dass du denkst, ich mache so weitreichende Entscheidungen von weiblicher Gefühlsduselei abhängig?« Ihm kam ein anderer Gedanke. »Triffst dich heimlich mit ihm, ja?«

Sie schwieg, und im nächsten Moment landete seine Hand klatschend auf ihrer Wange. Adela zuckte zurück, und ihr schossen Tränen in die Augen. »Ja, wir treffen uns«, sagte sie rasch, als die Hand sich zum nächsten Schlag hob.

»Hat er dich angerührt?«

»Nein.«

»Das will ich für dich hoffen. Für wann seid ihr das nächste Mal verabredet?«

»Morgen vor dem Frühstück.«

»Daher also die frühen Spaziergänge. Ich habe dir zu sehr vertraut, nicht wahr? Wo ist der Treffpunkt?«

Sie beschrieb es ihm, und er nickte.

»Muss ich deutlich machen, dass du nicht hingehen wirst?«

»Nein.«

»Stattdessen werden wir übermorgen zum Mittagessen bei den von Schletters sein, wo du deinen zukünftigen Bräutigam näher kennenlernen wirst. Und wenn du dich nicht fügst, verdresche ich dich daheim, bis du nicht mehr sitzen kannst, ungeachtet deines Alters. Hast du das verstanden?«

»Ja.«

»Wenn du diesen von Reichenbach noch einmal triffst, verdresche ich dich ebenfalls. Auch das verstanden?«

»Ja.«

»Wenn du noch einmal ohne Begleitung losziehst, dasselbe. Klar?«

»Ja.«

»Dann darfst du jetzt gehen.«

Adela holte tief Luft und wandte sich ab. In dem Raum, den der Hausherr hochtrabend eine Bibliothek nannte, traf sie auf ihren Bruder, der nahe der Lampe in einem Buch blätterte. Er hatte mal wieder seine Brille verlegt und hielt das Buch nun so, dass das Licht auf die Seiten fiel. Als er sie hörte, drehte er sich zu ihr um.

»Er hat dich geschlagen?«

Unvermittelt hob sie die Hand an die Wange und nickte.

»Das hat er mit mir auch getan, als ich gesagt habe, dass ich Meta nicht heiraten möchte.«

»Ich weiß.« Adela rieb sich fröstelnd die Oberarme und ging zum Kamin, um das Feuer anzufachen, aber die Reste der Glut fielen in sich zusammen. Sie ließ den Spieß los, der mit einem dumpfen Klirren gegen den Kaminrost fiel, sank auf die Knie und weinte leise. Sie hörte Schritte, dann ließ Justus sich neben ihr nieder, legte den Arm um sie und zog sie an sich.

»Es tut mir leid«, sagte er.

Sie hatte ja geahnt, dass es vorbeigehen würde, aber sie

hatte so sehr gehofft, dass es ein wenig länger währte. Oder dass doch noch ein Wunder geschah.

⁂

Ein Stallbursche kam in den Hof, um Carls Pferd zu nehmen, als dieser in aller Frühe durch das Tor des Anwesens ritt. Carl warf ihm achtlos die Zügel zu, ohne weiter Notiz von ihm zu nehmen. Mit langen Schritten überquerte er den Hof mit den verwitterten Steinen, den ungepflegten Ranken, dem Moos, das aus jeder Ritze quoll. Der matschige Schnee machte das Ganze nicht gerade ansehnlicher. Auf dem Weg zum Haus kam ihm Elisa entgegen, die offenbar gerade im Garten gewesen war und die Arme voller Reisig hatte.

»Ist Leonhard da?«, fragte er.

Sie wurde rot, aber das wurde sie seit einiger Zeit eigentlich ständig, sobald er sie ansprach. »Ja, im Haus.«

Er bedankte sich und lief zur Tür, klopfte laut und vernehmlich, wartete eine Weile, klopfte erneut, weil sich nichts tat. Schließlich öffnete der Hausdiener die Tür, er wirkte abgehetzt, als sei er gerade von einer anderen Arbeit fortgeholt worden.

»Guten Morgen, Herr von Reichenbach. Der junge Freiherr von Schletter ist im Arbeitszimmer.«

»Ich kenne den Weg, danke, Markus.« Carl nickte ihm zu und durchquerte die Halle. Der frühe Besuch stieß auf sichtliches Befremden seitens der Dienerschaft, immerhin war noch nicht einmal das Frühstück serviert worden, aber das war ihm gleich. Als er an diesem Morgen an seinem Treffpunkt mit Adela eingetroffen war, hatte dort ein Mann auf ihn gewartet und sich als Adelas Vater vorgestellt. Gefolgt war die Weisung, in Zukunft die Finger von seiner Tochter zu lassen.

»Adela ist so gut wie verlobt«, hatte er gesagt. »Und ich möchte sie mit unbescholtenem Ruf übergeben. Also rate ich Ihnen gut, sich ihr nicht mehr zu nähern.«

Carl hatte zunächst nur dagestanden wie vom Donner gerührt, sein nervös tänzelndes Pferd am kurzen Zügel haltend. »Es lag nie in meiner Absicht, ihrem Ruf zu schaden«, hatte er schließlich hervorgebracht. »Ich möchte sie heiraten.«

»Daraus wird nichts.«

»Mit wem ist sie verlobt?«

»Mit Leonhard von Schletter.« Der Mann hatte ihn gemustert, und seiner Miene war nicht zu entnehmen, ob das Urteil zu Carls Vorteil ausfiel. »Nun denn, ich empfehle mich.«

Adelas Vater hatte sich abgewandt und war gegangen, indes Carl ihm fassungslos nachgeblickt hatte. Schließlich hatte er sich aus seiner Erstarrung gelöst, war auf sein Pferd gestiegen und zum Gut der von Schletters galoppiert.

Nun stand er vor dem Arbeitszimmer, nahm sich nicht einmal die Zeit, auf ein »Herein« nach dem Anklopfen zu warten, und stieß die Tür auf. Leonhard war blass und wirkte mit den dunkel umschatteten Augen übernächtigt.

»Du weißt es also schon?«, fragte er.

Carl stieß die Tür hinter sich ins Schloss. »Du wirst sie nicht heiraten, nicht wahr?«

»Es ist nicht so, als hätte ich die Wahl.«

»Natürlich hast du die! Sie kann nicht wählen, du jedoch schon.«

Leonhard stieß ein wütendes, kurzes Lachen aus. »Und wie sollte ich das tun? Hast du da auch schon Vorschläge?«

»Du wirst dich weigern, schlicht und ergreifend.«

»Das kann ich nicht, mein Vater würde mich enterben und aus dem Haus werfen.«

Carl hatte nicht damit gerechnet, dass Leonhard tatsächlich auf dieses absurde Ehebündnis eingehen würde, daher war er einen Moment lang sprachlos. »Du weißt doch genau, dass er das niemals tun würde, du bist sein einziger Erbe.«

»Ich bin nicht sein einziger Sohn, du vergisst Friedrich.«

»Der zukünftige Theologiestudent? Dein Ernst?«

»Wenn mein Vater will, kann er ihn jederzeit zurückbeordern. Noch leistet er nur seinen Wehrdienst ab, er kann danach durchaus hierherkommen, wenn mein Vater das wünscht. Und das wird er, wenn ich nicht tue, was er sagt. Dann übergibt er alles Friedrich und wirft mich aus dem Haus.«

»Das wird er nicht tun, er hat Friedrich immer für einen Schwächling gehalten.«

»Er wird mich verstoßen«, wiederholte Leonhard, »Friedrich holen, und dann heiratet der eben Adela, so wird es laufen! Mein Vater will das Geld der Lambergs, ansonsten fällt uns das Gut irgendwann über dem Kopf zusammen.«

»Es gibt genug reiche Frauen, mit denen er dich verheiraten kann.«

»Ja, aber er hat nun einmal diese ausgesucht. Denkst du,

ich hätte gestern nicht lang und breit versucht, es ihm auszureden?«

»Hast du von mir und ihr erzählt?«

Leonhard sah ihn zornig ob des unterstellten Verrats an. »Natürlich nicht!«

»Ihr Vater hat heute an ihrer Stelle auf mich gewartet.«

»Sie wird es ihm erzählt haben, vielleicht, weil sie gehofft hat, er würde dann von dem Vorhaben ablassen.«

Sich ihre Verzweiflung vorzustellen machte es noch schlimmer, und ihr Vater wirkte nicht wie ein Mann, der bei dergleichen nachgiebig reagierte. »Tu es nicht, Leonhard, um unserer Freundschaft willen.«

»Ich würde es nicht tun, wenn ich die Wahl hätte.«

»Die hast du.«

Zorn blitzte in Leonhards Augen auf. »Nein, verdammt noch mal. Verstehst du das nicht?«

»Dein Vater würde nie …«

»Doch, er würde. Ich kenne ihn besser als du. Und das Risiko kann ich nicht eingehen, das würdest du an meiner Stelle auch nicht tun.«

»Du hättest in mir einen Freund, solange ich lebe.«

»Heißt das, den habe ich nun nicht mehr? Wegen einer Frau?«

»Nicht wegen irgendeiner Frau. Du weißt, was sie mir bedeutet.«

Nun war Leonhard sichtlich aus der Fassung geraten. »Du kennst diese Frau seit drei Monaten, ich bin dein Freund seit Jahren. Himmel, Carl, es gibt so viele hübsche Frauen, du brauchst doch nur zu wählen. Aber einen guten Freund findest du nicht so ohne weiteres.«

»Großartiger Freund, der sich eine Frau ins Bett holt, von der er weiß, dass sein Freund sie heiraten wollte.«

»Ich hole sie mir nicht ins Bett, sie wird hineingelegt, um bei deinen Worten zu bleiben. Ich hätte sie unter anderen Umständen niemals angerührt.«

Carl presste die Lippen zusammen, versuchte das Bild einer Adela, die sich unter Leonhards Händen wand, zu verdrängen. Eine verzehrende Wut stieg in ihm auf, und er musste an sich halten, nicht auf seinen Freund loszugehen. »Ich meine es ernst«, sagte er schließlich. »Tu es nicht, und ich werde alle Konsequenzen mit dir zusammen tragen. Ansonsten ist unsere Freundschaft Vergangenheit.«

»Wegen einer Frau? Ernsthaft?«

Carls Schweigen mochte ihm Antwort genug sein.

»Ich habe keine Wahl«, sagte Leonhard schließlich.

»Die hat man immer.« Carl drehte sich um und verließ das Arbeitszimmer. In seinem Kopf wirbelten die Gedanken wild durcheinander, während er versuchte, einen Ausweg für sich und Adela zu finden.

April 1881

Pferde waren Gesa von Reichenbach nie nahe gewesen, sie konnte schlicht nichts mit ihnen anfangen. Als Ehefrau eines Gutsherrn, der in der dritten Generation Trakehner züchtete, mochte das seltsam anmuten, aber sie glich diesen Umstand mit anderen Vorzügen aus. Sie wusste hervorragend hauszuhalten, war stets repräsentativ an der Seite ihres Mannes, verstand es, Konversation zu treiben und im rechten Moment zu schweigen. Vor allem jedoch nahm sie ihre Pflichten als Mutter sehr ernst, was hieß, Tag für Tag Kämpfe mit ihrer Tochter auszufechten. Carl war da glücklicherweise nicht ganz so anstrengend. Diese wilde Idee mit der Krämerstochter hatte sich ja glücklicherweise zerschlagen.

Dass ausgerechnet Leonhard dieses von ihrem Sohn so begehrte Mädchen bekam, gefiel Gesa allerdings auch nicht so recht, denn trotz aller Abneigung mochte sie den Gedanken nicht, dass die von Schletters bekamen, was ein von Reichenbach begehrte. Allerdings, so dachte sie gehässig, hatte der Vater des Mädchens Leonhard ja praktisch in Gold aufgewogen, als sorge der Name der Freiherren von

Schletter dafür, dass er mehr war als ein einfacher Kaufmann. Da mochte er Leonhard gleich zehnmal in Gold aufwiegen, er würde nie zu ihresgleichen gehören.

Carl hingegen konnte einen großen Namen heiraten, dort fand sich dann zusammen, was zusammengehörte. Und Magdalena würde so verheiratet werden, dass sie es weit brachte, vielleicht gar zur Hofdame der Kaiserin. Hauptsache, es fand sich ein Mann für sie, ehe sie vollkommen verwilderte. Gesa hatte sich bemüht, Magdalena all das beizubringen, was eine junge Frau auszeichnete, hatte sie Haltung gelehrt, zu tanzen, zu wirtschaften. Darüber hinaus wusste sie gut in Französisch zu parlieren und leidlich in Englisch. Sie sprach auch Polnisch, was ihrem Kindermädchen anzulasten und sicher nichts war, womit man hausieren ging. Aber die Kinder hatten an dem Mädchen gehangen, und obwohl dieses gegenüber den Kindern stets in seine Muttersprache verfallen war, hatte Gesa ihr nicht gekündigt, denn gute Kindermädchen waren nur schwer zu finden. Und ihr Umgang war ansonsten tadellos gewesen.

Obwohl sie und die von Schletters eine mehr oder weniger offene Abneigung gegeneinander hegten, waren ihre Söhne befreundet – bis letztes Jahr im Dezember zumindest –, und so erhielten auch die von Reichenbachs eine Einladung zur Hochzeit. Nicht hinzugehen war gesellschaftlich unmöglich, das musste Carl einsehen. Die Leute rätselten ohnehin schon, warum man ihn und Leonhard überhaupt nicht mehr zusammen sah.

Den ganzen Vormittag verbrachte Gesa damit, ihre Tochter zu beaufsichtigen, die schon zum Frühstück nur wenig essen durfte, damit sie eng geschnürt werden konnte. Jede Stunde ging sie hinauf in ihr Zimmer und wurde noch ein wenig enger geschnürt, so dass das Kleid mittags wie angegossen passte. Magdalena hatte eine bezaubernde Taille, und das saphirblaue Kleid ließ sie, die ohnehin von schöner Statur war, sehr elegant aussehen, da es sie in eine fortwährend gerade Haltung zwang. Nur ihre finstere Miene bereitete Gesa Sorge, denn kaum etwas konnte abschreckender auf einen künftigen Ehemann wirken. Und Gesa wollte dafür sorgen, dass Magdalena es weit brachte, vorzugsweise an den kaiserlichen Hof.

Glücklicherweise machte ihr Carl überhaupt keine Sorgen – sah man von der kurzen Episode mit der Händlerstochter ab. Er war jetzt fünfundzwanzig, im selben Alter wie Leonhard von Schletter, und Gesa hatte bereits die eine oder andere junge Frau im Blick, die sich als Ehefrau des Reichenbach-Erben eignete.

»Ich bin froh, dass diese Torheit ein Ende hat«, sagte Johannes, als sie sich in der Halle zur Abfahrt trafen und auf die Kinder warteten. »Dass die Freundschaft zu Leonhard darunter gelitten hat, mag bedauerlich sein, aber ein allzu arger Verlust ist das nicht.« Die von Schletters hatten nie besonders hoch in seinem Ansehen gestanden, da er die Ansicht vertrat, der Apfel falle nicht weit vom Stamm. Und über den Urgroßvater sowie den Großvater Leonhards war nicht viel Gutes zu erzählen.

Carl erschien mit düsterer Miene, als seien sie auf dem Weg zu einer Beerdigung.

»Ich hoffe, du mäßigst dich«, warnte ihn sein Vater. »Ich möchte kein Gerede.«

»Keine Sorge«, antwortete Carl.

Kurz darauf kam Magdalena elfengleich die Treppe hinunter, was dem Umstand geschuldet sein mochte, dass sie sich sehr gerade halten musste und nicht zu tief einatmen durfte, was sie daran hinderte, mit dem üblichen Überschwang die Treppe hinunterzulaufen. Johannes schenkte ihr ein beifälliges Lächeln, dann gingen sie hinaus auf den Hof, wo die Kutsche bereitstand.

Es war ein herrlicher Frühlingstag, worauf man sich im April ja nicht verlassen konnte. Gesa hatte gehört, dass die Trauung im Garten stattfinden würde, und ein klein wenig gehässig hatte sie auf schlechtes Wetter gelauert. Nun aber schien die Sonne von einem strahlend blauen Himmel, und es war für die Jahreszeit schon recht warm. Nachdem sie alle im offenen Fiaker Platz genommen hatten, lenkte der Kutscher das Gefährt vom Hof. Magdalena und Carl saßen nebeneinander, jeder von ihnen hatte den Blick abgewandt und starrte auf einen Punkt in der Ferne, als sei dort etwas, das nur sie sehen konnten.

Durch die vielen Kutschen wirkte Schloss Lilienau beinahe hochherrschaftlich, wenngleich einem geübten Auge selbst dieser Umstand keinen Wohlstand vorgaukeln konnte. Und beim Näherkommen zeigten sich denn auch die Zeichen des Verfalls, die selbst ein noch so aufwendiger Brautschmuck nicht verbergen konnte. Gottlob, dachte Gesa, muss ich hier nicht leben. Unvorstellbar, Tag um Tag aufzuwachen und sich in dieser Trostlosigkeit wiederzufinden, in diesem Haus, das nichts außer einer großen Geschichte vorzuweisen hatte.

Livrierte Diener – zweifellos für diesen Tag in Königsberg gemietet – standen an den offenen Flügeltüren und hießen die Gäste willkommen. Durch das Eingangsportal betrat man eine große Halle, in der dunkles, altes Mobiliar stand, eine Vitrine, eine breite Kommode und ein hoher Stuhl in einer Ecke. An der linken Wand hing ein großes Gemälde mit einer Jagdszene. Nach hinten waren alle Türen geöffnet worden, eine weitläufige Zimmerflucht, der ein großer Salon folgte, durch den man in den Garten gelangte. So blickte man praktisch von der Eingangshalle aus bis in den Garten, was – das musste Gesa sich ein wenig neidisch eingestehen – eine geradezu überwältigende Wirkung hatte.

Die von Schletters begrüßten jeden ihrer Gäste persönlich, an ihrer Seite ein Mann, der imposant und respekteinflößend wirkte, vermutlich der Geldsack. Sie unterhielten sich höflich, indes Carl mit versteinerter Miene daneben stand, dann gingen sie hinaus in den verwilderten Garten, dem der aufgebaute Altar und der mit Rosen geschmückte Bogengang einen Anstrich von Romantik gaben. Dennoch wirkten all die Gäste in ihrer eleganten Garderobe wie Schauspieler, die sich auf die falsche Theaterbühne verirrt hatten. Gesa wäre lieber gestorben, als die Hochzeit ihres Sohnes in solch einer Umgebung zu feiern. Warum hatte Berta von Schletter nicht ausschließlich den großen Salon gewählt, der durch das Öffnen der Türen zum Salon nebenan zum Festsaal geworden war?

Leonhard sah allerdings gut aus, das musste sie einräumen, als sie Platz nahmen und der junge Bräutigam zum Altar trat. Sein Bruder Friedrich war ebenfalls gekommen, sehr schmuck in seiner Uniform, was von einigen jungen

Frauen durchaus beifällig zur Kenntnis genommen wurde. Verstohlen sah Gesa Magdalena an, wollte wissen, ob der junge Mann auch sie beeindruckte – was natürlich sofort zu unterbinden wäre –, aber sie hatte ihn nur mit einem Blick gestreift und sah nun gelangweilt umher.

Dass Carl nicht Leonhards Trauzeuge wurde, mochte so manch einen wundern, einige drehten sich sogar neugierig zu ihnen um. Dann wurde die Braut von ihrem Vater in den Garten geführt, das Brautkleid so überladen, dass es beinahe vulgär wirkte. Selten hatte Gesa einen solch geschmacklos zur Schau gestellten Reichtum gesehen. Das Mädchen jedoch, dachte sie, das Mädchen war bezaubernd. Nein, sie gönnte sie den von Schletters nicht, wenngleich Carl sie auch nicht haben sollte. Wieder dieser Zwiespalt. Unvermittelt stolperte die junge Frau, und es war etwas zu hören, das wie das Reißen einer Naht klang. Vermutlich war sie auf den Saum getreten. Ein Raunen ging durch die Menge. Wäre Gesa abergläubisch, würde sie denken, das sei kein gutes Omen.

Die Trauung war noch das Interessanteste an dem ganzen Spektakel gewesen, dachte Magdalena, weil sich aus der Art, wie sich Braut und Bräutigam ansahen, so viel lesen ließ, vor allem, als es daran ging, sich zu küssen. Leonhard hatte sich vorgebeugt, hatte Adelas Lippen berührt, indes diese starr wie eine Eisfigur verharrt war. Magdalena hatte ihren Bruder mit einem flüchtigen Blick gestreift und bemerkt, wie die Kiefermuskeln hervortraten, indes sein Blick reglos auf dem Paar gelegen hatte.

Danach wurde zu Tisch gebeten, wo Magdalena sich von

all der köstlichen Pracht nur ein winziges Stück Kuchen nehmen konnte, denn mehr ließ ihr Kleid nicht zu. Ihre Mutter hatte diesen Umstand wohlwollend zur Kenntnis genommen, denn sie vertrat nach wie vor die Ansicht, dass eine echte Dame nur aß wie ein Spatz. Da Magdalena ahnte, dass ihre Mutter sich bereits wieder als Kupplerin zu betätigen versuchte, nutzte sie einen unbeobachteten Augenblick, um sich von der Feier zu entfernen, und floh auf einen etwas versteckt liegenden seitlichen Hof, den eine niedrige Mauer vom Ausläufer des parkartigen Gartens trennte.

Von ihrem Platz auf dem Mäuerchen aus konnte Magdalena das bunte Treiben hören, aber sie sah es nicht und wurde nicht gesehen. Bestens! Sie nahm eine getrocknete Marille aus einem vergessenen Körbchen neben sich, kaute lange darauf herum und spuckte den Kern so weit sie konnte. Dann folgte die nächste und noch eine.

»Das ist ja lachhaft«, hörte sie eine Männerstimme sagen und drehte sich um, warf dem Ankömmling einen herausfordernden Blick zu. Der junge Mann schlenderte an ihr vorbei, nahm sich eine Marille, aß sie und spuckte dann den Kern in weitem Bogen aus.

»So macht man das, wenn man nicht gerade ein Anfänger ist.«

Überrascht hob Magdalena die Brauen, griff nach der nächsten Marille. Ihr Kern flog nicht annähernd so weit wie seiner. »Ihnen ist wohl oft langweilig, nicht wahr?«

Er lachte. »Ich übe mit meinen Kindern, aber verraten Sie es meiner Angetrauten nicht.«

Magdalena legte den Kopf schief. »Sie sollten eine solch scharfe Waffe keiner Frau in die Hand geben.«

Wieder lachte er und nahm sich erneut eine Marille.

»Mit wem habe ich das Vergnügen, nun, da ich weiß, dass Sie verheiratet sind und wir damit jeden Moment der Peinlichkeit umschifft haben?«

»Justus Lamberg.«

»Der Bruder der Braut?«

»Genau der.«

»Ich bin Magdalena von Reichenbach.« Die Schwester des Wunsch-Bräutigams.

Beide taxierten sich, versuchten auszuloten, was der jeweils andere wusste, um nicht Verräter des Geheimnisses zu werden. Magdalena entschied sich schließlich dafür, es bei einem Lächeln zu belassen, das Justus Lamberg erwiderte.

»Woher kommen Sie?«, wollte sie wissen.

»Aus Johannisburg.«

»Ist das nicht furchtbar langweilig?«

»Nein, kann ich nicht behaupten.«

Magdalena mochte das lebendige Königsberg, das fünfzehn Kilometer vom Gut entfernt lag, und konnte sich nicht vorstellen, wie es sein mochte, in einer Stadt zu leben, die es durch die Holzindustrie zu bescheidenem Wohlstand gebracht hatte. Wie schrecklich öde das wäre. Sie erhob sich von dem Mäuerchen und strich glättend über ihr Kleid.

»Ich befürchte, man wird mich bald suchen. Und dann wird meine Mutter mich dazu zwingen zu tanzen.«

»Tanzen Sie nicht gerne?«

»Doch, aber ich kann in diesem fürchterlichen Kleid kaum atmen. Meine Mutter sagt, ich müsse eine Taille haben, die ein Mann mit zwei Händen umfassen kann.«

Er musterte sie und sah dann seine Hände an. »Gott bewahre. Wenn das jemals passiert, ist von Ihnen vermutlich nicht mehr viel übrig.«

»Das sagt mein Bruder auch.«

Normalerweise trug Magdalena Mieder, die ihr mehr Bewegungsfreiheit ließen, alles andere wäre im täglichen Leben überaus unpraktisch. Aber bei Feiern ließ ihre Mutter nicht mit sich reden. Wie ich das alles hasse, dachte Magdalena.

»Wie lange bleiben Sie hier?«, fragte sie.

»Ich reise morgen ab, zusammen mit meinem Vater.«

Magdalena hörte, wie ihre Mutter nach ihr rief, und seufzte. »Ich muss wohl zurück.«

»Ja, ganz offensichtlich.«

Sie neigte den Kopf. »Haben Sie noch eine reizende Feier.«

»Dasselbe wünsche ich Ihnen auch.«

Sehr langsam ging Magdalena zurück und begegnete dem aufgebrachten Blick ihrer Mutter. »Wo um alles in der Welt warst du?«

»Ich habe getrocknete Marillen gegessen.«

Ihre Mutter hob fragend die Brauen.

»Du hast mich so eng geschnürt, dass ich nach einem Stück Kuchen schon satt war, also hoffe ich, dass die Marillen nun Platz schaffen für den nächsten Gang.«

Gesa von Reichenbach lief puterrot an. »Du führst eine Gossensprache wie ein Stallbursche«, ereiferte sie sich. »Jetzt komm, und wehe, du blamierst mich.«

Als sie den Saal betrat, bemerkte Magdalena Justus Lamberg, der von der anderen Seite kam. Er schenkte ihr ein verschwörerisches Lächeln, das sie erwiderte. Bedauerlich, dass er so weit weg wohnte.

Adela hatte alle Worte gesprochen, die man von ihr verlangt hatte, hatte zugelassen, dass Leonhard ihre kalten Lippen küsste, hatte mit ihm getanzt, hatte gelächelt, wie man es von ihr erwartete. Erst Carls Anblick hatte sie aus der Fassung gebracht, hatte das starre Lächeln zerfallen lassen. Dann hatte sie sich wieder im Griff gehabt und hernach vermieden, ihn ein weiteres Mal anzusehen.

Sie und Leonhard hatten sich seit Dezember regelmäßig getroffen, ihre Väter hatten es sich im Salon der von Schletters gemütlich gemacht, während Adela und ihr Zukünftiger einander kennenlernen sollten. Meist verlief das so, dass sie im Garten spazieren gingen und sich nichts zu erzählen hatten. Carl stand zwischen ihnen, das wussten sie beide. Aber es half alles nichts, das wussten sie ebenfalls. Adela hatte nicht einmal jemanden gehabt, dem sie ihren Kummer anvertrauen konnte, denn Justus war noch im selben Monat zurück nach Johannisburg geschickt worden, damit er sich um die Geschäfte kümmerte und ein Auge auf seinen Stellvertreter hatte. Er war erst am Vortag wieder hierhergereist.

Und nun waren sie hier, tanzten, lächelten, unterhielten sich mit den Gästen, und immer wieder flog Adelas Blick zu der Uhr, denn der Abend rückte unaufhaltsam näher. Ihr war übel vor Angst. Ob Leonhard den Moment herbeisehnte? Für Männer, das wusste sie von Freundinnen, war die Liebe nicht notwendig, um körperliche Freude bei einer Frau zu finden. Für Adela war der gesamte Akt sehr abstrakt, und sie hatte keine Mutter mehr, die sie hätte fragen können. Die Tanten ihres Vaters waren nicht gerade die Art von Frauen, an die man sich mit solchen Themen wendete.

Als Adelas Monat das erste Mal eingesetzt hatte, war sie dreizehn gewesen und zu Tode erschrocken. In stummem Entsetzen hatte sie auf das Blut in ihrer Wäsche gestarrt, überzeugt davon, sterben zu müssen, und war schließlich heulend zu ihrem Kindermädchen gelaufen. Dieses hatte ihr mit Baumwolle gefüllte Windeltücher zwischen die Beine gebunden und sie darüber aufgeklärt, dass dergleichen nun monatlich zu erwarten war. Adela hatte die Vorstellung, einmal monatlich mit Windeln herumlaufen zu müssen, nicht gerade begeistert, aber sie hatte sich daran gewöhnt. Und hieran, so dachte sie und warf einen erneuten Blick auf die Uhr, würde sie sich auch gewöhnen. Wenn sie nur das erste Mal überstanden hatte. Und wieder grub sich die Angst in ihren Magen, sorgte dafür, dass sie keinen Bissen hinunterbekam.

Es war Berta von Schletter, die schließlich zu ihr trat und ihr sagte, es sei Zeit. Es war bereits dunkel, und die Feier hatte sich aufgrund der abendlichen Kühle vom Garten in den Festsaal verlagert. Adela wandte sich um und bemerkte die fröhliche Schar von Frauen, die darauf wartete, sie hoch in ihr Schlafgemach zu geleiten. Mit starrem Blick folgte sie Berta von Schletter, ließ sich in die Mitte nehmen, hörte das Lachen, die Zoten, die ausgelassenen Bemerkungen, mit denen die Frauen den vorlauten Burschen antworteten.

»Du musst keine Angst haben, mein Kind«, sagte eine

ältere Dame, an deren Namen sich Adela nicht mehr erinnerte.

Unter Gekicher, Geschwätz und Gelächter wurde Adela zur Treppe geführt. Sie stieg Stufe für Stufe hoch, vorsichtig, um nicht über ihr ausladendes Kleid zu stolpern. Über mehrere Korridore ging es, ehe sie vor einem Zimmer stehen blieben, dessen Tür aufstießen und Adela hineinführten. Der Raum war in dunklem Holz gehalten mit schweren weinroten Vorhängen. Es gab einen Frisiertisch, auf dem Adelas Habe bereits angeordnet war. Über einem breiten Bett mit hohen Pfosten lag ein Nachthemd aus so feiner Seide, dass es fast durchscheinend wirkte, und Adela wandte den Kopf ab, sah zum Fenster, hinter dem bläuliche Dunkelheit ihr ein durchscheinendes Spiegelbild zurückgab.

Eine Frau begann, ihr Haar zu lösen, und Adela ließ sie gewähren, den Blick unbeweglich hinausgerichtet, so dass all das Geschwätz nur noch ein Summen um sie herum war. Als jedoch ein Mädchen, das sie nicht einmal kannte, mit dem Nachthemd kam und Leonhards Mutter sich gerade daranmachen wollte, ihr das Kleid zu öffnen, fuhr sie herum.

»Nein!«

»Aber mein Kind …«

»Ich sagte, nein.«

Eine Frau umfasste mit verständnisvollem Lächeln ihren Arm. »Ich weiß, dass …«

Einen feuchten Kehricht weißt du, dachte Adela. »Nein. Und nun lasst mich bitte allein.«

»Aber du kannst dich nicht allein umkleiden«, sagte Berta von Schletter.

»Braucht sie doch auch nicht«, sagte eine Frau in Adelas Rücken. »Leonhard wird es reichen, sie auszuziehen.« Einige kicherten, und Adela spürte, wie ihr das Blut in die Wangen stieg. Abrupt wandte sie sich ab und sah wieder zum Fenster hinaus, hörte, wie die Frauen unschlüssig verharrten und dann endlich gingen. Als die Tür ins Schloss fiel, stieß sie einen erleichterten Seufzer aus und ließ sich auf dem Hocker vor dem Frisiertisch nieder. Ihr Haar fiel ihr gelöst auf die Schultern, und sie strich es mit einer fahrigen Geste zurück.

Das Nachthemd war nun nicht mehr sorgsam über das Bett gelegt, sondern achtlos darauf geworfen worden. Um kein Geld der Welt würde Adela Leonhard mit diesem Nichts von Kleidungsstück entgegentreten. Sie wusste, dass sie nicht verhindern konnte, dass er die Ehe mit ihr vollzog, aber sie wollte nicht halbnackt auf seinem Bett sitzen und darauf warten.

Eine Viertelstunde später hörte sie Schritte näher kommen, vor der Tür verharren, und sie hielt den Atem an, stieß ihn langsam aus, als die Klinke hinuntergedrückt wurde und Leonhard den Raum betrat, zögernd, als habe er selbst Scheu davor zu tun, was von allen erwartet wurde. Sein Blick fiel auf sie, und er lächelte.

»Sie haben mir schon gesagt, dass du etwas *schwierig* seist.« Sorgsam verriegelte er die Tür hinter sich, ehe er langsam zu ihr trat, eine Haarsträhne nahm und diese durch die Finger gleiten ließ. Dann ging er zum Fenster, um die Vorhänge zuzuziehen. Adela erhob sich, um nicht die ganze Zeit zu ihm aufzusehen. Ihr rascher Herzschlag trieb ihr den Atem stoßweise über die Lippen, während sie beobachtete, wie Leonhard die Lampen löschte und nur die beiden neben dem Bett leuchten ließ. Der Raum lag nun im Halbdämmer.

»Ist es dir so lieber?«, fragte er.

Sie nickte. Dann kam er zu ihr, legte die Hand an ihre Wange, senkte den Kopf und küsste sie, fremd, unvertraut. Er merkte, dass sie den Kuss nicht erwiderte, blickte auf und sah sie forschend an. Ob er ahnte, dass Carl der bisher erste und einzige Mann gewesen war, dem sie Küsse gewährt hatte?

Sein Daumen fuhr über ihre Wange, behutsam, ehe er innehielt. Er zog die Hand zurück, rieb Daumen und Zeigefinger aneinander, und Adela bemerkte erst jetzt, dass sich eine Träne aus ihrem Augenwinkel gelöst hatte.

»Also gut«, sagte er schließlich. »Ich weiß, dass du dir etwas anderes vorgestellt hast, und glaub mir, ich habe wahrhaftig versucht, meinen Vater von der Idee abzubringen.«

So viel hatte er noch nie an einem Stück mit ihr gesprochen, aber Adelas kaltes Schweigen war auch nicht sehr ermutigend gewesen, das wusste sie selbst. »Das habe ich auch«, antwortete sie schließlich leise und hob unwillkürlich die Hand an die Wange, als spüre sie die Ohrfeige immer noch.

»Die Dinge sind nun einmal, wie sie sind«, sagte er. »Wir können jetzt nur irgendwie das Beste daraus machen.« Wieder ließ er eine ihrer Haarsträhnen durch die Finger gleiten. »Ich werde ganz vorsichtig sein, du hast mein Wort.«

Sie nickte nur, und er senkte wieder den Kopf, um sie

zu küssen, was sie mit geschlossenen Augen geschehen ließ. Er legte die Arme um sie, liebkoste ihre Schultern, ihren Nacken, ihren Rücken, und schließlich spürte Adela, wie ihr Kleid geöffnet wurde und langsam an ihrem Körper zu Boden rutschte. Einen zittrigen Atemzug lang hielt sie inne, als sich Leonhards Mund von ihrem löste und er nun ihren Hals küsste. Dann hob er sie hoch und trug sie zum Bett.

Adela glaubte, vor Scham sterben zu müssen, als er sie auskleidete, all das enthüllte, was sie nicht einmal ihre Zofe sehen ließ, und sich hernach selbst entkleidete. Seine Hände erkundeten jeden Zoll ihres Körpers, sanft, streichelnd, ohne sie zu drängen, und als Adela die Augen erneut schloss und da nichts mehr war außer seinen Händen und seinem Mund, war es mit einem Mal gar nicht mehr so furchtbar unangenehm. Als er sie erneut küsste, erwiderte sie seinen Kuss sogar und fuhr mit den Fingern durch sein dichtes Haar.

Und als sie gerade dachte, dass es nicht gar so schlimm war, wie sie befürchtet hatte, spürte sie ihn zwischen ihren Beinen, erst einen Druck und kurz darauf einen sengenden Schmerz. Sie riss die Augen auf und keuchte entsetzt, umklammerte Leonhards Oberarme, wollte, dass er aufhörte, und tatsächlich hielt er einen Moment lang inne, senkte den Kopf, küsste sie, streichelte sie, schlang einen Arm um ihre Hüften, hob sie sich entgegen, ehe er sich erneut bewegte, wieder und wieder in ihren Körper stieß. Adela grub die Zähne in die Unterlippe, und Tränen rannen ihr über die Wangen. Als sie ihn gerade anflehen wollte, er solle damit aufhören, war es unvermittelt vorbei, und Leonhard zog sich aus ihr zurück, sank in das Kissen, schwer atmend, als wäre er gerannt. Adela tastete nach der Decke und zog sie über sich bis ans Kinn und trocknete sich mit einem Deckenzipfel die tränennassen Wangen. Aber das nützte nichts, denn fortwährend kamen neue Tränen, und sie schaffte es nur mit Mühe, das Schluchzen zu unterdrücken.

Lange Zeit sagte niemand von ihnen ein Wort, aber Adela bemerkte, dass auch Leonhard sich zugedeckt hatte, was sie vor der Peinlichkeit bewahrte, seinen nackten Körper ansehen zu müssen. Sein Atem ging wieder ruhiger, und während sie zusammengekauert auf der Seite lag und der Schmerz zu einem dumpfen Pochen wurde, lag Leonhard auf dem Rücken und starrte an die Decke.

»Es tut mir leid«, sagte er schließlich.

Adela antwortete nicht.

Er drehte sich zu ihr. »Möchtest du schlafen? Ich rühre dich heute Nacht nicht mehr an, wenn du das nicht willst, das verspreche ich dir.«

Aber in der kommenden Nacht würde er es tun. Und in der darauf. Adela wollte vor Verzweiflung das Gesicht im Kissen bergen und schreien. Aber sie schwieg.

Seufzend gab er es auf, mit ihr sprechen zu wollen, und erhob sich. Er löschte erst das Licht auf ihrer Seite des Bettes, dann auf seiner. Die alles umhüllende Dunkelheit erschien Adela angenehm wie ein Tuch, das schützend um sie lag. Sie hörte, wie Leonhard sich wieder ins Bett legte, und die Decke raschelte leise, als er sich zudeckte.

»Wird es immer so furchtbar wehtun?«, brach sie ihr Schweigen.

»Nein.«

»Versprichst du mir das?«

»Ja.«

Sie wickelte sich in die Decke wie in einen Kokon. »Dann ertrage ich es. Nur diese Nacht nicht mehr.«

Dieses Mal war er es, der schwieg, und sie drehte sich von ihm weg zum Fenster hin, lauschte Musik und Gelächter, die trotz der geschlossenen Läden zu ihnen hinaufdrangen.

Carl hatte rasch herausgefunden, welches das Brautzimmer war. Es gab nur einen Raum, dessen Fenster beleuchtet waren, als man Adela hochbrachte. Er hatte draußen gestanden, damit er nicht mitbekam, wie Leonhard ebenfalls ging, wusste aber, dass er bei ihr war, als die Vorhänge zugezogen wurden. Durch einen Spalt war noch Licht zu sehen, aber das wurde kurz darauf schwächer. Offenbar bereitete Leonhard seine Liebesnacht mit Adela vor. Bei dem Gedanken daran, wie sein früherer Freund genoss, wonach Carl sich sehnte, seit er Adela das erste Mal in den Armen gehalten hatte, wollte er hochrennen und den Kerl aus ihrem Bett prügeln. Er ballte die Fäuste und atmete tief ein, dann wandte er sich ruckartig vom Fenster ab und wollte zurück ins Haus.

Als er die Veranda betrat, hörte er das Rascheln eines seidenen Kleides und roch Zigarettenrauch. Im nächsten Moment bemerkte er Elisa, die sich offenbar allein gewähnt hatte, um diesem verbotenen kleinen Laster zu frönen. Sie stand versteckt hinter einer Säule, die umwuchert war von wilden Rosen, und verließ sich offenbar auf den Schutz der Dunkelheit.

Carl lächelte überrascht.

»Erzähl es nicht meinem Vater, ja?«, sagte sie.

»Würde mir im Traum nicht einfallen.«

»Möchtest du auch eine?«, fragte sie. »Ich habe zwei mitgehen lassen.«

Er trat zu ihr. »Sehr gerne.«

Sie zog eine Zigarette aus ihrem Ausschnitt und ahnte vermutlich nicht einmal, wie verrucht diese Geste war. Carl klemmte die Zigarette zwischen die Lippen und ließ sich von ihr Feuer geben. Offenbar waren ihre Finger jedoch zu zittrig, denn es brauchte vier Anläufe, ehe ein Zündholz brannte. Carl zog an der Zigarette und stieß den Rauch aus.

»Wenn man uns nun bemerkt, kann ich sagen, dass du es warst, der geraucht hat«, sagte sie.

»Wenn man uns nun bemerkt, gibt es vermutlich mehr Erklärungsbedarf als den Zigarettenrauch.«

Sie stieß ein nervöses, kleines Lachen aus, und Carl beobachtete sie aufmerksam. Leonhard und sie standen einander sehr nahe, und er fragte sich, ob dieser ihr von ihm und Adela erzählt hatte.

»Es war eine seltsame Hochzeitsfeier, nicht wahr?«, fragte sie, als habe sie seine Gedanken gelesen.

»Warum?«

Sie zögerte. »Diese aufgesetzte Fröhlichkeit, das distanzierte Lächeln der Braut … Es tut mir leid, dass Leonhard eine Frau heiratet, die ihn so wenig will.«

»Und er? Was will er?«

»Er will diese Ehe auch nicht, aber er fügt sich eben und lässt es seine Braut nicht so deutlich spüren.«

»Nicht jeder ist gut darin, sich zu verstellen.«

»Nein, das stimmt schon.«

Vor allem du nicht, dachte Carl. Sie war so offenkundig in ihn verliebt und glaubte doch, er bemerke dies nicht, indem sie sich betont gleichgültig gab. Vermutlich hatte ihr eine Freundin erzählt, dass dergleichen besonders anziehend wirkte. Carl lächelte. Sie hatte wirklich überhaupt keine Erfahrung mit Männern. Es wurde Zeit, diesen Umstand zu ändern.

Als Leonhard wach wurde, schien die Sonne durch einen Spalt im Vorhang und erhellte den Raum ausreichend, um zu bemerken, dass Adela nur noch bis zur Taille zugedeckt war und einen überaus verführerischen Anblick bot. Als hätte sie bemerkt, dass er wach war und sie betrachtete, schlug sie die Augen auf, schien einen Augenblick lang verwirrt zu sein und drehte sich dann rasch auf den Bauch, presste dabei das Kissen an die Brust, als bedürfe es eines Schutzwalls. Leonhards Begehren konnte ihr nicht entgehen, und sie reagierte darauf, indem sie heftig errötete und das Gesicht abwandte.

Er erhob sich und zog einen Morgenmantel an, um unter ihren unschuldigen Augen wieder präsentabel zu sein. Dabei wollte er in diesem Moment nichts mehr, als sich zu ihr ins Bett zu legen und sie zu lieben, wie er es in der letzten Nacht nicht mehr hatte tun dürfen. Ja, sie hatte ihn nicht heiraten wollen, aber hatte man ihn etwa gefragt? Hätte er sich nicht auch eine Frau gewünscht, die ihm mit mehr Wärme begegnete und die es nach der körperlichen Liebe ebenfalls so sehr verlangte wie ihn?

»Hast du einigermaßen gut geschlafen?«, fragte er.

Sie nickte.

»Dort drüben«, er deutete mit dem Kinn zum Ende des Raumes hin, »ist unser gemeinsames Ankleidezimmer. Früher einmal gab es zwei, aber das ehemalige Herrenankleidezimmer«, er deutete auf eine weitere Tür, »wurde zum Bad umfunktioniert. Du kannst also in Ruhe baden. Ich rufe eines der Stubenmädchen, damit sie dir den Boiler erhitzt.«

»Danke.« Adela richtete sich auf, das Kissen immer noch an die Brust gedrückt. Suchend sah sie sich um, zweifellos, um etwas zu finden, in das sie sich kleiden konnte und das sie vor seinen Augen ausreichend verhüllte.

Leonhard nahm einen wattierten Morgenmantel von einem Sessel am Fenster und reichte ihn ihr.

»Danke«, sagte sie wieder. Sie drehte ihm den Rücken zu und zog den Mantel über, verknotete den Gürtel und wandte sich ihm wieder zu.

Leonhard läutete nach einem Mädchen, welches das Wasser erhitzte, und ließ Adela den Vortritt im Bad. Nachdem sie fertig war, erhitzte er den Boiler erneut und ließ heißes Wasser ein, während Adela sich ankleidete. Trotz allem waren sie fast zeitgleich fertig, denn das Frisieren nahm Zeit in Anspruch, zumal sie es selbst tat. Ihre Zofe hatte nicht mitkommen wollen und sich eine neue Stelle in Masuren gesucht, wo ihre Familie lebte.

»Ich stelle eine neue Zofe für dich ein«, sagte er, als er zurück ins Zimmer kam.

Sie nickte nur, dann stand sie auf und drehte ihm den Rücken zu. »Kannst du bitte das Kleid für mich schließen?«, fragte sie.

Er trat zu ihr und schloss die Haken rasch und geschickt.

»Danke.«

»Du brauchst mir nicht die ganze Zeit für Selbstverständlichkeiten zu danken. Es wird umso ermüdender, wenn es praktisch das Einzige ist, das ich von dir höre.«

Sie drehte sich zu ihm um, die Stirn gekraust ob seines schroffen Tonfalls. Er reichte ihr den Arm. »Komm, ich nehme an, du bist noch hungriger als ich.« Immerhin hatte er am Tag zuvor gegessen, während sie nur stumm vor vollen Tellern gesessen hatte.

Im Tageslicht wurde stets die ganze Schäbigkeit des heruntergekommenen Anwesens deutlich, mit seinen abgewetzten Teppichen, dem an vielen Stellen rissigen Putz, den Dielen, die dringend neu geölt und gewachst gehörten. Adela kam aus einem reichen Haus, und Leonhard fragte sich, wie all das auf sie wirken musste.

Als sie die Treppe hinunterkamen, bemerkte er seinen Vater mit einigen Freunden in der Halle. Die Männer drehten sich zu ihnen um und grinsten vielsagend.

»Ihr seid ja früh wach«, sagte ein Nachbar.

»Schlafen hat sich vermutlich nicht mehr gelohnt«, witzelte ein anderer.

Die Männer lachten gutmütig.

»Ihr bringt meine Frau in Verlegenheit«, sagte Leonhard.

Wieder lachten sie, dieses Mal mit einem Anflug von Nachsicht und Anzüglichkeit. Leonhard merkte, dass Adelas

Haltung starrer geworden war, und ihr Mund zeigte nicht einmal die Andeutung eines Lächelns.

»Na, mein Kind, keine Sorge, heute Abend hast du ihn wieder für dich«, sagte Wilhelm von Schletter.

Leonhard nickte ihm knapp zu und führte Adela zum Speisesaal. Ein Stubenmädchen erschien, um bei Tisch zu bedienen, und abgesehen davon, dass Adela nach Kaffee verlangte und um Kompott bat, war es ein sehr schweigsames Mahl, bis seine Mutter erschien.

»Ich will euch junge Leute gar nicht lange stören. Braucht ihr noch etwas?«

»Nein, Mutter, vielen Dank.« Wenn sie doch nur endlich alle aufhören wollten, so zu tun, als sei das hier eine normale eheliche Verbindung, bei der es das Brautpaar danach verlangte, fortwährend allein zu sein.

»Hast du gut geschlafen, mein Kind?« Als sei ihr die Bedeutung dieser Frage erst in diesem Moment bewusst geworden, errötete sie.

»Ja, vielen Dank«, antwortete Adela höflich.

Nachdem das Mahl unter zäh dahinfließender Zeit beendet war, fragte Leonhard, ob Adela sich das Haus ansehen wolle. »Ich kann Elisa bitten, es dir zu zeigen«, schlug er vor.

Adela nickte nur, und er ging, um seine Schwester zu holen. »Vielleicht taut sie in deiner Gegenwart ein wenig auf«, sagte er auf ihren erstaunten Blick hin. Nachdem Elisa sich Adelas angenommen hatte, setzte Leonhard sich im Arbeitszimmer an den Schreibtisch und ging die Bücher durch. Die Summe, die Adela als Mitgift bekommen hatte, war tatsächlich fürstlich. Oskar Lamberg ließ sich den richtigen Namen ganz schön was kosten. Allerdings reichte das Geld dennoch höchstens, um die größten Löcher zu stopfen. Nein, dachte Leonhard, genau dafür würden sie es nicht ausgeben. Jede Ausgabe musste wohl überlegt sein, das Geld so angelegt werden, dass es Gewinn brachte. Dieses marode Anwesen würde das Geld sonst aufsaugen wie ein Schwamm.

Eine Stunde lang ging er die wichtigsten finanziellen Anliegen durch, rechnete, verwarf, rechnete erneut. Als die Tür geöffnet wurde und sein Vater den Raum betrat, war er gerade dabei, die neu veranschlagten Kosten zusammenzuzählen.

»Was ist das denn für ein Benehmen als frisch verheirateter Ehemann?«

»Elisa zeigt Adela das Anwesen.«

»Warum tust du das nicht?«

»Weil weder ihr noch mir danach war.«

»War die Hochzeitsnacht so unbefriedigend?«

Leonhard rang um Beherrschung. »Ich bin auf meine Kosten gekommen, keine Sorge.«

»Warum erscheint ihr dann beide morgens in der Halle und zieht ein Gesicht, als habe es euch die Petersilie verhagelt? Kannst du dir vorstellen, welchen Eindruck das auf die Nachbarn macht?«

Leonhard knallte die Schreibfeder auf den Tisch. »Ich habe sie geheiratet, wie du es wolltest, und ich habe sie beschlafen, wie es von mir erwartet wurde. Nun lass mich in Ruhe, ja?«

Der Blick seines Vaters wurde lauernd. »War sie keine Jungfrau mehr?«

»Grundgütiger! Natürlich war sie das. Was soll die Frage?«

»Ich habe munkeln hören, Carl von Reichenbach habe es auf sie abgesehen.«

Ein dumpfer Kopfschmerz baute sich hinter Leonhards Stirn auf. »Behauptet wer?«

»Sie hat wohl mit ihrem Vater deswegen gestritten. Ein Dienstbote von Jakob Schneidbrenner hat es gehört.«

»Er wollte sie heiraten und hat sie natürlich nicht angerührt. Es war ihm ernst.«

»Wolltest du sie deshalb nicht heiraten?«

»Ja.«

»Und sieht man euch daher nicht mehr zusammen?«

Leonhard nickte nur. Der Verlust des Freundes schmerzte noch immer.

»Welcher Mann bricht mit einem Freund um einer Frau willen?« Wilhelm von Schletter schnalzte missbilligend, aber dann breitete sich ein Lächeln über sein Gesicht aus. »Haben wir also einmal etwas bekommen, das die arroganten von Reichenbachs wollten?«

»Wenn du sie als Trophäe siehst, die man erwirbt, mag das so sein, ja.«

»Carl von Reichenbach kann jede schöne Frau bekommen, die er haben will. Keine Feier, auf der ihm die Mütter ihre Töchter nicht zu Füßen legen, das haben sie selbst bei deiner Hochzeit nicht unterlassen können. Welchen Grund hätte er, um dieses Mädchens willen einen Freund aufzugeben?«

»Mit diesem Mädchen war es ihm nun einmal ernst.«

»Hier geht es um Geschäftliches und nicht um Gefühlsverwirrungen. Und wir werden in Zukunft mehr sein als nur ein Name, der langsam dem Verfall preisgegeben wird. Die Ehe mit der Händlerstochter bringt uns mehr Vorteile als die Freundschaft mit dem Reichenbach-Erben. Denk immer daran.«

Leonhard antwortete nicht, sondern sah auf die Kladde, in die er Zahlen notiert hatte, und bemerkte einen Rechenfehler, den er mechanisch korrigierte.

»Schmoll meinetwegen noch ein bisschen. Mir ist es gleich, mir ist auch gleich, ob ihr Morgen für Morgen hier mit langen Gesichtern erscheint. Mach ihr Kinder, mehr verlange ich nicht von dir. Und dafür braucht es ihre Lust nicht.«

Da Leonhard weiterhin schwieg, gab sein Vater es schließlich auf und verließ den Raum.

Juni 1881

Unter Wilhelm von Schletters Großvater, Kuno von Schletter, hatte der Verfall von Schloss Lilienau eingesetzt. Der frühere Freiherr hatte auf die falschen Freunde gesetzt, sein Geld bei Huren verprasst und dabei jeden Ratschlag zur Mäßigung ignoriert. Gestorben war er schließlich recht elend an der französischen Krankheit. Sein Sohn, Wilhelm von Schletters Vater, war zeitlebens ein schwacher Charakter gewesen, der im Schatten des Großvaters stand, den er nie zufrieden stellen konnte. Um fragwürdige Gesundheitskuren bezahlen zu können, lieh sich Kuno von Schletter Geld zusammen, das sein Sohn nur unter reichlich Entbehrung nach seinem Tod zurückzahlen konnte. Und nun stand Wilhelm von Schletter da und musste jahrzehntelange Misswirtschaft ausbügeln.

Er hatte einen starken Willen, darin ähnelte er seinem Großvater. Allerdings war ihm dessen Krankheit mit all ihren ekelerregenden Auswüchsen gar zu deutlich vor Augen, um auch nur in Versuchung zu geraten, diesen Lebensstil zu imitieren. Ein starker Wille und Mäßigung reichten allerdings nicht, um das Gut wieder vorzeigbar zu machen, da musste mehr geschehen, dafür brauchte es Geld. Und die beste Geldanlage waren seine Kinder, vor allem Leonhard. Der Name von Schletter war immer noch genug wert, um eine immense Mitgift zu erhalten, und er wäre auch genug wert, um es in die Politik zu schaffen. Der Grundstock war gelegt, und die Freiherren von Schletter würden wieder Einfluss gewinnen, dafür würde Wilhelm sorgen.

Das nächste Ziel, das er anstrebte, war ein Platz in der Politik. Ostpreußen war seit der Reichsgründung 1871 Teil des Deutschen Reichs, der König von Preußen war deutscher Kaiser und Königsberg die Hauptstadt Preußens. Überall war diese Woge nationaler Begeisterung zu spüren, die das neue Deutsche Reich mit sich brachte. Die Freiherren von Schletter hatten von jeher eine antidemokratische Haltung vertreten und die Vasallentreue über alles gestellt. So hielt es auch Wilhelm von Schletter und hoffte, dass er mit mehr Reichtum auch wieder mehr Einfluss auf das öffentliche Leben nehmen konnte, so, wie es die Gutsherren hier seit jeher taten. Vielleicht brachte er es sogar zum Landrat oder Abgeordneten, die sich aus den großbürgerlichen Kreisen und dem Adel zusammensetzten.

Jetzt galt es allerdings erst einmal, das marode Gut instand zu setzen, damit aus Schloss Lilienau wieder ein repräsentativer Landsitz wurde. Was das anging, schien er mit seiner Schwiegertochter – so verstockt sie sich auch gab – den richtigen Griff getan zu haben, denn sie gehörte zu der Art Frau, die nicht nur herumsaß und Dingen ihren Lauf ließ, sondern selbst sah, wo etwas getan werden musste, und es in Angriff nahm. Ihr abweisendes

Schweigen konnte einem zwar durchaus lästig werden – und Wilhelm gehörte wahrhaftig nicht zu der Art Mann, die schwatzhafte Weiber schätzte –, aber damit sollte Leonhard sich auseinandersetzen, ihm war es gleich.

Der Hof zumindest konnte sich durchaus wieder sehen lassen, und das war Adela zu verdanken. In dem Bemühen, ein Loch nach dem anderen zu stopfen, hatten dergleichen Dinge einfach hintangestanden, und Berta hatte weder den Einfallsreichtum noch den Elan, sich so darum zu kümmern, wie Adela die Sache in die Hand genommen hatte. Jetzt, da Wilhelm sich umsah, befand er, dass diese eigentlich nur kleine Veränderung eine enorme Wirkung hatte. Ja, seine Entscheidung war richtig gewesen.

Als Nächstes würde er sich um die Stallungen kümmern, Geld genug war ja jetzt da. Früher einmal war hier schwarz-weißes Herdbuchvieh gezüchtet worden, und das überaus erfolgreich. Jetzt hatte er gerade noch fünf Mutterkühe und hielt sich mit dem Verkauf von Milch und Kalbfleisch mehr schlecht als recht über Wasser. Und seine Versuche, es ebenfalls mit der Pferdezucht zu probieren, konnten bisher als gescheitert angesehen werden, denn die Fohlen, die er gezogen hatte, hatten nicht viel eingebracht, und die teure Stute wollte einfach nicht empfangen.

Leonhard hatte noch vor ein paar Tagen gesagt, sie müssten sich jetzt für eine Sache entscheiden und diese dann richtig machen. Das stimmte natürlich, und Wilhelm wusste auch, dass sein Sohn zur Viehzucht tendierte, was im Grunde genommen vernünftig war. Aber so ganz wollte er sich von der Vorstellung, edle Pferde zu züchten, einfach nicht verabschieden. Wilhelm von Schletter, Züchter edler Pferde, klang eben besser als Wilhelm von Schletter, Viehzüchter.

Wilhelm ging langsam über den Hof und sah, dass seine Elisa gerade im Begriff war aufzusitzen. »Wo geht es hin?«

»Ach, nur ein wenig an die Luft, mein neues Reitkostüm ausführen.« Sie lächelte keck.

»Jungfer Eitelkeit«, scherzte er. »Komm nicht zu spät heim.«

»Keine Sorge, Papa.«

Er half ihr aufs Pferd, sie nahm die Zügel auf und ritt vom Hof. Elisa war das Bild einer Gutsherrentochter. Wilhelm wünschte, Karolina wäre ebenso, aber die war viel zu wild und ungehorsam, fast so wie diese von Reichenbach-Göre, Carls Schwester. Mit der würde es über kurz oder lang ein böses Erwachen geben, da war er sich sicher. Bei Karolina würde er dergleichen durch die nötige Strenge zu verhindern wissen.

Adela kniete im Garten und riss Büschel von Unkraut aus dem Boden. Sie hatte immer schon gerne gegärtnert, es beruhigte sie, und sie mochte die körperliche Arbeit. Außerdem ertrug sie diese heruntergekommene Schäbigkeit um sich herum kaum, dergleichen war sie nicht gewöhnt. Wenige Tage zuvor hatte sie Leonhard darum gebeten, die Leute auf den umliegenden Gehöften zu fragen, ob sie ihr halfen, den Hof wieder in einen annehmbaren Zustand zu versetzen. Sie hatte am frühen Morgen Limonade bereitstellen lassen sowie jede Menge belegter Brote. Es kamen so viele Frauen von nahe gelegenen Bauernhöfen, Mägde, Knechte und auch Kinder, dass die Arbeit innerhalb von drei Tagen getan war. Sie fingen in aller Frühe an, entfernten das Moos, das Unkraut, räumten Unrat fort, schnitten Hecken zurück und Efeu, das wild rankte. Karolina und Elisa halfen mit, und ab und zu gesellte sich auch Berta von Schletter dazu, die an dem Treiben ihre helle Freude hatte und sagte, so viel Leben habe es hier schon lange nicht mehr außerhalb von Festtagen gegeben. Nachmittags wurde Kuchen hingestellt, es gab frisch aufgebrühten Kaffee, und sie arbeiteten bis in den Abend hinein.

»Ich bin sprachlos«, hatte Leonhard gesagt, als er sich am Abend des dritten Tages zu ihr gesellte und den instand gesetzten Hof betrachtete.

»Ich muss etwas zu tun haben«, hatte sie ihm erklärt und hinzugefügt, dass sie sich als Nächstes dem Garten widmen wolle. Das nahm sie anfangs allein in Angriff, allerdings gesellte sich nun Berta von Schletter dazu.

»Früher habe ich das manchmal gemacht«, sagte sie. »Aber es ist zu viel für einen allein, und für einen Gärtner fehlte ja ständig das Geld.«

Adela hockte sich hin und strich sich mit dem Handrücken das Haar aus der Stirn. »Es ist zu schade, das alles so verkommen zu lassen. Über kurz oder lang braucht ihr einen Gärtner, besser noch zwei. Aber jetzt tun wir erst einmal, was wir können.« Der Garten war als weitläufiger Park angelegt worden, der an das Pregeltal mündete. Unmöglich, das alles allein zu pflegen. Adela würde sich auf die Rabatte und das kleine Stück unmittelbar hinter dem Salon beschränken, damit man sich im Sommer ein wenig auf die Terrasse setzen konnte, ohne in ungepflegtes Dickicht zu schauen.

Seit nahezu sieben Wochen war sie verheiratet, und langsam gewöhnte sie sich daran, dass ihr Leben nun in diesem Haus stattfand. Selbst die nächtliche Intimität mit Leonhard wurde ihr zunehmend vertraut, wenngleich ihr das weitaus schwerer fiel, und nach wie vor war sie um jede Nacht froh, in der er sich einfach umdrehte und schlief. Allerdings hatte es in der Tat kein weiteres Mal wehgetan, und sie verging nicht mehr vor Scham, wenn er sie unbekleidet sah.

Ab und zu unterhielten sie sich, meist ging es dabei um das Gut, und er schien es zu mögen, wenn sie ihn danach fragte. Man konnte keine schweigsame Distanz wahren, wenn man Nacht für Nacht im selben Bett schlief, und im Grunde genommen hatte Leonhard das auch nicht verdient. Es war nicht seine Schuld, dass sie ihn hatte heiraten müssen, und seinem Vater war es gleich, ob sie ihn anschwieg oder nicht, er hatte bekommen, was er wollte. Ihrem Vater war es ohnehin gänzlich egal.

Als sie an diesem Abend mit schmerzenden Muskeln nach der langen Gartenarbeit in der Badewanne lag, hörte sie Leonhard im Zimmer herumgehen. Er betrat nie das Bad, wenn sie darin war, in dieser Hinsicht war er überaus höflich. Überhaupt war er ein angenehmer Mensch, das musste Adela einräumen, bei aller Abneigung gegen diese Ehe. Und er war ein geduldiger und feinfühliger Liebhaber, das erkannte Adela sogar mit ihrer mangelnden Erfahrung.

Im angrenzenden Ankleidezimmer wurde eine Schublade geöffnet und geschlossen, dann waren wieder Schritte zu hören. Adela lauschte darauf, ob er blieb oder an diesem

Abend ausgehen würde. Schließlich erhob sie sich, trocknete sich ab und zog sich Nachthemd und Morgenmantel an, ehe sie das Zimmer betrat. Sie mochte sich daran gewöhnt haben, dass er ihren Körper ansah und berührte, wenn er mit ihr schlief, aber leicht bekleidet vor ihm herumlaufen konnte sie dennoch nicht.

Er stand am Fenster, eine Hand seitlich an der Wand abgestützt, und sah in den Garten. »Da hast du dir ja was vorgenommen«, sagte er, ohne sich zu ihr umzudrehen.

»Deine Mutter sagte, sie habe schon früher versucht, den Garten in Ordnung zu bringen.«

»Ja, hat sie. Aber mein Vater wollte keinen Gärtner einstellen, da wir uns den nicht leisten konnten.«

Sie trat einen Schritt näher zu ihm, rieb sich die Oberarme. »Und jetzt? Wirst du einen einstellen?«

Er sah sie einen Moment lang schweigend an. »Ja, das werde ich tun. Schon allein, damit du dir die ganze Arbeit nicht umsonst gemacht hast.«

Das Geäst der Bäume, die vom Fenster aus zu sehen waren, verschwamm langsam in der aufkommenden Dunkelheit. Wieder spürte Adela das Ziehen im Bauch, das ihr bereits seit Tagen ihren Monat ankündigte, der dieses Mal auf sich warten ließ. Es war das erste Mal, dass sie der stets so lästigen Blutung etwas abgewinnen konnte, denn in diesen fünf Tagen schlief Leonhard nicht mit ihr. Als sie ihm zwei Wochen nach der Hochzeit angedeutet hatte, dass sie indisponiert war, war ihr das furchtbar peinlich gewesen, und sie hatte befürchtet, es ihm erklären zu müssen. Er hatte jedoch sofort verstanden. Sie dachte an Carl und fragte sich, ob sie bei ihm ebenfalls vor der körperlichen Liebe zurückgeschreckt wäre. Nein, dachte sie, gewiss nicht. Sie bemerkte, wie Leonhard sie ansah, auszuloten schien, was in ihr vorging. Ihre vor der Brust verschränkten Arme und der in sich gekehrte Blick hielten ihn offenbar auf Distanz, denn er nickte zum Bett hin und sagte: »Du musst müde sein. Geh schlafen, ich werde noch ein wenig arbeiten.«

»So spät noch?«

»Ja, es ist einiges zu tun.«

Er war zu ihr gekommen, vermutlich in der Hoffnung auf mehr als nur ein kurzes Gespräch am Fenster. Unvermittelt bekam Adela ein schlechtes Gewissen und nahm sich vor, am kommenden Abend zugänglicher zu sein. Sie legte sich ins Bett und schenkte ihm ein flüchtiges Lächeln, das er erwiderte, ehe er ihr eine gute Nacht wünschte. Er sieht gut aus, dachte Adela und schloss die Augen. *Wenigstens bekomme ich wohl hübsche Kinder von ihm.*

»Sollten wir nicht besser damit aufhören?«, fragte Elisa, wobei ihr Widerstand halbherzig ausfiel, da die Liebkosungen, mit denen Carl sie bedachte, einfach unwiderstehlich waren.

»Nun«, sagte er, während er ihr Kleid so weit aufknöpfte, dass er mit der Hand hineingleiten konnte, was ihr einen tiefen Seufzer entrang, »wäre ich ein dahergelaufener Lump, würde ich sagen, du solltest schnellstens das Weite suchen.« Er schnürte das Mieder auf und ließ seine Lippen den Zärtlichkeiten seiner Finger folgen, und spätestens jetzt konnte Elisa nicht anders, als ihn gewähren lassen, gleich, wohin sie das führte. »Wie die Dinge jedoch stehen«, sein Atem streichelte ihre Haut, »darfst du dich weiterhin beruhigt in meine Hände begeben.«

Elisa war kaum mehr fähig, einen zusammenhängenden Gedanken zu fassen, während Carl ihrem Körper Gefühle entlockte, deren Existenz sie noch vor zwei Monaten nicht einmal erahnt hatte, gleich einem Instrument, auf dem er überaus gekonnt zu spielen verstand und dem er gänzlich unbekannte Melodien entlockte. Er küsste sie, und wann immer er ein wenig Abstand zwischen sie brachte, drängte sie sich sehnsuchtsvoll an ihn. Und dann fügten sich ihre Körper wieder zu jener wundervollen Einheit zusammen, die einen vor Verlangen außer Atem geraten ließ.

Nach Leonhards Hochzeit hatten Elisa und Carl damit begonnen, sich heimlich zu treffen, denn sie wussten, dass weder die von Schletters noch die von Reichenbachs sich eine derartige Verbindung wünschten. Das alles war so wildromantisch, und bei einem dieser Treffen kam es schließlich so weit, dass Elisa ihre Unschuld verlor. Hernach hatte sie Sorge gehabt, dass jeder ihr ansehen musste, dass sie an diesem Nachmittag vom Mädchen zur Frau geworden war, aber niemand hatte etwas bemerkt.

Carl half ihr, sich wieder anzukleiden, und gemeinsam spazierten sie durch den Wald, Hand in Hand, indes Elisa das Herz vor Verliebtheit zerspringen wollte. Sie bedauerte, dass Carl nicht mehr zu ihnen kam, um Leonhard zu treffen, aber den Grund des Zerwürfnisses wollte keiner von beiden ihr nennen, und sie insistierte nicht.

»Wie macht sich Leonhard als Ehemann?«, fragte Carl beiläufig.

»Ganz gut, denke ich.«

»Und wie ist es mit einer dritten jungen Frau im Haus?«

»Adela spricht ja kaum mit uns, sie ist ziemlich still. Allerdings hat sie einige gute Ideen, sie hat dafür gesorgt, dass unser Vorhof wieder einigermaßen repräsentativ ist, und macht sich nun an den Garten.«

»Ja, davon habe ich gehört.«

»Fragt sich natürlich, warum Papa sich nie darum gekümmert hat, aber vermutlich, weil er damit beschäftigt war, dem Verfall an allen anderen Stellen entgegenzuarbeiten. Da wird er auch noch viel tun müssen.«

Carl nickte nur, und Elisa fragte sich, ob sie ihn langweilte. Dann, als erahnte er ihre Befürchtungen, lächelte er und zog sie an sich, um sie zu küssen. Mit geschlossenen Augen kostete Elisa den Kuss aus, ehe sie sich behutsam voneinander lösten. Natürlich wusste sie, dass sie über kurz oder lang ihrer Familie alles gestehen musste, aber da sie ahnte, dass es ein harter Kampf werden würde, wollte sie es einfach noch ein bisschen genießen. Ähnlich sah es auch Carl, dessen Eltern andere Pläne mit ihm hatten. Das alles war so wunderbar – eine Liebe, die in aller Heimlichkeit gedieh.

In der Ferne glitzerte der Pregel, der sich nahe Gut Friedrichstein der Grafen Dönhoff in zwei Arme teilte und direkt hinter Königsberg ins Frische Haff mündete. Ihre Pferde am langen Zügel mit sich führend spazierten Elisa und Carl weiter, bis es schließlich Zeit war, sich zu verabschieden, da beide zu Hause erwartet wurden. Sie verabredeten sich für den nächsten Tag um dieselbe Zeit, küssten sich ein weiteres Mal und saßen schließlich auf. Ein kleines Stück weit konnten sie zusammen reiten, dann trennten sich ihre Wege, und Elisa schlug einen zügigen Galopp an in Richtung Schloss Lilienau.

Adela holte gerade einen Eimer aus dem Schuppen, als sie bemerkte, wie Elisa in den Hof geritten kam. Sie fragte sich, ob sie die Einzige war, die den Glanz in ihren Augen und die geröteten Wangen bemerkte – ein untrügliches Zeichen dafür, dass sie verliebt war und ihren Liebsten heimlich traf. Aber da die Sache Adela nichts anging, würde ihr nicht einfallen, irgendwem davon zu erzählen und die junge Frau in Schwierigkeiten zu bringen.

Sie ging zurück in den Garten und stellte den Eimer ab, als ihr beim Aufrichten einen Moment lang schwarz vor Augen wurde. Rasch stützte sie sich am Zaun ab, hob die Hand an die Stirn und wartete einen Moment lang.

»Geht es dir gut, Liebes?«, fragte Berta von Schletter, die gerade mit zu großen Handschuhen, die wohl mal einem Gärtner gehört hatten, ein Blumenrabatt von Unkraut befreite, wobei ihre Auslegung, was als »Unkraut« galt, recht großzügig zu sein schien.

»Nur ein wenig schwindlig«, sagte Adela. »Es geht schon wieder.«

»Das hast du öfter in letzter Zeit, nicht wahr? Isst du genug?«

»Ja, mach dir keine Sorgen. Es ist ja schon wieder gut.«

Berta von Schletter sah sie an und lachte entzückt. »Mein Kind, bist du womöglich guter Hoffnung?«

Adela starrte sie wortlos an, horchte in ihr Inneres, dachte, sie müsste doch fühlen, wenn dort ein Leben heranwuchs. Letzte Nacht hatte Leonhard wieder mit ihr geschlafen, und fortwährend war da dieses Ziehen in ihrem Bauch, das sie befürchten ließ, ihre monatliche Blutung würde in ebendiesem Moment einsetzen, wo sie nackt unter ihm lag, und so hatte sie die ganze Zeit ausschließlich daran denken müssen. Sie bemerkte, dass ihre Schwiegermutter sie immer noch erwartungsvoll ansah.

»Nein, ich glaube nicht«, machte sie die Hoffnung der Älteren mit einer schon fast grausam anmutenden Gehässigkeit zunichte. Dabei war sie sich durchaus nicht sicher, denn sie wusste überhaupt nicht, auf welche Anzeichen sie achten musste. Ihren Freundinnen war morgens übel gewesen, das plagte sie nicht. Aber wenn Berta von Schletter ihr das ganz offensichtlich ansah, war vielleicht doch etwas dran.

Diese war auch weit davon entfernt, von Adelas barscher Antwort eingeschüchtert oder verletzt zu sein, sondern lächelte nur still vor sich hin. Vermutlich würde sie mit ihrem Mann darüber sprechen, und dieser würde es gar in der Nachbarschaft erzählen. Die Vorstellung, dass ihr Bauch zum beifälligen Gespräch unter Männern – ein Erbe! – und Anlass zu Spekulationen unter Frauen – ein Kindchen! – wurde, löste in Adela einen solchen Ärger aus, dass sie sich abrupt abwandte und den Garten verließ.

In ihrem Zimmer streifte sie die Gartenhandschuhe ab und warf sie zu Boden, ungeachtet der krümeligen Erde, die daran haftete. Dann trat sie vor den Spiegel, als habe sie sich nicht erst morgens darin betrachtet. Und natürlich war ihr Bauch in der Zeit nicht gewachsen. Sie strich darüber, spürte das sachte Ziehen darin und in ihren Brüsten, die seit Tagen spannten.

Die Tür wurde geöffnet, und Adela musste sich nicht umdrehen, um zu wissen, wer es war, denn mit dieser Selbstverständlichkeit betrat nur einer den Raum. »Meine Mutter sagte, ich solle nach dir sehen.«

»Hmhm.« Noch immer drehte Adela sich nicht um. »Hat sie dir auch gesagt, warum?«

»Nein.« Er kam näher. »Und mir ist, ehrlich gesagt, auch nicht nach Rätselraten. Fühlst du dich unwohl?«

Jetzt sah sie ihn an. »Möglicherweise erwarte ich ein Kind. Aber ich bin mir nicht sicher…« Sie verstummte.

Seine Miene veränderte sich nur um wenige Nuancen, wobei Adela nicht erkennen konnte, ob es Freude, Überraschung oder beides war. »Ist dein Monat überfällig?«

Konnte es denn wahr sein, dass sogar er besser über diese Dinge Bescheid wusste als sie? Adela sah wieder zum Spiegel, der ihr ihren flachen Bauch von der Seite zeigte. »Ja«, antwortete sie schließlich.

Er nickte zögernd. »Dann ist die Wahrscheinlichkeit in der Tat recht groß.«

Schweigend betrachtete Adela ihr Spiegelbild, spürte, wie bei dem Gedanken, ein Kind zu tragen, ein seltsames Gefühl in ihr aufkeimte, etwas, das sie nicht genau benennen konnte, dem jedoch *Angst* noch am nächsten kam. Dabei hatte sie natürlich gewusst, dass es darauf hinauslaufen würde. Immer noch schweigend ging Adela an Leonhard vorbei zum Fenster und sah hinaus. Berta von Schletter hatte die Arbeit im Garten wieder aufgenommen, und Elisa gesellte sich nun zu ihr. Glücklich verliebte Elisa. Der Neid stieg klebrig in ihr auf, hinterließ hässliche Schlieren in ihrem Bewusstsein.

»Ich schicke einen Boten nach Königsberg zu unserem Hausarzt«, sagte Leonhard in die Stille hinein, »und mache einen Termin für dich aus.«

Nach wie vor schwieg sie und nickte nur.

September 1881

Das Gut der von Schletters lag eineinhalb Stunden Fahrzeit von Königsberg entfernt. Hier, in dieser prachtvollen Stadt, hatte Adela das erste Mal seit Langem wieder das Gefühl, ganz und gar sie selbst zu sein. Bereits bei ihrem ersten Besuch im Juni war sie Königsberg hoffnungslos verfallen. Nach jedem Arztbesuch nutzte sie die Gelegenheit, sich in der Stadt aufzuhalten, die als freisinnig-liberal galt. Es gab eine kulturelle Avantgarde, eine Vielfalt, die Adela so bisher noch nicht kennengelernt hatte. Die Stadt erschien ihr mondäner, es gab Ausländer mit französischen und schwedischen Namen, ja, selbst eine französisch reformierte Kirche gab es, ein Erbe der Hugenotten.

An diesem Nachmittag war sie am Hafen entlangspaziert, hatte sich die Handelsschiffe angesehen, in einem kleinen Restaurant zu Mittag gegessen und war erst dann zur Kutsche zurückgekehrt. Obwohl sich von Westen her verrußt aussehende Wolken heranwälzten, bat sie den Kutscher eine halbe Stunde Fußweg vom Schloss entfernt, sie aussteigen zu lassen, da sie noch ein wenig spazieren gehen und die Ruhe genießen wollte. Im Nachhinein kam ihr die

Entscheidung schicksalhaft vor. Die Kutsche war gerade außer Sicht, als eine vertraute, hochgewachsene Gestalt hoch zu Pferd auftauchte. Carl sah sie im selben Moment wie sie ihn, zügelte sein Pferd und saß ab. Adela spürte den raschen Herzschlag in der Kehle, während sie stehen blieb und Carl schweigend ansah.

»Wie geht es dir?«, fragte er.

»Gut«, antwortete sie zögernd.

Er nickte nur, war einen Moment lang abgelenkt, da sein Pferd den Kopf wandte und anfangen wollte zu grasen. Carl ließ ihm den langen Zügel und kam langsam auf Adela zu. »Du fehlst mir«, sagte er.

»Du mir auch.«

»Behandelt er dich gut?«

»Ja«, kam es kaum hörbar von ihr.

Carl hob eine behandschuhte Hand und schob ihr eine feine, gelöste Strähne hinter das Ohr. Dann, nach kurzem Zaudern, senkte er den Kopf, und obwohl Adela wusste, dass das Irrsinn war, wies sie ihn nicht zurück, sondern kam ihm entgegen, bis ihre Münder sich berührten. Der Kuss war verzehrend, wollte kein Ende nehmen. Dann jedoch wurde die Stimme der Vernunft in Adela laut genug, um sich endlich Gehör zu verschaffen, und sie stemmte die Hände gegen Carls Brust.

»Nicht«, sagte sie atemlos und ließ doch zu, dass er sie ein weiteres Mal küsste, ehe sie sich entschiedener von ihm löste. »Nicht«, wiederholte sie.

Carls Gesicht war nur wenige Handbreit von ihrem entfernt, aber er machte keine Anstalten, sie erneut zu küssen. »Es tut mir leid.«

»Das muss es nicht, ich wollte das ja ebenso.« Adela hob die Finger an die Lippen, spürte das weiche Leder ihrer Handschuhe darauf. »Ich …« Tränen traten ihr in die Augen. »Ich bin schwanger, Carl.«

In seinem Gesicht zuckte es, aber er entgegnete nichts.

»Wenn man uns so sähe, würden womöglich gar Zweifel an der rechtmäßigen Vaterschaft des Kindes bestehen.«

»Wir haben uns doch seit deiner Hochzeit nicht mehr gesehen.«

»Du weißt selbst, dass das die Leute nicht interessiert, die reimen sich ihre Wahrheit zusammen.« Sie raffte den Schal enger um ihren Hals, fror auf einmal. »Ich sollte jetzt gehen.«

»Adela …«

Sie schüttelte den Kopf, wich zurück und wandte sich abrupt ab, in der Hoffnung, er würde ihr nicht folgen. Angespannt lauschte sie auf Hufgetrappel, es war jedoch nur das leise Rauschen des Windes zu hören, und Adela vermutete, dass Carl ihr nachsah. Sie ging weiter, ohne sich umzudrehen, während ihr fortwährend Tränen über die Wangen liefen, die sie mit einer beinahe trotzigen Geste mit dem Ärmel wegwischte. In diesem Moment wollte sie nichts mehr, als zu Carl zurücklaufen zu dürfen, zu spüren, wie sich seine Arme um sie schlossen, ehe sie mit ihm nach Hause ritt und sich von ihm lieben ließ. Dann stieg bitter und zäh das schlechte Gewissen Leonhard gegenüber in ihr auf, Leonhard, der sie mit so viel Aufmerksamkeit behandelte, obwohl er sie so wenig hatte heiraten wollen wie sie ihn. Leonhard, dessen Kind sie trug, während sie sich wünschte, mit einem anderen Mann ins Bett zu gehen. Sie beschleunigte ihre Schritte, wollte rasch heimkommen. Heim. Wie selbstverständlich sie Schloss Lilienau mit diesem Begriff belegte.

Im Hof herrschte Geschäftigkeit, als sie ankam. Das Schlachtvieh wurde ausgewählt, ein Akt, dem Adela nicht beiwohnen wollte. Dafür war sie wohl in der Tat zu wenig Landkind. Sie bemerkte Leonhard, der ihr freundlich zunickte, ehe er sich wieder den Tieren widmete, die es zu kennzeichnen galt.

Adela betrat die Eingangshalle und ging zu der schönen, geschwungenen Treppe, die sich in der Mitte teilte und zu einer Galerie führte. Da die Müdigkeit seit Wochen ein ständiger Begleiter war, dachte sich niemand etwas dabei, wenn sie in ihrem Zimmer verschwand und für sich blieb, und so verzichtete Adela darauf, einen Abstecher in den Salon zu machen. Ganz aus dem Weg gehen konnte sie der Familie dennoch nicht, denn als habe sie es geahnt, trat Berta von Schletter genau in dem Moment in die Halle, als Adela im Begriff war, die Treppe hochzugehen.

»Wie fühlst du dich, meine Liebe?«

»Gut, vielen Dank.«

»Was sagt der Arzt?«

»Alles bestens.«

»Die Kutsche ist ohne dich heimgekommen. Warum bist du so weit gelaufen? In deinem Zustand?«

Adela spürte Widerwillen in sich aufsteigen, blieb jedoch höflich. »Dr. Ziedorn hat gesagt, Bewegung sei in meinem Zustand genau das Richtige.«

Erstaunlicherweise kam kein Widerspruch, keine Erklärung, man selbst habe ja Erfahrung und kenne es anders.

»Na, da wird er wohl recht haben. Dann ruh dich nur aus.«

»Das werde ich tun.« Adela rang sich ein Lächeln ab und setzte ihren Weg fort. Im Zimmer angekommen legte sie Mantel und Schal ab, warf beides nachlässig über einen Stuhl und zog sich die Stiefel aus. Dann trat sie zum Spiegel, stellte fest, dass ihre Augen gerötet waren. Nun gut, das konnte auch dem kalten Wind zugeschrieben werden. Sie brachte ihr Gesicht näher an den Spiegel, betrachtete ihre Lippen, als könne man dort Spuren von Carls leidenschaftlichem Kuss sehen. Dann legte sie sich aufs Bett und schloss die Augen, wollte das Leben mit allem darin ausblenden und eine Zeitlang in weichem Dämmern dahintreiben. Sie musste eingeschlafen sein, denn sie schreckte auf, als die Tür geöffnet wurde und Leonhard eintrat.

»Hast du geschlafen?«, fragte er. »Das tut mir leid.«

»Nicht schlimm.«

»Wie war es beim Arzt?«

»Alles gut.«

Seit er wusste, dass sie schwanger war, hatte er sie nicht mehr angerührt, als habe ihn in der Tat nur der Wunsch nach einem Kind dazu getrieben und nicht die körperliche Lust, die er so offensichtlich dabei empfunden hatte. Adela bemerkte zum ersten Mal in seinem Blick eine Art Überdruss angesichts ihrer Wortkargheit, möglicherweise las sie durch ihr schlechtes Gewissen seine Miene auch aufmerksamer. Die Vorstellung, er könne ihr abhold werden und ihr künftig nur mehr gleichgültig gegenübertreten, erschreckte sie.

Adela wusste, dass ihr Leben hier sehr einsam wäre,

wenn sie Leonhards Aufmerksamkeit verlor. Mit einem leisen Flattern in ihrem Bauch brachte sich nun auch ihr Kind in Erinnerung. Leonhards Kind. Ein Kind, das etwas Besseres verdient hatte als das, was sie ihm derzeit zu bieten hatten. Leonhard verschwand im Bad. Kurz darauf war das Wasser zu hören, und Adela erhob sich, ging erneut zum Spiegel. Ihre Augen waren nicht mehr rot, wirkten jedoch matt und müde. Sie setzte sich auf den Hocker und löste ihr Haar.

Im Grunde genommen hatte Leonhards Familie sie freundlich aufgenommen, und Adela bestrafte vermutlich durch ihre ständige Ablehnung die Falschen. Ja, sie grollte Wilhelm von Schletter, aber noch mehr grollte sie ihrem eigenen Vater, der so klar gegen ihren Willen gehandelt hatte. Und ihr Vater hatte nun, was er wollte, ihm war es gleichgültig, ob sie dabei glücklich war, ob sie Genuss bei der körperlichen Liebe empfand oder einfach nur gehorchte. Wenn sie Leonhard betrügen und er sie verstoßen würde, wäre ihrem Vater das wohl nicht mehr egal, aber das konnte Adela sich selbst nicht antun. Sie kämmte ihr Haar aus und flocht es in einen lockeren Zopf. Es half ja alles nichts, sie musste zusehen, dass sie aus ihrem Leben hier das Beste machte, und das funktionierte nur, wenn Leonhard auf ihrer Seite war.

Die Tür zum Bad wurde geöffnet, und er betrat das Zimmer in einem Morgenmantel und mit feuchtem Haar. »Kommst du zum Abendessen runter?«, fragte er.

»Das weiß ich noch nicht.« Sie erhob sich. »Können wir reden?«

Er war im Begriff gewesen, ins Ankleidezimmer zu

gehen, und hielt nun inne, wirkte erstaunt und auch ein wenig besorgt. »Ist etwas passiert?«

»Nein, es ist alles gut. Das Kind wächst und gedeiht. Ich …« Sie holte tief Luft, wusste nicht, wie sie beginnen sollte, und wusste doch, dass sie etwas sagen musste. »Dr. Ziedorn hat gesagt, du darfst auch in der Schwangerschaft ehelich mit mir verkehren.« Ihr stieg das Blut ins Gesicht, aber sie zwang sich, den Blick nicht von ihm abzuwenden, nahm seine Irritation zur Kenntnis, das Stirnrunzeln.

»Tatsächlich?«

Sie nickte. Der Arzt hatte es mehrmals gesagt, hatte ihr erklärt, dass es keinen Grund gab, sich ihrem Ehemann zu verweigern, so er mit ihr den Beischlaf vollziehen wolle. Es war ihm offenbar wichtig, dass Leonhard weiterhin auf seine Kosten kam. Dabei hatte Adela sich ja gar nicht verweigert, es war Leonhard, der auf Abstand gegangen war.

»Ich hatte nicht den Eindruck, dass du das wünschst. Von uns wurde erwartet, ein Kind zu zeugen, und das haben wir getan.«

Sie nickte nur, spürte, dass ihr diese Ehe nun womöglich doch entglitt, und dachte, dass sie früher etwas hätte tun müssen, früher so etwas wie Entgegenkommen hätte zeigen müssen. »Und wenn wir noch einmal von vorne anfangen? Dem Kind zuliebe?«

Leonhard kam zu ihr, hob die Hand, berührte ihre Wange, vorsichtig, als befürchte er, sie könne zurückweichen. »Und der Neuanfang soll so aussehen, dass ich mit dir ins Bett gehe? Obwohl es dir zuwider ist?«

Das musste wohl der Eindruck sein, den es gemacht hatte, wenn sie die Sache einfach mit sich geschehen ließ, sich jedes Gefühl verbot, das bei seinen Liebkosungen in ihr aufkeimte. Alles aus Protest gegen diese Ehe, gegen den Umstand, dass ein Mann, den sie nicht hatte heiraten wollen, über ihren Körper verfügen durfte. »Es ist mir nicht zuwider.« Sie legte ihre Hand über seine, neigte den Kopf, und jene Lippen, die wenige Stunden zuvor Carl geküsst hatten, teilten sich nun unter Leonhards Mund zu einem innigen Kuss.

»Man wird uns zum Abendessen erwarten.« Leonhards Stimme indes war anzuhören, dass der Einwand nur halbherzig und der Form halber geschah.

»Sie werden denken, wir hätten einfach keinen Hunger. Niemand wird uns für so unanständig halten.«

Er lächelte, dann hob er sie hoch und trug sie zum Bett.

Elisas Hand zitterte, als sie über den Hals der haselnussbraunen Stute strich, sich in der weichen Mähne vergrub. Die Wärme des Pferdeleibs kroch nur zögernd in die kalten Finger, und Elisa stieß einen bebenden Atemzug aus, zog fröstelnd die Schultern hoch, unfähig, die Kälte, die tief aus ihrem Innern zu kommen schien, zu vertreiben. Seit fünf Tagen hatte sie Carl nicht getroffen, was nicht ungewöhnlich war, da er dieser Tage stark eingebunden war auf dem Gestüt. Aber gerade jetzt musste sie ihn so dringend sprechen.

Sie zog den Kopf ihres Pferdes zu sich, streichelte die Blesse des Tieres, die samtweichen Nüstern, schöpfte Wärme aus der Nähe. Da es ihr unmöglich war, eine weitere Nacht schlaflos im Bett zu liegen und über das nachzudenken, was sich nach und nach als Gewissheit verdichtete, beschloss sie, Carl aufzusuchen. Ihr würde schon eine Ausrede einfallen. Und selbst wenn nicht, so war dies nun auch gleich. Es brauchte mehrere Versuche, ehe es ihr gelang, den Führstrick an dem Halfter zu befestigen, dann führte sie das Pferd aus der Box.

»Ich mache das selbst«, sagte sie zu dem heraneilenden Stallburschen, griff nach einer Bürste und begann mit langen Strichen das Fell der Stute zu bearbeiten. Pferdepflege war ähnlich beruhigend wie Haarekämmen, und als sie schließlich so weit war, zu satteln und aufzuzäumen, zitterte sie nicht mehr, und der Atem ging wieder regelmäßig. Das Klappern der Pferdehufe auf dem steinernen Boden hallte in der leeren Stallgasse wider.

Kalt und klamm legte sich die Luft auf ihre Haut. Elisa warf einen Blick über den Hof, wo das Schlachtvieh gekennzeichnet wurde. Die Kutsche, mit der Adela nach Königsberg gefahren war, rollte durch das Eingangstor und, ohne vor dem Haus zu halten, direkt zur Remise. Offenbar war Adela mal wieder zu Fuß unterwegs. Rasch führte Elisa das Pferd zum Tor, stieg auf und ritt auf die Allee.

Von Schloss Lilienau bis zum Gut der von Reichenbach war es, wenn man zügig ritt, eine gute Viertelstunde. Elisa trieb ihr Pferd in einen Trab und ließ es hernach angaloppieren. Der Wind trieb ihr die Tränen in die Augen, ließ ihren Blick verschwimmen, so dass sie fortwährend blinzeln musste. Die Hufe trommelten auf den Boden, ein steter Rhythmus, der dem von Elisas Herz glich.

Als Gut Reichenbach in Sicht kam, verlangsamte sie das Tempo. Das Kleid klebte ihr schweißnass am Körper, und Elisa begann erneut zu frösteln. Sie ritt langsam auf das

Gut zu, lenkte das Pferd über die gepflegte Allee auf den weitläufigen Hof. Ein Bursche kam auf sie zu und nahm ihr Pferd.

»Ich möchte zu Fräulein von Reichenbach«, sagte Elisa, indes sie sich vom Pferd helfen ließ. »Ist sie da?« Die Idee war ihr spontan gekommen, denn nach Carl konnte sie mitnichten fragen.

»Da müssen Sie im Haus nachfragen, gnädiges Fräulein. Weggeritten ist sie nicht.«

Elisa dankte ihm und ging zum Haupteingang, zu dem eine breite, halbrunde Treppe führte. Sie betätigte den Klingelstrang und wartete. Das Zittern hatte wieder eingesetzt, und Elisa hätte nicht zu sagen vermocht, ob wegen der Kälte oder aus Angst.

Die Tür wurde geöffnet, und eine junge Frau in der grauweiß gestreiften Uniform der Dienstmädchen der von Reichenbachs stand vor ihr. »Sie wünschen, gnädiges Fräulein?«

Das Personal hier kannte sie nicht, sie war nur selten zu Gast, eigentlich ausschließlich, wenn von hier aus eine Jagd stattfand oder eine große Feierlichkeit, zu der alle Nachbarn eingeladen waren. »Ich möchte zu Fräulein von Reichenbach.«

»Wen darf ich melden?«

»Elisa von Schletter.«

»Ah, die Freiin von Schletter.« Die Frau bekam etwas Devotes. »Kommen Sie rein, im Salon ist es warm. Ich sehe, ob das junge Fräulein daheim ist.« Was so viel bedeutete, sie würde fragen, ob Magdalena sie sehen wollte, denn ein Stubenmädchen musste wissen, ob die Herrschaften da waren oder nicht.

Elisa umschlang ihre Brust und presste die Hände um die Oberarme. Wieder diese Kälte, die trotz des leise prasselnden Kaminfeuers nicht weichen wollte. Ein aufgeschlagenes Buch lag auf einem Tischchen, so, als habe dort noch kurz zuvor jemand gesessen. Dies hier war vermutlich der Familiensalon, was immerhin bedeutete, sie musste nicht damit rechnen, rundheraus wieder fortgeschickt zu werden. Als sich die Tür öffnete, fuhr sie herum.

Magdalena trat ein, die Brauen fragend gehoben. »Ja?« Sie war ihrem Bruder so ähnlich, dass sie hätten Zwillinge sein können, wäre da nicht der große Altersabstand. Das gleiche hellbraune Haar, die gleichen warmen braunen Augen.

Nervös glitt Elisas Zungenspitze über ihre trockenen Lippen. »Ich möchte zu Carl«, erklärte sie. »Aber ich konnte nicht direkt nach ihm fragen.«

Magdalenas Blick gab lediglich ein flüchtiges Erstaunen preis, ansonsten ließ sich in ihrer Miene nicht lesen, was sie von diesem Anliegen hielt, dem die Heimlichkeit einen Anstrich von Verruchtheit gab. »Er ist nicht da«, antwortete sie. »Aber vermutlich kommt er gleich zurück, er wollte ausreiten.«

Ob er an ihrem Treffpunkt auf sie wartete? An diese Möglichkeit hatte sie überhaupt nicht gedacht. Andererseits passte der Tag nicht, denn wenn sie nichts Festes verabredet hatten, waren sie übereingekommen, sonntags auf gut Glück zum Treffpunkt zu reiten – nach dem Gottesdienst, die einzige feste Konstante, die in ihrer beider Leben dieselbe war.

»Kann ich hier auf ihn warten?«, fragte sie.

»Natürlich.« Die Art, in der Magdalena sie ansah, wirkte nicht eben einladend, aber das war Elisa in ihrer Situation gleich. Letzten Sonntag war Carl nicht am Treffpunkt gewesen, allerdings wusste Elisa, dass momentan viel zu tun war auf dem Gut.

»Kaffee?« Magdalena zog an dem Klingelstrang.

»Ja, sehr gerne.«

»Setz dich doch.«

Zögernd ließ Elisa sich nieder, und kurz darauf erschien ein Stubenmädchen, nahm die Anweisung, Kaffee und Gebäck zu bringen, entgegen und ging wieder. Elisa sah sich um. Es war ein schöner Raum, gemütlich und geschmackvoll eingerichtet mit samtbezogenen Sesseln, Möbeln aus Nussbaum und schweren, dunklen Vorhängen. In einer Schale lagen Herbstäpfel und ein paar Ähren. So etwas hätte Elisa sich auch für zu Hause gewünscht, aber da wirkte vor dem allgegenwärtigen Verfall alles irgendwie schäbig.

Da es nichts gab, worüber sie und Magdalena plaudern konnten, lastete das Schweigen schwer im Raum. Elisa machte den Versuch, über allgemeinen Gesellschaftsklatsch zu sprechen, aber in dieser Hinsicht war Magdalena wie Karolina, es interessierte sie nicht im Geringsten, da sie für die Gesellschaft und deren Regeln nur wenig übrig hatte. Und so tranken sie stumm ihren Kaffee, aßen ein paar Plätzchen, und Elisa strich einige Male konzentriert über ihr Kleid, fegte ein paar Krümel zusammen, um sie auf den Teller rieseln zu lassen, damit sie nicht auf den blank polierten Dielen landeten.

»Komm«, sagte Magdalena und erhob sich abrupt. »Das

geht hier ja zu wie auf einer Beerdigung. Gehen wir raus und schauen, ob Carl in Sicht ist.«

Erleichtert stand Elisa ebenfalls auf und verließ mit ihr den Salon. Magdalena holte sich einen Mantel, dann öffnete sie die schwere Haustür. Draußen begann Elisa sofort wieder zu frieren und wickelte sich den Schal enger um den Hals. Sie gingen zu den Stallungen, die geräumig und sauber waren. Elisa atmete den Geruch von Heu, Pferd und Leder, hörte das leise Schnauben, das Mahlen von Pferdemäulern im Trog, das Rascheln von Stroh, wenn eines der Tiere sich bewegte. Nüstern schoben sich über Boxentüren, deren oberer Teil geöffnet war, und geistesabwesend streichelte Elisa sie im Vorbeigehen. Dann traten sie wieder hinaus und gingen in den nächsten Stall.

»Hier stehen die Hengste und normalerweise auch Carls Grandeur, aber wie du siehst, ist er noch nicht da.« Magdalena deutete auf eine leere Box, als müsse sie das Gesagte beweisen. »Vielleicht ist er auch mit Freunden raus, dann kann das dauern, aber das ist um diese Zeit eher unwahrscheinlich.« Sie hatte noch nicht zu Ende gesprochen, als Hufgetrappel zu hören war. Kurz darauf näherte sich ein Reiter auf einem Pferd, eine dunkle Silhouette vor dem Eingang. Carl neigte den Oberkörper, um nicht mit dem Kopf an den Balken über dem Eingangstor zu stoßen, als er in den Stall geritten kam. Er saß ab und sah die beiden jungen Frauen überrascht an.

»Oh, guten Tag.« Er führte Grandeur zu der Box, und sein Blick blieb an Elisa hängen.

»Nun bist du ja da.« Magdalena nickte Elisa zu. »Dann

lasse ich euch mal allein.« Sie streichelte Grandeur im Vorbeigehen und verließ den Stall.

Carl musterte Elisa, sein Blick wirkte düster und verschlossen. »Was gibt es?«, fragte er, und ihr sank der Mut.

»Ich … Es tut mir leid, ich wäre nicht gekommen, wenn ich mir anders zu helfen gewusst hätte.«

Er stand da, sah sie abwartend an, während das Pferd den Kopf wandte, an einem Trog schnoberte.

Elisa holte tief Luft. »Ich bin schwanger«, sagte sie. Nun war es heraus, und das Zittern wurde schlimmer, ihr schlugen vor Kälte die Zähne aufeinander.

Carl schwieg, führte das Pferd in die Box, nahm ihm Zaumzeug und Sattel ab, trat hernach zurück auf die Stallgasse und legte beides auf einen hölzernen Bock. »Wie weit bist du?«

»Das weiß ich nicht genau, wohl noch am Anfang.«

»Seit wann bist du überfällig?«

Das Blut stieg ihr heiß ins Gesicht. »Seit zwei Wochen.«

Er nickte, schien einen Moment lang zu überlegen, dann wandte er den Blick ab, sah hinaus in den diesigen Nachmittag. »Dann wird es wohl in der Tat noch ein wenig dauern, ehe man es sieht«, sagte er schließlich, als er sich wieder zu ihr gedreht hatte.

»Du wirst mich nicht damit allein lassen, ja?« Er war so seltsam, so distanziert, und die Angst, vor ihren Vater treten zu müssen, ihm zu sagen, sie erwarte ein uneheliches Kind, löste in ihr eine Übelkeit aus, die in einer dumpfen Welle in ihr aufschwappte.

»Nein«, antwortete Carl nun. »Natürlich nicht. Wofür hältst du mich?«

Einen bebenden Atemzug lang herrschte Stille. »Dann wirst du …«

»Ich werde mit deinem Vater reden, gib mir nur Zeit, vorher mit meinen Eltern zu sprechen.«

»Bist du mir böse?«

»Nein, du hast das Kind ja mitnichten allein gezeugt.«

Warum war er dann so seltsam? Elisa lag die Frage auf der Zunge, aber sie stellte sie nicht, sondern beschränkte sich darauf zu nicken.

»Reite nach Hause«, sagte er, sanfter nun. »Und hab keine Angst, ich kümmere mich um alles.«

»Ist gut.« Elisa griff in ihre Manteltasche und holte ihre Handschuhe heraus. »Ich warte dann auf dich.« Sie verließ den Hengststall und trat hinaus auf den Hof, wo der Stallbursche ihre Stute angebunden hatte.

»Weißt du«, sagte Magdalena, »ich hätte ja verstanden, wenn es Karolina gewesen wäre. Aber die langweilige Elisa?«

Carl antwortete nicht darauf. Es hatte sich eben so ergeben an jenem Abend auf der Hochzeit, und ihm hatte dieses kleine Arrangement durchaus gefallen. Dass sie schwanger wurde, hatte er allerdings nicht geplant, und offenbar hatte er im Eifer des Gefechts das eine oder andere Mal doch nicht gut genug aufgepasst. Da eine Ehe mit Adela nicht in Frage kam, hatte Carl es mit der Eheschließung an sich nicht sonderlich eilig. Und nun sah es so aus, als steuere er genau darauf zu. Selbstverständlich konnte er Elisa nicht sitzenlassen. Ihn mochte durchaus der Rachegedanke getrieben haben, als er Elisa entehrt hatte, aber sie mit einem Kind allein zu lassen und die Vaterschaft zu leugnen war ausgeschlossen.

»Warum war sie denn jetzt hier?«, fragte Magdalena. »Die Sehnsucht nach dir wird sie wohl kaum zu so einem Leichtsinn getrieben haben, nicht wahr? Wenn ihr Vater doch nichts merken soll.«

»Er wird nun nicht mehr umhinkommen, es zu merken.«

Es dauerte einen Moment lang, ehe Magdalena begriff. »Ernsthaft, Carl? Diesen Klotz hast du dir ans Bein gebunden?«

»Tja, ganz so sieht es aus.«

»Na, dann viel Vergnügen. Fragt sich natürlich, ob du da nicht eher dich selbst strafst als Leonhard oder gar seinen Vater.«

Carl seufzte und rieb sich die Augen. »Es lässt sich nun einmal nicht ändern, ja? Und es ist auch nicht sehr hilfreich, wenn du sie weiterhin schmähst.«

»Was hattest du eigentlich geplant? Sie irgendwann zu verlassen?«

Darauf wäre es vermutlich hinausgelaufen, wenn ihm das Versteckspiel über gewesen wäre. Derzeit kam er aber durchaus noch auf seine Kosten. Da dies allerdings nichts war, was man der kleinen Schwester gestand, schwieg Carl. Dabei war ihm die Ironie der Situation, das Geständnis einer Schwangerschaft an einem Tag von gleich zwei Frauen zu hören, durchaus bewusst. Die eine, deren Schwangerschaft er zu gerne verantwortet hätte, und die andere, für die er nun die Verantwortung zu tragen hatte, obwohl er dies wahrhaftig nicht wollte.

Da sein Vater den ganzen Tag über beschäftigt war und dies mitnichten ein Gespräch war, das man zwischen Tür und Angel führen konnte, fand Carl erst nach dem Abendessen die Gelegenheit. Er bat seinen Vater um eine Unterredung, und dieser ging mit ihm in die Bibliothek.

»Was gibt es?«

»Ich bitte dich darum, mich morgen zu Wilhelm von Schletter zu begleiten«, kam Carl ohne Umschweife zur Sache. »Ich möchte Elisa heiraten.«

Sein Vater schwieg, starrte ihn an, als habe er den Verstand verloren, und schien darauf zu warten, dass Carl dieses Ansinnen umgehend fallen ließ. Als jedoch nichts dergleichen kam, verengte er die Augen kaum merklich. »Willst du mir damit eins auswischen, weil ich dir diese Frau verwehrt habe? Und Wilhelm von Schletter gleich mit?« Er stopfte seine Pfeife und sah Carl an. »Deine Mutter und ich haben Pläne mit dir, und darin kommen die von Schletters nicht vor.«

»Ich befürchte, ich muss darauf bestehen.«

»Ah ja, musst du? Nun, und wenn ich nein sage?«

»Dann wird auch das nur ein Aufschub sein, denn Wilhelm von Schletter wird dich von der Notwendigkeit überzeugen. Und ich denke, eine gewisse Eile ist durchaus geboten.«

Sein Vater starrte ihn an, die Pfeife auf halbem Weg zum Mund. »Wie war das?«

»Ich glaube, ich muss es nicht weiter ausführen.«

Sein Vater legte die Pfeife ab, langsam und bedächtig. Dann wandte er sich ihm zu, und im nächsten Moment versetzte er Carl einen Hieb ins Gesicht, der diesen zu

Boden gehen ließ. Carl stöhnte, wollte sich erheben, als ihn ein Tritt in den Magen erneut stürzen ließ. Sein Vater ging in die Hocke, sah auf ihn hinab. »So, du Haderlump. Und jetzt erkläre es mir doch noch einmal ganz genau. Du hast die unbescholtene Tochter eines Mannes – *dieses* Mannes! – entehrt und setzt mir nun die Pistole auf die Brust?«

Übelkeit stieg in Carl auf, und er hielt sich den schmerzenden Bauch, indes er sich langsam auf alle viere aufrappelte. Abrupt erhob sich sein Vater, streckte ihm die Hand entgegen und half ihm auf die Beine. »Ich denke, meine Meinung dazu ist deutlich geworden, ja?«

»Durchaus.« Carl bewegte vorsichtig seinen Kiefer.

»Seit wann geht das mit dir und der kleinen von Schletter?«

»Seit Leonhards Hochzeit.«

Sein Vater spuckte ein bellendes Lachen aus. »Na, großartig. Und dem dummen Ding ist kein Licht aufgegangen, ja?«

»Woher hätte sie das wissen sollen?«

»Sie und Leonhard erzählen sich doch immer alles, heißt es.«

»Offenbar hat er ihr nicht erzählt, dass seine Ehefrau einen anderen liebt.«

»Geliebt hat.«

»Nein, immer noch liebt.«

Sein Vater sah ihn eindringlich an. »Wenn du es wagst, dich mit dieser Frau ins Gespräch zu bringen, Carl, dann bringe ich dich eigenhändig um, das schwöre ich dir. Und dass Leonhard über diese Dinge schweigt, spricht durchaus für ihn.« Er nahm seine Pfeife wieder in die Hand.

»Ich gehe morgen zu Wilhelm und spreche mit ihm. Wir müssen uns mit der Situation wohl irgendwie arrangieren. So viele Möglichkeiten, Carl, und du entscheidest dich *dafür.*«

»Über kurz oder lang hätte ich ohnehin heiraten müssen, und da ist Elisa so gut wie jede andere.«

»Denkst du, ja? Und ich darf nun zu Kreuze kriechen vor diesem Kerl, weil mein Sohn in Gegenwart seiner Tochter die Hosen nicht anbehalten konnte.«

Carl schwieg, rieb sich das schmerzende Kinn, indes eine tumbe Übelkeit in seinem Magen nistete, die nicht allein dem Tritt seines Vaters geschuldet war.

»Elisa!«, brüllte Wilhelm von Schletter durch die Halle.

Es war also so weit. Elisa, die seit dem Eintreffen Carls im Salon gesessen hatte, erhob sich und ging mit zittrigen Knien zur Tür. In der Halle traf sie auf ihre Mutter, die erschrocken die Treppe hinuntereilte. »Was, um alles in der Welt, ist passiert?«

Auch ein Stubenmädchen und der dunkel livrierte Hausdiener standen mit erschrockener Miene in der Halle, als Elisa mit gesenktem Kopf an ihnen vorbeieilte. Ihr Vater wartete auf sie, die Miene von einem Zorn gezeichnet, den Elisa noch nie an ihm gesehen hatte. Er packte sie am Arm und zerrte sie hinter sich her zu seinem Arbeitszimmer, öffnete die Tür und schleuderte sie hinein. Sie stolperte, fiel auf die Knie, und im nächsten Moment war Carl von seinem Stuhl aufgesprungen, umfasste ihren

Arm – deutlich sanfter als ihr Vater zuvor – und half ihr aufzustehen.

»Es ist alles meine Schuld«, sagte er. »Zu so einem groben Umgang mit ihr besteht kein Anlass.«

»Ah, sag du mir nicht, wozu im Umgang mit meinem Kind Anlass besteht!«, brüllte Wilhelm von Schletter. Er sah Elisa an, die Augen schmal vor Zorn. »Hast dich von ihm besteigen lassen wie eine rossige Stute, ja?«

Elisa spürte Hitze vom Hals in die Wangen steigen, und schlang schützend die Arme um ihren Oberkörper. Sie kam sich vor, als stünde sie entblößt vor einem Tribunal von Männern, vor dem Carls Schuld weniger schwer wog als die ihre. Dann jedoch bemerkte sie den Bluterguss an seinem Kinn, die kalte Distanz zwischen ihm und seinem Vater, und kam sich nicht mehr gänzlich allein vor. Er stellte sich neben sie, beschützend, als spüre er, was in ihr vorging.

»Wir können uns weiter Unflätigkeiten an den Kopf werfen«, sagte er, »oder aber wir akzeptieren die Dinge, wie sie nun einmal sind.«

Wilhelm von Schletter schnaubte verächtlich.

»Er hat recht«, ließ sich Johannes von Reichenbach vernehmen. »Es mag uns nicht gefallen, aber es hilft alles nichts.«

Ihr Vater sah sie an, und unter seinem Blick, der stets so liebevoll auf ihr gelegen hatte, kam Elisa sich klein und elend vor. »Es hat nach Leonhards Hochzeit begonnen, nicht wahr?«, fragte er, und Elisa nickte.

»Wilhelm«, sagte Johannes von Reichenbach, »das führt doch zu nichts.«

»Weißt du«, fuhr ihr Vater dessen ungeachtet fort, »dass

er in Adela verliebt und furchtbar wütend darüber war, dass Leonhard sie bekommt? So wütend, dass er mit deinem Bruder gebrochen hat. Aber mit dir hat er es hernach getrieben. Was sagt dir das?«

Verwirrt sah Elisa zu Carl, der ihren Blick erwiderte, sie jedoch nicht darin lesen ließ. Sie fror, konnte überhaupt nicht mehr aufhören zu frieren.

»Also gut«, sagte ihr Vater und setzte sich an seinen Schreibtisch, nun ganz und gar Geschäftsmann. »Du hast recht, es hilft alles nichts. Kommen wir zu den Formalitäten. Es ist ja durchaus eine gewisse Eile geboten.«

Elisa blieb stehen, ebenso wie Carl. Sie sah aus dem Fenster, indes das Gespräch der Männer an ihr vorbeirauschte, ging noch einmal zurück zu Leonhards Hochzeit, jenem Tag, an dem Carl sie das erste Mal wirklich wahrgenommen hatte. Es passt alles, dachte sie. Und doch konnte sie in den Treffen mit ihm, in den Küssen, in den Momenten körperlicher Liebe keinen Missklang finden, nichts, was ihr hätte deutlich machen müssen, dass sie für ihn nur ein Zeitvertreib war, ein Mittel zum Zweck.

Es dauerte eine Viertelstunde, ehe man sich handelseinig war, dann erhob sich Johannes von Reichenbach. »Wir empfehlen uns. Morgen kommt mein Anwalt und regelt die Einzelheiten.« Er nickte Elisa zu. »Komm, Carl.«

Carl sah sie an. »Wir sehen uns«, sagte er und folgte seinem Vater.

Einen Moment lang blieb Elisa wie angewurzelt stehen, sah ihren Vater an, der sie aufmerksam musterte. Schließlich wandte sie sich ab, lief Carl und seinem Vater nach, holte sie in der Halle ein. »Carl!«

Die beiden Männer blieben stehen, drehten sich zu ihr um. »Stimmt es, was mein Vater gesagt hat? Liebst du sie?«

»Ja«, antwortete Carl.

»Und was ist mit mir? Du hast gesagt, du liebst mich.«

»Das habe ich nicht, du wolltest lediglich glauben, dass es so ist.«

»Herrgott!«, sagte sein Vater, und der Blick, den er Elisa nun zuwarf, war beinahe mitfühlend.

Adela fand es befremdlich, dass Berta von Schletter ihr ihren Zustand angesehen hatte, nicht jedoch den der eigenen Tochter. Obwohl die Hochzeit nun eilig anberaumt werden musste, heulte Elisa sich den ganzen Tag schon die Augen aus, und Karolina lief mit einer Leichenbittermiene herum. Die Einzige, die sich wirklich und wahrhaftig zu freuen schien, war Berta von Schletter, die zwar die Schwangerschaft nicht guthieß, aber einen Schwiegersohn bekam, der durchaus was hermachte. Adelas Gefühle waren gemischt. Natürlich wusste sie, dass Carl nicht enthaltsam leben, dass er heiraten und vielleicht sogar wieder lieben würde. Aber so, wie er es getan hatte, bekam es einen sehr bitteren Beigeschmack. Sie hatten sich geküsst, während er bereits Elisas Liebhaber war, nur, um Leonhard zu bestrafen. Gleichzeitig erwachte eine verzehrende Eifersucht in ihr, weil Elisa genoss, was Adela verwehrt blieb.

Als sie an diesem Tag abends bei Tisch saßen, herrschte frostiges Schweigen. Elisa war niedergeschlagen, Karolina aus Gründen, die sich Adela nicht erschlossen, wütend, während Wilhelm von Schletter in stoischem Schweigen dasaß, die Brauen finster zusammengezogen. Auch in Leonhard brodelte es, das war unübersehbar. Nur Berta von Schletter plauderte, als sei all das ein Anlass zur Freude, und unvermittelt fragte Adela sich, ob sie nicht recht bei Sinnen war. Aber vermutlich war das einfach ihre Art, in allem das Beste zu sehen.

»Adela, wie ist es, nicht mehr die einzige Schwangere bei Tisch zu sein?«, fragte Karolina, und Elisa lief rot an.

»Unterlasse das bitte«, entgegnete Leonhard, ehe jemand etwas sagen konnte.

»Wieso?«, fragte Karolina mit erhobenen Brauen. »Ist dein künftiger Erbe kein angemessenes Thema bei Tisch?«

»Karolina.« Die Stimme ihres Vaters war leise und ruhig, ließ aber keinen Zweifel daran, dass Vorsicht angebracht war.

Obwohl es ihr offensichtlich auf der Zunge brannte, noch etwas zu sagen, blieb Karolina stumm. Der Blick jedoch, den sie ihrer Schwester zuwarf, ließ neben der Wut auch Kummer und Verletzlichkeit erahnen, und Adela wurde in diesem Moment klar, wie es um Karolinas Gefühle stand.

Da ihr Zustand ein guter Vorwand war, um sich zurückzuziehen, spielte Adela diese Karte auch jetzt aus. Sie erhob sich und bat, sie zu entschuldigen. Leonhard und sein Vater standen höflich ebenfalls auf, und sie nickte ihnen freundlich zu, ehe sie den Raum verließ.

»Zwei Schwestern«, hörte sie Wilhelm von Schletter sagen, als sie im Korridor stand, »und beide in diesen Kerl verliebt. Da fragt man sich doch, was der an sich hat.«

Adela senkte den Blick und lief eilig die Treppe hoch.

In ihrem Zimmer ließ sie sich am Frisiertisch nieder und zog langsam die Nadeln aus dem Haar. Sie wirkte blass und übernächtigt, was daran liegen mochte, dass sie immerzu müde war. Eine solch anhaltende Erschöpfung hatte sie nie zuvor erlebt. Wie sollte sie das bis Februar aushalten?

Sie rieb sich die Augen, hinter denen sich der Kopfschmerz langsam als dumpfer Druck aufbaute, und flocht sich hernach das Haar. Dann stand sie auf und schaffte es mit einigen Verrenkungen, ihr Kleid ohne Hilfe zu öffnen, da ihr nicht der Sinn danach stand, die Zofe der Damen von Schletter zu rufen. Sie selbst hatte nach wie vor keine, hatte es immer aufgeschoben, sich darum zu kümmern, und da es auch so ging, schien Wilhelm von Schletter nicht darauf erpicht, diese Ausgabe voranzutreiben. Leonhard fragte gelegentlich, aber sie winkte nur ab.

Obwohl ihr ein Blick auf die Uhr bestätigte, dass es noch zu früh war, um schlafen zu gehen, zog sie sich ein Nachthemd an und schlug die Bettdecke zurück. Sie löschte das Licht bis auf die kleine Lampe neben ihrem Bett und legte sich hin. Das Zimmer war kühl, weil der Kaminofen noch nicht angefacht worden war, aber unter der dicken Daunendecke war es schön warm, und Adela kuschelte sich in die Kissen. Als sie Leonhard am Vortag gesagt hatte, dass er trotz Schwangerschaft mit ihr schlafen durfte, hatte sie sich eine Hingabe erlaubt, vor der sie vorher aus Protest zurückgescheut war. Und sie stellte fest, dass es keine Liebe brauchte, um Berührungen und Küsse als angenehm zu empfinden. Carl gehörte ihr Herz, Leonhard jedoch ihr Körper, und da sie sich diese Wahrheit vollumfänglich eingestand, lag sie nun nicht mehr im Bett und fürchtete sich vor dem Moment.

Die Tür wurde behutsam geöffnet, da Leonhard offenbar vermutete, sie schlafe. Ihre Blicke trafen sich, und Leonhard stieß die Tür mit einem leisen Klicken ins Schloss. Er kam zu ihr und setzte sich an den Rand ihres Bettes, sah auf sie hinab, griff nach ihrer Hand, und einen Moment lang verflochten sich ihre Finger ineinander. Elisa, Karolina, Adela. *Alle in diesen Kerl verliebt. Da fragt man sich doch, was der an sich hat.*

Beide wussten, warum Carl Elisa verführt hatte, aber niemand sprach es aus, denn das würde zweifellos zu weiteren Fragen führen, deren Antworten sich niemand stellen wollte. Adela war im Begriff, die Decke zurückzuschlagen, Leonhard zu sich einzuladen, um das schwer lastende Schweigen nicht länger ertragen zu müssen. Er jedoch erhob sich, wandte sich ab und verließ wortlos das Zimmer.

II

»Die Landschaft ist unvergesslich schön. Echtes Masuren, wie wir es von unseren Paddeltouren her kennen: wenig Wald, viel Wasser, sandige Wege in einer unendlich weiten Hügellandschaft, rote Dächer und ein lichtblauer, wolkenloser Himmel darüber.«

Marion Gräfin Dönhoff, Ritt durch Masuren

Mai 1884

Angesichts der Fülle an Geschenken, die er bereits ausgepackt hatte, zeigte sich auf Constantin von Reichenbachs Gesicht das erste Anzeichen von Überdruss, als seine Mutter ihm das nächste bunte Päckchen reichte.

»Das ist von Großvater Wilhelm.«

Die Verschnürung wurde von rundlichen Kinderhänden gelöst, und mit der Ungeduld eines Zweijährigen riss der Kleine hernach den Deckel von der Schachtel.

»Lok!«, rief Constantin begeistert, und Wilhelm von Schletter stellte mit einiger Befriedigung fest, dass ab jetzt alle Geschenke – sowohl die verpackten als auch die ausgepackten – unwichtig wurden. Constantin fuhr mit der Lok durchs Zimmer, pflügte durch die sorgsam gestapelten Schachteln und fuhr seinem Vater über den Fuß, was Carl mit einem Lächeln quittierte.

»Hier, Constantin«, lockte Gesa von Reichenbach. »Hier ist noch ein Geschenk von der Großmutter.«

»Tschuh, tschuh«, machte Constantin und fuhr mit der Lok unter den Tisch, stieß gegen das Tischbein, so dass das Geschirr klirrte.

Ein verzogener kleiner Bengel, dachte Wilhelm, aber unwiderstehlich. Das lag wohl daran, dass Elisas Erbe stärker durchschlug. Mit einem zufriedenen Lächeln beobachtete er, wie die Gäste den Kleinen zu den Geschenken zurücklocken wollten und nur ein »Tschuh« als Antwort bekamen, während Constantin weiter durchs Zimmer fuhr.

Leonhards Sohn Maximilian lief hinter Constantin her und versuchte, ihm die Lok zu entreißen. Es entbrannte ein Ringen, das Constantin zwar gewann, indem er sich mit dem ganzen Gewicht gegen Maximilians Griff stemmte, was aber dazu führte, dass er sich dabei die Holzlok gegen die Nase schlug und anfing zu weinen. Elisa eilte zu ihm, nahm ihn in die Arme, und Maximilian zog mit der Lok davon.

»Gib sie deinem Vetter zurück«, sagte Adela. Ein sinnloses Unterfangen, wusste Wilhelm.

»Lass nur«, antwortete Elisa und trug den schluchzenden Constantin zurück zu den verpackten Geschenken.

Es waren noch zwei Schwestern von Gesa hier sowie eine Schwester von Johannes. Außerdem drei befreundete Familien mit Kindern, zwei davon im Alter von Constantin und Maximilian, was den Lärm nicht unbedingt senkte. Und nun brachte das Kindermädchen auch noch Carls und Elisas Jüngste in den Salon, die den Mittagsschlaf offenbar beendet hatte. Victoria war vierzehn Monate jünger als Constantin und würde im Juli ihren ersten Geburtstag feiern. Mit einem Ausruf der Begeisterung sprang Karolina auf und nahm die Kleine dem Kindermädchen ab.

»Na, hat da jemand geahnt, dass die Lieblingstante im Haus ist?«

Hätte ein unbefangener Beobachter die Szene gesehen, wäre er wohl zu dem Schluss gekommen, dass dies ein harmonisches familiäres Zusammentreffen war. Hätte dieser Beobachter aber genauer hingesehen, wäre ihm aufgefallen, dass Elisa und Adela distanziert miteinander umgingen, dass Carl und Leonhard nicht ein Wort miteinander wechselten, dass Gesa ihre Schwiegertochter stets mit leiser Verachtung musterte – ein gefallenes Mädchen! –, dass Johannes mit Wilhelm nur oberflächliche, der Höflichkeit geschuldete Konversation betrieb und dass Wilhelm seinerseits Carl sehr kühl behandelte. Einzig Karolina war stets von einer aufgekratzten Fröhlichkeit, und Berta war eben Berta, die fand ja überall einen Anlass zum Glücklichsein.

An diesem Tag jedoch hatte Gesas Lachen gar etwas Wütendes, als wolle sie allen zeigen, dass ihr das Gerede und die Spekulationen nichts anhaben konnten, dass sie eine glückliche Großmutter war. Carl war ernst und rang sich nur hin und wieder ein Lächeln für seinen Sohn ab, Johannes war schweigsamer als sonst. Ja, es musste ihnen schwerfallen, hier zu feiern und sich glücklich zu zeigen, dachte Wilhelm und musste nun seinerseits lächeln. Damit er nicht schadenfroh wirkte, sah er dabei seine Enkelin an, die nach wie vor auf Karolinas Arm war. Leonhard und Adela konnten so langsam auch ruhig mal nachlegen.

Und dann, als habe Constantin die Gedanken seines Großvaters geahnt, blickte er von seinem Geschenk auf und rief »Malena?«.

Das Lächeln bekam nun beinahe etwas Zwanghaftes, und rasch begannen die Frauen zu reden, sie lachten und riefen die Kinder herbei, damit sie die aufsehenerregenden Bauklötze bestaunen konnten, die Constantin gerade ausgepackt hatte. Wilhelm beobachtete Gesa, deren Lächeln wie eingefroren wirkte, was ihrem Gesicht etwas Fratzenhaftes verlieh. Carl hatte die Brauen zusammengezogen, Johannes sich abgewandt. Elisa reichte Constantin das nächste Geschenk, Berta kniete neben ihm und half ihm beim Auspacken, und Karolina lächelte glücklich auf Victoria hinab, während sie mit ihr durch den Raum zu Carl ging und ihm das Kind in die Arme legte.

»Grundgütiger«, sagte Leonhard, als er am frühen Abend sein Pferd vom Reichenbach'schen Hof führte, »wenn dieses Kind eines nicht mehr braucht, sind es Spielsachen.« Er beugte sich hinunter und nahm Adela Maximilian aus den Armen.

»Und du bist sicher, dass das kein zu weiter Ritt ist?«, fragte sie besorgt.

»Das schaffen wir beide schon, nicht wahr?«

»Ja«, jauchzte Maximilian.

»Oder willst du lieber mit Mama in der Kutsche fahren?«

Maximilian legte sich nach vorn auf den Pferdehals und krallte die Hand in die Mähne. Antwort genug.

»Mach dir keine Sorgen«, sagte Leonhard. »Ich saß schon im Sattel …«

»Als du noch nicht einmal stehen konntest, ich weiß.« Adela strich Maximilian über den blonden Schopf. »Du springst aber nicht, ja?« Leonhard hob die Brauen, und Adela musste nun selbst lachen. »Ich weiß ja, dass ich zu ängstlich bin.«

»Na, dann ist ja gut.« Leonhard tippte sich an den nicht vorhandenen Hut. »Bis später.« Er ritt vom Hof, während Adela zur Kutsche ging, die mit seinen Eltern und Karolina vor dem Haus wartete. Adela zuliebe blieb er im Schritt, damit sie sich davon überzeugen konnte, dass er ein fürsorglicher Vater war. Die Kutsche ratterte an ihnen vorbei, und Maximilian winkte ihr heftig hinterher.

»Na, Max«, sagte er dann, als sie außer Reichweite waren. »Im Galopp querfeldein?«

»Ja!«, schrie der Kleine, und Leonhard trieb das Pferd in den Trab und dann in den Galopp. Sein Arm lag um das Kind, die andere Hand hielt die Zügel, während Maximilian sich mit beiden Händen an der Mähne festhielt. Das Pferd hatte einen weichen Gang, was das Reiten auch für das Kind angenehm machte. Sorgsam darauf bedacht, nicht den Weg der Kutsche zu kreuzen, ritt Leonhard einen großen Bogen auf Schloss Lilienau zu. Es war ohnehin angeraten, nicht zu früh daheim zu sein, sonst würde Adela ahnen, dass er eben nicht nur brav im Schritttempo geritten war. Zu spät durften sie aber auch nicht sein, sonst würde sie denken, der Kleine sei womöglich vom Pferd gefallen.

Leonhard zügelte das Pferd, als sie einen Bach passierten, und stieg ab. »Komm, wir schauen mal, ob wir Frösche finden.«

»Für Mama?«, fragte Maximilian mit großen Augen.

Leonhard musste lachen. »Besser nicht.«

Er führte das Pferd am langen Zügel mit sich, während Maximilian vor ihm hertollte. Frösche fanden sie zwar nicht, aber dafür einen versteckten Schatz aus weißen Kieseln, den wohl mal ein anderes Kind in einem Bett aus mittlerweile verrotteten Gräsern unter einer Baumwurzel vergraben hatte. Maximilian stopfte sich die Kiesel mit seinen rundlichen Händen in die Hosentaschen, so dass diese dick ausgebeult waren, und kniete im Matsch, in der Hoffnung, noch mehr zu finden. Schließlich stand er auf und hielt einen Wurm hoch.

»Mama?«, fragte er hoffnungsvoll.

»Nein, ich glaube, den lässt du besser wieder frei. Gib ihr lieber die Edelsteine.«

Bedauernd ließ der Kleine den Wurm fallen, und Leonhard hob das Kind aufs Pferd, ehe er selbst aufsaß. Er trieb den Wallach in einen leichten Galopp und verlangsamte das Tempo erst, als sie an der Allee ankamen, die zum Schloss führte. Es sah gepflegter aus als noch vor ein paar Jahren, wenngleich immer noch viel zu tun war. Sie hatten nun einen Gärtner, der sich um die weitläufigen Anlagen kümmerte, und im Gebäude selbst war auch viel instand gesetzt worden. Sie hatten die Zucht von schwarzbuntem Niederungsrind ausgebaut, und somit war den Stallungen Priorität eingeräumt worden.

Die Kutsche stand bereits im Hof, als Leonhard ankam. »Eine Glucke ist nichts gegen dich«, sagte er zu Adela, die wartend neben dem Gefährt stand, und reichte ihr den Kleinen.

»Schatz«, rief der begeistert.

»Ach, du Süßer, du bist auch mein Schatz.«

»Ich glaube, er meint die Kiesel, die er gefunden hat«, sagte Leonhard augenzwinkernd, als er vom Pferd stieg. »Wir haben einen vergrabenen Schatz entdeckt.«

»Ja, man sieht, dass eifrig gesucht wurde«, antwortete Adela mit Blick auf die verdreckte Hose. »Wo ist denn der Schatz?«

Maximilian kramte in seiner Tasche und förderte einen Kiesel zutage, den er seiner Mutter gab. Kleiner Geizkragen.

»Vielen Dank.« Adela zog ihn an sich und küsste ihn.

Leonhard nickte ihr zu, dann führte er sein Pferd in den Stall. Besuche bei Carl waren jedes Mal anstrengend, da alle umeinander herumlavierten. Er wusste nicht, ob Adela noch Gefühle für ihn hegte, aber sie und Elisa gingen sich aus dem Weg. Carl seinerseits zeigte sich weiterhin unversöhnlich, und das, obwohl er eine bezaubernde Ehefrau und zwei wunderbare Kinder hatte. Ein Kompliment für Elisa war das nicht gerade, und das nahm Leonhard ihm sehr übel.

Ein Stallbursche führte das Pferd weg, und Leonhard ging zu den Rinderstallungen. Im Oktober 1882 war die »Ostpreußische Holländer Herdbuchgesellschaft« gegründet worden. Holländische Schwarzbunte bildeten die Zuchtgrundlage, sie hatten einen schönen Wuchs, waren leistungs- und anpassungsfähig. Es gab Körungen, bei denen die Tiere begutachtet und gemessen wurden, ehe man sie in das Herdbuch aufnahm.

Leonhard ging durch den Stall, in dem die Milchkühe standen. Die entwöhnten Jungrinder sowie die Mutterkühe mit Kälbern und die Bullen waren auf der Weide.

Am kommenden Tag würden auch die Milchkühe wieder hinausgelassen werden, nachdem einige Zäune instand gesetzt worden waren. Leonhard hatte seinen Vater dazu überredet, bei den jungen Tieren auf robuste Aufzucht durch Weidegänge zu setzen, und bisher ließ sich alles gut an.

Sie hatten große Flächen Weideland, wenngleich dies in der Vergangenheit nur wenig genutzt worden war, und eigentlich war es immer noch mehr, als sie eigentlich brauchten. Zäune zu setzen war kostenintensiv gewesen, aber natürlich unvermeidbar. In Stallnähe befand sich die kleine Weide für die Mutterkühe, dahinter schloss die für die Milchkühe an. Die Jungrinder waren momentan ständig draußen, und man trieb sie nur hinein, wenn das Wetter entsprechend war. Die Weiden waren daher etwas weiter weg. Außerdem gab es die Bullenweide. Trotz allem war noch Weideland übrig, das vorübergehend verpachtet werden konnte, aber davon wollte Wilhelm von Schletter nichts wissen, denn er setzte darauf, dass sich die Zucht vergrößern und später sicher auch noch Pferde hinzukommen würden. Leonhard dachte da in kleineren Schritten.

Als er ins Haus zurückkehrte, war Adela gerade dabei, Maximilian ins Bett zu bringen. Eigentlich wäre das Aufgabe des Kindermädchens, aber davon wollte Adela nichts wissen.

»Ich habe mir immer so sehr eine Mutter gewünscht, die abends an meinem Bett sitzt«, hatte sie ihm erklärt. »Das ist eine Erinnerung, die bleibt, verstehst du?«

Ja, er verstand, und anfangs war er gelegentlich abends ins Zimmer gekommen und hatte Maximilian noch einmal eine gute Nacht gewünscht. Inzwischen war daraus ein allabendliches Ritual geworden – Adela brachte den Kleinen ins Bett, las ihm etwas vor, und Leonhard erschien, deckte ihn zu und scherzte noch ein bisschen mit ihm, ehe er schlief. Als er das Zimmer betrat, dachte er, dass sein Vater sich geirrt hatte und dies wohl der wahre Reichtum war.

»Schläft er endlich?«, fragte Carl, als Elisa den Salon betrat und sich erschöpft in einen Sessel fallen ließ.

»Ja.« Sie legte den Kopf zurück und schloss mit einem langen Seufzer die Augen.

Constantin war aufgekratzt gewesen, hatte einfach nicht ins Bett gewollt, war im Zimmer herumgerannt, und als Carl schließlich ein Machtwort gesprochen hatte, war er in Tränen ausgebrochen und hatte seine Schwester wachgebrüllt.

Der Salon, der noch vor wenigen Stunden ausgesehen hatte wie ein Schlachtfeld, war nun wieder ordentlich. Kuchen und Kaffee waren abgeräumt, die unzähligen Schachteln entsorgt und die Spielsachen ins Spielzimmer gebracht worden.

Der ganze Spektakel war laut und nervenzehrend gewesen. Dieses Geschrei, immer wieder übertönt von Müttern und Kindermädchen, die sich Gehör zu verschaffen suchten. Und all das, wo es um Carls Geduld momentan ohnehin nicht zum Besten stand. Magdalena, dachte er. Verdammt noch mal. Als sei auch nur irgendjemand hier in der Stimmung gewesen, einen Kindergeburtstag zu feiern. Er hatte Elisa das gesagt, aber sie war der Meinung gewesen, Constantin könne enttäuscht sein. Als würde den Kleinen das interessieren, der hätte sich auch über Kuchen und Geschenke in seinem Kinderzimmer gefreut, und hernach wäre Carl mit ihm eine Runde um das Anwesen geritten. Doch Elisa hatte inständig darum gebeten – ausnahmsweise unterstützt von seiner Mutter –, und er hatte schließlich nachgegeben.

Obwohl sich die von all der Heimlichkeit getriebene Leidenschaft nach der Eheschließung schnell erschöpft hatte, schlief Carl immer noch regelmäßig mit seiner Frau, war jedoch achtsam, sie nicht zu schwängern. Diese Methode mochte nicht die sicherste sein, aber bisher hatte es funktioniert, und Carl hoffte inständig, dass es auch weiterhin so blieb. Nach seinem Dafürhalten konnte mit dem Kinderkriegen nun Schluss sein.

Natürlich wusste er, dass er sich diese ganze Situation selbst zuzuschreiben hatte, und er liebte seine Kinder durchaus. Aber Tatsache war, dass diese Ehe ihn maßlos langweilte, wenngleich er sich bemühte, sich dies nicht anmerken zu lassen, denn es war nicht Elisas Schuld, dass sie eben war, wie sie war. Wenn sie ihm wenigstens ab und zu mal etwas entgegensetzen würde, aber sie hing mit einer beinahe schon hündischen Ergebenheit an ihm, als könne ihn das dazu bringen, sich so in sie zu verlieben, wie sie sich das wünschte.

Er war immer freundlich zu ihr und bestrebt, ihr jeden Wunsch zu erfüllen. Er fuhr regelmäßig mit ihr nach Königsberg, damit sie aus dem Haus kam, kaufte ihr Kleider, Schmuck und bemühte sich, sich seinen Überdruss nicht anmerken zu lassen. All das, weil er ein schlechtes Gewissen hatte, sie nicht so lieben zu können, wie sie es sich wünschte. Und weil er sie mit ihrer Schwester betrog.

»Du könntest wenigstens so tun, als würde es dich interessieren.«

Elisa blinzelte und sah ihre Schwiegermutter an, die ihr eben erklärt hatte, dass es falsch war, Victoria immer noch einen Nuckel zu geben.

»Sie wird schiefe Zähne bekommen«, fuhr Gesa von Reichenbach fort, nun, da sie wieder Elisas Aufmerksamkeit hatte.

»Ich habe meinen bis zum ersten Lebensjahr bekommen, und meine Zähne sind gerade.« Fast schon trotzig schob Elisa der weinenden Victoria den Nuckel wieder zwischen die Lippen, und das Greinen verstummte. Ihre Schwiegermutter war eine Last, die es tagtäglich zu ertragen galt, und davon, dass es mit der Zeit besser wurde, konnte nicht die Rede sein. Das Schlimme war, dass sie Elisa nicht nur zusetzte, indem sie sie ständig spüren ließ, dass sie mit einem Makel behaftet in diese Ehe gegangen war, sondern sie mischte sich seit Constantins Geburt auch fortwährend in die Erziehung ein. Es hatte damit begonnen, dass sie das Neugeborene zu fest wickelte und dies damit begründete, dass die Beine dann gerade wuchsen. Aus diesem Kampf war Elisa jedoch als Gewinnerin hervorgegangen, was auch dem Umstand zu verdanken war, dass Carl sich grundsätzlich auf ihre Seite stellte.

»Du solltest sie nicht so verwöhnen«, sagte Gesa von

Reichenbach, die keine Ruhe geben wollte. »Ich habe meine Kinder mit Strenge und Konsequenz erzogen.«

Ja, dachte Elisa, und vor allem bei Magdalena war der Erfolg ja durchschlagend gewesen. Sie selbst, da war sie sich sicher, würde niemals so herzlos an Victoria handeln, gleich, was diese sich zuschulden kommen ließ. Sie drückte die Kleine an sich und ließ sich hernach mit ihr auf dem Teppich nieder, setzte das Kind zu Boden, damit es krabbeln konnte.

Glücklicherweise riefen die Pflichten der Hausherrin, und so erhob Gesa von Reichenbach sich und verließ das Kinderzimmer. Eigentlich wäre es Zeit, einen Teil der Aufgaben an Elisa abzugeben, aber davon wollte ihre Schwiegermutter nichts wissen. Elisa hatte für den Erben gesorgt und für eine Tochter, die sich vorteilhaft verheiraten ließ, damit waren ihre Fähigkeiten nach Meinung Gesa von Reichenbachs ausgeschöpft, und so lebte Elisa meist nur in den Tag. Sie hatte sich um den Garten kümmern wollen, aber dafür gab es Personal. Einmal hatte sie es gewagt, die Speisenfolge eigenmächtig mit der Köchin zu besprechen, was zur Folge hatte, dass ihre Schwiegermutter sie vor dem Personal heruntergeputzt hatte, als sei sie eine Küchenmagd. Das wiederum hatte einen heftigen Streit zwischen Carl und seiner Mutter nach sich gezogen.

Carls freundliche Aufmerksamkeit täuschte jedoch nicht darüber hinweg, dass es ihm auf eine gewisse Weise gleichgültig zu sein schien, was mit Elisa war. Ja, er stand ihr bei, wenn seine Mutter ihr zusetzte, aber oftmals wirkte dies, als täte er es nur, weil er sich Elisa gegenüber dazu verpflichtet fühlte. Wenn sie mit ihm schlief, war es meist so wie vor ihrer Ehe, er war stets aufmerksam und genoss das Liebesspiel ganz offensichtlich ebenso wie sie. Und wenn sie danach in seinen Armen einschlief, fühlte es sich vollkommen an. Diese Gefühl zerbrach allerdings meist schon im Laufe des kommenden Tages. Den Morgen begleitete noch der Nachklang nächtlicher Sinnlichkeit, aber sobald mit dem Frühstück der Alltag begann, entglitt ihr Carl wieder.

Gelegentlich nahm sie die Kinder und verbrachte den Tag bei ihren Eltern, und sie hatte nie erlebt, dass Carl bei ihrer Rückkehr mit den Kindern herumbalgte, wie Leonhard das mit Maximilian tat. Auch wünschte sie sich, Carl würde ebenso wie ihr Bruder abends noch einmal nach den Kindern sehen, wenn sie zu Bett gebracht wurden, aber er schien der Meinung zu sein, dass dies ohnehin Sache des Kindermädchens war. Er liebte seine Kinder zweifelsohne, aber es war eine distanzierte, pflichtbewusste Liebe. Zumindest kam es Elisa so vor.

»Es gibt Männer, die können mit so kleinen Kindern nichts anfangen«, hatte ihre Mutter ihr erklärt, als sie ihr ihr Leid geklagt hatte. »Außerdem hat dein Vater das auch alles nicht getan, aber an seiner Liebe zu dir hattest du nie Zweifel, nicht wahr?«

Das stimmte natürlich, sie war von klein auf der Liebling ihres Vaters gewesen. Allerdings nur sie, Leonhard hatte er mit viel Strenge erzogen, und mit Karolina konnte er nicht viel anfangen. Hoffentlich würde Carl nicht ebenso sein.

Besonders schwer war es, wenn sie auf einer Familienfeier auf Adela trafen. Elisa konnte nie umhin zu beobachten, wie diese und Carl miteinander umgingen. Ob es Leonhard wohl ebenso erging? Allerdings musste sie gestehen, dass beide keinerlei Gefühle füreinander bekundeten, nicht einmal, wenn sie sich unbeobachtet glaubten. Vielleicht war da tatsächlich nichts mehr, und sie bildete sich Carls Distanziertheit nur ein. Immerhin schien die Ehe zwischen Leonhard und Adela ja gut zu funktionieren. Für Eifersucht bestand wohl wahrhaftig kein Anlass.

Karolina presste sich keuchend an Carl, als die Lust in Wellen durch ihren Körper lief, warf den Kopf zurück, die Augen geschlossen. Dann blieb sie einen Moment lang regungslos liegen, indes das Sonnenlicht bunte Flecken vor ihren geschlossenen Lidern tanzen ließ. Langsam öffnete sie die Augen wieder und sah Carl an, der lächelnd auf sie hinabblickte. Sie stieß einen tiefen Seufzer aus und streckte wohlig den Körper. Am liebsten hätte sie geschnurrt.

»Zufrieden?«, neckte er sie.

»Nein«, antwortete sie träge. »Wir müssen das unbedingt wiederholen.«

Er lachte. »Du bist heute wirklich unersättlich.«

»Das letzte Mal ist lange her.« Sie drehte sich auf die Seite, den Kopf auf den angewinkelten Arm gelegt. Der Duft von sonnenwarmem Gras stieg ihr in die Nase. »Warum schläfst du nicht richtig mit mir?«

»Darüber hatten wir gesprochen.«

»Ich will sowieso keinen anderen Mann.«

»Über kurz oder lang wirst du heiraten wollen, und eine Ehe kann ich dir nicht bieten. Außerdem möchte ich nicht riskieren, dass du schwanger wirst.«

»Leonhard hat nur ein Kind, es muss also möglich sein, dergleichen zu verhindern.«

»Ja, aber das ist nicht sicher. Wäre es das, wäre deine Schwester damals nicht schwanger geworden.«

Karolina richtete sich interessiert auf und stützte die Ellbogen ins Gras. »Du hattest das nicht geplant?«

»Nein.«

»Das heißt, du hattest gar nicht vor, sie zu heiraten?«

Er schwieg. Karolina war seinerzeit am Boden zerstört gewesen und außer sich vor Wut und Eifersucht. Sie liebte ihre Schwester, das ja, aber Carl liebte sie auch, und diese Art der Liebe machte eben schrecklich egoistisch. Sie konnte ihn zwar nicht heiraten, aber Elisa gehörte er nun auch nicht mehr. Vor einigen Wochen hatten sie und Carl damit begonnen, sich heimlich zu treffen. Karolina hatte ihn stets spüren lassen, wie es um ihre Gefühle für ihn stand, und dann war es bei einer zufälligen Begegnung zum ersten Kuss gekommen, dem rasch weitere Zärtlichkeiten folgten. Carl hatte ihr gezeigt, dass es nicht zum Äußersten kommen musste, um sinnliche Erfüllung zu finden, und es gab Karolina durchaus ein Gefühl von Macht, wenn sie ihn auf eine Art berührte und küsste, die ihm den Atem stocken ließ und dafür sorgte, dass er nach nichts als nach Erfüllung strebte. Rein körperlich gesehen war sie jedoch noch Jungfrau, und es war Carl offenbar wichtig, es dabei zu belassen.

»Schläfst du noch mit ihr?«, fragte sie.

»Natürlich tue ich das.«

»Und ist es zufriedenstellend, wenn …«

»Hör zu«, unterbrach er sie, »wenn du vorhast, mir

Eifersuchtsszenen zu machen, werde ich das mit uns auf der Stelle beenden. Hast du das verstanden?«

»Aber ich …«

»Kein Aber. Elisa ist meine Ehefrau, und sie wird es bleiben, gleich, was wir beide hier miteinander treiben.«

Verstimmt krauste Karolina die Stirn, sagte jedoch nichts mehr.

»Ansonsten schlafe ich mit keiner anderen Frau, falls dich das beruhigt.«

»Klar.« Sie zupfte einige Grashalme aus dem Boden und zerdrückte sie zwischen den Fingern. Sie wusste ja, dass es keine gemeinsame Zukunft für sie gab, und doch konnte sie nicht umhin, sich vorzustellen, dass sie die Mutter seiner Kinder war. Oder wie es wäre, wäre Elisa nicht mehr da. Im nächsten Moment schämte sie sich für diesen Gedanken. Sie liebte Elisa, das tat sie wirklich. Aber sie wollte Carl, wollte ihn so unbedingt. Und offenbar hatte er Elisa eigentlich gar nicht heiraten wollen. Ein bisschen Spaß, ja. Aber hätte er sie nicht geschwängert und hätte Karolina ihm früher gezeigt, worauf er bei ihr hoffen konnte … Ach, sie durfte sich das gar nicht vorstellen.

»Mich hat letztens eine Freundin nach Magdalena gefragt«, sagte sie.

»Wenn du willst, dass ich gehe, fängst du am besten jetzt auch noch mit *diesem* Thema an.«

»Schon gut.« Sie ließ sich ins Gras sinken und zog ihn an sich. »Dann lass uns mit dem Reden doch jetzt ganz einfach aufhören.« Ihre Hand glitt suchend an seinem Körper entlang, fand ihren Weg, ohne zu zögern, und Carls Antwort erstarb ihm auf den Lippen.

Müde setzte Adela sich im Garten auf und strich sich mit erdigen Fingern das Haar aus dem Gesicht. Den ganzen Tag hatte sie hier gearbeitet, Unkraut gejätet, Blumen umgepflanzt, Beete geharkt und das Moos aus den Fugen gekratzt. Sie betrachtete ihr Werk und war einigermaßen zufrieden, wenngleich es wirkte wie eine befriedete Insel inmitten von Wildnis. Sie wischte sich Erde vom Kleid und stand auf.

»Max, lauf nicht durch die Rosen!«, rief sie, geflissentlich ignoriert von ihrem Sohn.

»Max!«, war es nun deutlich strenger zu vernehmen, und Adela drehte sich zum Haus um. Leonhard stand auf der Veranda und sah seinen Sohn an, der dieses Mal keinen Ungehorsam wagte. Er verließ das Beet mit einem kleinen Schlenker, als sei er überhaupt nur zufällig hineingeraten, und schenkte seiner Mutter ein hinreißendes Lächeln.

Adela streifte sich die Handschuhe ab und fuhr ihm durch das Blondhaar, in dem Blätter und kleine Zweige von seinen Streifzügen steckten. »Na, du Schlawiner, du gehst jetzt erst einmal in die Wanne.«

»Ach, Mama«, maulte er.

»Keine Widerrede«, kam es von Leonhard, der mit einem knappen Nicken zum Haus deutete.

»Ich komme gleich nach«, rief Adela ihm hinterher, dann ging sie zu ihrem Mann. »Und? Was denkst du?«

»Die reinste Sisyphusarbeit.«

»Ja, aber es macht mir Spaß.« Wenngleich es in der Tat so war, dass sie wieder von vorn anfangen musste, sobald sie glaubte, fertig zu sein. Das Grün wuchs und wucherte. Der Garten war im Grunde genommen zu groß für nur einen Gärtner, und der tat schon sein Bestes. Würde Adela – und Berta, sofern es ihre Kräfte zuließen – nicht helfen, sähe es hier wohl wieder so aus wie zu jener Zeit, als Adela eingezogen war.

»Ist Elisa schon gegangen?«, fragte sie.

»Ja, vor einer Stunde.«

»Wie geht es ihr? Sie sieht ein wenig niedergedrückt aus.«

»Ja, nicht wahr? Aber mir hat sie gesagt, es sei alles bestens, sie käme lediglich nicht so gut mit ihrer Schwiegermutter aus, was bei Gesa von Reichenbach wahrhaftig nicht verwundert.«

Sie gingen ins Haus, und Adela stellte fest, dass Maximilian im Salon erdige Spuren auf den Dielen hinterlassen hatte. »Ach je«, seufzte sie, »hoffentlich sieht das nicht den ganzen Weg bis in sein Zimmer so aus.«

Im Korridor jedoch verlor sich die Spur, und Leonhard schickte ein Stubenmädchen in den Salon, um den Boden aufzuwischen. »Hat dein Vater schon gesagt, wann er kommen möchte?«

»Heute ist ein Brief eingetroffen. Innerhalb der nächsten drei Wochen vermutlich, er hat sich noch nicht konkret festgelegt.« Adela verspürte nur wenig Begeisterung angesichts dieses Besuchs. Aber ihr Vater ließ es sich nicht nehmen, hier in regelmäßigen Abständen zu erscheinen, meist verband er das mit dem Besuch von Geschäftsfreunden in Königsberg, wo er nun nicht nur mit seinem Geld herumbalzen konnte, sondern auch mit seinen Verflechtungen mit dem Adel. *Meine Tochter, die Freiin von Schletter. Die Schwägerin meiner Tochter ist die Ehefrau des Gutsherrn von Reichenbach.* Keine Rede mehr davon, dass Carl als Ehemann nicht in Frage gekommen war – um als einflussreicher Verwandter herzuhalten, taugte er allemal.

Es läutete, und weil sie ohnehin gerade in der Halle standen, öffnete Leonhard selbst. »Wo kommst du denn um diese Zeit her?«

»Ich bin ausgeritten«, antwortete Karolina ein wenig schnippisch und ging an ihm vorbei.

»Du warst stundenlang weg.«

»Und? Ist das seit neuestem verboten?«

»Elisa war hier, es wäre nett gewesen, wenn du dich beim Kaffee dazugesellt hättest.«

Karolina hob leichthin die Schultern. »Ich besuche sie demnächst, ja? Darf ich mich jetzt zum Abendessen umkleiden? Oder soll ich hier weiter wie vor einem Richter stehen?«

Ungeduldig stieß Leonhard den Atem aus und bedeutete ihr mit einer Handbewegung zur Treppe, dass sie gehen durfte. Adela sah an sich hinab. »Ich sollte mich auch unbedingt umziehen. So kann ich unmöglich bei Tisch erscheinen.«

Sie ging hinauf und hörte vom Korridor aus, wie Maximilian mit seinem Kindermädchen diskutierte. Vermutlich ging es um die leidige Frage, ob zum Baden zwingend das Haarewaschen gehörte, denn er konnte es nicht ausstehen, wenn ihm Wasser über den Kopf floss. Eine Welle von Zärtlichkeit machte Adela die Brust eng. Sie ging in ihr Zimmer, stellte sich vor den Spiegel und löste ihr Haar. Einzelne Strähnen klebten ihr verschwitzt im Nacken, während der Schweiß das Kleid am Rücken kleben ließ und anfing zu jucken.

Die Tür ging auf, und Leonhard trat ein, sah ihr einen Moment lang zu, wie sie mit den Händen nach hinten angelte, um die Häkchen zu lösen, und öffnete schließlich das Kleid mit raschen, geübten Griffen. Er schob es ihr von den Schultern, ganz langsam, die Geste eines behutsamen Liebhabers, ehe er den Kopf senkte und ihren Hals küsste.

»Leonhard, ich bin ganz verschwitzt.«

»Du könntest den ganzen Tag Pferdeboxen ausmisten und wärst immer noch die schönste Frau, die ich kenne.«

Adela musste lachen, spürte jedoch, wie ihr Herz schneller ging, als Leonhard nun die winzigen Knöpfe ihres Unterkleids löste, und obwohl sie nichts lieber wollte, als sofort ein Bad nehmen, reagierte ihr Körper in verräterisch anmutender Hingabe auf Leonhards Berührungen. Adela lehnte mit dem Rücken an seiner Brust, bog den Kopf zurück und küsste ihn.

Juli 1884

Magdalena ging selbst zur Tür und öffnete. Es dauerte einen Moment, ehe sie den Mann auf der Schwelle erkannte.

»Meine Schwester hat mir geschrieben.« Er hielt es nicht für angebracht, sich vorzustellen, und befand offenbar, der erste Eindruck sei so nachhaltig gewesen, dass sie sofort wusste, wer er war.

»Tatsächlich?« Magdalena taxierte ihn abwartend. Nun, er war immerhin so höflich, nicht auf ihren Bauch zu starren.

»Sie sagte, ich solle mal nach dem Rechten sehen und fragen, ob Sie Hilfe brauchen.«

»Nein, brauche ich nicht. Aber danke trotzdem.«

Er machte keine Anstalten zu gehen. »Wir könnten Kirschkerne um die Wette spucken«, schlug er vor. »Ich habe geübt.«

Jetzt musste sie lachen, das erste Mal, seit man sie in die Einöde verbannt hatte.

»Wollen Sie mich hier wirklich wie Rotkäppchen vor der Tür stehen lassen?«, fragte er und hob den Korb hoch.

»Man wird reden, wenn ich Sie einlasse.«

»Das bezweifle ich. Schwangerer können Sie mitnichten werden, oder?«

Das war schon fast schockierend direkt. Magdalena verschränkte die Arme vor der Brust. »Denken Sie, ich sei nun leicht zu haben?«

»Nein, ich denke, Sie sind recht allein und brauchen ein wenig Aufmunterung.«

»Wir kennen uns doch gar nicht.«

»Dem Umstand kann man abhelfen, nicht wahr?«

Sie blieb zögerlich, aber da ihr das viele Alleinsein tatsächlich zusetzte, trat sie schließlich von der Tür zurück und ließ ihn ein. »Kommen Sie, ich habe gerade im Salon zum Tee decken lassen.«

»Und den wollten Sie allein trinken?«

»Das tue ich doch, seit ich hier bin.«

»Sehen Sie, wie gut, dass ich nun da bin.«

Sie lächelte und ging voran in den kleinen Salon. »Eigentlich ist das hier das Herrenzimmer«, erklärte sie. »Aber da hier ja kein Herr wohnt, nutze ich es. Es ist der gemütlichste Raum im Haus.«

Justus Lamberg nickte anerkennend. Es war in der Tat ein schönes Zimmer mit Bücherregalen, ledernen Sesseln, einer Anrichte aus Wurzelholz, einer Stehlampe neben der Sitzecke und Bildern an den Wänden. Das kleine Gut in Masuren hatte Magdalenas Mutter mit in die Ehe gebracht. Früher einmal hatte man hier ein paar Kühe und Schafe gehalten, außerdem einige Reitpferde. Jetzt war das gesamte zum Gut gehörende Land verpachtet, die Tiere verkauft, und es wohnten hier nur noch eine Haushälterin – die gleichzeitig Köchin war – und ein Verwalter, beide miteinander verheiratet.

Magdalena zog an dem Klingelstrang, und kurz darauf erschien die Haushälterin, eine dralle Frau in den Fünfzigern. »Hanne, bringen Sie mir bitte noch ein Teegedeck?«

Die Frau taxierte Justus Lamberg, der höflich den Kopf neigte. »Justus Lamberg, ein naher Bekannter der Familie«, stellte er sich vor. »Man hat mich angewiesen, mich um das junge Fräulein zu kümmern, damit es ihr an nichts fehlt.«

»Soll mir nicht einfallen, das zum Tagesgespräch zu machen«, sagte die Frau freundlich und verließ den Raum wieder.

»Wie geht es Ihnen denn hier?«

Magdalena zuckte mit den Schultern. »Es ist recht … einsam.«

»Wie lange bleiben Sie?«

»So lange, bis mein kleines Malheur nicht mehr sichtbar ist.«

Justus Lamberg sah auf ihren Bauch und nickte.

»Sie können ruhig offen zugeben, was Sie davon halten. Das wäre mir lieber, als hier gezwungen freundliche Konversation zu betreiben.«

»Oh, ich habe durchaus auch meine Fehltritte hinter mir, nur sieht man sie mir nicht an.«

Verzagt nickte Magdalena. Fehltritte … Sie hatte nur diesen einen hinter sich. »Mich hat man danach behandelt, als hätte ich die Pest.« Fortgeschickt hatte man sie, gemieden, als sei sie ansteckend. Ihr Vater hatte getobt vor Wut, ihre Mutter hatte ihr ein paar kräftige Ohrfeigen verpasst, und allein Carl war ruhig und besonnen geblieben. Schockiert natürlich, das ja, aber er hatte nicht geschimpft.

»Wer war es?«, hatte er die bislang unbeantwortete Frage ihres Vaters wiederholt, aber auch ihn hatte Magdalena angeschwiegen. »Wer, Magda?«, hatte er erneut gefragt, als sie hier angekommen waren. Wieder Schweigen.

Er verstand nicht, warum sie es ihm nicht sagen konnte, dass sie diesen jungen Mann nicht liebte, sondern einfach nur einen großen Fehler gemacht hatte. Und dass sie ihn schützen musste, ihn und seine Familie vor dem väterlichen Zorn, denn eine Ehe mit ihm hätten ihre Eltern niemals zugelassen – abgesehen davon, dass sie dies ebenfalls nicht wollte. Aber vernichtet hätten sie ihn, ihn und seinen Vater, der ohnehin nicht viel besaß.

Hanne erschien mit einem Teegedeck und feinem Buttergebäck. »Darf es noch etwas sein, die Herrschaften?«

»Nein, danke, erst einmal nicht.« Magdalena neigte mit einem etwas angestrengten Lächeln den Kopf.

»Wann ist es so weit?«, fragte Justus Lamberg.

»Noch vier Monate. Ich musste fort, sobald es nur ansatzweise zu sehen war. Wenn Sie es aber selbst bis hierher mitbekommen haben, weiß es wohl daheim jeder, und es war vollkommen unnötig, mich in die Verbannung zu schicken.«

»Nein, das glaube ich nicht. Die Schwägerin meiner Schwester, Elisa, hat es natürlich mitbekommen. Und die hat es ihrem Bruder erzählt. Aber ich bezweifle, dass es den Weg aus den beiden Familien hinausgefunden hat.«

Magdalena schenkte ihnen Tee ein. »Sahne? Zucker?«

»Nein, danke.« Justus Lamberg ergriff die feine Porzellantasse.

Es war auf dem Heuboden passiert, anfangs nur Küsse, Rangeleien, dann immer atemlosere Zärtlichkeiten, und schließlich eine Lust, von der Magdalena zuvor nicht einmal geahnt hatte. Danach eine fast schon überwältigende Scham, die sie jedoch nicht daran gehindert hatte, es an diesem Abend wieder und wieder zu tun. Diese eine Nacht, dachte Magdalena, eine einzige Nacht, in der sie schwach geworden war. Andere versuchten über Monate hinweg ein Kind zu zeugen, und bei ihr war es auf Anhieb ein Volltreffer. Sie erinnerte sich daran, wie Carl mit einem Gewehr auf dem Rummel Tontauben geschossen hatte. Er hätte mein Glück haben sollen, dachte sie mit bitterer Selbstironie, als sie daran dachte, wie oft er danebengeschossen hatte.

Da ein Gespräch nur schwer in Gang kam, blieb Justus Lamberg so lange, bis er den Tee getrunken hatte, dann erhob er sich. »Ich möchte Sie nicht länger aufhalten, als es die Höflichkeit gebietet«, sagte er augenzwinkernd. »Aber beim nächsten Mal versuchen wir uns an den Kirschkernen, ja?«

»Beim nächsten Mal?«

»Ich werde meinen Sohn mitbringen, damit sollte jedes Getuschel im Keim erstickt werden.«

Magdalena hob die Brauen. »Nicht dass man noch denkt, Sie besuchten hier Ihre Geliebte in anderen Umständen.«

Nun wurde er tatsächlich rot. »Gott bewahre. Aber da ich in dem infrage kommenden Zeitraum nicht verreist bin, dürfte mir das nur schwerlich möglich gewesen sein.« Jetzt lächelte er sogar ein wenig anzüglich.

»Was wird Ihre Frau dazu sagen?«

»Wenn sie mir etwas in der Sache zu sagen hätte, wäre ich nicht hier.« Er neigte den Kopf. »Dann auf bald«, sagte er.

»Auf bald«, antwortete sie kaum hörbar und sah ihm nach, als er den Raum verließ.

»Nun siehst du hoffentlich, dass ich seinerzeit doch die richtige Wahl getroffen habe.«

Oskar Lamberg war zu Besuch auf Schloss Lilienau und saß mit Adela im Garten, wo sie beobachteten, wie der kleine Maximilian barfuß durchs Gras lief und schließlich an einem Erdhügel niederkniete und zu buddeln begann.

»Dieses entzückende Kind hättest du ohne Leonhard nicht«, fuhr ihr Vater fort.

Adela schwieg. Was hätte sie antworten sollen? Sie wollte Maximilian nicht missen, unter gar keinen Umständen. Und ja, er war ein Teil von ihr und Leonhard. Es gäbe ihn nicht, hätte sie Carl geheiratet, und es gäbe Constantin und Victoria nicht. Oder aber es gäbe sie doch, aber es wären nicht dieselben. Darüber nachzudenken war müßig. Maximilian zuliebe hatte Adela sich in die Ehe gefügt, hielt Distanz zu Carl.

»Allerdings solltest du deinem Mann mehr Kinder schenken«, fügte Oskar Lamberg hinzu.

Das war ja nun wahrhaftig nichts, was man mit seinem Vater diskutierte. Adela sah zu Maximilian und knabberte an ihrer Unterlippe.

»Immerhin«, sagte ihr Vater nun, »ist der Erstgeborene ein Sohn. Das hat dein Mann gut hinbekommen.«

Wenn Adela sich vorstellte, wie ihr Vater Leonhard anerkennend auf die Schulter geklopft hatte, als er seinerzeit das Kind zum ersten Mal sah, könnte sie jetzt noch die Wände hochgehen. Leonhard hatte es hinbekommen. Leonhard, dessen Anteil an dem Kind sich in Momenten lustvoller Verzückung erschöpfte, während Adela mit Übelkeit, Schwindel und Rückenschmerzen zu kämpfen gehabt hatte und am Ende gewatschelt war wie eine fußlahme Ente. Das Schlimmste allerdings war die Geburt gewesen mit Schmerzen, die sie sich in ihren schlimmsten Albträumen nicht hätte ausmalen können. »Eine sehr schwere Geburt«, hatte die Hebamme gesagt, und man hatte zeitweise um das Leben des Kindes gefürchtet, so dass zu den Schmerzen auch noch die Angst hinzugekommen war. Dass hernach alles vergessen war, war ein Ammenmärchen, das man werdenden Müttern erzählte. Adela hatte ihr Kind in den Armen gehalten und gedacht, dass sie dergleichen kein zweites Mal durchstehen konnte.

Es hatte lange gedauert, bis sie danach das Bett wieder mit Leonhard teilen konnte, voller Furcht, sie könne sofort wieder empfangen. Leonhard wusste um ihre Ängste und hatte ihr versprochen, er werde aufpassen und verhindern, dass sie in nächster Zeit erneut schwanger wurde. Und das tat er nach wie vor, überließ es ihr zu sagen, wann sie so weit war. Irgendwann würde sie es sein müssen, das wusste sie, und ihr graute davor. Die Methode war nicht sicher, das war ihr klar, und sie vertraute darauf, dass es irgendwann einfach geschah und sie nicht bewusst entscheiden musste, wann dieser Zeitpunkt sein würde. Insofern war es tatsächlich ihre Schuld, dass sie nur ein Kind hatten, wenngleich nicht in dem Sinne, den ihr Vater – und wohl jeder andere auch – vermutete.

»Max, was machst du da?«, rief sie, als sie beobachtete, wie der Kleine verstohlen etwas aus seiner Hosentasche in die Erdkuhle beförderte.

»Nichts, Mama«, rief er und schaufelte das Loch hastig zu.

Adela erhob sich und ging zu ihm.

»Nein, Mama. Das ist ein Schatz!«, protestierte er, als Adela mit den Händen in die dunkle, sonnenwarme Erde grub.

Sie ignorierte ihn, stieß mit den Fingerspitzen auf etwas Hartes und zog eine goldene Taschenuhr hervor, die sie sofort erkannte. Nun wandelte sich der Blick des Kleinen, wurde ängstlich, als sie mit ernster Miene die Uhr an dem Band baumeln ließ. Sie drehte sich um und ging damit zu ihrem Vater, Maximilian an der Hand.

»Hier«, sagte sie und musste beinahe lachen, als Oskar Lamberg sie mit einer Mischung aus Erschrecken und Fassungslosigkeit anstarrte.

»Was …« Er nahm die erdige Uhr entgegen, indes sich Maximilian hinter ihren Röcken versteckte und ihre Hand fest umklammerte.

»Entschuldige dich bei deinem Großvater«, sagte Adela.

»Entschuldigen?«, brauste ihr Vater auf. »Was soll denn das für eine Strafe sein? Der gehört übers Knie gelegt.« Er streckte tatsächlich die Hand nach dem Kind aus, und Adela wich zurück.

»Das wirst du ganz sicher nicht tun.«

Ihr Vater verzog böse den Mund. »Dann wird dein Mann es tun. Die Uhr ist ruiniert, dergleichen dulde ich nicht.«

»Sie lässt sich sicher retten.« In Adelas Ohren hallten die Schreie ihres Bruders Justus, wenn ihr Vater ihn mit einem Rohrstock verdrosch. Auch sie selbst hatte dergleichen mehr als ein Mal zu spüren bekommen. Und das alles wegen Nichtigkeiten, eine ungehorsame Antwort, zu langes Spielen im Garten, ein Glas verschüttete Milch. Als stünde zu befürchten, ihr Vater könne ihn ihr entreißen, umfasste sie Maximilians Hand fester.

»Au, Mama, du tust mir weh.«

»Entschuldige dich, Max.«

»Entschuldigung«, murmelte der Kleine, und ihr Vater stieß nur ein verächtliches Schnauben aus.

»Er ist zweieinhalb«, sagte Adela. »Und er wird nicht verprügelt. Woher soll er wissen, dass die Uhr wertvoll ist?«

»Was ist passiert?«, hörte sie Leonhard fragen, der in diesem Moment über die Veranda in den Garten kam. Er strich Maximilian über den Kopf.

»Dein Sohn hat meine Uhr ruiniert.«

Leonhard griff danach, öffnete sie, und das Knirschen von Erde war zu hören. »Sie funktioniert doch noch. Ich kann sie zu einem Uhrmacher in der Stadt bringen, der reinigt sie.«

»Ich wäre dir zutiefst verbunden«, entgegnete Oskar Lamberg mit beißendem Spott. »Wenn ihr es schon offensichtlich versäumt, dem Kind entsprechende Konsequenzen angedeihen zu lassen. Von einer Erziehung ganz zu schweigen.«

»Hat Adela ihm nicht erklärt, dass es falsch ist?«, fragte Leonhard.

Oskar Lamberg schnaubte erneut verächtlich und erhob sich, um ins Haus zu gehen. Mit einem tiefen Seufzer wandte sich Adela an ihren Sohn. »Tu das nie wieder, ja?«

»Ist Großvater böse?«

»Ja.« Adela ließ seine Hand los, und er blieb einen Moment lang bei ihr stehen, sah vorsichtig zu seinem Vater auf und drehte sich dann um, um wieder zu dem Sandhügel zu laufen. Gott allein wusste, was er dort noch alles zu verbuddeln gedachte. Wilhelm von Schletter hatte den Sand dort aufschichten lassen, nachdem er bemerkt hatte, dass Maximilian auf einem Gehöft in der Nachbarschaft ganz begeistert davon gewesen war. Da hatte es sich allerdings um die Überreste der Gartenarbeit gehandelt, hier war reiner, dunkler Mutterboden aufgeschichtet worden, und jeder Protest Bertas, dass dies ein Schandfleck in dem endlich so schön gepflegten Teil des Gartens war, wurde ignoriert.

»Was passt deinem Vater nicht?«

»Er wollte, dass du Maximilian verprügelst.«

Leonhards Blick wanderte zu dem Kind. »Nein«, sagte er schließlich. »Er ist noch klein.«

»Würdest du es tun, wenn er älter wäre?«

»Das käme auf das Vergehen an.«

Adela sah sich ihre Hände an, die dunklen Ränder unter den Fingernägeln von der Erde. Es war tatsächlich schön gewesen, die Finger darin zu vergraben, das war wohl auch einer der Gründe, warum sie so gerne gärtnerte.

»Du kannst dich gerne wieder dazugesellen«, sagte Leonhard grinsend und deutete mit dem Kinn auf Maximilian.

Adela stieß ihn an, musste dann jedoch auch lachen.

»Wo willst du hin?«

Karolina hielt an der Tür inne und sah ihren Vater an. »Ein wenig ausreiten.«

»Schon wieder?«

Aufsässig schob Karolina die Unterlippe vor, etwas, das ihren Vater schon in Kindertagen aufgebracht hatte. »Bin ich damit an bestimmte Zeiten gebunden?«

»Nein, selbstverständlich nicht. Ich wundere mich nur.«

Karolina zuckte mit den Schultern. »Darf ich nun gehen?«

»Deine Mutter fährt nach Königsberg. Möchtest du nicht mit?«

Normalerweise ließ sie sich das nicht entgehen, erst recht nicht für einen Ausritt, aber dieses Mal konnte sie nicht. Carl wusste, dass immer mal etwas dazwischenkam, er würde es ihr nicht übelnehmen. Aber sie konnte nicht, sie musste ihn sehen. Es war wie ein Fieber in ihr, jenes Verlangen, das heiß aufwallte, sobald sie an ihn dachte, daran, was geschehen würde, wenn sie sich trafen.

»Ich …« Sie suchte nach den richtigen Worten. »Mir ist gerade nicht danach.«

Der Blick ihres Vaters veränderte sich, und eine vorsichtige Besorgnis schlich herein. »Hast du Kummer?«

»Nein.« Sie lächelte. »Aber an einem heißen Sommertag in die Stadt … Du weißt doch, wie das ist. Da verspricht ein Ausritt mehr Kühle.«

»Da hast du allerdings recht. Aber lauf nicht wieder barfuß am Flussufer herum.«

»Nein, natürlich nicht.« Dass man ihre Knöchel und einen Teil ihrer Waden hatte sehen können, war ihrem Vater noch am selben Abend von der alten Gräfin Margaret von Heyn zugetragen worden, nachdem deren Enkel Heinz die Blicke nicht hatte abwenden können.

»Hat seine Gedanken auf Abwege geführt«, hatte die Alte gesagt. Als wäre Heinz nicht auch körperlich ständig auf Abwegen.

Karolina verließ das Haus und lief eilig zum Stall. Hoffentlich hatte sie nicht zu viel Zeit verloren, sie war ohnehin schon spät dran gewesen, weil ihre Mutter die Kaffeestunde so in die Länge gezogen hatte. Sie nahm ihre Stute von dem Stalljungen entgegen, ließ sich hinaufhelfen und ritt vom Hof.

Als sie an dem Treffpunkt ankam, bemerkte sie zu ihrer Erleichterung, dass Carl noch dort war, mit dem Rücken an einen Baumstamm gelehnt, indes sein Pferd neben ihm graste. Er sah auf und lächelte, als sie näher kam. »Na, haben sie dich letzten Endes doch gehen lassen?«

»Ja, aber es wurde knapp.« Sie glitt vom Pferderücken direkt in seine Arme und begrüßte ihn mit einem atemlosen Kuss.

Carls Hengst warf den Kopf zurück und tänzelte auf der Stelle. »Ach je«, sagte Carl und ging zu dem Tier, hielt es am Zaumzeug und legte ihm die Hand auf die Nüstern. »Ist die Stute rossig?«

»Äh, das weiß ich nicht …«, antwortete Karolina.

Carl seufzte, vergewisserte sich, dass sein Pferd fest angebunden war, und ging zu der Stute, die ebenfalls zu tänzeln begonnen hatte, den Schweif anhob und den Kopf hochwarf, die Nüstern witternd geweitet. »Tja, in der Tat.« Er führte das Tier fort und band es ein gutes Stück entfernt an einen Baum. Die Pferde blieben dennoch unruhig.

»Wir könnten sie gewähren lassen«, schlug Karolina vor. »Wird bestimmt ein hübsches Fohlen.«

»Und wie erklärst du das deinem Vater, hm?«

»Sie ist mir ausgebüxt, und du warst zufällig hier.«

»Und hatte mein Pferd ebenfalls nicht unter Kontrolle? Das glaubt er dir niemals.«

»Ich könnte sagen, sie sei dann wieder zurückgekommen, und ich wüsste nicht, welcher Hengst es war.«

Carl kam zu ihr, umschlang ihre Hüften und hob sie hoch. »Dann taugt es aber nicht für die Zucht.«

»Das ist mir gleich.« Sie küsste ihn. »Damit bekomme ich wenigstens etwas von dir, das mir bleibt. Wenn es schon kein leibliches Kind ist.«

Sie sanken zu Boden, und kurz darauf waren die Pferde vergessen, und die Existenz schrumpfte auf das zusammen, was Carls Hände und Küsse in ihr auslösten. Trotz ihrer Ungeduld nahm er sich Zeit, und erst als sie erschöpft und zufriedengestellt in seinen Armen lag, ging es daran, sein Verlangen zu stillen. Karolina nahm sich ebenfalls viel Zeit, genoss es, wie dieser Mann, der um so vieles erfahrener war als sie, zu Wachs unter ihren Händen wurde. Sie zögerte den Moment lange heraus, küsste Carl, spürte seinen raschen Atem unter ihrem Mund.

»Bedauerst du, dass du damals nicht mich geschwängert hast?«, fragte sie.

»Müssen wir jetzt darüber sprechen?«, kam es atemlos.

»Stell dir vor, du dürftest jetzt mit mir schlafen.« Sie küsste ihn erneut. »Bedauerst du es?«

»Ja«, kam es gepresst, und erst jetzt setzte sie ihre Liebkosungen fort. Danach lag sie an seiner Brust, lächelte still in sich hinein und lauschte dem raschen Herzschlag unter ihrem Ohr.

Als sein Atem wieder ruhiger ging, löste er sich behutsam von ihr und setzte sich auf. »Ich muss los.«

»Was? Schon?« Sie versuchte nicht einmal, ihre Enttäuschung zu verbergen, während er bereits sein Hemd zuknöpfte.

»Tut mir leid.« Carl ging zu seinem Pferd, das schnaubte und den Kopf zurückwarf. »Außerdem ist Grandeur immer noch unruhig, und ich möchte nicht, dass er sich verletzt.«

»Ich hätte ein anderes Pferd genommen, hätte ich das gewusst.«

»Es ist nicht deine Schuld, ich hätte daran denken sollen, dass du mit einer Stute kommst, und ein anderes Pferd nehmen sollen. Wie auch immer, es lässt sich jetzt nicht mehr ändern, nicht wahr?« Er klopfte dem Hengst beruhigend den Hals, dann kam er zu Karolina zurück und küsste sie. »Wir sehen uns.«

»Sonntag?«

»Wir sind nach dem Gottesdienst eingeladen. Sonntag in einer Woche, ja?«

Sie nickte verzagt und schnürte ihr Mieder zu. Carl trat hinter sie, schloss ihr Kleid und begleitete sie zu ihrem Pferd, um ihr hinaufzuhelfen. Vom Pferderücken aus beugte sie sich noch einmal zu ihm hinunter und küsste ihn. Unerträglich die Vorstellung, dass er nun zu Elisa zurückkehrte, gar in ihre Arme oder nachts in ihr Bett. Ob er an Tagen, wo er mit ihr, Karolina, zusammen war, auch mit Elisa schlief? Oder war er so gesättigt, dass es ihn nicht danach verlangte? Nun, an diesem Nachmittag war er zweifellos auf seine Kosten gekommen. Und als sie an sein Geständnis dachte, musste sie lächeln. Er erwiderte dies, ohne zu wissen, welchem Umstand es galt.

Hatte Adela ihren Vater früher gefürchtet, so ertrug sie ihn derzeit schlicht und ergreifend nicht mehr. Er konnte sie nicht schlagen, nicht ohrfeigen, wenn sie Dinge sagte, die ihm nicht passten. Dafür maßregelte er sie fortwährend von oben herab, und sie hoffte, dass sich sein Aufenthalt hier bald dem Ende zuneigte. Seine Anwesenheit war dazu angetan, einem selbst den schönsten Sommertag zu verleiden.

Da er seine Zeit gerne im Garten verbrachte, war es nahezu unmöglich, ihm aus dem Weg zu gehen, es sei denn, Adela wollte sich auf ihre Räumlichkeiten beschränken, die auch drei Jahre nach ihrer Eheschließung nicht schöner geworden waren. Im Winter kalt und zugig, im Sommer bei großer Hitze zwar angenehm kühl, aber düster. Das Geld war in den Zuchtbetrieb geflossen, was eine kluge Investition war, aber das Schloss nicht wohnlicher machte. Lediglich die repräsentativen Räume waren neu hergerichtet worden, da Wilhelm von Schletter seinen Plan, in die Politik zu gehen, nicht aufgab. Und so bewirteten sie immer wieder Politiker und dem kaiserlichen Hof nahestehende Adlige im großen Salon.

Der große Salon, der bei Feiern als Festsaal diente, konnte sich mittlerweile auch wieder sehen lassen, wenngleich nicht unbedingt im alles enthüllenden Licht der Sonne, die in diesen Raum – als einzigen im Haus – durch die hohen Fenster sehr großzügig floss. Abends jedoch, wenn Feiern nur durch Kandelaber und Kronleuchter mit warmem Licht erhellt wurde, machte der Saal durchaus etwas her. Der Lichtschein legte sich wie eine seidig matte Tünche über die Spuren des Alterns, den dieser Raum nicht in Würde hinlegte, sondern in einer Art allzu verlebter Ausgelassenheit. Die Reparaturen, für die das Geld gerade noch gereicht hatten, hoben dies eher hervor, als dass sie es verbargen.

Oskar Lamberg hatte allerdings gesagt, er buttere kein Geld mehr nach, was für Adela den Schluss nahelegte, Wilhelm von Schletter habe darum ersucht. Im Grunde genommen war Adela das gleich, obwohl sie sich ihr Zuhause insgesamt heller und freundlicher gewünscht hätte, allein um Maximilians willen. Andererseits war ihr Elternhaus in Johannisburg groß und lichtdurchflutet gewesen, aber schöne Kindheitserinnerungen schuf das mitnichten. Maximilian hingegen war ein glückliches Kind, das im Garten und in den Ställen spielte, das im Herbst mit seinem Vater über die Stoppelfelder ritt und sich freute, wenn die Bauern am Feldrand Herbstfeuer entzündeten.

Nachmittags überließ Adela ihren Sohn in der Regel der Obhut des Kindermädchens und kümmerte sich um häusliche Belange, die ihr Berta von Schletter übertragen hatte.

Da Adela mit deren ältestem Sohn verheiratet war, war es nun auch ihre Aufgabe, sich um gewisse Dinge zu kümmern. Adela war das nur recht, sie wusste nicht viel mit sich anzufangen, wenn sie nur herumsaß, und Handarbeiten hatte sie nie gerne verrichtet, wenngleich sie dies gut konnte. Sie hatte mehr Freude daran, Dinge in größerem Umfang zu gestalten, eine Freude, die sie nach wie vor im Garten ausleben konnte. Sie mochte es, wenn auf einstmals verwilderten Beeten nun Blüten und üppiges Grün wucherten oder verborgene Wege wieder sichtbar wurden.

Mit wem sie nicht gut zurechtkam, war Karolina. Sie wirkte ihr gegenüber oftmals herablassend, und ab und zu schenkte sie ihr ein Lächeln, das geradezu triumphierend wirkte. Adela wurde nicht recht schlau daraus und ging dazu über, ihre Schwägerin schlicht und ergreifend zu ignorieren.

Adela betrat ihr Schlafzimmer, durch dessen schmale Fenster die Sonne buttergelbe Flecken auf die Holzdielen malte. Im Ankleidezimmer lagen ein Kleid und ein Gehrock vom Vortag, die sie der Wäscherin übergeben wollte. Ihre Schwiegereltern hatten eine kleine Geselligkeit gegeben, zu der Leonhard verspätet erschienen war, etwas, das sein Vater ihm nicht nur am Abend zuvor, sondern auch an diesem Morgen in ermüdender Wiederholung vorgehalten hatte.

Rasch durchsuchte Adela die Taschen des Gehrocks, damit nicht wieder versehentlich eine Taschenuhr im Waschwasser landete – Wilhelm von Schletter hielt es ihr heute noch vor, als sei es ihre Schuld, dass das alte Erbstück nun unbrauchbar war –, als ihre Finger sich um etwas Weiches,

Seidiges schlossen. Sie zog es hervor und betrachtete stirnrunzelnd den feinen Handschuh, als im selben Moment die Wucht der Erkenntnis einsetzte.

Es war keine Liebe, die sie an Leonhard band – und ihn ebenso wenig an sie, da war sie sich sicher. Aber mit diesem Treuebruch hatte sie nicht gerechnet, und zu ihrem Erstaunen empfand sie keinen Zorn, sondern einen Schmerz, der sich spitz in ihre Brust grub, sich darin einrollte und wie ein stumpfer Druck wurde. Ihre Hand ballte sich um den Handschuh, und ein leichtes Zittern überkam sie. Langsam ließ sie den Arm sinken, und der Handschuh entglitt ihren Fingern.

Während Johannes von Reichenbach seine Schwiegertochter beobachtete, wie sie dastand und Constantin dabei zusah, wie er die weitläufige Welt des Hofes erkundete, musste er an Magdalena denken. Elisas Haar war ordentlich hochgesteckt, glänzend in der Sonne, während Magdalenas Locken sich stets widerspenstig gegeben hatten, mühsam in eine Frisur gebändigt, aus der der Wind dicke Strähnen raufte. Auch im Erwachsenenalter hörten sie nicht auf, Kinder zu sein, und wann immer Johannes sie ansah, sah er das kleine Mädchen vor sich, das ihm schon bei ihrer Geburt das Herz geraubt hatte. Und wieder einmal kochte der Zorn auf den Mann hoch, der ihr den Bastard angehängt hatte, der Mann, den sie durch stoisches Schweigen schützte. Für Johannes bedeutete dies zweierlei – entweder der Kerl drohte ihr, oder er war nicht standesgemäß. War es womöglich einer seiner eigenen Dienstboten? Hauste er hier, direkt unter seinen Augen?

Johannes wusste, dass seine Ehefrau Elisa sehr zusetzte, dabei war ihre Schwiegertochter im Grunde genommen genau die Tochter, die Gesa sich immer gewünscht hatte – still, zurückhaltend, angepasst. Sicher, er selbst war nicht glücklich über die ganze Sache gewesen und hätte sich für seinen Sohn eine andere Verbindung gewünscht, aber grundsätzlich gab es schlechtere Namen als die von Schletters. Elisa – so von Gesa stets ins Feld geführt – war mit einem Makel behaftet in die Ehe gegangen. Dass ihre eigene Tochter sich ebenfalls ohne Ehering hingegeben hatte und darüber hinaus nicht einmal einen Vater für das Kind präsentieren konnte, schien Elisa noch weiter in Gesas Gunst fallen zu lassen, da dieser Umstand sie nun auch noch ins Unrecht setzte. Sie hatte in der Erziehung schlimmer versagt als Berta von Schletter.

»Herr von Reichenbach.« Einer der Gestütwärter kam über den Hof gelaufen. »Graziella hat eine Kolik.«

»Grundgütiger.« Johannes verlor keine Sekunde und eilte in den Stutenstall. Dieses hübsche haselnussbraune Pferd, das gerade sein erstes Fohlen bekommen hatte und in das er so große Hoffnungen setzte, stand schwitzend in der geräumigen Box, neben sich zwei Reitburschen, die es daran hinderten, sich hinzulegen. Die Stute flehmte, warf den Kopf zurück und schlug sich mit dem rechten Hinterhuf gegen den Bauch, versuchte wieder und wieder mit den Vorderbeinen einzuknicken. In den weit aufgerissenen Augen war das Weiße zu sehen, und der Atem des Tieres ging stoßweise.

»Bringt sie auf den Reitplatz«, befahl Johannes. »Haltet sie in Bewegung.«

Einer führte die Stute hinaus, ein Zweiter versuchte, das Fohlen davon abzuhalten, ihr zu folgen, was das Pferd in zusätzliche Aufregung versetzte.

»Lasst das Kleine mitgehen«, sagte Johannes und wandte sich um. »Hans, hilf ihnen und achte darauf, dass das Fohlen sich von der Stute fernhält.«

Er bemerkte Grete, die sich an die Wand drückte, schweigend wie immer. Johannes war das Kind nicht ganz geheuer, aber das mochte eher an seiner Wahrnehmung liegen als an dem Mädchen. Man hätte sich um die Kleine kümmern müssen, anstatt sie immer weiter verwahrlosen zu lassen. Beständig beobachtete sie alles mit ihren wasserblauen Mandelaugen. Er wollte sie fortschicken, ihr sagen, dass dies kein Anblick für Kinder war, ihr Lächeln jedoch war entwaffnend, und jedes barsche Wort erstarb ihm auf den Lippen. Dann war seine Aufmerksamkeit abgelenkt von dem Pferd.

»Dr. Brandeis muss benachrichtigt werden.«

»Ich habe schon jemanden losgeschickt«, sagte der Stallmeister, der in diesem Augenblick zu ihm trat.

Es tat Johannes weh zu sehen, wie die Stute sich quälte. Die beiden Reitburschen taten ihr Möglichstes, das Tier in Bewegung zu halten, aber die Schmerzen wurden zusehends schlimmer, und schließlich konnten sie die Stute nicht mehr davon abhalten, sich hinzulegen und auf den Rücken zu wälzen.

»Lasst sie«, rief er, als die beiden Burschen versuchten, die Stute dazu zu bringen, sich aufzurichten. Wälzen konnte dazu führen, dass sich die Krämpfe lösten. Er kniete sich nieder, fühlte den Puls unterhalb der Ganaschen, stellte fest, dass die Stute kurz davor stand zu kollabieren. »Lasst sie«, wiederholte er.

»Sie hat schon den ganzen Vormittag nicht so recht fressen und trinken wollen«, sagte Hans. »Hat sich oft gewälzt.«

»Warum hast du nicht Bescheid gegeben?«

»Ich dachte nicht, dass es so schlimm werden könnte.«

»Überlass das Denken denen, die sich damit auskennen«, antwortete Johannes schroff, und der Junge lief rot an.

»Herr von Reichenbach. Dr. Brandeis fährt gerade in den Hof«, rief einer der Reitburschen.

Gottlob, dachte Johannes und erhob sich, als der junge Tierarzt den Reitplatz betrat. Vor zwei Jahren hatte jener die Praxis seines Vaters übernommen, und die Skepsis, die wertvollen Tiere diesem jungen Burschen anzuvertrauen, war recht bald gewichen, da er sich als sehr fähig erwies und eine gute Hand für Pferde hatte. Zudem stand ihm sein Vater weiterhin beratend zur Seite, was vermutlich weniger aus der beruflichen Notwendigkeit heraus geschah, als vielmehr, um das Vertrauen der Gutsherren zu erhalten.

Ohne viele Worte kniete er neben der Stute, fragte, was und wie viel diese gefressen hatte, zog schließlich einen langen Handschuh über und schob den Arm in den Pferdedarm. Auf diese Weise konnte er andere Darmteile ertasten und möglicherweise auch die Verschlingung lösen. Die nächste Stunde verbrachten sie damit, der Stute krampflösendes Öl einzuflößen und sie erneut in Bewegung zu halten. Damit sie nicht kollabierte, verabreichte ihr Dr.

Brandeis hochdosierten Weißdorn. Schließlich schien es Graziella tatsächlich besser zu gehen, sie beruhigte sich, schwitzte nicht mehr ganz so stark. Dafür war Johannes so nassgeschwitzt, dass ihm das Hemd am Körper klebte.

Als er auf den Hof trat und sich mit einem Taschentuch die Stirn abwischte, ritt Carl durch das Portal. Mit einer unwirschen Handbewegung winkte Johannes ihn zu sich. »Du bist spät.« Er schnitt Carl, der gerade zu einer Erklärung ansetzen wollte, das Wort mit einer knappen Geste ab. »Geh in den Stall und bleib bei Graziella. Sie hatte eine Kolik, und bisher sieht es so aus, als habe sie es überstanden. Aber wir wissen ja, dass der Eindruck trügen kann, nicht wahr?«

»Ist gut, ich gehe zu ihr.«

»Peter wird dir dein Abendessen in den Stall bringen.«

Carl nickte nur und übergab Grandeur einem rasch herbeieilenden Reitburschen. Nach einem kurzen Blick zum Stall wischte Johannes sich erneut über die Stirn. Gesa trat eben aus der Tür, offenbar in der Absicht, ihm zu sagen, dass es bald Zeit zum Abendessen sei. Der kleine Constantin drängte sich an ihr vorbei und rannte über den Hof auf seinen Vater zu.

»Warum läufst du hier noch herum, du Räuber?«, fragte dieser und strich ihm über den Kopf.

»Weil deine Ehefrau es nicht hinbekommt, ihm ein Mindestmaß an Erziehung angedeihen zu lassen«, sagte Gesa mit säuerlich verzogener Miene. »Auf mich hört der Bengel nicht.«

Carl sah seine Mutter ausdruckslos an, dann wandte er sich wieder an seinen Sohn. »Ich muss jetzt in den Stall.

Und du hörst auf deine Großmutter und gehst ins Kinderzimmer.«

»Ich möchte auch in den Stall.«

»Nein, und jetzt los, ins Haus.«

»Aber ich möchte bei dir sein.« Ein quengelnder Unterton hatte sich in die Stimme des Kindes geschlichen.

»Ich sagte: Nein.« Carl schob ihn von sich in Richtung Haus, etwas grober als nötig war, und der Kleine stolperte und fiel hin. Da Carl keine Anstalten machte, ihm aufzuhelfen, sondern den Moment nutzte, um zum Stall zu eilen, ging Johannes in die Hocke und half dem Kind auf, das sich Mühe gab, nicht zu weinen.

»Hast den ganzen Tag auf den Papa gewartet, und jetzt hat er keine Zeit, hm?«, sagte er.

Der Junge nickte.

»Ich habe ihm gesagt, er muss heute Abend im Stall essen. Und weil ich sein Papa bin, muss er auf mich hören.« Johannes zwinkerte ihm zu, während der Kleine diese Information zu begreifen suchte. Aus seiner Sicht mochte es unglaublich erscheinen, dass der Vater, den er stets als so dominant wahrnahm, sich seinerseits ebenfalls seinem Vater fügen musste. Aber wenigstens schien der Kummer für einen Moment vergessen, und er ließ sich von Johannes an die Hand nehmen.

»Du verwöhnst ihn ebenso, wie Elisa das tut«, schimpfte Gesa.

»Und wenn schon«, murmelte Johannes. Das war eben das Vorrecht des Großvaters.

Leonhard war müde, als er abends heimkehrte. Den ganzen Tag hatte er damit zugebracht, finanzielle Belange zu regeln und sich mit Züchtern aus der Region zu treffen. Jetzt wollte er nur noch essen und sich mit einem Buch auf die Veranda setzen, um den Sommerabend zu genießen. Maximilian schlief bereits, was ungewöhnlich war.

»Er scheint was auszubrüten«, sagte seine Mutter und fügte auf seine Frage zu Adela hinzu: »Sie hat sich das Essen aufs Zimmer bringen lassen, ihr ist nicht wohl.« Die Art, wie sie dies betonte, legte nahe, dass damit eine bestimmte Hoffnung verknüpft war. Adela jedoch war nicht schwanger, das wusste er ganz sicher, da sie seit einigen Tagen indisponiert war.

»Entschuldigt mich bitte, ich sehe mal nach ihr«, antwortete er und verließ den Speisesaal, wo seine Eltern nun mit Karolina allein zu Abend aßen.

In seinem Zimmer fand er Adela vor dem Fenster sitzend vor, neben ihr ein kleiner Beistelltisch mit einem Tablett, auf dem ein unberührtes Abendessen stand.

»Mutter sagt, dir ginge es nicht gut?«, sagte Leonhard zur Begrüßung, befremdet, weil sie sich bei seinem Eintreten nicht einmal zu ihm umdrehte. Das tat sie nun jedoch, und er bemerkte, dass ihre Augen glasig wirkten, als wolle sie weinen, habe jedoch nicht genug Tränen dafür. Besorgnis stieg in ihm auf, die heftig einsetzende Angst, dass Maximilian ernsthafter erkrankt sei, als seine Mutter glaubte. Im nächsten Moment aber wurde ihm klar, dass Adela dann mitnichten hier im Zimmer sitzen würde, sondern bei dem Jungen wäre.

»Ist etwas passiert?«, fragte er schließlich.

Sie erhob sich, ging in das Ankleidezimmer und kehrte kurz darauf zurück, etwas Weißes zwischen den Fingern, das sie ihm reichte. Irritiert nahm er es entgegen, erkannte einen Damenhandschuh und wollte erst fragen, was er damit nun tun solle, als ihm im nächsten Augenblick klar wurde, was es damit auf sich hatte. »Wo hast du ihn gefunden?«, fragte er, nachdem er sich geräuspert hatte, um seine Sprache wiederzufinden.

»In der Tasche deines Gehrocks.«

Er erinnerte sich. Ihr Handschuh. Sie hatte einen verloren, als sie sie bei einem verschwiegenen Picknick abgestreift hatte, ehe sie sich im Gras liebten. Hernach hatte sie ihn nicht mehr finden können, und er hatte den zweiten eingesteckt, da sie nicht nur einen tragen wollte. Später war er noch bei ihr gewesen, und da war der Handschuh schlicht und ergreifend in Vergessenheit geraten.

»Und?«, fragte Adela nun, und in ihrer Stimme schwang eine leise Hoffnung mit, die Hoffnung, es könne nicht so sein, wie sie vermutete.

Leonhard holte tief Luft, brachte aber keine Lüge über die Lippen. Das wäre unwürdig. »Es ist… eine kleine Liaison, sonst nichts.«

»Du betrügst mich also?«

»Ich würde es keinen Betrug nennen…«

»Wie sonst?«

Darauf hatte er keine Antwort, zumindest keine, die sie verstehen würde. Er war diese Ehe nicht eingegangen mit dem Gedanken, Adela zu betrügen, er hatte überhaupt nicht daran gedacht, sich eine Geliebte zu nehmen. Dann jedoch war er, wenige Tage nach seiner Eheschließung, einer alten Freundin in Königsberg begegnet, eine früh verwitwete junge Frau, die nicht wieder heiraten wollte, da sie von dem Erbe ihres verstorbenen Gatten ein gutes Auskommen hatte. Gelegentlich hatte Leonhard mit ihr geschlafen, und als er sie nun wiedersah, hatte er sich erneut hinreißen lassen.

»Ich dachte, du seiest nun ein treusorgender Ehemann«, hatte sie gesagt, als klar wurde, worauf die Begegnung hinauslief. »Deine Gemahlin ist doch eine sehr schöne Frau.«

»Das ist sie, aber sie ist kühl und distanziert.«

»Und nun sehnst du dich nach Wärme und Nähe?«

Das tat er, und er hatte diese gefunden, nicht nur in jener Nacht, sondern in vielen darauffolgenden. Allerdings war ihm stets daran gelegen gewesen, Adela nichts merken zu lassen, denn er mochte sie durchaus gern und wollte sie nicht demütigen.

»Warum?«, fragte diese nun. »Genüge ich dir nicht?«

»Es hat nichts mit dir zu tun.«

Ihre Lippen verzogen sich zu einem bitteren Lächeln. »So? Hat es nicht? Und wenn ich mir nachts ein wenig Zerstreuung ins Bett hole, würdest du dann auch die Ausrede gelten lassen, es habe nichts mit dir zu tun?«

»Das ist ja wohl mitnichten dasselbe.«

Adela lag der Widerspruch auf der Zunge, das war offensichtlich. »Ist es, weil ich noch kein zweites Kind möchte?«, fragte sie dann.

»Natürlich nicht. Oder denkst du, ich sei bei einer anderen Frau, um mit ihr Bastarde zu zeugen?«

Ihr ging vermutlich selbst auf, dass das eine dumme

Frage gewesen war. Dafür keimte ein anderer Verdacht in ihr. »Hast du welche? Bastarde, meine ich.«

»Nein. Zumindest nicht dass ich wüsste.«

Ihr Mund zuckte in einem Lächeln, auf dem zittriger Spott lag. »Na, dann steht mir womöglich noch eine Überraschung bevor?«

»Ich denke, die entsprechende Frau hätte sich bereits bei mir gemeldet, und so umtriebig bin ich nun auch nicht gewesen, dass ich die Übersicht verlieren könnte.«

Hastig wandte sie sich ab, sah wieder aus dem Fenster, und Leonhard bemerkte die Bewegung ihrer Kehle beim Schlucken, die Starre in den Schultern. »Es tut mir leid«, sagte er schließlich.

Sie schwieg. Ihm lag das Versprechen auf der Zunge, dass dergleichen nie wieder geschehe, dann jedoch schwieg er, da er nicht wusste, ob er künftig wirklich ausreichend Zurückhaltung aufbringen konnte. Adela verweigerte sich nicht, und sie schien auch auf ihre Kosten zu kommen – falls sie dies nicht nur vortäuschte, aber für eine so begnadete Schauspielerin hielt er sie nicht. Allerdings war da diese Kühle, die Distanz, die auch ihre Hingabe in seinem Bett nicht überwand. Wenige Augenblicke gab sie ihren Körper ganz und gar hin, aber sobald der Moment vorbei war und sie in seinen Armen lag, atemlos und schweigend, schien es, als ziehe sie sich gänzlich von ihm zurück. Er wollte etwas sagen, aber er wusste bereits, dass jedes Wort an der Wand ihres Schweigens zersplittern würde.

Elisa kam selten in den Stall. Ebenso wie die häuslichen Bereiche, die allein Gesa unterstellt waren, so war dies hier ebenfalls keine Domäne für sie, denn hier herrschten die Männer der Familie. Es waren schöne Stallungen, groß und geräumig. Wer sie seinerzeit angelegt hatte, musste dies mit viel Liebe für die Tiere getan haben. Als sie den Stall betrat, atmete sie den so unverwechselbaren Geruch von Pferden, Leder und altem Holz. Da es noch hell war, hatte man kein Licht entzündet, und einfallende Sonnenstrahlen ließen flirrenden Staub in der Luft tanzen.

»Was gibt es?«, fragte Carl, der einen Hocker neben die Boxentür gestellt hatte und bei der Stute wachte. Vor ihm stand auf einem weiteren Hocker ein Tablett mit den Resten seines Abendessens.

»Kann das ins Haus?«, fragte sie.

Er sah auf das Tablett, als müsse er sich vergewissern, wovon sie sprach. »Ja, nimm es nur mit, mir ist nicht nach Essen.«

So war es immer, wenn es einem der Pferde schlecht ging. Mit einiger Bitterkeit dachte Elisa, dass seine Kinder sich glücklich schätzen könnten, wenn er ihnen dieselbe liebevolle Aufmerksamkeit zuteilwerden ließe. »Möchtest du etwas trinken?«

»Nein, jetzt nicht.« Wieder glitt sein Blick zu der Stute, die erschöpft wirkte.

»Wie geht es ihr?« Elisa nickte zu dem Pferd hin.

»Besser, aber über den Berg ist sie wohl nicht, das sagte auch Dr. Brandeis. Wir können sie nur beobachten und das Beste hoffen. Zumindest frisst und trinkt sie.«

Das Fohlen kam auf langen, noch ungelenken Beinen zu seiner Mutter und streckte den Hals, um an das Euter zu gelangen. Graziella wandte müde den Kopf, berührte das Kleine mit den Nüstern und schnaubte leise.

»Ich habe Constantin ins Bett gebracht.«

Carl nickte lediglich.

»Er hat sich den ganzen Tag auf dich gefreut, es bestand kein Anlass, so grob zu ihm zu sein.«

Jetzt sah er sie an. »Bist du hier, um mir eine Szene zu machen?«

»Nein.«

»Dann ist ja gut, der Augenblick könnte nämlich nicht schlechter gewählt sein.«

Das stimmte natürlich, und sie wusste selbst nicht, warum sie gerade jetzt damit anfing. Tatsächlich aber war es so, dass ihr Constantins Enttäuschung die ganze Zeit nicht aus dem Kopf ging, sein rundes Kindergesicht, das so traurig ausgesehen hatte, weil sein Vater ihn so rüde angegangen war. Elisa bückte sich und hob das Tablett hoch. »Und du möchtest wirklich nichts trinken?«

Ungeduld blitzte in seinen Augen auf. »Wenn doch, schicke ich jemanden.«

»Ist gut.« Sie wandte sich ab und verließ mit dem Tablett in den Händen den Stall.

»Haben wir nicht Personal für so etwas?«, fragte Gesa von Reichenbach, als Elisa das Haus betrat.

»Ich war ohnehin im Stall, da habe ich es gleich mitgenommen. Unnötig, jemanden zu schicken.«

»Was wolltest du im Stall?«

»Mit meinem Mann sprechen.« Elisa ging an ihr vorbei und gab das Tablett einem vorbeikommenden Stubenmädchen. »Hier, bring das bitte in die Küche.«

»Ja, gnädige Frau.«

Gesa taxierte sie. »Ich glaube nicht, dass Carl gerade danach ist, sich zu unterhalten. Er hängt an Graziella.«

Ja, es war der falsche Zeitpunkt gewesen, die Sache mit Constantin anzusprechen, das wusste Elisa selbst. Nichtsdestoweniger ging es ihre Schwiegermutter nun wahrhaftig nichts an. »Hat Carl gesagt, dass ich meine Gesprächstermine mit ihm vorher bei dir absegnen lassen muss?«, fragte sie spitz. Irgendwann war auch ihre Geduld erschöpft.

»Rede keinen Unsinn«, fauchte Gesa von Reichenbach.

Ohne sie eines weiteren Blickes zu würdigen, ging Elisa an ihr vorbei zur Treppe.

Oktober 1884

Die Männer waren fasziniert von Magdalena, das war so gewesen, seit sie die ersten Anzeichen fraulicher Reife gezeigt hatte. Zu sinnlich, um dem vorherrschenden Ideal einer jungen Frau und künftigen Mutter zu entsprechen, waren die Männer um sie herum hin- und hergerissen zwischen Begierde und Verachtung. Magdalena hatte es genossen, mit ihnen zu spielen, ihnen vorzugaukeln, sie wäre leicht zu haben, um sie dann zurückzuweisen. Nun, da sie sich schwitzend in dem viel zu warmen Zimmer unter den Wehen wand, wünschte sie, es wäre auch bei diesem Einen beim Vorgaukeln geblieben. Allmächtiger, es konnte unmöglich sein, dergleichen Schmerzen zu überleben.

Die Hebamme hockte zwischen ihren Beinen und gab ihr in knappen Worten Anweisungen, wie sie zu atmen und wann sie zu pressen habe. Ein Schrei hallte zwischen den hohen Wänden wider, und in Magdalenas Brust ballte sich bereits der nächste, drängte in ihre Kehle.

»Als der Kerl es Ihnen eingepflanzt hat, haben Sie vermutlich nicht so geschrien«, sagte die Hebamme.

Magdalena war zu erschöpft, um sich über diese Unverschämtheit zu empören, zu müde, um mehr zu tun, als zu japsen. Dann war der kurze Moment der Entspannung vorbei, und erneut rollte eine Welle des Schmerzes über sie hinweg, steigerte sich, schwoll an, weit über das Maß des Erträglichen hinaus, ebbte ab, und ehe Magdalena erleichtert Luft holen konnte, baute sich bereits die nächste Wehe auf. »Himmel!«, schrie sie die Hebamme an. »Hol es endlich raus!«

»Dann müssen Sie mithelfen, Kindchen«, sagte die Hebamme. »Der Kopf ist schon zu sehen, also strengen Sie sich an.«

Magdalena presste, hatte das Gefühl, als zwänge sich ein Kürbis aus ihr hinaus, und im nächsten Moment glitt das Kind gänzlich in die Hände der Hebamme. Ein lauter, wütender Schrei war zu hören, dem ein anhaltendes Weinen folgte.

»Ein Mädchen«, sagte die Hebamme und trug den Säugling zu einem Tisch, auf dem Tücher ausgebreitet waren, in die sie ihn wickelte. Sie kehrte zurück, setzte sich erneut zwischen Magdalenas Beine und hieß sie zu pressen. Kurz darauf glitt etwas Weiches, Warmes aus ihr heraus, etwas, das für Magdalena aussah wie eine blutige Masse, die von der Hebamme fachkundig begutachtet wurde.

»Alles bestens«, sagte sie schließlich und stand auf. Sie zog an einem Klingelstrang, und eine junge Frau erschien.

»Nimm das Kind mit«, sagte die Hebamme. »Ich muss mich um Fräulein von Reichenbach kümmern.«

Magdalena sah, wie die Frau das Kind nahm. »Gib es mir«, rief sie. »Ich will es sehen.«

Die Frauen warfen sich Blicke zu, zögerten.

»Ich will es sehen«, wiederholte Magdalena stur. »Gib es mir!«

»Aber Ihre Frau Mutter hat gesagt ...«

»Das ist mir gleich.« Magdalena streckte die Arme aus, und nach kurzem Zaudern legte die junge Frau das kleine Bündel hinein. Unter dem Tuchzipfel auf dem Kopf lugten feuchte dunkle Haare hervor, das Gesicht war klein und rot, die Augen zusammengekniffen, die Nase geradezu winzig. Jetzt machte das Kind schmatzende Geräusche. Ein seltsames Gefühl durchlief Magdalena, etwas Warmes stieg in ihrer Brust auf, ballte sich dort zu einem Knoten, der ihr den Atem nahm, während sie gleichzeitig in Tränen ausbrechen wollte. Niemals, das wusste sie in diesem Moment, niemals konnte sie das Kind in irgendein Findelheim bringen lassen oder zu Eltern, die sie nicht kannte.

»Ich will sie an die Brust legen.«

»Das sollten Sie nicht tun«, widersprach die Hebamme. »Wenn der Milchfluss erst einmal angeregt ist, wird es sehr schmerzhaft werden, und es braucht Zeit, ihn zum Versiegen zu bringen.«

»Vielleicht will ich gar nicht, dass er versiegt.«

Die Hebamme starrte sie an. »Und wie stellen Sie sich das vor? Eine Dame wie Sie? Mit einem unehelichen Kind an der Brust?«

Magdalena zog die Brauen zusammen. »Ich stelle mir gar nichts vor«, antwortete sie. »Ich habe dergleichen ja noch nie getan. Aber das heißt ja nicht, dass es nicht möglich ist, oder?«

»Ihre Frau Mutter wird sehr ungehalten sein.«

»Das ist mir gleich.« Magdalena knöpfte ihr verschwitztes Nachthemd auf, schob es sich über die Schulter und legte den Säugling ungelenk an ihre pralle Brust.

»Also gut«, sagte die Hebamme nun und half ihr, das Kind richtig anzulegen, und im nächsten Moment schnappte der kleine Mund nach der Brustwarze. Wieder durchlief sie dieses eigenartige Gefühl, begleitet von einem fast schmerzlichen Erschauern, und dieses Mal konnte Magdalena nicht verhindern, dass ihr die Tränen in die Augen stiegen, ihren Blick verschwimmen ließen, ehe sie in warmen Rinnsalen über ihre Wangen liefen.

»Armes Mädchen«, sagte die junge Frau.

Die Treffen mit Karolina wurden seltener, und Carl hatte die Hoffnung, dass er es einfach auslaufen lassen konnte. Nicht, weil er ihrer überdrüssig war, nein, das wahrhaftig nicht. Aber es fiel ihm zunehmend schwer, sich zurückzuhalten, vor allem angesichts dessen, dass Karolina kein Hehl daraus machte, ganz und gar seine Geliebte werden zu wollen. Daran, welchen Skandal er heraufbeschwor, wenn er sie schwängerte, wollte er lieber nicht denken, und das war ihm die Sache nicht wert.

Allerdings war das nicht der einzige Grund, warum er sie seit einiger Zeit kaum noch traf. Sie rang ihm zunehmend Geständnisse ab, die er nicht machen wollte, und sie war überaus geschickt darin. Ja, es war so, dass er Elisa nicht hatte heiraten wollen, aber das ging sie im Grunde nichts an. Natürlich wusste er, dass sie damit haderte, an dem Tag, als er die Entscheidung traf, ein von-Schletter-Mädchen zu verführen, nicht anstelle ihrer Schwester gewesen zu sein, aber er hätte sich auch jetzt stets wieder für

Elisa entschieden – einfach aus dem Grund, weil sie Leonhards Lieblingsschwester war. Und allein darum war es bei der Sache gegangen. Natürlich wäre Karolina die aufregendere Ehefrau gewesen, aber vermutlich hätte auch sie ihn irgendwann gelangweilt, wenn die Gewohnheit Einzug gehalten hätte. Es war so lustvoll, weil es eine Grenze gab, die sie stets umkreisten, aber nicht überschreiten durften. Dürften sie es, wäre die Spannung vermutlich bald dahin.

Hinzu kam, dass er und Karolina sich im Grunde nichts zu erzählen hatten. Sie unterhielten sich nur selten, weniger noch als er und Elisa. Kein Vergleich zu den stundenlangen Gesprächen, die er mit Adela geführt hatte. Adela, die er immer noch liebte. Natürlich – und das war ihm bewusst – war es eine Liebe, die sich vor allem davon nährte, unerfüllt geblieben zu sein. Elisa füllte diese Leere nicht und Karolina erst recht nicht.

Carl ging in den Stall, wo das mutterlose Fohlen im Stroh lag und döste. Graziellas Tod hatte ihn getroffen, er hatte geholfen, sie zur Welt zu bringen, und war bei ihr gewesen, als sie ihren letzten Atemzug getan hatte. Ihre Mutter, Grandessa, hatte seinen Hengst Grandeur geboren, einige Jahre, ehe die hübsche Graziella zur Welt gekommen war. Er hatte diese Stute wirklich geliebt, hatte sie zugeritten, den Beschäler für die Zucht mit ihr selbst ausgesucht und bei der Geburt ihres ersten Fohlens geholfen, das nun mutterlos war.

»Na, du Strolch«, sagte er liebevoll, als er sich zu dem kleinen Pferd kniete. Sie hatten eine Amme für ihn, aber es war unverkennbar, dass ihm seine Mutter fehlt. Niemand sollte mutterlos aufwachsen, dachte Carl, während er die weiche Stirn streichelte, die samtigen Nüstern, die noch in einem Kamm hochstehende Mähne. Er blieb eine Weile bei dem Kleinen sitzen, beobachtete ihn, mit dem Rücken an die Boxenwand gelehnt.

Schritte waren zu hören, dann erschien sein Vater an der Tür und sah Carl durch die Gitterstäbe hindurch an. »Ich dachte mir schon, dass du hier bist. Wie geht es ihm?«

»Gut. Ich bringe ihn nachher zu Morgenstrahl.« Die Amme des Fohlens, die selbst kurz zuvor abgefohlt hatte.

»Ich werde nach Masuren reisen, vorhin kam ein Telegramm. Deine Schwester ist närrisch geworden.«

Carl hob die Brauen. »Wie das?«

»Sie möchte das Kind behalten.«

»Das Kind ist schon da?«

»Heute in den frühen Morgenstunden ist sie niedergekommen.«

»Geht es ihr gut?«

»Offenbar gut genug, um stur auf ihrem Willen zu beharren. Oder aber sie hat den Verstand verloren.«

Dass sie das Kind behalten wollte, erstaunte Carl in der Tat. Und auch wieder nicht, denn im Grunde genommen war es typisch für Magdalena, immer das Gegenteil von dem zu tun, was man von ihr erwartete.

»Deine Mutter ist außer sich.«

Das konnte Carl sich lebhaft vorstellen. »Wann reist du ab?«

»Gleich morgen.«

»Wie willst du sie überzeugen?«

»Ich nehme ihr das Kind weg und bringe sie mit mir hierher zurück.«

Carl nickte zögernd. »Hältst du das für die richtige Methode?«

»Fällt dir etwas Besseres ein?«

»Du kannst ihr das Kind weder entreißen noch sie an den Haaren hierherschleifen.«

»Das weiß ich selbst. Ich werde das Kind der Hebamme übergeben und an Magdalenas Gehorsam appellieren.«

Und das, dachte Carl, hatte in der Vergangenheit ja bestens funktioniert.

»Du könntest so langsam aufhören, mir zu grollen«, sagte Leonhard, als er zu Adela in den Garten trat. Ihm stand der Atem vor dem Mund, und in der Kälte röteten sich seine Wangen.

»Ich grolle dir nicht«, antwortete Adela, während ihr Blick durch den im Herbst so trostlosen Garten wanderte. Die frostige Kälte hielt die Landschaft schon seit Tagen in einem eisigen Griff, und vereinzelt wehten sogar schon Schneeflocken durch die Luft.

»Und warum dann diese Distanz?«

Sie drehte sich zu ihm um. »Triffst du diese Frau weiterhin?«

»Also bist du mir tatsächlich noch böse?«

»Nein, ich möchte es nur wissen.«

»Seither nicht mehr, nein.«

Sie antwortete nicht darauf, sondern schlang die Arme um den Oberkörper und nickte nur. Ihr Blick blieb an einem Rosenstrauch hängen, dessen rote Blüten der frühen winterlichen Kälte trotzten. Sie hatte den alten Rosengarten wieder zum Vorschein gebracht, hatte die alten

Pflanzen gerettet und neue gezogen. Behutsam streckte sie die Hand aus und berührte die samtigen Blätter. »Ich bin schwanger«, sagte sie schließlich in das Schweigen hinein.

»Das freut mich sehr«, kam es nach einer längeren Pause, und Adela wandte ihrem Mann erneut den Blick zu.

»Wenigstens einen von uns, nicht wahr?«

»Es tut mir leid, dass du das alles erneut auf dich nehmen musst. Dennoch freue ich mich auf das Kind. Maximilian war es wert, nicht wahr?«

Ein kaum merkliches Nicken musste ihm als Antwort genügen.

»Wie weit bist du?«

»Noch ziemlich am Anfang.« Einmal war sie bisher überfällig gewesen, aber sie hatte bereits vor Ausbleiben ihres Monats die Zeichen richtig gedeutet.

»Ich hoffe, es wird ein Mädchen«, sagte er.

»Und ich hoffe auf einen Jungen«, entgegnete sie. »Jungen haben es leichter.«

»Mädchen müssen sich nicht ständig beweisen.«

»Jungen können tun, was sie wollen.«

»Mädchen müssen keine Familien ernähren und Kriege kämpfen.«

»Weil sie es nicht dürfen, Leonhard.« Ein leises Zittern hatte sich in Adelas Stimme geschlichen, wobei sie nicht wusste, ob es von der Kälte rührte oder daher, dass ihr zum Heulen war. »Aber ich glaube, ich möchte doch ein Mädchen«, sagte sie schließlich. »Wenn es jemals Krieg gibt, reicht es, wenn ich um Maximilian bangen muss.«

Leonhard berührte flüchtig ihre Schulter, eine Geste, die vermutlich tröstlich sein sollte, dann drehte er sich um und ging ins Haus zurück. *Wenn es jemals Krieg gibt, reicht es, wenn ich um Maximilian bangen muss.* Erst jetzt wurde ihr bewusst, dass sie Leonhard nicht genannt hatte.

Anna. Für Magdalena hatte sofort festgestanden, wie das Kind heißen sollte. Anna. Ihre Tochter Anna. Während sie sie betrachtete, wie sie in der Wiege lag und schlief, die Augen stets so niedlich zusammengekniffen, wusste sie, dass sie alles für dieses kleine Mädchen tun würde, das sich nicht ausgesucht hatte, unter diesen Umständen geboren zu werden, und etwas Besseres verdiente, als im Findelhaus aufzuwachsen.

»Eine Frau gehört nach der Niederkunft ins Wochenbett«, hatte die Hebamme gesagt, und Magdalenas Unruhe hielt dies kaum aus. Sobald die Hebamme gegangen war, stand sie auf, kleidete sich an und ging mit dem Kind im Arm hinunter in den Herrensalon, von wo aus sie einen herrlichen Blick in den Garten hatte.

An diesem Tag hatte sie beschlossen, an die frische Luft zu gehen.

»Grundgütiger«, rief Hanne, die Haushälterin. »Das Würmchen holt sich doch den Tod.«

»Ach was. Die Frauen unserer Pächter und Angestellten machen es genauso. Die können sich gar nicht erlauben, immer im Haus zu bleiben.«

»Aber dort ist die Kindersterblichkeit vermutlich auch höher.«

»Meine Mutter hat acht Kinder verloren, die Frau unseres Stallmeisters zwei, ich denke, es hat nichts mit dem Aufenthalt an frischer Luft zu tun.« Magdalena legte das Kind in den Korbwagen, wickelte es in Decken, legte noch ein Federbett obendrauf und schob den Wagen auf die Veranda. Die frische, kalte Luft war herrlich, und nachdem sie den Wagen ein wenig hin und her geschoben hatte, war die Kleine eingeschlafen, und Magdalena setzte sich auf einen Stuhl, lehnte den Kopf zurück und sah in den schleiergrauen Himmel. Die Luft roch nach Schnee.

»Hanne sagte mir, du seist hier«, sagte ihr Vater, der für seine Verhältnisse ungewöhnlich lange geschlafen hatte. In der Hand trug er einen dampfenden Becher. »Offenbar lagen wir richtig damit, dass du in der Tat den Verstand verloren hast.« Er klang nicht wütend, als er das sagte. Vermutlich hatte sich sein Zorn nach zwei Tagen des Tobens und Schimpfens erschöpft.

»Ja«, antwortete sie. »Vielleicht habe ich es. Oder aber ich habe ihn jetzt erst gefunden.«

Er stellte den Becher vor ihr ab. »Hier, Hanne sagt, das sei gut für dich.«

Magdalena hob den Becher hoch und schnupperte misstrauisch daran. Heiße Schokolade. Sie seufzte wohlig und nahm einen Schluck, dann sah sie ihren Vater an. »Ist dir nicht kalt?« Er trug einen Mantel, jedoch keinen Schal und hatte nur den Kragen aufgestellt.

»Nein.« Er kam zu ihr an den Tisch und ließ sich auf dem anderen Stuhl nieder, zog seine Pfeife hervor und einen kleinen Lederbeutel mit Tabak. Den Beutel hatte Magdalena ihm als Kind geschenkt, und der Anblick trieb ihr die Tränen in die Augen. Was war sie nur für eine Heulsuse geworden, seit das Kind geboren war. Ausgerechnet sie, der heulende Frauen ein Graus waren.

»Was mache ich jetzt mit dir, hm?«, fragte ihr Vater, während er an der Pfeife paffte und kleine Wölkchen von seinem Mund aufstiegen.

Magdalena antwortete nicht, sondern nahm einen weiteren Schluck Kakao. Ihr Blick wanderte zu Anna, die friedlich schlief, die Fäustchen rechts und links neben dem Kopf. Wie hinreißend sie war. Wieder zog sich dieser heiße Knoten in Magdalenas Brust zusammen.

»Du kannst hier nicht allein bleiben mit dem Kind.«

»Warum nicht?«

Er starrte sie ungläubig an. »*Warum nicht?* Sieh es dir doch mal an, dieses heruntergekommene Gut, die Abgeschiedenheit, das *uneheliche* Kind!«

»Ich finde es schön hier.« Und das tat sie wirklich. Die Vorstellung, dies hier könne ihr Reich sein, ihres und Annas, wo sie tun und lassen konnte, was sie wollte … Ein kleines Lächeln stahl sich auf Magdalenas Lippen.

»Ich werde dir kein Geld mehr schicken.«

»Ich kann arbeiten gehen.«

Jetzt lachte er.

»Das schaffe ich«, rief sie aufgebracht. »Du wirst schon sehen.«

»Allein?«

»Justus Lamberg wird mir helfen.«

»Ah ja, ich habe schon gehört, dass Adela von Schletters Bruder hier ein und aus geht. Du weißt, dass er ein verheirateter Mann ist.«

»Ja, das weiß ich.«

»Du erwartest doch wohl nicht, dass ich das gutheiße?«

»Nein, das erwarte ich nicht.«

»Und du wirst dich trotzdem widersetzen?«

Sie sah ihn eine Weile schweigend an. »Papa, ich habe ein uneheliches Kind und kann dir keinen Vater nennen. Wie viel schlimmer kann es noch werden?«

Johann von Reichenbach presste die Lippen zu einem schmalen Strich zusammen, während seine Finger mit der Pfeife spielten. Die Brauen so finster zusammengezogen hatte er schon manch einem Furcht eingejagt, aber nicht Magdalena.

»Da ist nichts zwischen ihm und mir«, sagte sie nun. »Wir sind nur Freunde.«

»Freunde«, bellte er. »Es gibt keine Freundschaften zwischen Männern und Frauen. Einer von beiden will immer mehr.«

Es war sinnlos, diesen Disput weiterzuführen, und so leerte Magdalena ihre Tasse und verfiel erneut in Schweigen.

»Soll das hier«, er machte eine ausholende Handbewegung, »dein Leben sein? In dieser Einöde? Du bist erst zwanzig, zu jung, um eine so weitreichende Entscheidung zu treffen.«

Magdalena schwieg weiterhin.

»Ich habe deiner Mutter gesagt, ich kehre nicht ohne dich zurück.«

»Von allen Dingen, die du in den letzten Tagen gesagt hast, ist es das, was mich am wenigsten bekümmert. Sag Mutter, sie solle einfach so tun, als habe sie keine Tochter.«

Die Augen ihres Vaters weiteten sich. »Magdalena!«

»Ich werde nie Hofdame am kaiserlichen Hof werden. Papa, du kannst nicht wirklich geglaubt haben, dass das jemals für mich in Frage gekommen wäre. Und eine Ehe? Mit diesem Geheimnis?«

»Du wärst nicht die Erste.«

»Ja, aber wie soll ich denn mit dieser Lüge leben? Und was, wenn es doch herauskommt? Wie stehe ich dann da vor meinem ungeliebten Gatten? Wie steht ihr da? Gerade du, dem Stolz und Ehre über alles gehen? Du bist mit einer ungehorsamen Tochter, die einen Fehltritt begangen hat und nun in der Verbannung lebt, sicher geachteter denn als Mann, der sein Kind durch Lug und Trug gewinnbringend verheiratet.«

»Wir würden eine Möglichkeit finden.«

Wieder sah Magdalena die kleine Anna an. »Ja, vielleicht würdet ihr das. Aber das Wichtigste hast du dabei nicht bedacht.« Sie nickte zu dem Korbwagen hin. »Was ist mit ihr? Denkst du, ich kann sie nun einfach wieder hergeben?«

»Du hättest ihr nie so nahekommen dürfen.«

Nun lachte Magdalena. »Papa, sie ist in meinem Körper entstanden und gewachsen. Wie viel näher hätte ich ihr denn sein können?«

Dass sie dergleichen so unverblümt aussprach, war ihm sichtlich unangenehm, und er wandte den Blick von ihr ab, sah in den Garten und hob die Pfeife an die Lippen. »Ich könnte sie dir wegnehmen, während du schläfst.«

»Das könntest du. Und dann?«

»Darauf warten, dass es dir hier zu langweilig wird und du heimkommst.«

»Oder aber ich lasse mir ein weiteres Kind machen, nur, um dich dafür zu bestrafen.«

»Magdalena!« Er war puterrot angelaufen.

Ruhig hielt sie seinem Blick stand, bis er schließlich wegsah, dann senkte sie den Kopf. »Ich wünschte, du würdest nicht im Bösen von mir gehen. Dies hier ist doch deine Enkelin.«

Er sah zu dem Korbwagen, und sein Mund verzog sich. »Niemals!«, stieß er hervor, dann erhob er sich und wandte sich abrupt ab, um zurück ins Haus zu gehen.

»Ich wünschte, du würdest mich nicht im Zorn verlassen«, wiederholte Magdalena, als ihr Vater nach dem Mittagessen aufbrach.

»Du wirfst deine Zukunft weg, um einen Bastard großzuziehen«, sagte er. »In welcher Stimmung sollte ich wohl abreisen?«

»Kannst du es denn kein bisschen verstehen?« Was für eine Frage, natürlich konnte er das nicht. Er antwortete denn auch nicht auf das so Offensichtliche und stieg in seine Kutsche.

»Du bekommst von mir kein Geld mehr, Magdalena«, sagte er dann. »Vielleicht bringt es dich zur Vernunft, wenn du merkst, dass du es eben nicht allein schaffst, erst recht nicht mit einem unehelichen Kind.«

Magdalena schwieg, und ihr Vater nickte ihr nur knapp zu, ehe der Kutscher den Schlag schloss, auf den Bock stieg und das Gefährt von dem kleinen Hof lenkte. Erst als die Kutsche um die erste Wegbiegung verschwand und außer Sicht geriet, bemerkte Magdalena, dass sie den Atem angehalten hatte. Langsam stieß sie ihn aus und drehte sich um, um ins Haus zurückzukehren. Ihr Vater würde doch nicht veranlassen, dass man sie vor die Tür setzte, oder? Aber wenn er das gewollt hätte, hätte er es wohl schon getan. Er wollte ihr zeigen, dass sie ihn brauchte, dass sie nicht imstande war, auf das Leben zu verzichten, das sie von klein auf gewöhnt war, das Leben, wo jede Annehmlichkeit nur ein feines Glockenläuten weit entfernt war. Er wollte ihr zeigen, dass der Ausbruch, den sie stets so herbeigesehnt hatte, nichts als eine Illusion war, der sie nachhing, dass sie gar nicht fähig war, in einer anderen Welt als in der ihrer Eltern zu existieren.

Magdalena ging in den Herrensalon, wo Anna in ihrer Wiege schlummerte. Sie war ein ruhiges Kind, das weinte, wenn es hungrig war, und ansonsten zufrieden vor sich hin gluckste, während es mit großen Augen die Welt betrachtete.

»Du hast von all dem, was Mädchen und Frauen hier erwartet, glücklicherweise noch keine Ahnung«, sagte Magdalena seufzend und streckte den Finger aus, den Anna mit einem Fäustchen umklammerte, ehe sie ihrer Mutter ein zahnloses Lächeln schenkte. Magdalena konnte nicht anders, als zurückzulächeln. Dabei empfand sie eine so tiefe Freude, dass sie nichts mehr wollte, als dieses Kind an sich zu drücken und zu herzen. Sie würde es schaffen, dachte sie, ihr Vater würde sich noch wundern.

Nachmittags war Zeit für den täglichen Spaziergang, und da das kleine Gut so abgelegen war, waren Begegnungen mit anderen Menschen nicht zu befürchten. Dann und wann lief ihr jemand über den Weg, aber da man sie nicht kannte, blieb es meist bei einem freundlichen Gruß. Nun, das würde sich ändern, man würde über kurz oder lang wissen, dass sie Magdalena von Reichenbach aus der Nähe von Königsberg war, immerhin war ihr Vater ein bekannter Mann. Und man würde wissen, dass sie eine unverheiratete Mutter war. Vermutlich würden irgendwann die Grüße ausbleiben, aber darum scherte Magdalena sich nicht. Andererseits war das wohl immer leicht zu sagen, solange man noch nicht geschmäht wurde. Erst wenn man auf Widerstand traf, würden die eigenen Überzeugungen auf dem Prüfstand stehen.

Sie schob den Wagen vom Hof, als sie den Hufschlag eines Pferdes hörte. Justus. Lächelnd blieb Magdalena stehen, wartete, bis er bei ihr war und absaß.

»Ich wollte Ihnen eben einen Besuch abstatten«, sagte er.

»Und ich dachte schon, Sie wären rein zufällig vorbeigekommen«, spöttelte sie.

Er warf einen neugierigen Blick in den Wagen. »Das ist also das Kind.« Lächelnd zog er den Handschuh von der Hand und hielt dem Säugling einen Finger hin. »Guten Tag, Kleines.«

»Es ist ein Mädchen, und sie heißt Anna«, sagte Magdalena. »Nur, falls Ihnen die Frage auf der Zunge brannte.«

Er zwinkerte ihr zu. »Mütter reagieren da oft heikel.«

»Ich nicht.«

»Gehören Sie nicht eigentlich ins Bett, so kurz nach der Niederkunft?«

»Das sagt Hannchen auch, aber ich kann nicht gut lange im Bett liegen. Ich gehe ja auch nicht weit, nur ein wenig ums Haus.«

»Darf ich Sie begleiten?«

Magdalena neigte den Kopf. »Ja, sicher.« Sie schob den Wagen über den Weg, und Justus blieb an ihrer Seite, führte das Pferd am langen Zügel. Das Gespräch mit ihrem Vater ging ihr im Kopf herum, das Hochgefühl, das sie noch kurz zuvor gehabt hatte, wich nun erneut Zweifeln und Sorge um die Zukunft. Würde er wirklich kein Geld mehr schicken? Wollte er, dass sie verhungerte? Nun, das würde wohl nicht so schnell gehen, eher würden Hanne und ihr Mann das Essen mit ihr teilen, aber auf Dauer konnte die reiche, verwöhnte Magdalena von Reichenbach natürlich nicht auf Kosten des Personals leben.

»Wie geht es Ihnen denn?«, brach Justus das Schweigen. »Ich wäre schon früher gekommen, aber ich habe gehört, Ihr Vater sei hier.«

»Er ist inzwischen abgereist.«

»Ja, das habe ich vernommen, sonst wäre ich nicht hier.«

»Eine vernünftige Entscheidung.«

»Und da Sie noch hier sind und das Kind ebenfalls, vermute ich, die einstigen Pläne sind nun hinfällig? Sagten Sie nicht, Sie würden nie und unter keinen Umständen in dieser Einöde leben wollen?«

»Ich werde es müssen, wenn ich Anna nicht verlieren möchte.«

»Sind doch die Muttergefühle erwacht?«

Magdalena schob den Wagen vor sich her und betrachtete ihr Kind. Sie hatte die Kleine vor dem Aufbruch gestillt, und nun schlief sie, die runden Wangen rosa angehaucht. »Ganz so sieht es aus, nicht wahr?«

»Und was werden Sie tun? War Ihr Vater nicht sehr ungehalten?«

»So ungehalten, dass er mir jede finanzielle Unterstützung versagen wird.«

»Verstehe.«

Schweigend gingen sie weiter, und es war nichts zu hören außer dem Knirschen kleiner Steinchen unter den Pferdehufen und den Rädern des Wagens. Obwohl die frische Luft Magdalena guttat, merkte sie, dass sie nun doch müde wurde. Seit der Geburt schien sie schneller erschöpft als sonst, und sie steuerte den Wagen in einem Bogen um den weitläufigen Garten des Gutes.

»Kommen Sie noch auf einen Tee zu mir?«, fragte sie.

»Darauf hatte ich gehofft.«

Sie spazierten den Weg entlang, der um das Haus zum Eingang des Hofes führte. Dort angelangt brachte Justus sein Pferd in den leeren Stall, während Magdalena auf die Eingangstür zuging und den Glockenstrang zog. Kurz darauf öffnete Hanne die Tür.

»Ich dachte mir schon, dass Sie jeden Moment wieder hier sind, gnädiges Fräulein, und habe mir erlaubt, bereits Tee zu kochen.«

»Sie sind ein Schatz, Hannchen.« Hier schien es die höfliche Distanz zur Haushälterin, die Magdalena von daheim gewöhnt war, nicht zu geben, und Hanne hatte von Anfang an nicht formell angeredet werden wollen. »Herr Lamberg ist ebenfalls da.«

»Ich habe ihn vom Fenster aus gesehen und gleich ein zweites Gedeck dazugestellt. Nehmen Sie wie immer im Salon Platz?«

»Ja, vielen Dank.«

Magdalena zog Mantel und Schal aus und schob Anna durch den Herrensalon auf die Veranda, damit die Kleine dort weiterschlafen konnte. Wenn sie sie nun aus den warmen Sachen schälte, würde sie nur wach werden.

»Was Sie jungen Frauen sich nur immer dabei denken«, sagte Hanne. »Das Würmchen draußen in dieser Kälte!«

»Sie fühlt sich wohl«, widersprach Magdalena und schloss die Verandatür. Von ihrem Platz aus hatte sie den Wagen im Blick und würde mitbekommen, wenn das Federbett sich bewegte.

»Interessante Methode«, bemerkte Justus, als er den Salon betrat. »Ich stelle mir gerade vor, was meine Frau sagen würde, hätte ich dergleichen je mit unseren Kindern getan.« Er ließ sich Magdalena gegenüber nieder, und sie schenkte ihnen beiden Tee ein. Die Wärme ließ eine satte Schläfrigkeit in ihr aufsteigen. Vielleicht würde sie nachher doch ein wenig ins Bett gehen. Sie unterdrückte ein Gähnen und bemerkte, dass Justus schmunzelte.

»Ich gehe direkt nach dem Tee, versprochen«, sagte er grinsend.

»Ich würde gerne sagen, Sie können noch bleiben. Dann bräuchte Hanne sich nicht um Anna zu kümmern.«

»Das wird dann aber arg familiär.«

»Mein Ruf ist jetzt eh hinüber.«

»Nun ja, meiner bisher noch nicht.«

Magdalena gab sich keine Mühe mehr, das Gähnen zu verbergen. »Das kommt noch, wenn Sie mich weiterhin besuchen, warten Sie es ab.«

Er hob anstelle einer Antwort lediglich die Brauen.

»Sagt Ihre Frau wirklich nichts dazu?«

»Doch, das eine oder andere. Aber wie gesagt, es ist mir gleich.«

»Ich würde lieber weiterhin glauben, Sie seien ein aufmerksamer Ehemann.«

»Das haben Sie doch schon nach meinem ersten Besuch nicht geglaubt.«

Magdalena schnitt ihm eine Grimasse und trank einen Schluck Tee.

»Ich bin aufmerksam, doch meine Frau und ich lieben uns nicht, und wir wollten nicht heiraten, das haben unsere Väter entschieden.«

»Aber Sie haben drei Kinder. Wie geht das?«, wollte Magdalena wissen und fragte sich im nächsten Moment, ob sie noch recht bei Verstand war.

Jetzt zuckte es spöttisch um seine Mundwinkel. »Ich denke, der Vorgang ist Ihnen geläufig.«

Hitze stieg ihr in die Wangen. »Ja, das meinte ich nicht. Ich meinte, wenn man sich nicht mag. Ich … Ach, vergessen Sie die Frage bitte einfach.«

»Das werde ich.«

Vielleicht funktionierte es ja trotzdem irgendwie, wenn man Kinder wollte. Aber konnte es Genuss sein? Für ihn möglicherweise ein wenig, aber für sie? Magdalena bezweifelte das, doch natürlich würde sie dieses delikate Thema nicht weiterverfolgen.

»Wie wird es denn jetzt mit Ihnen weitergehen, da Ihr Herr Papa den Geldhahn zudreht?«

»Ich weiß es nicht.«

»Und doch haben Sie ihm die Stirn geboten?«

»Ich habe geglaubt… na ja, ich hatte geglaubt, ich schaffe das schon irgendwie.«

Er sah sie einen Moment lang schweigend an, nippte an seinem Tee und lächelte schließlich. »Nun, vermutlich werden Sie das auch. Irgendwie.«

»Das klingt nicht sehr ermutigend.«

»Nein, das wohl nicht. Aber Ihnen ist wohl selbst klar, dass es nicht einfach werden wird. Eine ledige Mutter, ohne jede Erfahrung im Berufsleben. Sie können nicht waschen, nicht schleppen, nicht…«

»Ja, es ist gut, Sie müssen mir nicht aufzählen, was ich *nicht* kann.«

Sein Lächeln vertiefte sich. »Na, dann habe ich doch eine reizende Beschäftigung für Sie. Bis zu meinem nächsten Besuch listen Sie auf, was Sie alles können, und dann sehen wir weiter.« Er trank den Tee aus und erhob sich. »Bleiben Sie nur sitzen, ich finde allein hinaus. Inzwischen kenne ich den Weg.«

Sie verabschiedeten sich voneinander, und just, als er den Raum verließ, wachte Anna auf.

Januar 1885

Carl stand in seinem Arbeitszimmer am Regal und suchte nach einem Rechnungsbuch, als eines der Stubenmädchen erschien und Karolina meldete. Irritiert krauste er die Stirn.

»Ist meine Frau nicht da?«

»Sie sagte, sie wolle zu Ihnen, gnädiger Herr.«

Ein Anflug von Ärger stieg in ihm auf, doch er nickte nur knapp. »Ist gut.«

Kurz darauf betrat Karolina den Raum, mit ihr ein Anflug klirrender Kälte, die sich in ihre Kleidung genistet hatte. Ihre Wangen waren rotgefleckt, die Augen glasig, was vermutlich von der Wärme rührte, die sie in dem Arbeitszimmer empfing. Sie machte Anstalten, die Tür hinter sich zu schließen, aber Carl gab ihr mit einer knappen Handbewegung zu verstehen, dies zu unterlassen. Es galt, jegliche kompromittierende Situation zu vermeiden.

»Was gibt es?«, fragte er.

»Das wollte ich dich fragen. Wo warst du all die Tage und Wochen?« Ihre Stimme klang schrill, als halte sie nur mühsam an sich, nicht zu schreien.

»Deshalb kommst du zu mir? Bist du noch gescheit?«

»Ich sehe dich ja nicht mehr, wann sollte ich sonst mit dir sprechen?«

»Sprich leise!«

Karolina verschränkte die Arme vor der Brust, krauste die Stirn. »Seit der Jagd bist du so distanziert, willst mich nicht mehr sehen. Habe ich etwas falsch gemacht? Du hast mich dort bereits zurückgewiesen. Warum?«

»Warum? Sollte ich es vielleicht während der Jagd mit dir treiben?« Allein die Frage machte ihn fassungslos. War sie von Sinnen?

Sie öffnete den Mund, schien widersprechen zu wollen, aber offenbar ging ihr selbst auf, dass das in der Tat keine gute Idee gewesen war. Und Carl hatte an diesem Tag – was sie natürlich nicht wusste – ohnehin nur Augen für Adela gehabt, die in ihrem Jagdkostüm hinreißend elegant gewesen war. Mitgeritten war sie jedoch nicht, sondern hatte mit den Kindern gewartet.

»Und danach? Warum wolltest du mich danach nicht mehr sehen?«

»Sollen wir uns vielleicht gemeinsam im Schnee wälzen?«

»Es gibt Scheunen. Wo ein Wille ist, ist auch ein Weg.«

Er holte tief Luft, stieß sie in einem langen Zug ungeduldig wieder aus. »Hör zu, Karolina. Wir müssen damit aufhören, es war doch klar, dass es nicht endlos so weitergehen kann.«

Die Furche zwischen ihren Brauen vertiefte sich. »Warum? Warum kann es so nicht weitergehen? Ich will nicht heiraten, ich will keinen anderen Mann als dich.«

»Himmel, rede nicht so einen Unsinn. Du weißt genau, dass du irgendwann heiraten wirst.«

Störrisch schüttelte sie den Kopf. »Allein der Gedanke daran, dass ein Mann mich so kennenlernt, wie du es getan hast, ist mir zuwider.« Jetzt traten ihr die Tränen in die Augen. »Ist es wegen Elisa? Plagt dich das Gewissen?«

»Ja, das auch. Aber vielmehr plagt mich die Vernunft. Wie stellst du dir das denn in Zukunft vor?«

Karolina tat einen tiefen Atemzug. »Ich … Ich kann mir die Zukunft auf jeden Fall nicht mehr ohne dich vorstellen.« Jetzt hob sich ihre Stimme wieder. »Bitte, Carl. Tu mir das nicht an!«

»Es tut mir leid«, sagte er und erhob sich. »Und es ist besser, wenn du gehst.«

Jetzt rannen ihr Tränen über die Wangen. »Es ist also alles bedeutungslos? Die ganzen Male, die wir uns im Wald geliebt haben?«

»Sei still, verdammt noch mal!«

Aber sie dachte offenbar nicht daran. »Du hast gesagt, du bedauerst, dass du seinerzeit Elisa geschwängert hast, nicht mich! Ist das auch bedeutungslos?« Ihre Stimme schraubte sich immer höher, bis sie die letzten Worte beinahe schrie.

Carl wollte eben zu einer Antwort ansetzen, als er bemerkte, wie sich die Tür langsam öffnete und Elisa in den Raum blickte, aschfahl. Sie war zum Ausgehen gekleidet und hatte sich offenbar von ihm verabschieden wollen. Ihr Blick huschte zu ihrer Schwester, dann wieder zu Carl. Auch Karolina war sichtlich erschrocken, fing sich jedoch schneller wieder als ihre Schwester.

»Vielleicht ist es besser so«, sagte sie nun, »besser, dass du es weißt. Ich …«

Elisa kam auf sie zu, und was auch immer Karolina hatte sagen wollen, erstarb unter dem lauten Klatschen der Ohrfeige, die ihre Schwester ihr verpasste. Diese für Elisa gänzlich untypische Geste ließ nicht nur Karolina erstarren, sondern auch Carl.

»Elisa«, sagte Carl schließlich, als er sich wieder gefangen hatte, und kam um den Tisch herum, aber sie wandte sich ruckartig ab und verließ das Arbeitszimmer. Carl drehte sich abrupt zu Karolina. »Bist du jetzt zufrieden, ja?«

Die jedoch schwieg und verließ wortlos das Arbeitszimmer. Jetzt ging sie, jetzt, da es zu spät war. Carl folgte ihr in die Halle, und während sie zur Tür ging, lief er die Treppe hoch, immer zwei Stufen auf einmal nehmend. Er hatte sich nicht getäuscht, Elisa hatte sich in ihr Zimmer zurückgezogen und stand nun am Fenster, blickte hinaus, den Körper gekrümmt wie unter Schmerzen.

»Wie lange geht das schon?«, fragte sie, ohne sich umzublicken.

»Seit dem Frühjahr.« Es war nun ohnehin nicht mehr zu ändern, also konnte er auch ehrlich sein.

»Und du schläfst mit ihr?«

»Nein, das nicht.«

Elisa drehte sich zu ihm um. Auf dem bleichen Gesicht wirkte das Rot ihrer Wangen wie losgelöst, und die Augen schienen unnatürlich groß. »Lüg mich bitte nicht an, das ist würdelos.«

»Wir … Sie ist noch Jungfrau.«

»Verstehe.«

»Ich habe es beendet, daher war sie heute hier.«

»Ja, das habe ich mitbekommen. Auch, dass es dir leidtut, mich geschwängert zu haben und nicht sie.«

»Das habe ich so nicht gesagt«, antwortete er, obwohl er wusste, dass er dergleichen durchaus gestanden hatte. Aber das war in einer Situation gewesen, in der er wohl alles gestanden hätte. Und das konnte er Elisa mitnichten erzählen – Ehrlichkeit hin oder her.

»Sie klang nicht danach, als habe sie sich das ausgedacht.« Elisa trug immer noch Mantel und Schal, und inzwischen bildeten sich auf ihren Schläfen kleine Schweißperlen.

Carl fiel keine Antwort ein, die das Gesagte relativierte und Karolina gleichzeitig nicht schmähte.

»Wenn du dir schon eine Geliebte nehmen musstest, konnte es kein Dienstmädchen sein? Oder eine Frau aus der Stadt? Musste es ausgerechnet meine kleine Schwester sein?« Sie schien keine Erwiderung zu erwarten. »Ich weiß, dass du mich nicht so liebst wie ich dich, aber ich hatte gehofft…« Ihre Stimme erstarb, und nun fing sie doch an zu weinen. »Ach, zum Teufel mit dir!« Sie wollte an ihm vorbeieilen, das Zimmer verlassen, aber er hielt sie am Arm fest.

»Wo willst du hin?«

»Weg von dir. So weit wie möglich.« Mit einem Ruck entriss sie ihm den Arm und lief aus dem Raum.

»Elisa!« Er folgte ihr zur Treppe und hielt sie erneut auf. »Bleib hier, dann können wir über alles reden.« Wieder entriss sie ihm den Arm und eilte weiter.

»Na schön«, rief er, »dann hau doch ab.« Er drehte sich

um, ging ins Zimmer zurück und warf die Tür mit einem Knall ins Schloss.

Der Hufschmied war für diesen Nachmittag angemeldet. Im Grunde genommen war Carls Anwesenheit dafür nicht vonnöten, aber da er die ganze Zeit angespannt darauf wartete, dass Wilhelm von Schletter wutentbrannt auf den Hof stürmte – denn es lag auf der Hand, dass Elisa zu ihren Eltern geflohen war –, war er froh um jedes bisschen Ablenkung vom Grübeln. Im Stall hatte man ihm gesagt, dass Elisa einen der Wallache hatte satteln lassen und davongeritten war.

Als es nun auf den späten Nachmittag zuging, hielt Carl immer öfter Ausschau nach seiner Frau. Auf dem Schnee lag bereits der goldgelbe Schimmer herannahender Dämmerung, und so langsam begann er, sich Sorgen zu machen. Wäre Elisa bei ihren Eltern und hätte alles erzählt, wäre längst jemand gekommen. Und aufgewühlt, wie sie war, hätte ihr niemand geglaubt, dass es einfach nur ein Besuch war. Oder aber sie erzählte lediglich, sie hätten sich gestritten … Aber so recht konnte Carl sich das nicht vorstellen, Elisa war nicht gut darin, sich zu verstellen.

Er sah zum Himmel, dann wieder zum still daliegenden Tor, stieß einen leisen Fluch aus und ging zum Stall, um Grandeur zu satteln. »Komm, mein Großer«, sagte er, während er den dunkelbraunen Hengst aus der Box führte. »Wir müssen noch einmal raus.«

Grandeur wandte ihm den Kopf zu, die Ohren aufgestellt, und Carl kraulte seine Mähne, ehe er das Pferd rasch abstriegelte, das Fell mit einer Kardätsche wieder glattbürstete und hernach mit geübten Handgriffen sattelte und aufzäumte. Dabei lauschte er immer wieder zum Hof hin, in der Hoffnung, den Hufschlag eines heimkehrenden Pferdes zu hören.

»Wenn mein Eltern zurück sind«, sagte er zu einem der Reitburschen, »sag ihnen, ich sei bei meinen Schwiegereltern.«

»Ja, gnädiger Herr.«

Carl führte Grandeur in den Hof, stieg auf und ritt vom Hof. Es schneite schon den ganzen Tag, und die Spuren, die Elisa hinterlassen hatte, hatten sich längst wieder mit Schnee gefüllt. Nach einer Weile ließ Carl Grandeur antraben und trieb ihn auf der Allee in leichtem Galopp. Als er durch das Tor von Schloss Lilienau ritt, krochen bereits die Schatten aufeinander zu, verschmolzen zu beginnender Dämmerung. Da niemand im Hof war, ritt Carl zu den Stallungen und rief hinein, damit sich jemand um Grandeur kümmerte. Kurz darauf kam ein Stallbursche aus den Viehställen und nahm ihm die Zügel ab.

»Guten Abend, gnädiger Herr«, sagte das Stubenmädchen, das ihm die Tür öffnete. »Die Herrschaften sind im Salon.«

Carl nickte und machte Anstalten, die Halle zu durchqueren, als ihm ausgerechnet Karolina über den Weg lief. Ihre Augen weiteten sich. »Was machst du denn hier?«

»Ich möchte Elisa abholen, es wird gleich dunkel.«

»Elisa?«

»Sie ist vorhin fortgeritten.«

»Nun, hier ist sie nicht.«

Jetzt stieg das erste Mal Angst in Carls Brust auf. Er war

trotz allem davon ausgegangen, dass sie hierher geritten war, hatte es gehofft. Denn wo sonst sollte sie sein? Ihre engste Freundin war vor einem halben Jahr nach Berlin gezogen, und die anderen lebten in Königsberg, abgesehen von einer, deren Gut allerdings ziemlich weit entfernt lag. War sie tatsächlich überstürzt nach Königsberg geritten? Das passte nicht zu ihr.

»Was ist los?« Wilhelm von Schletter, der in diesem Moment die Halle betrat, sah Carl verwundert an. »Möchtest du zu mir?«

»Nein, ich wollte eigentlich fragen, ob Elisa hier ist.«

»Soll das heißen, du weißt nicht, wo deine Frau ist?«

»Wir haben uns gestritten, und sie ist fortgeritten.«

»Na, damit sie das tut, muss das aber ein derber Streit gewesen sein. Wann ist sie los?«

Carl sah auf die Uhr. »Vor gut dreieinhalb Stunden.«

Nun wich der Ausdruck fragender Besorgnis Fassungslosigkeit. »Dreieinhalb Stunden? Und da suchst du sie erst jetzt?«

»Ich dachte, sie sei hier.«

»So, dachtest du?« Wilhelm schien seinen Ohren nicht trauen zu wollen. »Wie kannst du deine Frau bei diesen Wetterverhältnissen im Streit fortreiten lassen, ohne dich darum zu bekümmern, wo sie hin ist?«

»Wir sollten nicht streiten, sondern sie suchen«, sagte Carl. »Was auch immer du mir dazu zu sagen hast, ist momentan vermutlich weniger wichtig, als sie zu finden.«

Wilhelm nickte knapp. »Da hast du ausnahmsweise recht. Weißt du, welche Wege sie gerne reitet?«

»Ja, ich reite sofort los.«

»Gut, ich rufe meine Burschen zusammen, und wir reiten zu den Nachbarn und in Richtung Königsberg.«

»Kann ich etwas tun?«, fragte Karolina, deren Stimme ungewohnt unsicher klang.

»Nein, nicht, dass wir dich auch noch suchen müssen«, sagte ihr Vater. »Es wird bald dunkel, da möchte ich nicht, dass du draußen herumreitest.«

»Aber …«

Den Rest des Disputs bekam Carl nicht mehr mit, und die Haustür schlug hinter ihm zu. Ein rosafarbener Schimmer lag nun auf dem Schnee, indes sich am Himmel rote Schlieren in flammendes Gelb zogen. Carl holte Grandeur, saß auf und ritt zurück zum Gut Reichenbach.

»Ist meine Frau mittlerweile eingetroffen?«, fragte er einen Reitburschen, der über den Hof auf ihn zugelaufen kam.

»Nein, gnädiger Herr.«

Carl wendete Grandeur und ritt vom Hof. Gerade fing es wieder an zu schneien. Wenn wenigstens Elisas Spuren noch zu sehen wären, aber so konnte er nur darauf hoffen, dass er den richtigen Weg einschlug. Wobei Hoffnung wohl das falsche Wort war, denn wenn sie wirklich nur eine große Runde hatte reiten wollen, um ihren Zorn abzureagieren, konnte es nur eine Erklärung geben, warum sie noch nicht wieder daheim war.

Grandeur fiel in einen leichten Galopp, indes der Schneefall sie wie in einen Schleier hüllte. Sie war bei einer Freundin, dachte Carl. Gewiss war sie das. Sie würde sich über ihren Ehemann ausheulen und vielleicht über Nacht bleiben. Sollte Carl sich nur Sorgen machen und vielleicht endlich merken, was er an ihr hatte. So war es, dachte er, so musste es sein.

Der Himmel wölbte sich nun in einem entfärbten Bleigrau über ihnen, indes die Finsternis langsam zwischen Büschen und Bäumen hervorkroch. Carl ritt über die Chaussee in Richtung Löwenhagen. Und dann, als er den Bogen am Fluss entlangreiten wollte, sah er Kronos, den Wallach, auf dem Elisa davongeritten war, ihr Lieblingspferd. Das treue Tier war nicht nach Hause gelaufen, sondern stand still im Schutz einiger Bäume. Nun wurde er aufmerksam, wandte witternd den Kopf und stieß ein Wiehern aus, das Grandeur erwiderte. Carls Blick flog am Ufer entlang. War sie gestürzt und hatte Zuflucht im Schloss gesucht? Aber warum stand das Pferd hier? Oder war sie gestürzt, und das Pferd war ihr davongelaufen? Aber wäre es dann nicht heimgekommen?

Carl sprang vom Pferderücken, noch ehe Grandeur stand, und das Herz schlug in wilden Schlägen, als ihm bewusst wurde, dass er sie längst entdeckt hatte, aber sein Verstand sich weigerte, dies zu akzeptieren. Sie lag da, vom Schnee bedeckt, der nicht auf ihr schmolz, als sei keine Wärme mehr in ihrem Körper. Bewusstlos, dachte Carl, bitte, lass es nur eine Bewusstlosigkeit sein. Dergleichen hatte es doch schon gegeben, oder? Menschen, die wie tot dalagen und wie durch ein Wunder noch lebten.

Er fiel auf die Knie, hob ihren Körper an, der seltsam starr war, blickte in das bläuliche Gesicht und wusste, dass kein Leben mehr in diesem gebrochenen Blick lag. Mit zittriger Hand wischte er den Schnee aus Elisas Gesicht, konnte nichts hören außer seinem Herzschlag, der ihm in den Ohren dröhnte. Das Licht schwand, und Elisas Gestalt löste sich in der einbrechenden Finsternis auf. Langsam richtete er sich auf, zitternd vor Kälte, vor Entsetzen. Er vermochte nicht, Elisa hochzuheben, immer wieder entglitt sie ihm, bis er es schließlich doch schaffte, sie über Grandeurs Rücken zu legen. Es war würdelos, sie wie einen Sack zu transportieren, aber er wusste schlechterdings nicht, was er sonst tun sollte. Er ging zu Kronos, band ihn am Sattel fest und saß hernach auf, ritt langsam zurück. Da es zum Schloss Lilienau näher war als zum Gut Reichenbach, führte sein Weg ihn dorthin.

Das Zittern war mittlerweile so heftig geworden, dass Carl Mühe hatte, die Zügel sicher zu führen. Glücklicherweise reagierte Grandeur auf die kleinsten Hilfen, und so ging er gehorsam im Schritt in Richtung des Gutes der von Schletter. Da Carl nicht galoppieren konnte, dauerte es nahezu eine Stunde, bis er ankam, und als er auf den Hof ritt, sah er Männer mit Laternen dort stehen, einige hoch zu Pferd, die gerade zurückkehrten oder im Aufbruch begriffen schienen. Als sie ihn bemerkten, hielten sie inne, hoben die Laternen, dann eilten zwei Männer auf ihn zu.

»Ich habe sie gefunden«, stieß Carl mit einer Stimme hervor, die kaum trug, eine, die er nicht als die seine zu erkennen vermochte.

»Elisa!« Wilhelm von Schletter löste sich aus der Menge, lief über den Hof an den beiden anderen Männern vorbei auf Carl zu. »Elisa! Grundgütiger, Carl, sag mir, dass sie nur das Bewusstsein verloren hat.« Er wollte sie vom Pferd heben, wobei Carls zitternde Hände ihm keine Hilfe waren, so dass einer der anderen Männer mit anpacken musste. Sie hievten sie vom Pferd wie einen Sack, und Wilhelm von Schletter ging in die Knie, hob sie in seine Arme. »Elisa! Elisa, Kind.« Er drehte sich um und ging mit schwankenden Schritten auf das Haus zu, sagte dabei immer wieder ihren Namen. Ein Mann griff nach Grandeurs Zügeln, während ein anderer sich daranmachte, Kronos vom Sattel zu lösen, und Carl nichts tun konnte, als vom Pferderücken zu gleiten und seinem Schwiegervater zu folgen.

Aus dem geöffneten Hauptportal strömten Licht und Wärme, und Carl war, als steige die Hitze in einer Welle in ihm auf, als er über die Schwelle stolperte. Berta von Schletter stieß einen Schrei aus, hatte begriffen, was ihr Mann sich noch immer zu begreifen weigerte. Adela stand da, bleich, ließ den Blick von Carl zu Elisa fliegen und wieder zurück, während Karolina die Hand vor den Mund gepresst hatte, die Augen weit aufgerissen, sprachlos vor Entsetzen. Ob ihr aufging, was sie angerichtet hatte? Und wo um alles in der Welt war Leonhard? Ob er sie noch suchte?

Carl folgte seinen Schwiegereltern in den Salon, wo Wilhelm von Schletter Elisa ächzend auf einem Sofa ablegte. Die zierliche Elisa, die Carl so viele Male mit Leichtigkeit hochgehoben hatte, mal im Scherz, mal, um sie ins Bett zu tragen, wenn er guter Stimmung war. Was in letzter Zeit viel zu selten vorgekommen war. Ob sie den Überdruss bemerkt hatte? Die Langeweile? Carl wollte nicht darüber nachdenken. Und wie war sie gestorben? War ihr Genick gebrochen? Oder hatte sie beim Sturz das Bewusstsein verloren und war erfroren? Hätte er sie retten können, wenn er früher nach ihr gesucht hätte? Aber wären ihre Augen dann nicht geschlossen gewesen? Andererseits hatte Carl gehört, dass sich die Augen von Sterbenden im Moment des Todes leicht öffneten. Er wusste nicht, ob das stimmte.

Wilhelm von Schletter sank neben dem Sofa auf die Knie, umfasste Elisas Hand, indes der geschmolzene Schnee aus ihrer Kleidung auf den Teppich tropfte. »Mein Kind.« Er schluchzte. »Berta, unser Kind ist tot.« Berta von Schletter trat zu ihm, legte ihm eine bebende Hand auf die Schulter und sah auf Elisa hinab. Dann wandte sie sich an Carl, irritierend gefasst.

»Du brauchst trockene Kleidung.«

Wilhelm blickte auf. »Wie bitte?«

»Carl. Er braucht trockene Kleidung.«

»Was … Unsere Tochter ist tot, und du sagst, Carl brauche trockene Kleidung?«

»Sie dürfen doch nicht beide Eltern verlieren, die Kleinen«, sagte Berta von Schletter. »Nicht wahr? Das dürfen sie nicht.«

Einen Moment lang fragte Carl sich, ob diese Frau noch bei klarem Verstand war, und Wilhelm schien dasselbe zu denken. Dann jedoch bemerkte Carl den stummen Schmerz in ihren Augen und dachte, dass dies möglicherweise ihre Art war, diesen Verlust ertragen zu können.

»Mach dir keine Umstände«, sagte er, aber sie war schon zur Tür hinaus, während Carl langsam, als habe er kein Recht dazu, zum Sofa trat.

»Wo hast du sie gefunden?«, fragte Wilhelm von Schletter.

»Am Ufer, in der Nähe von Schloss Friedrichstein.«

Wilhelm nickte vage. »Da ist sie gerne gewesen.«

Ja, dachte Carl, ich weiß. Früher hatten sie sich dort heimlich getroffen, sie hatte verliebt gelacht, wenn er sie an sich zog. Es war schwer, diese Gestalt mit dem ausgelassenen Mädchen zu vergleichen, dem er damals die Unschuld genommen hatte, um ihren Bruder dafür zu bestrafen, die falsche Frau geheiratet zu haben.

»Wo ist Leonhard?«, fragte Carl, da er diese Begegnung hinter sich haben wollte.

»Der besucht heute unsere Pächter. Ich wollte ihn holen lassen, damit er mit uns sucht, aber ich habe gedacht, damit verlieren wir zu viel Zeit...« Wilhelm von Schletters Stimme erstarb. Er kniete immer noch auf dem Teppich, der vor dem Sofa inzwischen dunkel war vor Nässe.

»Wenn du mir einen Wagen gibst, kann ich sie gleich mit nach Hause nehmen.«

»Lass sie hier für diese Nacht, ich bitte dich. Ich weiß, sie muss bei euch aufgebahrt werden, aber diese Nacht gönn ihr in ihrem Zuhause, wo sie so geliebt wurde.«

Carl öffnete den Mund, widersprach jedoch nicht. »Ich lasse sie morgen holen«, sagte er schließlich.

Ein kaum sichtbares Nicken war die einzige Antwort, dann betrat Berta von Schletter den Salon. »Carl, ich habe dir in einem Gästezimmer Kleidung von Leonhard bereitgelegt. Sein Kammerdiener wartet in der Halle und bringt dich hin.«

»Danke.« Carl wandte sich zum Gehen.

Ehe er den Raum verließ, hörte er Wilhelm von Schletter murmeln: »Welcher Streit konnte so schlimm sein, dass du sie einfach ziehen lässt?«

Es ging auf acht Uhr zu, als Gesa und Johannes zu Hause eintrafen. Während Gesa den ganzen Tag bei einer Freundin in Königsberg gewesen war, hatte Johannes sich mit einigen Züchtern getroffen. Hernach hatte er sie abgeholt, und sie waren zusammen zurück zum Gut gefahren. Jetzt, da Magdalena ihre Schande öffentlich gemacht hatte, musste sich Gesa auch kein Schweigen mehr auferlegen und konnte ihrer Freundin lang und breit ihr Leid klagen. Das Mitgefühl war ihr gewiss gewesen.

Der Kutscher hielt ihnen den Kutschschlag auf, und Johannes stieg als Erster aus, um Gesa die Hand zu reichen und ihr aus der Kutsche zu helfen. Der Hof war zwar von Schnee freigeschippt worden, doch angesichts der stetig vom Himmel fallenden Massen war dies ein vergebliches Unterfangen gewesen, und Gesa ordnete ihre Röcke, um sie hernach anzuheben, damit der Saum nicht ganz durchnässt wurde. Im Haus empfing sie eine seltsame Stille, und das Stubenmädchen, das ihnen öffnete, war bleich, wirkte gar, als habe es geweint.

»Fühlst du dich nicht wohl, Dorchen?«, fragte Gesa.

»Ich …« Die Unterlippe zitterte. »Ach, Frau von Reichenbach, es ist etwas furchtbar Tragisches passiert.«

»Was ist los?«, kam es nun von Johannes. »Ist etwas mit den Kindern?«

Nun flossen die Tränen. »Nein, gnädiger Herr, die …«

»Was stehst du hier und flennst?«, schimpfte Frau Reese, die Haushälterin, die in diesem Moment ebenfalls in die Eingangshalle trat. »Los, pack dich.« Sie nickte mit dem Kinn in Richtung Dienstbotentrakt, dann wandte sie sich an Johannes und Gesa, die immer noch in der Tür standen.

»Ich bedaure sehr, gnädige Herrschaften, aber die junge Frau von Reichenbach ist heute Nachmittag tödlich verunglückt. Offenbar ist sie vom Pferd gestürzt.«

»Um des lieben Himmels willen!«, stieß Johannes aus. »Was sagen Sie da?«

»Es ist ein furchtbares Unglück, Herr Carl ist am Boden zerstört.«

»Wo ist er?«

»Im kleinen Salon, gnädiger Herr.«

Johannes durchquerte die Halle in langen Schritten, Gesa folgte ihm etwas langsamer. Elisa war tot, das war selbstverständlich tragisch, aber es bot auch neue Möglichkeiten. Carl war wieder frei, und seine Kinder brauchten eine Mutter. In Gedanken ging Gesa die Familien durch, die Töchter in heiratsfähigem Alter hatten. Zu jung durfte sie nicht sein, da es galt, die Mutterrolle auszufüllen, aber jung genug, um noch viele Kinder zu gebären. Ja, da gab es durchaus drei oder vier junge Frauen, die Gesa sich an Carls Seite vorstellen konnte.

»Herr von Reichenbach?«, vernahm Carl eine schüchterne Stimme und drehte sich unwirsch um, sah das Kindermädchen mit zusammengezogenen Brauen an. Seine Eltern hatten ihn eben erst verlassen, hatten ihm Fragen gestellt, wie es dazu hatte kommen können, und ihn hernach allein gelassen, als sie merkten, dass er nicht reden wollte. Nun stand er vor dem Kamin, die Hände am Sims abgestützt, und hatte bis zum Eintreten der jungen Frau finster in die Flammen gestarrt. »Was gibt es, Marie?«

»Victoria weint die ganze Zeit.«

»Und? Ist das meine Aufgabe, oder bezahlen wir dich dafür?«

»Sie ist es gewöhnt, dass ihre Mutter sie ins Bett bringt, und jetzt ruft sie sie die ganze Zeit.«

Das auch noch. Carl wollte Marie anblaffen, sie solle ihn mit dergleichen in Ruhe lassen, dann jedoch richtete er sich auf. »Ist gut, ich komme«, hörte er sich sagen. Er folgte ihr nach oben zum Kinderzimmer und vernahm bereits im Korridor das bitterliche Weinen des Kindes. Etwas zog sich in seiner Brust zusammen, und er spürte, wie ihn ein Zittern durchlief.

»Bleib draußen«, sagte er zu Marie und betrat das Zimmer. Victoria stand in ihrem Bett, das Gesicht tränennass, atemlos vom vielen Weinen.

»Mama«, kam es in kurzen Schluchzern, und Carl ging zu ihr, hob sie aus ihrem Bettchen, wollte sie an seiner Brust wiegen. Sie jedoch stemmte die Händchen dagegen. »Mama!«, rief sie, erschöpft vom Weinen, und Carl fragte sich, wie lange Marie bereits versucht hatte, sie zum Schlafen zu bewegen.

»Mama ist nicht da«, sagte Carl leise, aber noch immer wollte Victoria seine Nähe nicht akzeptieren und versuchte, sich aus seinen Armen zu winden. Beinahe wäre sie ihm entglitten, und so legte Carl sie wieder in ihr Bett zurück. Prompt weinte sie erneut, und er hob sie hoch. Dieses Mal ließ sie es geschehen, wohl in Ermangelung anderer Möglichkeiten.

Ein wenig hilflos wiegte Carl sie in den Armen, senkte das Gesicht auf die zarten Locken, atmete den Duft, der so unverwechselbar und jedem kleinen Kind eigen war. Die

Kleine beruhigte sich, schmiegte sich in seine Arme, und wieder dröhnte Carl der Herzschlag in den Ohren, und er begann erneut zu zittern. Was hatte er getan? Was in aller Welt hatte er nur getan?

Die Tür öffnete sich, und Carl wandte den Kopf, sah seine Mutter eintreten. »Ich habe Marie auf dem Korridor stehen sehen, und sie hat mir gestanden, dich mit dieser Angelegenheit behelligt zu haben.«

»Es ist schon gut, Victoria wollte nicht schlafen.«

»Das ist doch nicht deine Aufgabe, erst recht nicht in dieser Situation. Du hast gerade deine Frau verloren.«

Carl schüttelte nur kurz den Kopf. »Es ist schon gut. Victoria ist es gewöhnt, dass Elisa sie zu Bett bringt, daher hat sie geweint.«

»Gib sie mir, du solltest dich ausruhen.«

»Nein, lass nur, ich mache das.«

Seine Mutter griff nach dem Kind, wollte es ihm aus den Armen nehme. »Elisa hat sie verwöhnt, und wir dürfen es jetzt ausbaden.«

»Ich sagte, ich mache das, geh nur.«

Die Hände hielten das Kind weiterhin fest, zogen es leicht, damit Carl es losließ. Victoria regte sich, wurde unruhig.

»Geh bitte«, sagte Carl nun mit mehr Nachdruck.

»Lass mich das machen. Hier braucht es eine liebevolle, aber strenge Hand.«

»Geh!«, schrie er, und Victoria fing erneut an zu weinen.

Es war am Tag der Ankunft von Leonhards Bruder Friedrich, als die Gerüchte um Karolina und Carl in Schloss Lilienau angelangten. Gott allein wusste, wohin sie sonst noch bereits gedrungen waren. Friedrich trat in jenem Moment in den Speisesaal, als Wilhelm von Schletter seiner Tochter eine Ohrfeige verpasste, von der sie vermutlich Sterne sah.

»Vater!« Leonhard stellte sich schützend vor seine Schwester, indes Friedrich, noch in Reisekleidung, die Szene in irritiertem Schweigen beobachtete und Berta von Schletter mit einem Schluchzen vom Frühstückstisch aufsprang. Adela schwieg.

Vor dem Frühstück war Wilhelm von Schletter wie jeden Morgen draußen gewesen, hatte mit den Hunden eine Runde um das Anwesen gemacht und in den Stallungen nach dem Rechten gesehen. Und da war es ihm zugetragen worden, das Getuschel, der Skandal. Er war hernach ins Haus gestürmt, wo man mit dem Frühstück bereits auf ihn wartete, hatte Karolina mit mörderischem Blick angestarrt. Und diese hatte sich erhoben, ging in Abwehrhaltung, als wüsste sie bereits, was ihr nun blühen würde.

Ob es stimme, hatte Wilhelm von Schletter sie gefragt.

»Wir lieben uns«, war ihre Antwort gewesen.

Danach kam die Ohrfeige.

»Was um alles in der Welt…« Friedrich fand die Sprache wieder.

»Mein Junge!« Berta von Schletter kam zu ihm gelaufen, umfasste sein Gesicht mit den Händen, als müsse sie sich seine Züge neu einprägen, dann küsste sie ihn auf die Stirn.

Friedrich lächelte sie an, dann hob er den Kopf, sah seinen Vater an, Karolina, die sich wieder gefangen hatte, und schließlich Leonhard. »Elisa ist tot. Was ist der Anlass, mit unserer verbliebenen kleinen Schwester so hart ins Gericht zu gehen?«

»Der Anlass?« Wilhelm von Schletter war so rot angelaufen, dass es wirkte, als wolle ihm jeden Moment der Schädel platzen. »Den Anlass möchtest du wissen? Unsere Elisa ist im Streit fortgeritten, hat sich bei einem Sturz das Genick gebrochen, vermutlich, weil sie ob der Enthüllungen nicht mehr aufmerksam genug war. Wer kann es ihr verdenken?« Schnaufend holte er Luft. »Immerhin musste sie ja kurz zuvor einen lautstarken Streit mit anhören, in dem sich Karolina darüber beschwert hat, dass mein werter Schwiegersohn es nicht weiterhin mit ihr treiben möchte.«

»Du bist vulgär!«, schrie Karolina, und ehe Leonhard einschreiten konnte, fuhr ihr Vater herum und verpasste ihr eine weitere Ohrfeige, dieses Mal so kräftig, dass sie zu Boden ging.

»Ich?« Wilhelm von Schletters Stimme überschlug sich fast. »*Ich* bin vulgär? Du machst die Beine breit für den Mann deiner Schwester, und *ich* bin vulgär?«

»Vater«, sagte Leonhard nun. »Ich bitte zu bedenken, dass Mutter und Adela ebenfalls hier sind und ein Mindestmaß an Respekt verdienen.«

Wilhelm von Schletter fasste sich an die Brust und atmete schwer.

»Mutter, bitte hilf Vater, sich hinzulegen.«

»Ich bin kein Kind«, begehrte Wilhelm von Schletter auf. »Und wenn ich danach tot umkippe – ich werde jetzt diesen verdammten Lump von einem Schwiegersohn besuchen und ihm klarmachen, was ich von all dem halte.«

»Das werde ich tun. Vater, bitte sei vernünftig. Was nützt es uns, wenn du Elisa frühzeitig ins Grab folgst?«

»So sollte es sein, oder? Dass ich vor euch gehe.« Nun traten seinem Vater die Tränen in die Augen. »Ein Vater sollte nicht am Grab seines Kindes stehen müssen.« Unvermittelt presste er die Hand auf die Augen, und in einem harschen Laut brach ein Schluchzen aus ihm heraus.

Friedrich trat zu ihm, legte ihm den Arm um die Schultern. »Komm, Vater, ich bringe dich in dein Zimmer. Leonhard kümmert sich um alles.« Er streifte den Mantel von den Schultern und reichte ihn einem Stubenmädchen, dann verließ er mit seinem gramgebeugten Vater das Zimmer.

»Entschuldigt mich«, sagte Leonhard, während sich Karolina langsam vom Boden aufrappelte.

»Wohin gehst du?«, fragte seine Mutter.

»Na, was denkst du wohl?«

»Du hast noch nicht einmal etwas gegessen.«

»Mir ist der Appetit wahrhaftig vergangen.«

Adela erhob sich und kam zu ihm. Sacht legte sie ihm die Hand auf den Arm, schien etwas sagen zu wollen und nicht die richtigen Worte zu finden. Leonhard jedoch fand sie durchaus. *Das alles, weil ich die falsche Frau geheiratet habe.* Sie zog die Hand zurück, er nickte ihr zu und verließ den Raum.

Den Weg zum Gut von Reichenbach ritt er in einem scharfen Galopp, getrieben von einer Wut, die sich zehrend durch ihn fraß. Erst kurz vor dem Portal, das in den Hof führte, verlangsamte er den Schritt, saß ab und übergab seine Stute einem Reitburschen. Der hart hämmernde Herzschlag trieb ihm den Atem in raschen Stößen über die Lippen, als er den Klingelstrang betätigte. Die Tür wurde geöffnet, und ein Stubenmädchen erschien, Trauerflor um den Oberarm gebunden.

»Guten Morgen, Herr Baron«, grüßte sie ihn und trat zurück, um ihn einzulassen.

»Ich möchte zu Herrn Carl«, antwortete Leonhard.

»Er ist im kleinen Salon, wo die gnädige junge Frau – Gott erbarme sich ihrer – aufgebahrt wurde. Soll ich Sie hinbringen?«

»Nein, danke, ich kenne den Weg.« Leonhard ging an ihr vorbei durch die Halle. Elisa war am Abend ihres Todes in ihrem Elternhaus gewaschen und umgekleidet worden, und sie hatten neben ihrem Bett in ihrem Mädchenzimmer sitzend gebetet. Am folgenden Tag hatte Carl sie durch einen Bestatter abholen lassen, und nun war sie hier aufgebahrt worden. Am kommenden Tag würde ihre Beerdigung sein.

Der kleine Salon war düster, die Vorhänge hatte man zugezogen, die Spiegel und Bilder schwarz verhängt. Das Pendel der Standuhr war still, und erhellt wurde der Raum nur durch Kerzen, die in Leuchtern auf den Tischen standen. Carl drehte sich um, als Leonhard eintrat. Es war das erste Mal, dass ein Mitglied der von Schletters das Haus betrat, seit man Elisa hierhergebracht hatte. Sie hatten sich bereits von ihr verabschiedet, in ihrem Zuhause, wo sie geliebt worden war. Wilhelm von Schletter hatte sich mit Carl über Briefe, die von Boten hin und zurück gebracht wurden, über die Details der Beerdigung verständigt. Er hätte das Essen gerne in Schloss Lilienau gegeben, aber davon wollte vor allem Gesa von Reichenbach nichts wissen. Was denn die Leute sagen würden! Carl hätte womöglich sogar eingewilligt, aber er schien keinen langen Disput führen zu wollen, und so blieb man dabei, dass sich nach der Beerdigung alle auf dem Gut der von Reichenbach einfinden würden.

»Warum?«, fragte Leonhard, als er langsam näher trat. »Ich meine, ich habe mich damit abgefunden, dass du Elisa geschwängert hast, um mich zu bestrafen, aber musstest du ihr das antun? Sie ausgerechnet mit ihrer Schwester betrügen?«

Carl schwieg.

Langsam trat Leonhard zu dem Sarg, in dem – gebettet auf weiße Seide – Elisa lag. Er wusste nicht, warum es so oft hieß, dass Tote aussahen wie Schlafende. Elisa sah aus wie eine Wachspuppe, so, als sei nie Leben in ihr gewesen, als sei aus diesem entfärbten Mund nie ihr übersprudelndes Lachen gekommen.

»Die Sache mit dir war das erste Geheimnis, das sie je vor mir hatte«, sagte er.

Carl schwieg weiterhin.

»Du warst mit ihr verheiratet und hast sie nicht mal gut genug gekannt, um zu wissen, dass sie nach dieser Sache mit Karolina niemals zu uns gekommen wäre. Sie hätte weder unserer Schwester begegnen noch unserem Vater eingestehen wollen, dass er seinerzeit richtiggelegen hat. Er wusste ja, dass sie dir nichts bedeutet.«

»Das ist nicht wahr«, sagte Carl schließlich, wobei er um jedes Wort zu ringen schien. »Ich hatte sie gern.«

»Was du nicht sagst. Und dann schläfst du mit ihrer Schwester?«

»Ich habe nicht mit Karolina geschlafen.«

Erstaunt wandte Leonhard den Kopf. »Ach was? Und worum ging der Streit dann? Der, den ihr so lautstark und ohne euch um die Konsequenzen zu scheren ausgetragen habt? Der, in dessen Verlauf es hieß, du hättest lieber sie geschwängert als Elisa?«

Einen Moment lang schloss Carl die Augen. »Wir hatten eine Liaison, aber wir haben nicht… Mir war das Risiko zu groß, dass sie schwanger werden könnte.«

Um Leonhards Mund zuckte es verächtlich. »Ah, na dann bin ich ja beruhigt. Macht das moralisch für dich einen Unterschied? Würdest du das so sehen, wenn es deine Schwester wäre?«

»Nein, vermutlich nicht.« Carl hatte die Hände hinter dem Rücken verschränkt und sah Elisa an. Unwillkürlich fragte Leonhard sich, wie lange er hier wohl schon so stand. Genächtigt hatte er in diesem Raum offensichtlich nicht, aber er wirkte auch nicht so, als habe er lange geschlafen. Kam er in aller Frühe hierher, um sich seiner Schuld zu stellen?

»Nun, Karolina war heute Morgen dem Zorn meines Vaters ausgesetzt, und da man annehmen kann, dass das Gerede nicht nur den Weg zu uns gefunden hat, kann man eigentlich sagen, dass du sie vernichtet hast. Eine kleine Liaison hätte man ihr vielleicht noch nachgesehen, aber sich mit dem Mann ihrer Schwester einlassen und diese dadurch in den Tod treiben? Dafür gibt es lebenslänglich. Und alles nur, weil ich mich seinerzeit der Entscheidung meines Vaters beugen musste.« Leonhard trat näher an den Sarg, sah in das bleiche Gesicht. »Meine kleine Schwester. Ich habe sie so geliebt, aber das wusstest du ja. Denn hättest du es nicht gewusst, hättest du sie in Ruhe gelassen.«

Lange Zeit kam keine Antwort, und so wandte Leonhard sich zum Gehen. »Wir sehen uns morgen.«

»Es tut mir leid«, sagte Carl kaum hörbar.

»Dafür ist es nun zu spät.«

Offenbar war der Streit im Arbeitszimmer von Dienstboten gehört worden, und die hatten nichts Eiligeres zu tun gehabt, als es unter dem Personal herumzuerzählen. Dadurch wiederum war es Freunden und Verwandten zugetragen worden. Von denen arbeiteten welche in anderen Häusern, so dass es die Herrschaften erfuhren. Wie ein Lauffeuer hatte sich die Sache ausgebreitet. Wer genau getratscht hatte, erfuhr Carl indes nicht, denn jeder wusste, wie man mit schwatzhaftem Personal verfuhr.

Sein Vater hatte seinen Ohren nicht trauen wollen. »Carl, ich schwöre dir, wärest du nicht mein einziger Erbe, würde ich jetzt eine Schrotflinte nehmen und dich erschießen.«

Seine Mutter wiederum hatte sich über die Lasterhaftigkeit der beiden Freiinnen von Schletter ausgelassen. »Wenn du wieder heiratest, dann eine Frau mit anständigem Leumund.«

»Werde bitte nicht pietätlos«, hatte Carl daraufhin geantwortet. »Meine Frau liegt noch nicht einmal unter der Erde.«

Nun, das würde sie morgen, und Carl stand schon seit

den Morgenstunden hier und sah sie an, als müsse er sich ihre Gesichtszüge einprägen. Er dachte an den Tag, als sie ihn im Stall aufgesucht hatte. Hätte er sich etwas vergeben, freundlicher zu ihr zu sein? Aber er hatte nur an das Fohlen gedacht, das nun mutterlose Kind. Seine Finger ballten sich um den Rand des Sargs. Warum war er ihr nicht nachgeritten? Wie hatte sie überhaupt so stürzen können? War sie bei diesem Wetter so halsbrecherisch geritten? Hätte er an dem Sturz etwas ändern können, wenn er ihr gefolgt wäre? Grandeur war schneller als Kronos, aber vermutlich hätte Carl ihn nicht im Jagdgalopp durch tiefen Schnee getrieben. Nein, er hätte sie gar nicht erst gehen lassen dürfen.

Ihm würde niemals die Gnade eines vergebenden Wortes von ihr zuteilwerden, sie war gestorben, während in ihr Zorn und Enttäuschung getobt hatten. Aus dem Haus getrieben von einem Ehemann, der ihre Liebe, die sie so überreich dargeboten hatte, nicht hatte haben wollen, ja, der geradezu gelangweilt davon gewesen war, der im Stillen kaum mehr als Sarkasmus dafür übrig gehabt hatte.

Jetzt dachte er daran, wie sie mit Constantin spazieren gegangen war, ihre schlanke Gestalt in den eleganten Kleidern. Sie war stets tadellos gewesen, und doch hatte sie es niemandem recht machen können. Für Carl hatte sie zu wenig Biss gehabt, und seine Mutter mochte sie schon aus Prinzip nicht und hatte ihr das Leben schwer gemacht. Nun, in dieser Hinsicht – das konnte Carl sich zumindest zugutehalten – hatte er Elisa stets beigestanden.

Die Tür öffnete sich erneut, und in der Annahme, es sei sein Vater oder seine Mutter, blickte Carl auf. Dann erstarrte er. »Du?« War das zu fassen? »Bist du verrückt geworden?«

Karolina trat langsam näher. »Niemand kann mir verwehren, meine Schwester noch einmal zu sehen.«

»Wir sollten uns nicht allein in diesem Raum aufhalten.«

»Dann geh doch hinaus«, sagte sie und trat an Elisas Sarg. »Gönn mir den Moment mit ihr. Im Übrigen musst du keine Sorge haben, dass jemand redet. Meine Eltern stehen in der Halle und sprechen mit deinem Vater.« Sie tat einen langen, zittrigen Atemzug. »Ich wollte nicht, dass sie stirbt.«

»Nun, das wollte wohl keiner.«

»Ich werde den Kindern eine gute Mutter sein, das ist alles, was ich nun noch für sie tun kann.«

Carl, der sich eben hatte abwenden und gehen wollen, erstarrte. »Wie bitte?«

Nun sah Karolina ihn an. »Du hast ihretwegen mit mir gebrochen. Nun, da sie nicht mehr da ist …«

»Hast du jeden Sinn für Anstand verloren, dergleichen hier und jetzt zu äußern?«

»Elisa hat die Kinder geliebt, sie wäre glücklich, sie behütet zu wissen.«

»Das sind sie auch ohne dich. Wie kommst du nur auf die Idee, ich würde dich heiraten?«

»Weil du gesagt hast, dass du bedauerst, Elisa geheiratet zu haben und nicht mich.«

Die Wut, die seit Elisas Tod tief betäubt in ihm geruht hatte, brach nun wieder hervor, quoll heiß und zäh in sein Bewusstsein. »Nein, das hätte ich nicht getan. Es ging mir von Anfang an um Elisa, ansonsten hätte ich dich genommen, es ist ja nicht so, dass ich dich bis dahin nicht gekannt hätte.«

Karolinas Zungenspitze zuckte hervor, glitt über ihre Lippen. »Alle reden über uns, mein Ruf ist ruiniert, und das Einzige, das mich das heute Morgen hat ertragen lassen, war der Gedanke daran, dass du mich wieder ehrbar machst.«

»Während du mit mir zusammen warst, ist kein Wort über dich laut geworden. Das ist erst passiert, als du hier ein großes Geschrei angestimmt hast.«

»Ich war wütend.«

»Und ich war dir keine Rechenschaft schuldig.«

»Du hast mich benutzt!«

»Nein, wir hatten unseren Spaß. Es war von Anfang an klar, dass ich keine Ehe mit dir anstrebe. Wie auch, ich war ja verheiratet.«

»Aber jetzt bist du es nicht mehr.«

»Ja, weil du den Mund nicht halten konntest. Meine Kinder werden diese Geschichte irgendwann erfahren. Wie soll ich ihnen erklären, dass ich dich hernach geheiratet habe? Böse Zungen werden womöglich sogar behaupten, ich hätte bei Elisas Tod nachgeholfen, schließlich war ja niemand dabei, als ich sie gefunden habe.«

»Die Leute werden irgendwann auch wieder verstummen.«

»Karolina, ich werde dich nicht heiraten. Wie könnte ich – nach all dem?«

»Aber wir lieben uns!«

»Nein, ich für meinen Teil zumindest tue das nicht.«

Karolinas Brust hob und senkte sich in raschen Atemzügen, dann wandte sie sich ruckartig von ihm ab. »Dafür wirst du bezahlen, Carl.«

»Das tue ich bereits.«

Den Blick auf ihre Schwester gesenkt antwortete sie kaum hörbar: »Nein, bezahlt hat nur die, die es nicht verdient hat.«

Teil 2

1892–1896

I

Wild flutet der See,
Drauf schaukelt der Fischer den
schwankenden Kahn!
Schaum wälzt er wie Schnee
Von grausiger Mitte zum Ufer hinan.

Friedrich August Dewischeit,
Wild flutet der See (1855),
inoffizielle Hymne Masurens

Juni 1892

Sie durften die Scheune des alten Bukowski nicht betreten, aber gerade das war der Reiz daran. Das morsche Eingangstor war vernagelt, und so manch einer hatte sich schon tiefe Kratzer an den rostigen Beschlägen geholt, als er versucht hatte, das Tor zu öffnen, das widerstandsfähiger war, als es den Anschein hatte. An der rückwärtigen Wand gab es ein Fenster, das nicht mit Brettern zugenagelt worden war, vermutlich, weil man davon ausging, dass die dornigen Hecken jeden davon abhielten, von dort einzusteigen. Es war eine beliebte Mutprobe bei den Kindern, und so bahnte sich Helene unter den erwartungsvollen Blicken ihres großen Bruders Maximilian und seiner Freunde den Weg durch das Gestrüpp. Wenn sie es schaffte, in die Scheune zu gelangen und wieder hinaus, durfte sie mit den Großen mitspielen, dann hätte sie sich bewährt.

Dornen zerkratzten ihr die Arme und verhakten sich in ihrem Kleid, während Zweige ihr in den Haaren hängen blieben. Langsam schob sie sich vorwärts, musste teilweise kriechen und schaffte es schließlich, sich an der Wand aufzurichten. Sonnenstrahlen tasteten sich durch das Gestrüpp, tanzten auf den blinden Resten der Fensterscheibe. Das Fenster lag nicht hoch, aber die spitzen Scherben am Fensterrahmen machten das Ganze zu einem schwierigen Unterfangen. Helene raffte ihr Kleid bis zu den Knien und steckte es seitlich fest. Dann stemmte sie sich am Rahmen hoch, glitt bäuchlings in den Raum, war fast darin, als sie beim Nachziehen ihrer Beine nicht aufpasste und sich schnitt. Instinkthaft wollte sie nach der schmerzenden Stelle greifen, ratschte mit dem Arm an der spitzen Scherbe entlang. Mit einem Schmerzschrei zuckte ihr Arm zurück. Sie lauschte. Kein Geräusch war zu hören, nicht einmal Maximilian, der fragte, ob ihr etwas geschehen sei.

Rasch rutschte sie in den Raum, sah sich um und brauchte einen Moment, ehe ihre Augen sich an die Finsternis gewöhnt hatten, die nur schwach durch das kaputte Fenster erhellt wurde. Sie musste einen Beweis mitbringen, damit man ihr glaubte, dass sie hier gewesen war, hatte Maximilians Freund Arthur gesagt, und so sah sie sich suchend um. Es raschelte und quiekte, und Helene stellte sich bereits vor, wie hungrige Ratten sie beobachteten, vermeinte gar, die glänzenden Augen wahrzunehmen. Schließlich entdeckte sie das rostige Überbleibsel einer Mistgabel, warf es aus dem Fenster und kletterte hinterher. Dieses Mal schaffte sie es, ohne sich zu schneiden.

Schützend hielt sie sich die Hände vors Gesicht, als sie sich den Weg durch das Gebüsch bahnte, und rannte rasch um das Haus herum, um allen zu zeigen, dass sie es geschafft hatte. Dann blieb sie wie angewurzelt stehen. Ihr fiel ein, dass sie das Stück von der Mistgabel hatte liegen lassen. Aber das spielte keine Rolle mehr, denn die anderen waren nicht mehr da, hatten sie mit einem Trick lange genug beschäftigt, damit sie das Weite suchen konnten.

Helene sah an ihrem Kleid hinab, das Flecken und winzige Risse hatte, sah die zerschundenen Knie, das Blut, das ihr am Bein und Arm entlanggelaufen war und langsam trocknete. Tränen der Wut und Enttäuschung stiegen ihr in die Augen, und sie wischte sie mit einer heftigen Handbewegung weg, dann drehte sie sich um und lief in Richtung des heimatlichen Gutes. Ein Junge kam ihr entgegen, pfeifend, gut gelaunt. Ihr Vetter Constantin.

Er lächelte, als er sie sah. »Na, Floh, was hast du wieder angestellt?«

So nannte sie jeder, seit Tante Karolina mal gesagt hatte, sie sei wie ein Floh, mal hier, mal da. Sie mochte den Spitznamen nicht. Ihre Cousine, die hinreißende Victoria, war das Prinzesschen und Helene der Floh.

»Bist du allein?«, fragte Constantin.

»Ja. Ich war spazieren.«

Jetzt lachte er. »Auf allen vieren?«

Sie antwortete nicht, biss sich auf die Lippen und rannte an ihm vorbei, um ihren Weg nach Hause fortzusetzen. Im Hof von Schloss Lilienau folgten ihr erstaunte Blicke, die sie jedoch nicht beachtete. Anstatt ins Haus rannte sie in den Pferdestall, öffnete eine leere Box, verkroch sich in einer Ecke in das duftende Stroh, zog die Beine an die Brust und legte die Arme darum. In ihrem Hals wuchs ein Kloß, das war immer so, wenn sie wütend war und sich bemühte, nicht zu weinen. Dann klumpte sich all das, was in ihr war, in der Kehle zusammen und machte ihr das Schlucken schwer.

Sie legte den Kopf auf die Knie. Durch das weit geöffnete Tor und die staubigen Fenster fiel zartgelbes Sonnenlicht in den Stall. Im Gebälk war ein Flattern zu hören, irgendwo raschelte etwas, aber ansonsten herrschte Stille. Sie stellte sich vor, wie Maximilian und die anderen Kinder Eiskrem aßen, die ihnen vom Löffel schmolz, wie sie süße Limonade tranken und buttrige Sahne von Kuchen kratzten. Bei Katharina von Schwalgun – ein Jahr älter als Maximilian und die von ihm hofierte Wortführerin – gab es stets Leckereien, wenn die Kinder nach langem Spiel in das Gut der Grafen von Schwalgun einkehrten.

Schritte näherten sich vom Hof her, eilten dieses Mal jedoch nicht vorbei, sondern betraten den Stall, verlangsamten sich. Helene hob den Blick zur Boxentür, als die Schritte davor verharrten. Ihr Vater öffnete die nur angelehnte Tür und trat ein.

»Peter hat mir gesagt, er habe dich hierherlaufen sehen.« Peter war einer der Stallburschen. »Er sagte, du wirktest, als seiest du gestürzt. Aber wäre das der Fall, wärest du sicher ins Haus gekommen, nicht wahr?« Leonhard von Schletter ließ sich, ungeachtet seiner Kleidung, ebenfalls im Stroh nieder. »Haben sich dich wieder nicht mitspielen lassen, hm?«

Angesichts seiner sanften Stimme, der Besorgnis und des Tonfalls, als wisse er genau, was in ihr vorging, konnte Helene nicht verhindern, dass ihr eine dicke Träne über die Wange kullerte. Wütend wischte sie sie fort, aber dann kam eine weitere und noch eine.

»Warum blutest du?«, fragte er und umfasste behutsam ihren Arm, drehte ihn so, dass er die lange Schramme sehen konnte.

»Ich bin in die Scheune vom alten Bukowski eingestiegen«, sagte Helene und wappnete sich innerlich für den Ärger, den sie nun bekommen würde.

Ihr Vater holte tief Luft und stieß den Atem in einem langen Seufzer aus. »Warum?«

»Weil Maximilian gesagt hat, ich dürfte mitspielen, wenn ich das schaffe. Aber als ich zurückgekommen bin, waren sie alle weg.«

Ihr Vater zog ein gefaltetes Taschentuch hervor und reichte es ihr, damit sie sich das Gesicht abwischen konnte. Sie tat es und knüllte es hernach zusammen, was ihrem Kindermädchen ein ständiges Ärgernis war.

»Möchtest du mit ins Haus kommen?«, fragte ihr Vater. »Walburga hat Kirschwaffeln gebacken.«

Helene bekam große Augen. »Mit Sahne?«

»Ohne Sahne käme mir keine Kirschwaffel in den Salon.«

Rasch erhob Helene sich. »Oh, fein.«

»Vorher solltest du dich aber waschen und umziehen«, riet ihr Vater ihr. »Ich glaube nicht, dass Mama dich in diesem Zustand am Kaffeetisch duldet.«

Das Donnerwetter war bis in den Korridor zu hören, und obwohl Adela meist für Nachsicht plädierte, fand auch sie, dass Maximilian an diesem Tag zu weit gegangen war. Helene hätte sich ernsthaft verletzen können, und der Schnitt am Bein war tief und hatte wohl heftig geblutet.

Strümpfe und Schuh waren blutverkrustet gewesen, und Adela war erst sehr erschrocken. Inzwischen waren die Schrammen versorgt und verbunden, die Zweige aus den Haaren gekämmt, die schwarzen Schlieren von Gesicht, Armen und Beinen gewaschen und der Kinderbauch mit einer großen Portion Tröster-Waffeln gefüllt.

Maximilian war abends heimgekehrt, pünktlich zum Abendbrot. Bis in den Speisesaal war er allerdings nicht gekommen, da ihn sein Vater mit finsterem Blick bereits in der Halle empfing und ihm bedeutete, ihm in sein Arbeitszimmer zu folgen. Und dort, das wusste Adela, wurde der Rohrstock verwahrt. In der Regel wurde dieser nur genutzt, um zu drohen. An diesem Tag jedoch würde ihren Sohn nichts davor retten, wovon die Laute, die aus dem Raum drangen, zeugten. Das mit Helene hätte schlimm ausgehen können. Wäre sie abgerutscht und hätte sich den Hals aufgeschnitten, wäre niemand dort gewesen, um es auch nur zu merken. Das Fenster war gefährlich, jeder wusste das, und mehrfach hatte man den alten Bukowski angewiesen, es zu vernageln.

Endlich ging die Tür wieder auf, und Leonhard ließ seinem Sohn den Vortritt. »Du gehst jetzt und entschuldigst dich bei deiner Schwester.«

Maximilian presste die Lippen zusammen und wich dem Blick seiner Mutter aus.

»Danach kannst du direkt zu Bett gehen.«

Ohne eine Antwort zu geben, lief Maximilian in Richtung Speisesaal. Die Tränen verkniff er sich vermutlich mit äußerster Willensanstrengung, aber sobald er sprach, wäre es mit der Beherrschung dahin, das wusste Adela.

»Ist es nicht etwas hart, ihn ohne Essen zu Bett zu schicken?«

»Er wird schon nicht verhungern bis morgen.«

Adela ging mit Leonhard in den Speisesaal und stieß an der Tür fast mit Maximilian zusammen, der den Raum gerade wieder verließ. Helene saß am Tisch und machte ein elend schuldbewusstes Gesicht.

»Hat er sich entschuldigt?«, fragte Leonhard.

Helene nickte unglücklich. Vermutlich hatte Maximilian seine Schwester für den Verrat gründlich ausgeschimpft, was zusammen mit seinem schlechten Gewissen und dem Zorn auf den Vater keine gute Mischung war. Natürlich richtete sich seine Wut nun auf die, die seiner Meinung nach an allem schuld war.

Wilhelm und Berta von Schletter erschienen ebenfalls und ließen sich auf ihren Plätzen nieder. Der Blick von Adelas Schwiegervater streifte Karolinas verwaisten Platz, und ein Anflug von Resignation huschte über seine Züge. Dann lächelte er Helene zu. Seit einem Jahr durfte diese nun schon mit den Erwachsenen am Tisch sitzen und musste nicht mehr im Kinderzimmer essen, und sie schien sich seither sehr erwachsen zu fühlen. An diesem Abend war davon jedoch nichts zu merken, denn sie saß zusammengesunken da und stocherte in ihrem Essen.

»Halte dich gerade, Kind«, sagte Berta von Schletter lächelnd. Sie behauptete stets, Helene sehe aus wie Elisa, was noch nicht einmal stimmte, wenn man seine Phantasie arg bemühte. Adela hatte die Leute mehrmals sagen hören, Helene sei unscheinbar, vor allem im Vergleich mit Victoria, und es schmerzte sie jedes Mal, denn man tat ihrer Tochter damit unrecht. Sie hatte wunderschöne graublaue Augen und dickes aschblondes Haar, zudem war sie lebhaft und eine gute Reiterin – besser als Maximilian und Constantin. Und sie gab zwar selten Widerworte, was jedoch nicht hieß, dass sie fügsam war. Vielmehr hielt sie in stiller Beharrlichkeit an dem fest, was sie wollte. Keine Frau aus der Familie war wie Helene. Wenn es Berta von Schletter jedoch glücklich machte, beständig zu betonen, sie sehe Elisa in Helene, sollte sie das tun. Vielleicht war das ihre Art, mit dem Verlust umzugehen.

»Hast du dem Bengel ordentlich den Hosenboden verdroschen?«, fragte Wilhelm von Schletter.

»Ich denke, er hat es begriffen«, antwortete Leonhard ausweichend. Er mochte es nicht, zu derartigen Mitteln zu greifen, und wollte hernach in der Regel nicht darüber sprechen.

Das Abendessen wurde aufgetragen, danach brachte Adela Helene ins Bett, sah noch einmal nach Maximilian, strich ihm übers Haar und sagte einige tröstliche Worte. Erst schwieg er verstockt und antwortete dann, er wolle jetzt schlafen. Adela löschte das Licht und verließ das Zimmer.

Auf dem Korridor traf sie Karolina, die ein elegantes Kleid trug, das vielleicht eine Spur zu offenherzig war, was sie durch einen Schal geschickt zu kaschieren vermochte. Seit der Sache mit Carl war sie verändert. Ihr Ruf war ruiniert, daraus machte die Gesellschaft kein Geheimnis, und eine Ehe war sicher nicht zu erwarten. Wer heiratete schon eine Frau, die mit dem Mann ihrer Schwester schlief und diese dabei in den Tod trieb? Vielleicht gar nachgeholfen hatte? Dass Elisa sich das Genick gebrochen hatte und Karolina das wohl kaum hätte bewerkstelligen können, wurde geflissentlich ignoriert. Oder man legte sich diverse Theorien zurecht, die das Ganze irgendwie so hinbogen, dass es doch funktionierte.

Karolina hatte zwischenzeitlich ihre Unschuld verloren, das war ein offenes Geheimnis. Ebenso, dass es seither nicht nur einen Mann gegeben hatte. Sie hatte einmal zu Leonhard – als dieser sie zur Rede stellte – gesagt, wenn sie schon behandelt werde wie eine Hure, wolle sie dies wenigstens genießen. Ob sie es in der Tat genoss, wusste Adela nicht, ihr Tun hatte etwas Verzweifeltes. Aber da sie und Karolina einander nie nahegestanden hatten, war es nicht an ihr, sich einzumischen.

»Dir wäre er nachgeritten, denkst du nicht?«, hatte sie nach Elisas Beerdigung gesagt, laut genug, damit Carl es hören konnte – woher auch immer sie von ihnen beiden wusste. Vielleicht hatte ihr Vater diesbezüglich eine Andeutung fallen lassen. Adela hieß nicht gut, was Carl getan hatte, nein, das wahrhaftig nicht. Aber er tat ihr trotzdem leid, er und die Kinder, die ihre Mutter sehr vermissten.

Besonders schwierig gestaltete sich der Kontakt zwischen den von Reichenbachs und den von Schletters, denn natürlich wollten diese die Kinder weiterhin sehen. Carl befürchtete offenbar, dass die Familie seines Schwiegervaters sie gegen ihn aufbringen würde, und angesichts dessen, dass Constantin der Haupterbe war und Wilhelm von Schletter durchaus auf gewisse Vorteile spekulierte, war die Sorge wohl nicht gänzlich von der Hand zu weisen. Leonhard allerdings sorgte dafür, dass den Kindern kein unfreundliches Wort über ihren Vater zu Ohren kam. Immerhin konnte Carl den Kontakt von einem Tag auf den anderen verbieten, und damit sei niemandem gedient, so Leonhards Worte.

Maximilian und Constantin waren jedoch keine Freunde. Constantin und Victoria hatten Hauslehrer, Maximilian hingegen ging auf das Altstädtische humanistische Gymnasium in Königsberg, was zwar hin und zurück je eineinhalb Stunden Fahrtzeit bedeutete, aber für Hauslehrer fehlte das Geld. Natürlich bekamen beide Jungen mit, dass die Familien sich nicht gut miteinander verstanden, verbergen konnte man das vor den Kindern nicht gänzlich. Aber Leonhard und Carl waren ja auch eng befreundet gewesen und hatten sich nicht um die familiäre Abneigung geschert.

Helene besuchte die Königin-Luise-Schule, eine private Töchterschule, auf der sie das Abitur machen konnte, wenn sie dies denn wollte. Sie und Victoria hatten nur wenig miteinander zu tun, hegten aber auch keine Abneigung zueinander wie die Jungen. Sie interessierten sich schlicht und ergreifend nicht füreinander.

Adela wollte eben in ihr Zimmer gehen, um vor dem Schlafengehen noch ein wenig zu lesen, als sie hörte, wie Leonhard sich an der Treppe mit Karolina stritt.

»Jetzt noch?«, hörte sie ihn fragen. »Und in diesem Aufzug?«

»Nun, wie du siehst.«

»Wie heißt der Kerl?«

»Hm, Hubertus von Schorowski. Obwohl, nein, warte.

Mit dem habe ich letzte Woche gebrochen. Hans Manstein heißt er, wir haben uns in Königsberg kennengelernt.«

»Soll das jetzt so weitergehen?«

»Ich tue nichts anderes, als du selbst vor deiner Ehe getan hast.« Dann lachte sie beinahe entschuldigend, als käme ihr noch ein nachträglicher Gedanke. »Ach, was sage ich da. Immer noch tust.«

»Karolina«, warnte er.

»Mein Lieber, spar dir den Atem. Ich muss nun los, ich komme sonst zu spät.« Kurzes Schweigen. »Geh bitte zur Seite.« Wieder Stille. »Und nun? Willst du mich ins Zimmer zerren und dort einschließen? Ich wäre fort, sobald du mir die erste Mahlzeit bringen lässt.« Schweigen. »Na also.« Schritte waren auf der Treppe zu hören und hernach Leonhards im Korridor.

Um nicht den Eindruck zu erwecken, sie habe gelauscht, betrat Adela ihr Zimmer und zog ein Buch aus dem Regal, gerade in dem Moment, als Leonhard die Tür öffnete. Adela lag die Frage auf der Zunge, was Karolina gemeint hatte. *Ach, was sage ich da. Immer noch tust.* Hieß das, er betrog sie schon wieder? Oder war das ein Schuss ins Blaue gewesen?

»Ich weiß nicht, was ich wegen Karolina tun soll«, sagte er und schloss die Tür.

»Du kannst nichts tun, wenn noch nicht einmal dein Vater es kann.«

»Wir könnten sie fortschicken, wie es die von Reichenbachs mit Magdalena getan haben.«

Adela lächelte kaum merklich. »Hast du den Eindruck, dass es das Problem gelöst hat?« Magdalena lebte dort nun allein mit einer unehelichen Tochter, und es ging das Gerücht um, dass sie Justus' Geliebte sei. Der allerdings hatte im Gespräch mit Adela betont, dass das Unsinn sei.

»Sie würde dort so weitermachen wie hier«, bestätigte Leonhard nun auch.

Und im Grunde genommen hatte Karolina recht, sie tat das, was auch Leonhard als unverheirateter Mann getan hatte. *Immer noch tat.* Adela schüttelte diesen Verdacht ab, wollte sich nicht vorstellen, wie eine andere Frau in seinen Armen lag und sich unter seinen Zärtlichkeiten wand. Sie sah ihn an, fragte sich, ob ihre Gefühle sich im Laufe der Jahre gewandelt hatten. Ob es eine andere Art von Liebe gab als jene überbordende, die sie für Carl empfunden hatte. Und womöglich immer noch empfand, denn nach wie vor reichte ein Blick von ihm, damit ihr Herz schneller schlug. Was sie mit Leonhard verband, war anders, aber auf seine Art ebenso intensiv. Sie wollte nicht, dass es andere Frauen für ihn gab.

»Du siehst mich an«, sagte er nun, und sie erwachte wie aus einem Tagtraum, »als sähest du mich das erste Mal.«

Der Arzt war Pole, das erkannte Magdalena an seinem Namen. Łukasz Korol. Ihre kleine Anna hatte sich einen hartnäckigen Husten eingefangen, und Justus hatte ihr diesen Arzt empfohlen, da sämtliche von Hanne erprobten Hausmittel versagten. Da sie keine Kutsche hatte, ja, nicht einmal ein Pferd, war Magdalena den ganzen Weg mit Anna zu Fuß gegangen, was mit einem kranken Kind sicher nicht die beste Idee war. Sie hätte Justus fragen können, ob er sie fuhr, aber sie wollte ihre Freundschaft nicht ständig einseitig beanspruchen. Er tat schon mehr für sie, als sie ihm jemals würde vergelten können.

»Mama, ich will nicht zum Arzt«, maulte Anna ein ums andere Mal.

»Husten willst du sicher auch nicht mehr, oder?«

In Wahrheit wollte Anna einfach nicht in den Ort. Sie ging in Johannisburg zur Schule, und dies war vom ersten Tag an ein Spießrutenlauf für sie gewesen. Zuerst hatte man sie nicht einmal aufnehmen wollen.

»Wie stellen Sie sich das vor?«, hatte die Leiterin der Mädchenschule gefragt. »Sie, als unverheiratete Mutter? Welches Vorbild bieten Sie? Was sollen wir den Eltern unserer Mädchen sagen?«

»Ich habe mitnichten den Anspruch, ein Vorbild für all diese Mädchen zu sein. Ich möchte nur, dass meines eine vernünftige Schulbildung erhält.«

»Stellen Sie einen Hauslehrer ein.«

»Und wovon soll ich den bezahlen?«

»Sie kommen aus einer reichen Familie, *Fräulein* von Reichenbach.«

Nach dem Gespräch war Magdalena den Tränen nahe gewesen. Sie wollte, dass Anna in die Schule ging und andere Kinder kennenlernte, sie spielte immer nur allein. Justus hatte schließlich dafür gesorgt, dass sie die Schule besuchen durfte. Als Konsequenz ging nun das Gerücht um, er sei Annas Vater, aber das nahm Magdalena in Kauf, dafür, dass Anna an der Schule genommen wurde. Allerdings war Justus' Frau außer sich, und da seine Töchter die Schule ebenfalls besuchten, machten sie Anna das Leben dort recht schwer. Nicht sie direkt – das wagten sie nicht –, aber ihre Gruppe von Freundinnen.

Fast jeden zweiten Tag kam Anna weinend nach Hause, mal hatte jemand ihre Aufgaben von der Schiefertafel gewischt, so dass es aussah, als habe sie sie nicht gemacht, mal war ein Griffel zerbrochen, dann wieder waren Seiten aus ihrem Buch eingerissen, andere Bücher fehlten ganz. Und stets bekam Anna einen Tadel für ihre Schlampigkeit. Magdalena ermunterte sie durchzuhalten, irgendwann würde es besser werden.

Das Haus, in dem sich die Praxis des Arztes befand, war zwei Stockwerke hoch, ein hübscher Fachwerkbau. Magdalena betätigte die Türklingel, und kurz darauf öffnete eine etwas beleibte Dame.

»Sie wünschen?«, fragte sie mit freundlichem Lächeln zu Anna.

»Meine Tochter hat einen Termin bei Dr. Korol«, erklärte Magdalena, und die Dame ließ sie eintreten.

Das Haus roch nach Wachs, die Dielen knarrten leise, und rechter Hand führte eine Treppe in das erste Obergeschoss. Die Frau brachte sie in einen Vorraum, wo ein mit ordentlich gestapelten Unterlagen bedeckter Tisch stand. Auf einem Schild stand *Frau Edith Schompeter.*

»Füllen Sie bitte diesen Zettel aus«, sagte Frau Schompeter und reichte ihn Magdalena zusammen mit einem Füllfederhalter.

Magdalena nahm Platz und schrieb ihren Namen sowie den ihres Kindes hinein. Dann kam die Zeile, wo der Kindsvater benannt wurde. Kurz überlegte sie, sich einen Namen auszudenken, aber das käme über kurz oder lang ohnehin heraus, also spielte sie besser gleich mit offenen Karten und ließ die Zeile frei. Rasch füllte sie den Rest aus und reichte der Frau den Zettel über den Tisch zurück. Die nahm ihn entgegen, überflog ihn, taxierte Magdalena über das Blatt hinweg einen Moment lang und legte es dann hin.

»Nehmen Sie bitte im angrenzenden Raum Platz, Dr. Korol ruft Sie auf.«

Magdalena bedankte sich. »Komm, Mäuschen«, sagte sie und nahm Annas Hand.

Im Wartezimmer saßen zwei ältere Damen, ein junger Mann mit einer verbundenen Hand und schmerzverzerrtem Gesicht sowie eine junge Frau, die ein Kleinkind auf dem Schoß hatte. Magdalena wünschte freundlich einen guten Morgen, bekam einen ebensolchen Gruß zurück und ließ sich auf einem der Stühle nieder. Anna setzte sich neben sie, und sie warteten, was für ein lebhaftes Kind immer eine arge Geduldsprobe darstellte.

Es dauerte nahezu eine Dreiviertelstunde, bis sie aufgerufen wurden, da die Frau mit dem Kleinkind ein Notfall war und vorgezogen wurde. Ebenso der Mann mit der verbundenen Hand, der, wie er allen erzählte, siedendes Öl darüber gegossen hatte.

»Ich habe mal ans Ofenrohr gefasst und mir den Finger verbrannt«, erklärte Anna und erntete dafür mitfühlendes Raunen.

Endlich wurden sie ins Behandlungszimmer gebeten. Dr. Korol war noch recht jung, vielleicht so alt wie Carl, dunkelblond, grüne Augen und durchaus ein Blickfang. Magdalena mochte keine gutaussehenden Ärzte – sie fühlte sich dann unweigerlich befangen – und beschloss, sich hier nicht untersuchen zu lassen. Am liebsten waren ihr Ärzte, die ein wenig großväterlich wirkten. Aber immerhin war er freundlich, hatte einen warmen, festen Händedruck und konnte wohl gut mit Kindern.

»Was fehlt ihr?«, fragte er, als Anna auf die Untersuchungsliege geklettert war.

»Sie hustet seit Tagen.«

»Ging dem eine Erkältung voraus?«

»Ja, sie hatte sich verkühlt, aber es ging ihr nach drei Tagen schon wieder gut.«

»Es gab Fälle von Keuchhusten«, sagte der Arzt und bat Anna, das Kleidchen oben herum auszuziehen, damit er sie abhören konnte.

»Wie Keuchhusten klingt es eigentlich nicht«, entgegnete Magdalena, und der Arzt nickte nur, wirkte konzentriert, als er Annas Brust und ihren Rücken abhörte.

»Huste mal bitte«, bat er, und Anna kam dem nach.

»Beginnende Schwindsucht kann es nicht sein, oder?«, wagte Magdalena, ihre Angst in Worte zu kleiden.

Dr. Korol senkte des Hörrohr und blickte auf. »Nein, keine Sorge, danach klingt es nicht.« Er sah Anna an und lächelte. »Wie lange bist du jetzt schon krank?«

»Eine Woche«, antwortete Anna und sah ihre Mutter fragend an.

»Schon über zwei. Sechzehn Tage.«

»Ist sie in die Schule gegangen?«

»Nein, ihre Lehrerin sagte, sie soll erst wiederkommen, wenn sie nicht mehr hustet.«

»Das ist auch vernünftig.«

Dr. Korol wandte sich erneut an Anna. »Gehst du gerne in die Schule?«

Anna zuckte mit den Schultern.

»War vermutlich ganz schön, mal nicht hinzumüssen, oder?«

Jetzt trat ein zögerliches Lächeln auf Annas Lippen. »Ja.«

»Also gut.« Dr. Korol ging zu seinem Schreibtisch, setzte eine Brille auf und füllte einen Zettel aus. »Ich schreibe hier ein Rezept auf, dann wirst du rasch wieder gesund.«

Annas Lächeln zerfiel, und sie nickte nur.

»Ich möchte noch kurz mit deiner Mutter reden, magst du so lange im Wartezimmer auf sie warten?«

Zaudernd ging Anna zur Tür, und Magdalena nickte ihr aufmunternd zu. »Ich komme gleich.« Indes streckte die Angst von ihrem Bauch aus kalte Finger durch ihre Brust bis hoch in die Kehle. Welche Nachricht wollte der Arzt ihr nun übermitteln, die das Kind nicht hören durfte? War Anna ernsthaft erkrankt? Sie drehte sich zu ihm um, kaum, dass die Tür ins Schloss gefallen war.

»Ihrer Tochter fehlt nichts«, sagte er sogleich, als habe er ihr ihre Angst angesehen.

»Und der Husten?«

»Ist nur gestellt.«

»Das glaube ich nicht.«

»Nun, ich kann durchaus zwischen echtem Husten und nachgemachtem unterscheiden. Anna möchte nicht gesund werden. Ist sie unglücklich in der Schule?«

Magdalena konnte nur nicken.

»Dann müssen Sie dort irgendwie Abhilfe schaffen.« Er reichte ihr den Zettel mit dem Medikament.

»Wofür braucht sie das, wenn sie nicht krank ist?«

»Das ist nur ein Kräuteraufguss. Das Kind soll nach Möglichkeit nicht merken, dass Sie die Sache durchschaut haben.«

Hatte sie ja auch nicht, wie Magdalena zu ihrer Schande gestehen musste. Ihr Blick verschwamm, und als sie blinzelte, hing Nässe in ihren Wimpern. Ach, verdammt noch mal! Rasch erhob sie sich. »Haben Sie vielen Dank«, sagte sie und verließ den Raum, noch ehe er antworten konnte. Sie nickte Frau Schompeter knapp zu und ging zum Wartezimmer.

»Anna, komm.«

Anna glitt von ihrem Stuhl und lief zu ihr. Die Hand der Kleinen in der ihren verließ Magdalena die Praxis.

Im Haus ging es zu wie in einem Hühnerhof, und Leonhard erklärte sich freiwillig dazu bereit, mit Helene im Hof die kleinen Gäste zu begrüßen. Die, die bereits da waren, liefen durch den Garten, die Mädchen in luftigen pastellfarbenen Sommerkleidern, die Jungen in kurzen Hosen und hellen Hemden. Der Garten war mit bunten Girlanden geschmückt, ein langer Tisch bog sich unter Kuchen und Süßspeisen. Eigentlich war der ganze Spaß viel zu teuer, aber aus irgendeinem Grund war es Adelas Vater wichtig, jedes Jahr für seine Enkelkinder ein großes Fest auszurichten, und so ließ er stets Geld für diesen Zweck anweisen. Er wusste, dass sie an anderer Stelle finanzielle Mittel nötiger gebraucht hätten, und Leonhard fragte sich, ob das einfach nur kleine, perfide Sticheleien sein sollten. Vielleicht wollte er aber auch bloß, dass seine Enkelkinder ihn als Lieblingsgroßvater auserkoren, denn es schien an seinem Stolz zu nagen, wenn dem nicht so war. Und da Maximilian und Helene nicht dumm waren und wussten, dass kostspielige Geschenke auf dem Spiel standen, waren sie stets sehr freundlich zu ihm, wenn er mal hier war.

Die Kutsche der von Reichenbachs näherte sich dem Schloss. Carl folgte auf Grandeur, wobei er ein weiteres Pferd am langen Zügel mit sich führte. Im Hof fuhr die Kutsche einen Bogen und blieb stehen, und noch ehe der Kutscher absteigen konnte, wurde der Schlag bereits aufgestoßen, und Constantin sprang hinaus.

»Ich wollte auch reiten, Onkel Leonhard«, rief er. »Aber Papa hat es verboten.« Er kam zu ihnen gelaufen und zupfte Helene spielerisch an einer Haarsträhne. »Alles Gute zum Geburtstag, Floh.«

»Weil Victoria dann auch hätte reiten wollen«, sagte sein Vater. »Was in ihrem Kleid schlechterdings nicht möglich ist.« Er war vom Pferd gestiegen und half seiner Tochter aus der Kutsche.

Victoria war bereits mit neun Jahren schon so schön, dass sich die Leute auf der Straße nach ihr umdrehten. Lange, goldblonde Locken – heute hochgesteckt und zu Korkenziehern gedreht, die ihr bis in den Nacken fielen –, dunkelblaue Augen, dabei schlank und grazil wie ihre Mutter. Leonhard fragte sich, von wem sie diese Schönheit hatte. Elisa war hübsch gewesen, aber längst nicht so wie ihre Tochter. Die Mütter halbwüchsiger Söhne spekulierten bereits auf eine mögliche Verbindung, und so wurde

Victoria schon in jungem Alter auf dem Heiratsmarkt hoch gehandelt.

»Guten Tag, Onkel Leonhard«, grüßte sie artig. »Herzlichen Glückwunsch, Lenchen.«

Helene bedankte sich, hatte jedoch nur Augen für das Pferd, das Carl eben von seinem Sattel löste und zu ihnen führte. Ein hübscher Goldfuchs mit schmaler Blesse, der folgsam am Zügel ging, die Ohren aufmerksam aufgestellt.

»Alles Gute, Helene«, sagte Carl und überreichte ihr den Führstrick. »Das ist Mistral. Er ist sechs Jahre alt, und ich habe ihn selbst zugeritten.«

»Der ist für mich?« Helenes Hand zitterte leicht, als sie den Führstrick ergriff. »Oh …« Sie schien nach den richtigen Worten zu suchen, streichelte Mistrals Nüstern, klopfte ihm sanft den Hals. »Danke, Onkel Carl. Vielen, vielen Dank.«

Nun, das war in der Tat ein Geschenk, mit dem nicht einmal Adelas Vater mithalten konnte. Zweifellos war es das perfekte Reitpferd für ein Mädchen, denn wenn Carl von etwas eine Ahnung hatte, dann von Pferden. Eigentlich hätte Leonhard seiner Tochter gerne das erste eigene Pferd geschenkt, und Carl hätte zumindest fragen können, aber angesichts Helenes Freude konnte er dergleichen natürlich nicht sagen, ohne kleinlich zu wirken. Und er wusste ja auch, warum Carl das tat, warum er so aufmerksam war.

»Möchtest du zum Kaffee bleiben?«, fragte Leonhard höflich.

»Nein, danke«, gab Carl die einzig mögliche Antwort. Er wandte sich an seine Kinder. »Bis heute Abend. Seid brav.«

»Klar, Papa«, antworteten beide im Chor.

Die Kutsche fuhr in die Remise, und Carl verließ den Hof auf Grandeur. Helene war so außer sich über das Pferd, dass der restliche Geburtstag für sie eigentlich keine Rolle mehr spielte, aber natürlich konnte sie den Tag nicht im Stall verbringen, und ausreiten war in dem zartgelben Sommerkleid ebenfalls nicht möglich.

»Die anderen sind im Garten«, sage Leonhard zu den Kindern. »Soll ich euch hinbringen, oder findet ihr den Weg?«

»Finden wir, Onkel Leonhard«, antwortete Constantin und lief mit seiner Schwester zum weit geöffneten Eingangsportal des Schlosses, während Helene Mistral zum Stall führte, um ihn einem Burschen zu übergeben.

Wilhelm von Schletter trat in den Hof. »Ist das Pferd von Carl?«

»Ja.«

»Kostspieliges Geschenk.«

»Das ist wohl wahr.«

»Tut er das, weil Helene Adelas Tochter ist? Will er sie immer noch beeindrucken?«

»Willst du meiner Frau unlauteres Verhalten unterstellen?«

»Ihr nicht.«

Leonhard sah zu Helene, die dem Burschen offenbar sehr detaillierte Anweisungen gab, während die Kutschen der nächsten Gäste sich näherten. »Ich denke, es ist wegen Elisa.«

»Ihr Tod ist ihm doch gleich.«

»Du weißt, dass das nicht stimmt. Ich will nicht verteidigen, was er getan hat, wahrhaftig nicht. Aber dass sie stirbt, hat er niemals gewollt, vor allem der Kinder wegen. Du weißt, wie schwer es zu Beginn war.«

Wilhelm von Schletter nickte. »Darf sie das Pferd behalten?«

»Ich kann es ihr ja wohl jetzt schlecht wegnehmen. Wenn er auf diese Weise Abbitte leisten möchte, soll er das tun.« Er hob die Hand und bedeutete Helene zurückzukommen.

»Ach, Papa«, rief sie. »Ich bin so glücklich.«

Er legte ihr einen kurzen Moment lang die Hand auf den Schopf, lächelte sie an, und auf einmal war es ihm gleich, dass Carl ihr das erste Pferd geschenkt hatte.

Karolina wusste, dass man von ihr erwartet hatte, dem Geburtstag ihrer Nichte beizuwohnen, aber ihr hatte nicht der Sinn nach einer lärmenden Schar von Kindern gestanden, und so war sie ausgegangen. Als sie nun nach Hause kam, stand die Sonne bereits tief, und der Hof lag im goldenen Licht eines lauen Sommerabends. Karolina liebte den Sommer, auch jetzt noch, da keine Träume mehr daran gebunden waren.

Nachdem Carl mit ihr gebrochen hatte, hatte sie versucht, ihr normales Leben weiterzuführen, aber das war nicht mehr möglich gewesen. Für alle war sie die Geliebte des Ehemanns ihrer Schwester, der Grund für Elisas frühen Tod. Auch für ihre Eltern. Gleich, wie oft sie ihrem Vater gesagt hatte, sie habe nicht mit Carl geschlafen, er glaubte ihr nicht. Ihre Mutter machte ihr zwar keine Vorwürfe, aber da lag etwas in ihrem Blick, in der Art, wie sie sie ansah, wenn das Gespräch auf Elisa kam. Und da hatte Karolina eines Abends auf einer Soiree im Haus ihrer Eltern beschlossen, dass es nun nicht mehr darauf ankam, und sich in der Gartenlaube von dem ältesten Sohn eines Freundes der Familie entjungfern lassen. Er war ein sehr behutsamer Liebhaber, hatte kaum glauben wollen, dass er in der Tat der Erste war.

»Ich hoffe, du erwartest nicht, dass ich dich danach heirate«, hatte er gesagt.

»Natürlich nicht«, war ihre Antwort gewesen. »Aber alle sagen, ich wäre liederlich, also kann ich mir auch das Vergnügen gönnen, es zu sein.«

Daraufhin hatte er gelacht und sein Liebesspiel fortgesetzt. Er blieb einige Monate lang ihr Liebhaber, danach brach er mit ihr und wandte sich einer anderen Frau zu. Ihm waren weitere gefolgt, keiner davon je mit der Absicht, dass es mehr war als eine Bettgeschichte. Es war seltsam, dachte Karolina, dass so viele Frauen sich in Männer verliebten, mit denen sie vor der Ehe ins Bett gingen und die aus ihrer amourösen Vergangenheit kein Geheimnis machten, aber kein Mann in eine Frau, die ebenso lebte.

Als Karolina am Stall vorbeikam, hörte sie eine Mädchenstimme, die leise mit jemandem sprach. Sie lauschte einen Moment, dann trat sie durch das Stalltor in das dämmrige Innere. Die Stimme kam aus einer Box, und als Karolina hineinspähte, entdeckte sie Helene, die in einem gelben Sommerkleid im Stroh stand, die Arme um einen Pferdehals geschlungen.

»Mein Mistral«, flüsterte sie. »Mein, mein, mein Mistral.«

»Hast du ihn zum Geburtstag bekommen?«, fragte Karolina, und Helene blickte auf.

»Onkel Carl hat ihn mir geschenkt.«

»Das ist ja reizend von ihm.«

»Ja, das sagt Mama auch.«

Natürlich sagte sie das. Während Karolina Carl mit derselben Inbrunst hasste, wie sie ihn seinerzeit geliebt hatte, war Adelas Liebe zu ihm wohl noch das Sehnsüchtige geblieben.

»War deine Feier schön?«

Helene nickte und streichelte die Nüstern des Pferdes. »Warum warst du nicht da?«

»Ich hatte eine Verabredung.« Das nahm Helene widerspruchslos hin. Erwachsene hatten eben immer Verpflichtungen. »Aber weißt du was? Ich nehme dich morgen mit nach Königsberg, ja? Dort essen wir Eiskrem und bummeln an den Schaufenstern vorbei. Würde dir das gefallen?«

Ein Lächeln erhellte Helenes Züge. »Ja, sehr.«

Wie unterschiedlich ihre Nichten waren, dachte Karolina. Victoria, die Schöne, Helene, die Unscheinbare. Wo Victoria schlank und biegsam war, wirkte Helene nur dürr. Helene war blass, Victorias Teint sahneweiß. Dabei war Helene, wenn man sich die Zeit nahm, ihr zuzuhören, alles andere als unscheinbar. Ihr Mienenspiel war lebhaft, ihr war jede Verstellung fremd. Zudem hatte sie wunderbare Haare und Augen. Aber Karolina ahnte bereits, dass Leonhards Tochter im Vergleich zu den anderen Mädchen immer hintanstehen würde. Aufmerksamkeit bekam sie allein dadurch, dass sie die Freiin von Schletter war. Der

Name würde dafür sorgen, dass sie auf dem Heiratsmarkt nicht gänzlich ohne Möglichkeiten war.

»Ich gehe ins Haus«, sagte Karolina. »Kommst du mit?«

»Jetzt noch nicht.«

»Helene!«, scholl es in diesem Moment vom Hof her, und Karolina lächelte.

»Scheint so, als sei deine Mutter anderer Meinung.«

»Ach …« Helene seufzte und löste sich zögernd von dem Pferd. »Gute Nacht, Mistral.«

Das Tier blies ihr seinen Atem ins Haar, und Helene streichelte es noch einmal, dann schlüpfte sie aus der Box. In ihrem Kleid steckten Strohhalme, und sie roch nach Stall und Pferd.

»Helene!«, war Adelas Stimme erneut zu hören.

»Ich komme, Mama.« Leichtfüßig lief das Mädchen aus dem Stall, während Karolina ihr langsam folgte.

Ihr Vater kam aus dem Viehstall und nickte ihr mit versteinerter Miene knapp zu. Während Karolina über den Hof zum Haus ging, musste sie an Magdalena denken. Sie hatte man seinerzeit fortgeschickt, damit niemand merkte, dass sie schwanger war. Später hätte man sie dann mit einer Lüge in eine gewinnbringende Ehe geschickt. Nun war dies nicht mehr möglich, und ihre Eltern reagierten auf diesen Umstand, indem sie sie totschwiegen, als habe sie nie existiert. So einfach konnten es sich Karolinas Eltern nicht machen, denn sie war ja nach wie vor hier, und Karolina fragte sich, ob ihr Vater sich die jungen Burschen auf Bällen und Jagdgesellschaften ansah und sich dabei fragte, wie viele von ihnen seine Tochter im Bett genossen hatten. Berta von Schletter hingegen tat so, als sei alles wie immer, ganz nach dem Prinzip, dass all das, was geschah, erst dann wirklich wurde, wenn man es aussprach.

Im Haus ließ sie den seidenen Schal von ihren Schultern gleiten, legte ihn auf einem kleinen Tischchen ab und schlenderte in den Salon, wo Leonhard an der Tür zur Veranda stand, ein Glas in der Hand. Sie trat zu ihm, nahm ihm das Glas aus den Fingern und setzte es an die Lippen, um einen tiefen Schluck zu nehmen.

»Ich nehme Helene morgen mit nach Königsberg«, sagte sie beiläufig. »Brauchst du die Kutsche?«

»Nein, nimm sie ruhig.«

Sie gab ihm das Glas zurück. »Carl hat ihr ein Pferd geschenkt?«

»Hast du es gesehen?«

»Ja, gerade im Stall. Helene mochte sich kaum trennen.«

Ein kleines Lächeln huschte über Leonhards Mund, ehe er das Glas an die Lippen setzte. »Morgen früh reiten wir zusammen aus, dann sehen wir mal, wie sie mit dem Pferd zurechtkommt. Bisher ist sie ja nur Ponys geritten.«

Das Sonnenlicht malte immer länger werdende Schatten in den Raum, indes der Garten in einer verschwenderisch wirkenden Pracht wie goldbestäubt wirkte. Durch die offene Verandatür wehte der Duft von wärmegetränktem Gras und Blumen in den Salon. Eine seltsame Sehnsucht ergriff Karolina, wobei sie nicht benennen konnte, wonach eigentlich.

»Wer ist es dieses Mal?«, fragte Leonhard.

Karolina schwieg.

»Ich bekomme es ohnehin heraus.«

»Er ist diskret.«

»Hmhm, so wie Paul Lengerich, der vor einigen Wochen angetrunken jedem, der es hören wollte, erzählt hat, wie laut du in seinem Bett gestöhnt hast?«

Karolina spürte, wie ihr das Blut heiß ins Gesicht stieg. »Das ist nicht wahr!«

»Was? Das Stöhnen oder dass er dergleichen gesagt hat?«

Ihr Gesicht fühlte sich an, als habe sie einen Fieberschub. »Es ist nicht wahr, dass er mein Liebhaber gewesen ist. Er wollte und war sehr hartnäckig.«

»Verstehe.« Leonhard sah sie nicht an.

»Wahrscheinlich hat er deshalb so herumgeprahlt, um es mir heimzuzahlen.«

»Ja, er war offenbar der Meinung, dass du zu der Art Frauen gehörst, über die man dergleichen ungestraft äußern darf.«

Karolina verschränkte die Arme vor der Brust, fror auf einmal trotz der sommerlichen Wärme. »Hat jemand …« Sie schluckte, fuhr sich mit der Zunge über die Lippen. »Hat jemand etwas dazu gesagt?«

»Ja, der eine oder andere.«

Sie wartete.

»Es war nichts, was du hören oder ich wiedergeben möchte.«

Karolina tat einen langen, zitternden Atemzug.

»Paul Lengerich zumindest wird dergleichen kein weiteres Mal äußern. Er hat zu spät gemerkt, dass ich unter den Zuhörern war.«

Ihr lag die Frage auf der Zunge, ob das jener Abend gewesen war, als Leonhard mit aufgeschürften Fingerknöcheln und einem Bluterguss unter dem linken Auge heimgekehrt war. Ihr Vater war darüber geradezu außer sich geraten und hatte ihn gefragt, ob er aus dem Alter nicht langsam heraus war und ob er sich vorstellen könne, was es für seine, Wilhelm von Schletters, politische Ambitionen bedeutete, wenn sein Sohn in Kneipenschlägereien mitmischte.

Erneut nahm Karolina ihrem Bruder das Glas aus der Hand, trank es leer und stellte es auf eine Kommode zu ihrer Linken. »Ich gehe zu Bett.«

»Jetzt schon?«

Sie nickte nur. Auf einmal erschien ihr Schlafen unendlich verlockend. Verlockender wäre nur noch die Aussicht, nicht wieder aufzuwachen.

August 1892

Es hatte lange gedauert, bis Carl die Zuneigung seiner Kinder in dem Maße gewonnen hatte, dass er ihnen über den Verlust von Elisa etwas hinweghelfen konnte. Welche Hingabe an ihre Kinder sie geleistet hatte, war ihm erst nach ihrem Tod vollumfänglich bewusst geworden, und wieder und wieder hatte er bedauert, sich nie dafür interessiert zu haben. Inzwischen stand er den beiden so nahe, dass sie mit jedem kleinen Kummer zu ihm kamen, um Trost oder Rat zu suchen.

Den Versuchen seiner Mutter, ihn zu einer Ehe zu bewegen, widersetzte er sich nach wie vor. Er wollte keine Fremde im Haus haben, die sich in die Erziehung seiner Kinder einmischte. Vor allem wollte er nie wieder eine Frau an seiner Seite, die er nicht liebte und der er trotzdem treu zu sein hatte.

»Warum soll ich heiraten?«, hatte er seine Mutter gefragt. »Damit du wieder eine Schwiegertochter hast, der du das Leben zur Hölle machen kannst?«

»Das zu sagen ist sehr hässlich«, war ihre Antwort gewesen.

»Es zu tun war hässlich.«

Carl hatte ein erbärmlich schlechtes Gewissen wegen Elisa. Nach wie vor besuchte er ihr Grab regelmäßig, wenngleich er es kaum ertrug, davorzustehen und sich dem zu stellen, was er ihr angetan hatte. Das erste Mal in seinem Leben hatte er einer Frau wirklich und wahrhaftig übel mitgespielt, hatte in einer Grausamkeit an ihr gehandelt, die ihm im Nachhinein unverständlich war. Ja, er konnte Karolina natürlich einen Teil der Schuld an Elisas Tod zuschieben, konnte ihr vorhalten, es wäre niemals so weit gekommen, hätte sie nicht in seinem Arbeitszimmer ein großes Gezeter angestimmt. Aber tatsächlich wäre es wohl nicht dazu gekommen, hätte Carl sich gar nicht erst mit ihr eingelassen. Und so blieben Frauen für ihn flüchtige Begegnungen, die einzig und allein dazu dienten, seine Bedürfnisse zu stillen.

Außer seinen Kindern waren die Pferde das einzig Beständige in seinem Leben. Das Gestüt der von Reichenbach verfügte über viele Hektar Weidegebiet und weitläufige Stallungen. Das alles lag in den Händen fähiger Mitarbeiter unter der Leitung des Gestütmeisters. Sie beschäftigten einen Stallmeister, einen Oberstutmeister, einen Stutmeister, einen Sattelmeister, drei Stut- und ebenso viele Fohlenwärter, zwei Hengstwärter, zehn Gestütwärter, einen Magazinverwalter, vier Kontoristen, einen Lehrling sowie zwanzig Reitburschen, außerdem das übliche Wirtschaftspersonal. Das alles schuf einen enormen Verwaltungsaufwand, den Johannes von Reichenbach und Carl täglich prüften, um den Überblick nicht zu verlieren.

Vor einigen Jahren hatte ihr damaliger Oberstutmeister mithilfe eines Büroangestellten eine Menge Geld in die eigene Tasche wirtschaften wollen, was nur dadurch hatte verhindert werden können, dass Johannes jeden Pfennig an Ein- und Ausgaben nachvollziehen konnte. Mochte sein Vater ihm auch immer wieder vorhalten, ihm fehle der nötige Ernst, so war sich Carl der Verantwortung, die all das mit sich brachte, doch bewusst. Und er sah sich weniger als künftiger Eigentümer des Gestüts denn vielmehr als Treuhandverwalter desselben für die kommende Generation.

An diesem Vormittag wurde den Fohlen auf Gut Reichenbach das Brandzeichen verpasst, die Elchschaufel. Ostpreußen galt als das pferdereichste Gebiet ganz Preußens, und das hier gezüchtete ostpreußische Halbblut, der Trakehner – eine Kreuzung aus einheimischen Pferden mit Arabern und englischen Vollblütern, ausdauernd, gelehrig, schnell und folgsam –, war in den gesamten deutschen Landen begehrt. Er zeichnete sich durch einen edel geformten Kopf, kräftige Gliedmaßen, einen schön angesetzten Hals und einen geraden Rücken aus.

Carl stand mit einem Inspektor und zwei Beamten des Hauptgestüts Trakehnen im Hof, während die Reitburschen die Stuten mit ihren Fohlen nacheinander herausführten. Das Brandzeichen erhielten nur reingezüchtete Fohlen, die in das Zuchtregister eingetragen wurden, daher wurde das Brennen von oberster Stelle beaufsichtigt.

Es war ein langwieriger Prozess, den sie nur für eine rasche Mittagspause unterbrachen und der sich bis in den Nachmittag hinzog, da die Fohlen unruhig waren und es galt, achtsam vorzugehen. Carl kam es vor, als dauerte es dieses Jahr länger als in jenen davor, und er war froh, als sie endlich durch waren.

Er wischte sich mit einem Taschentuch den Schweiß aus dem Gesicht und wollte nichts mehr als ein Bad nehmen, als er ein paar halbwüchsige Jungen bemerkte, die sich am Schuppen hinter den Stallungen herumdrückten und sich über etwas zu amüsieren schienen. Als er näher kam, hörte er sie singen.

»Küsst sie mich heute, froh bin ich, Leute, sieben Tag, sieben Tag, doch wenn sie schmollet, kusslos mir grollet, bleibt mir Klag, nur die Klag.«

Diese Strophe des masurischen Volksliedes sangen sie immerzu, verstummten jedoch mitten im Satz, als sie Carl bemerkten. Der musterte die fünf aus verengten Augen.

»Franz«, wandte er sich an den Ältesten, den Sohn des Stallmeisters. »Was tut ihr hier?«

»Wir singen nur, gnädiger Herr.«

Hielten sie ihn für einen Narren? Carl ging zum Schuppen und öffnete die Tür. Darin kauerte Grete, die Arme wie zum Schutz um den Kopf geschlungen, und schaukelte leise wimmernd hin und her, sagte immer wieder »Nein«, wobei es klang wie »Naaain«. Grete hatte Angst im Dunkeln, das wusste jeder. Carl wandte sich um und verpasste dem ihm am nächsten stehenden Burschen eine Backpfeife, aber ehe er die übrigen zur Rechenschaft ziehen konnte, stoben sie davon. Nun, er würde dafür sorgen, dass ihre Väter es ihnen entsprechend vergalten.

»Gretchen«, sagte er sanft und ging vor ihr in die Hocke. »Schau, es ist wieder hell.«

»Carl«, antwortete sie mit einer leicht verwaschen klingenden Stimme und sah mit tränennassem Gesicht auf. Sie sprach kaum mehr denn als Kind, aber Namen konnte sie sich merken, ebenso Ja und Nein. Sie war inzwischen siebzehn, hatte aber immer noch ein kindliches Gesicht. Carl nahm ihren Arm und half ihr auf, um sie aus dem Schuppen zu führen. Sie folgte ihm und umfasste seine Hand.

»Ich sage in der Küche Bescheid, dass man dir ein Stück Kuchen gibt, ja?« Er wusste nie, wie viel sie von dem, was man ihr sagte, verstand, aber Kuchen liebte sie, und da sie nun einen zustimmenden Laut von sich gab, ging er davon aus, dass sie ihn verstanden hatte.

Auf dem Hof kam ihm ihre Mutter, die Frau des Hausverwalters, entgegen. »Ach, Gretchen, was hast du wieder angestellt?«

»Gar nichts«, antwortete Carl. »Die Jungen haben sie in den Schuppen gesperrt.«

»Die ärgern sie immerzu.«

»Ich sorge dafür, dass das aufhört«, versprach Carl und verabschiedete sich von Grete, die ihm eines ihrer sonnigen Lächeln schenkte. Ein Arzt aus Berlin, ein Freund seines Vaters, war Grete bei einem Besuch zufällig begegnet und hatte erklärt, dass er bei einer Familie gute Erfolge bei einem Kind gesehen habe, das so ähnlich war wie sie. Man hätte sich nur von klein auf stetig um sie kümmern müssen, anstatt sie sich selbst zu überlassen. Carl wusste, dass der Hausverwalter sich Sorgen machte, was passierte, wenn er einmal nicht mehr war. Grete hatte nur Schwestern, und es sah nicht danach aus, als wollten deren Ehemänner sie bei sich aufnehmen. Dabei war es weder für Johannes von Reichenbach noch für Carl je infrage gekommen, das Mädchen vom Hof zu jagen. Sie würden für sie sorgen, hatte Johannes ihrem Vater versprochen. Dies hier war ihr Zuhause.

Unwillkürlich dachte Carl an Magdalena, die er ganz auf sich gestellt allein gelassen hatte. Dies war ebenfalls ihr Zuhause gewesen, aber für sie galt das wohl nicht mehr, da sie es gewagt hatte, nicht zu gehorchen. Bisher hatte Carl ihr Kind noch nicht gesehen, hatte es nur in Briefen beschrieben bekommen. Er würde seine Schwester in nächster Zeit einmal besuchen, er war lange nicht mehr in Masuren gewesen. Und vielleicht erkannte er ja in dem Mädchen den Vater wieder.

»Was ist los?«, fragte Magdalena. »Warum weinst du?«

Anna warf ihre Tasche in die Ecke, so dass Schreibgriffel und Bücher hinausfielen und über die Steinfliesen in der kleinen Eingangshalle schlitterten. Magdalena hob die Brauen, wartete auf eine Erklärung.

»Du bist eine Lügnerin!«, schrie Anna.

»Mäßige dich im Ton. Warum unterstellst du mir, ich würde lügen?«

»Du hast mir nicht gesagt, dass Justus mein Vater ist. Verschweigen ist auch Lügen.«

»Nein, ist es nicht. Aber davon abgesehen stimmt es nicht. Justus ist nicht dein Vater.«

»Ist er wohl. Henriette sagt es, und ihre Freundinnen haben mich geschubst und gesagt, du wärst schuld daran, dass ihre Mutter immerzu weint. Und Herr Rombuttis hat mich geschlagen. Er sagt, ich muss lernen, nicht mehr so schlampig zu sein und nicht mehr zu lügen. Dabei habe ich meine Aufgaben ja gemacht, sie sind nur nicht mehr da.« Jetzt schluchzte sie auf, und Magdalena griff nach ihrer Hand, drehte die Handfläche nach oben, auf der sich rotviolette Striemen abzeichneten.

»Wo sind denn die Aufgaben?«

»Weiß ich nicht. Weg.«

Magdalena drückte die Lippen auf die Hand des Kindes, aber Anna entzog ihr diese ruckartig. »Lass das. Ich hasse dich.«

»Anna!«

Ihre Tochter drehte sich um und stürmte die Treppe hoch.

»Räum deine Bücher weg!«

Mit einem Knall fiel die Tür ihres Zimmers ins Schloss. Einen Moment lang rang Magdalena mit sich, ihr nachzulaufen, ihr zu erklären, dass es so nicht ging und dass sie ein derart respektloses Benehmen nicht dulde, aber dann machte sie sich seufzend daran, die Bücher einzusammeln und in die Tasche zurückzustecken. Sie würde mit Herrn Rombuttis sprechen. Was fiel ihm ein, ihre Tochter zu schlagen? Und sie musste mit Justus über seine Tochter Henriette sprechen.

Zu Letzterem bekam sie kurz darauf die Gelegenheit, denn er kam zu Besuch, pünktlich zum Tee, der gerade im Herrensalon serviert wurde. Solche Extravaganzen konnte sie sich nur leisten, weil Carl ihr ohne das Wissen ihrer Eltern jeden Monat etwas Geld zukommen ließ. Dank Justus hatte sie zwar eine Arbeit gefunden, aber mit dem Geld, das sie verdiente, kam sie kaum über die Runden, und sie war mehrmals kurz davor gewesen, in ihrer Verzweiflung einzuknicken und ihrem Vater zu gestehen, dass er recht gehabt hatte und sie seine Hilfe brauchte. Aber die bekam sie nur ohne Anna, und allein das ließ sie weitermachen.

Justus hatte ihr Arbeit in einer Leinenweberei besorgt, ein Gewerbe, das neben der Holzindustrie und dem Getreidehandel zu den wichtigsten Erwerbsquellen von Johannisburg gehörte. Sobald sie Anna in die Schule gebracht hatte, ging sie in die Weberei. Anfangs hatte sie den ganzen Tag am Webstuhl gesessen und war abends mit schmerzendem Rücken heimgekehrt. Irgendwann hatte ihr Vorarbeiter gemerkt, dass sie gut mit Zahlen umgehen konnte, und so setzte man sie halbe Tage als Kontoristin ein. Damit verdiente sie nicht mehr denn als Weberin, aber sie musste für das Geld weniger arbeiten und konnte nachmittags nach Hause gehen, was ein Fußweg von einer Stunde war. Sie hätte gerne eine Kutsche gehabt, ein einfacher Wagen hätte genügt, aber da war nichts zu machen, ihren Vater brauchte sie um dergleichen gar nicht zu bitten.

Sooft sie auch gegen die Enge ihres Zuhauses aufbegehrt hatte, so vermisste sie es nun doch. Sie hatte Königsberg gemocht, diese freisinnige Insel im konservativen Ostpreußen. Gerne wäre sie in den Westen gezogen, dorthin, wo seit Gründung des Deutschen Reichs das Leben und die Moderne pulsierten, am liebsten nach Berlin, das so wunderbar mondän war. Und nun saß sie hier, in Johannisburg, im Südosten von Ermland-Masuren, am südlichen Ende der Großen Seen und am Rande der tiefen Wälder der Johannisburger Heide.

Als Justus eintraf, saß sie im Salon und knabberte an

einem Plätzchen. Zwischen ihnen gab es keine Förmlichkeiten mehr, längst war er der beste Freund, den sie je gehabt hatte. Gelegentlich hatte sie mit dem Gedanken gespielt, seine Geliebte zu werden, und sie wusste, dass auch er das getan hatte. Einmal hatten sie sich geküsst, um zu sehen, ob dort etwas war, das über Freundschaft hinausging. Aber der Kuss war starr und unbeholfen gewesen, hatte sich beinahe geschwisterlich angefühlt, bar jeder Leidenschaft, und er war ihnen hernach fast ein wenig peinlich gewesen. Und auch beruhigend, denn sie konnten nun ruhigen Gewissens miteinander umgehen, ohne die ganze Zeit zu befürchten, dass Dinge unausgesprochen in der Luft hingen.

Justus ließ sich ihr gegenüber auf einem Sessel nieder und schenkte sich Tee ein. »Ich habe gehört, es gab Ärger zwischen Anna und meiner Henriette«, begann er ohne Umschweife.

»Darauf wollte ich dich eben ansprechen.« Henriette war sein Liebling, aber er gehörte glücklicherweise nicht zu jenen Vätern, die den Fehlern ihrer Kinder gegenüber blind waren. Und so nickte er nur, damit sie fortfuhr, und sie erzählte von dem Vorfall. »Sie müssen überdies Annas Aufgaben versteckt haben, und das ist nicht das erste Mal. Ständig ist etwas weg, oder aus ihren Büchern fehlen Seiten.«

»Und es sind jedes Mal meine Töchter beteiligt?«

»Meist nicht sie direkt, sondern ihre Freundinnen.«

»Warum hast du mir davon nicht früher erzählt?«

»Weil ich gehofft habe, dass sich die Probleme mit der Zeit lösen, wenn Anna erst einmal Teil dieser Klassengemeinschaft ist.«

»Hätte ich das gewusst, wäre ich vorbereitet gewesen, als heute die Direktorin vor meiner Tür stand. Sie stellte es allerdings so dar, als sei Anna schuld, sie sei eine Unruhestifterin, und ich solle mich darum kümmern, immerhin sei sie nur auf meine Fürsprache hin auf der Schule.«

Zorn stieg in Magdalena hoch. »Ach, tatsächlich? Und warum kommt sie damit nicht zu mir?«

»Weil sie wohl nach wie vor der irrigen Annahme anhängt, ich sei Annas Vater, und da ich in – wie wollen wir es nennen? – geordneten Familienverhältnissen lebe und überdies ein Mann bin, ist sie zu mir gekommen.«

Magdalena knabberte missmutig an ihrer Unterlippe. »Und was hast du ihr gesagt? So als Mann?«

»Weißt du, ich bin es nicht, dem du böse sein solltest.« Er griff nach seiner Tasse. »Ich habe ihr gesagt, dass ich mich um die Angelegenheit kümmere.«

Magdalena lehnte sich zurück und verschränkte die Arme vor der Brust. »Na, dann kümmere dich mal.«

Ein in einen langen Seufzer gezogenes Ausatmen ging Justus' Worten voraus. »Ich habe mit Henriette gesprochen und ihr erklärt, dass ich nicht Annas Vater bin. Dasselbe habe ich Charlotte gesagt.« Seine zweite und eher fügsame Tochter. »Bedauerlicherweise trägt Meta einen guten Teil Schuld an der Sache, sie macht mir diese vermeintliche Vaterschaft ständig lautstark zum Vorwurf.« Dabei sollte seine Frau ja nun wirklich bis neun zählen können.

»Werden sie aufhören, Anna zu triezen?«

»Das will ich hoffen. Wenn nicht, ziehe ich entsprechende Konsequenzen, und die werden ihnen nicht gefallen.«

»Ich möchte, dass sie auch ihre Freundinnen nicht immer dazu bringen, auf Anna loszugehen.«

»Na, da kann ich nicht viel machen. Solange meine Töchter sich nicht direkt beteiligen, sind mir die Hände gebunden. Du müsstest mit den Eltern sprechen.«

»Du weißt doch selbst, dass sie mir nicht zuhören, das habe ich längst versucht. Sie sehen mich nur von oben herab an und gehen dann wortlos. Eine schien letztens gar versucht, mich anzuspucken.«

In Justus' Gesicht wetterleuchtete es. »Ach was?«

»Ich bin eben eine ledige Mutter.«

Er nickte langsam. »Ich kann mit den Eltern der Kinder sprechen, aber das wird die Gerüchte um uns weiter anheizen.«

Magdalena zuckte kaum merklich mit den Schultern. »Für mich persönlich ist es mir gleich, tiefer kann ich nicht fallen. Es ist nur um deinetwillen schwierig.«

»Wegen meiner Frau? Mach dir um die keine Gedanken. Wenn mich interessieren würde, was sie dazu zu sagen hat, wäre ich nicht hier.«

Schritte waren auf der Treppe zu hören, dann im Korridor, und kurz darauf stand Anna in der Tür. Sie taxierte Justus, der den Blick ruhig erwiderte.

»Stelle deine Frage«, sagte er.

Anna schien mit sich zu hadern, dann glitzerten Tränen in ihren Augen, und sie drehte sich ruckartig um und lief davon.

Natürlich wusste Wilhelm von Schletter um das Treiben seiner Tochter. Wer wusste nicht davon? Freiin Karolina von Schletter, die Tochter des politisch aktiven Landadligen. Freiin Karolina von Schletter, die Hure. Menschen im ganzen Land feierten Deutschlands Siege und den erstarkenden Patriotismus, das Land war im Aufbruch, die reiche Oberschicht hatte das Sagen, man ging Bündnisse mit anderen Familien ein, um noch mehr Macht zu erringen, und Wilhelm von Schletters Tochter trieb es in finsteren Hinterzimmern mit irgendwelchen Kerlen.

Manchmal überkam Wilhelm der Drang, sie zu schütteln, bis ihr das Genick brach. Dann wieder richtete sich sein Zorn auf Carl, der seine Tochter geschwängert, betrogen und in den Tod getrieben, auf Gesa, die ihr das Leben schwergemacht, auf Johannes, der diese Brut überhaupt erst herangezogen hatte. Der Gedanke daran, dass Elisas Kinder, seine Enkel, in der Obhut der von Reichenbachs aufwuchsen, damit sie ebenso missraten wurden wie der Vater und die in der Ferne weilende Tante, war ihm nur schwer erträglich.

So gerne er mit den von Reichenbachs gebrochen hätte, so unmöglich war es ihm aufgrund der Kinder, das Einzige, was von Elisa geblieben war, wenngleich er mit ihnen nur wenig anzufangen wusste, man merkte ihnen doch an, wer sie erzog. Überdies war Constantin jedoch der Haupterbe des Vermögens der von Reichenbach, und daraus ließe sich in Zukunft durchaus ein gewisser Vorteil ziehen. Glücklicherweise verbot Carl den Kontakt nicht, was wohl einem gewissen Schuldbewusstsein zu verdanken war. Zwar glaubte Wilhelm nicht, dass ihn das Gewissen plagte, dafür hielt er ihn für zu skrupellos, aber er wusste immerhin, was sich gehörte.

Inzwischen hatte Wilhelm es zum Abgeordneten gebracht, und es mochte nicht mit rechten Dingen zugehen, wenn er es aus dieser Position heraus nicht schaffte, die von Reichenbachs für das, was sie seiner Familie angetan hatten, bezahlen zu lassen. Natürlich konnte er sie nicht enteignen, aber das musste er auch gar nicht, da konnte er die Zeit für sich arbeiten lassen. Politisch tat sich momentan einiges, und nicht nur Wilhelm sah die natürliche Ordnung durch modernen, unheilvollen Zeitgeist – Sozialdemokraten! – gefährdet. Es war an ihnen, den Gutsbesitzern, aber auch den Pfarrern, Landräten und Gemeindevorstehern, die alte Ordnung hochzuhalten und zu bewahren.

Die Sozialdemokraten, SPD, wie sie sich abkürzten, hatten in der letzten Reichstagswahl in Königsberg mehr als zwölftausend Stimmen erhalten und es somit in die Stichwahl geschafft. Hernach hatten sie noch mehr Stimmen bekommen, als hätten nun auch die Verzagten Mut gefasst. Nun hatten die Sozialdemokraten ihr erstes Mandat im Osten. Glücklicherweise rückte der Großteil der Ostpreußen keinen Deut vom König ab, so dass die demokratischen Bestrebungen der SPD derzeit relativ erfolglos waren und nur in Königsberg fußten. Besorgniserregend war zudem, dass die polnische Nationaldemokratische Partei in ihrem Wirken immer sichtbarer wurde. Und nun war statt Bismarck Caprivi Reichskanzler und preußischer Ministerpräsident – ein Polenfreund, wie es aussah. Er lockerte den Kurs, der den Polen zuvor auferlegt worden war, gab ihnen wieder mehr Freiheiten.

Jetzt konnte man nur dastehen und die Dinge beobachten. Nachdem man Juden jahrhundertelang verboten hatte, sich in Ostpreußen anzusiedeln, wanderten später umso mehr aus Polen und Russland ein. Immerhin hatte Bismarck 1885 durch seine Ausweisungspolitik dafür gesorgt, dass russische Staatsbürger wieder ausreisen mussten. Manch einer kritisierte, dass es überwiegend Juden traf, und in der Tat wurden allein aus Königsberg über tausend ausgewiesen, aber es konnte ja nicht Sache der Deutschen sein, russische Staatsbürger vor Pogromen in ihrem eigenen Land zu schützen. Schließlich konnte man nicht jeden retten, und man hatte sich hier erst einmal um die eigene Bevölkerung und den eigenen Kulturerhalt zu kümmern.

Wilhelm wusste, dass Johannes von Reichenbach russischstämmige Angestellte auf dem Hof beschäftigt gehabt hatte. Natürlich hatte er sie nicht halten können, dabei hatte er wahrhaftig einiges versucht. Aber vielleicht war es ihm doch gelungen, vielleicht hatte er die Regierung überlisten können und Menschen weiterhin bei sich beschäftigt, so dass sie nicht mehr im Fokus standen. Und vielleicht brauchte es aufmerksame Mitbürger wie Wilhelm, um diesem Umstand ans Tageslicht zu verhelfen. Wilhelm hatte nichts gegen Russen, und im Grunde genommen waren ihm auch die Juden gleichgültig. Ihm war es auch gleich, ob nun wirklich jeder das Land verlassen hatte oder ob sich der eine oder andere versteckt hielt. Solange ihn kein von Reichenbach versteckte.

War Gesa anfangs außer sich vor Zorn gewesen, weil Magdalena sich weigerte, ihr Kind abzugeben und nach Hause zu kommen, so war sie nun froh darüber, dass die Tochter in der Ferne weilte. Jetzt, da jeder um den Bastard wusste, war ihr die Möglichkeit einer Eheschließung ohnehin verwehrt, nicht einmal ein Bauernsohn würde sie nun noch nehmen. Daher war es gut, dass sie fort war. Am besten geriet sie gänzlich in Vergessenheit bei der Gesellschaft, um Victorias Möglichkeiten nicht einzuschränken. Und diese waren immens, das wusste Gesa bereits jetzt. Ein großer Name, eine nicht unbeträchtliche Mitgift und nicht zu vergessen ihre Schönheit – kaiserliche Hofdame, auf dieses Ziel arbeitete Gesa hin, und bisher war Victoria wunderbar fügsam, hatte nichts Störrisches an sich, nichts Widerspenstiges. Leider ließ Carl Gesa nicht ganz so viel Spielraum in der Erziehung, wie sie gerne gehabt hätte.

Carl hatte hervorragende Lehrer eingestellt, die auf dem Gut wohnten, sowie eine Erzieherin für Victoria, die sie in gesellschaftlichen Themen wie Konversation und Etikette unterrichtete. Einmal die Woche kam ein Tanzlehrer, allerdings ließen die beiden Kinder derzeit noch den Ernst vermissen, und die Sache ging mit viel Gekicher und Albernheiten vonstatten. Glücklicherweise waren sie im Alter so nah beieinander, dass man keine Tanzpartner aus der Dienerschaft holen musste.

Wären die Umstände anders gewesen, hätte man Leonhards Kinder mit denen Carls zusammen unterrichten können, aber so wie die Dinge nun einmal lagen, war das unmöglich. Diese Geste wäre als herablassend empfunden worden, so, als stecke man den von Schletters Almosen zu oder als wolle Carl sich von der Schuld an Elisas Tod freikaufen. Die stolzen von Schletters hätten ein solches Ansinnen sofort abgelehnt, und so hatte Johannes, der sich mit der Idee trug, diese gar nicht erst vorgebracht. Gesa war das ohnehin recht, sollte Leonhard seine Kinder nur jeden Tag mit insgesamt drei Stunden Fahrzeit nach Königsberg schicken, sie wollte nicht, dass Constantin und Maximilian dieselben hervorragenden Lehrer bekamen, für die die von Reichenbachs dann auch noch zahlten.

Gut, bei Helene bestand ja nun keine Gefahr, dass diese eine ernsthafte Konkurrenz für Victoria werden würde. Wie konnte eine so schöne Mutter wie Adela von Schletter nur eine so unscheinbare Tochter hervorbringen? Selbst von Leonhard hatte sie nichts. Wie sollte so ein Mädchen je einen Ehemann finden, wenn es nicht einmal eine Mitgift vorzuweisen hatte? Aber gut, Berta von Schletter hatte ja auch einen Mann gefunden, was an und für sich schon ein Wunder war. Allerdings hatte sie auch nicht mehr als einen großen Namen geheiratet.

Gesa setzte sich an ihren Schreibtisch in ihrem Boudoir und verfasste eine Liste mit Namen für die Einladung zum Ball im Dezember. Es war zwar noch eine Weile hin, aber dergleichen musste gut vorbereitet werden. Nach wie vor hoffte sie darauf, endlich eine gute Partie für Carl an Land zu ziehen. Bei so vielen hübschen Töchtern musste doch endlich eine dabei sein, für die er sich interessierte. Johannes war ihr da keine große Hilfe. Ihm war lieber, Carl heiratete gar nicht als wieder die Falsche. Und einen Erben hatte er ja, daher bestand nach seinem Dafürhalten für das Zeugen weiterer Kinder keine Notwendigkeit.

»Ein Mann hat ja noch andere Bedürfnisse«, konterte Gesa recht steif.

»Wie wir gesehen haben, stillt er die auch ohne Ehefrau. Das heiße ich nicht gut, aber bevor ein solcher Eklat ein weiteres Mal passiert und wir uns die Feindschaft von noch einer Familie zuziehen, soll er das mit dem Heiraten besser sein lassen, es sei denn, es ist ihm ernst mit der Frau.«

Gesa wollte allerdings nicht einsehen, dass sie sowohl bei Carl als auch bei Magdalena versagt hatte, und so hielt sie an ihrem Vorhaben fest, eine anständige Schwiegertochter ins Haus zu bekommen, eine, die die Tochter sein würde, die sie nie gehabt hatte. Zudem konnte sie bereits behutsam die Fühler ausstrecken und Möglichkeiten für Constantin und Victoria ausloten. Sie lächelte, während sie an ihrer Liste schrieb. Das Dasein war nach Magdalenas Fall und Carls unseliger Ehe wieder angefüllt mit Aufgaben und Herausforderungen.

Das Schönste an Johannisburg war der kleine Marktplatz, den recht hübsche Bürgerhäuser umstanden. Es gab ein Rathaus und die Johanniskirche, ein Fachwerkbau, der vor gut fünfzig Jahren errichtet worden war, nachdem die nach der Reformation errichtete Kirche, abgebrannt war, von der nur noch der alte Turm mit den Spitzbogenfenstern stand. Johannisburg war Anfang des Jahrhunderts zu einer Kreisstadt ernannt worden, und allmählich hielt auch hier die Moderne Einzug. Die Stadt war an das Eisenbahnnetz der Bahnlinie Allenstein-Lyck angeschlossen, und es gab eine gut ausgebaute Straße über die polnische Grenze nach Grajewo, wovon die Holzwirtschaft profitierte. Außerdem hatte man eine Chaussee nach Ortelsburg gebaut.

Man konnte zwar beim besten Willen nicht behaupten, sich hier in einem Zentrum des kulturellen und modernen Lebens zu befinden, aber es hätte schlimmer sein können. Für einen Urlaub hätte Magdalena es vermutlich sogar recht hübsch gefunden. So jedoch langweilte es sie, und sie fragte sich, ob sie es aushielt, hier für den Rest ihres Lebens zu bleiben. Früher einmal hatte sie geglaubt, dass ein Leben, wie sie es derzeit führte, ihr Freiheit und Ungebundenheit garantierte, aber das war nicht der Fall. Ungebunden war sie schon allein Annas wegen nicht, und anstelle ihrer Eltern legte ihr nun die Gesellschaft Fesseln an. Da sie eine ledige Mutter war, schien es, als bewerte man ihr Benehmen noch kritischer als das anderer Frauen. Die Freiheit, zu tun und zu lassen, was ihr gefiel, hatte sie also beileibe nicht. Und ihre Tochter war ebenso gefangen in dem Konservativismus wie Magdalena einst.

»Frau von Reichenbach?«

Magdalena blickte auf und bemerkte Łukasz Korol. »Oh, guten Tag.« Sie korrigierte den Fehler nicht in *Fräulein* von Reichenbach. Entweder hatte er sich einfach vertan oder aber er ignorierte, dass sie nie verheiratet gewesen war.

»Wie geht es Ihrer Tochter?«, fragte er.

»Es geht ihr gut. Sie hatten seinerzeit recht, sie wollte einfach nicht zur Schule.«

»Und hat sich das Problem gelöst?«

Magdalena schüttelte nur vage den Kopf.

»Möchten Sie mit mir einen Kaffee trinken?«, fragte er übergangslos, und Magdalena sah ihn fragend an.

»Ich habe Mittagspause.«

»Und ich bin eigentlich auf dem Weg nach Hause.«

»Erwartet Sie dort eine dringende Verpflichtung?«

»Nein, aber …« Sie zögerte.

»Nun, dann steht dem nichts im Wege, oder?«

»Die Leute werden reden.«

»Wollen Sie mir allen Ernstes sagen, dass sie das nicht bereits tun?«

Magdalena verengte die Augen. »Denken Sie, weil ich ein Kind, aber keinen Mann habe, sei ich leicht zu haben?«

Jetzt zeigte sich ein Lächeln unverhohlener Erheiterung auf seinen Zügen. »Wäre das mein Ansinnen, hätte ich Sie in meine Räumlichkeiten gebeten.«

»Ich kann mir nicht vorstellen, dass Sie so plump vorgehen würden. Vielleicht nähern Sie sich ja langsam an.«

»Hm, vielleicht tue ich das in der Tat. Lassen Sie es darauf ankommen.«

Magdalena zögerte. Es war verlockend, und sie war so viel allein, hatte außer Justus' Freundschaft niemanden.

»Bisher geht es nur um einen Kaffee.«

»Also gut«, willigte sie ein. Dabei wusste er vermutlich so gut wie sie, dass es eben nicht nur um einen Kaffee ging. Der war lediglich der Anfang. Man würde sie gemeinsam sehen, und mochte Magdalena auch sagen, er sei ihr Hausarzt, so war dies mitnichten ein Grund, mit ihm zusammen in einer Konditorei zu sitzen. Alles, was Magdalena tat, hatte vor der Öffentlichkeit einen schlüpfrigen Hintergrund, davon konnte sie sich nicht befreien. Als habe die Tatsache, dass sie ein einziges Mal mit einem Mann geschlafen hatte, dazu geführt, dass sie beständig auf der Suche nach Liebschaften sei.

Sie steuerten eine Konditorei an, und Magdalena sah sich kritischen Blicke ausgesetzt, als sie ihm gegenüber an einem der kleinen Tische Platz nahm. Sie bestellten Kaffee, und Łukasz Korol fragte, ob sie gerne Kuchen hätte. In Hinblick auf ihre mageren Mittel lehnte Magdalena dies ab. Kuchen gab es nur zu besonderen Gelegenheiten, und dann ausschließlich selbstgebackenen.

»Sie sind hier ebenso zugezogen wie ich, nicht wahr?«, fragte er.

»Woher wissen Sie das?«

»Man hört so dies und das.«

»Meine Familie lebt in der Nähe von Königsberg.«

»Meine in Lyck.«

Lyck, jene Stadt, die nicht nur über eine Druckerei, sondern auch über ein Gymnasium verfügte und sich Hauptstadt Masurens nannte. Eine Reihe bedeutender Persönlichkeiten entstammten der Stadt, so dass diese sich – zu Recht oder nicht – als geistiges Zentrum der Region empfand. Warum verließ man eine solche Stadt, um nach Johannisburg zu gehen? Die Frage war Magdalena über die Lippen gekommen, noch ehe ihr aufging, dass das womöglich sehr indiskret war.

Ein kleines, selbstironisches Lächeln umschattete Łukasz Korols Mundwinkel. »Ich habe mich in eine etwas prekäre Situation begeben, die es angeraten sein ließ, die Stadt zu verlassen, um meiner Familie Kummer zu ersparen. Meine Eltern waren immer sehr auf ihren Ruf bedacht.«

»So etwas kann einem auch als Mann passieren?«

»Es mag Sie erstaunen, aber ja. Allerdings – und das räume ich ein – braucht es dafür etwas mehr als das Zeugen eines unehelichen Kindes. Dergleichen hätte man mir wohl in der Tat nachgesehen.«

Natürlich. Wenn man Carl sogar nachsah, dass er mit der Schwester seiner Frau schlief und seine Ehefrau dadurch in den Tod trieb … Magdalena hatte es seinerzeit kaum glauben können. Arme Elisa. Viel hatte sie nicht gehabt von der Ehe mit ihrer großen Liebe. »Nun«, sagte sie, als sie merkte, dass keine weitere Ausführungen kamen, »dann bin ich nur gar zu neugierig, um welche Art der Verfehlung es sich handeln könnte.«

»Ich möchte nicht in pikante Details gehen.«

»Sie kennen meine Verfehlung auch.«

»Die ist ja nun auch schwer geheim zu halten, nicht wahr?«

»Sie können mich doch nicht erst neugierig machen und dann schweigen. Das ist, als hielten Sie mir eine Süßspeise hin, ließen mich probieren und essen sie hernach selber.«

Dieser Vergleich brachte ihn zum Lachen.

»Sie haben aber niemanden ermordet, oder?«

Wieder lachte er. »Gott bewahre! Dafür hätte man mich wohl eher an den Galgen denn in die Verbannung geschickt. Keine Sorge, mein Geheimnis ist eher delikat als gefährlich.«

Magdalena nippte an ihrem Kaffee. »Ich bekomme es schon noch heraus.«

Er antwortete nicht, aber sein Lächeln war beredt, und Magdalena beschloss für sich, dass es auch unabhängig von ihrer Neugier durchaus wert war, ihn näher kennenzulernen. Vielleicht war es genau das, was er mit seiner Heimlichtuerei beabsichtigte. Nun, in dem Fall ging die Taktik wohl auf.

Adela wand sich unter Leonhards Liebkosungen, erwiderte seine Küsse und Zärtlichkeiten, indes für wenige Momente ihr gesamtes Dasein auf das zusammenschmolz, das sie unter seinen Händen spürte und während er sich in ihr bewegte. Sie zog seinen Kopf zu sich, küsste ihn, küsste ihn immer noch, als ihr Verlangen seinen Gipfelpunkt überschritten hatte und langsam abklang. Er sank auf das Kissen, seine Brust hob und senkte sich in raschen Zügen.

Noch während sich Adela darauf konzentrierte, wieder zu Atem zu kommen, musste sie an Karolinas Worte denken. Zog es Leonhard weiterhin zu anderen Frauen? Obwohl sie gemeinsame Kinder hatten und Adela ihn nie zurückwies? Kam er trotz allem nicht ausreichend auf seine Kosten? Oder hatte Karolina das nur gesagt, um ihn zu provozieren? Er hatte nicht widersprochen.

Leonhards Finger glitten an ihrer Wirbelsäule entlang den Rücken hinauf und hinab, und Adela fragte sich, ob es an ihren Gefühlen für ihn lag, dass sie ihn sich nicht mit einer anderen Frau vorstellen wollte, oder ob es nur verletzter Stolz war. Carl, das wusste sie, würde sie nicht betrügen. Sie schloss die Augen, wollte diesen unwillkommenen Gedanken verdrängen, aber das Bild, wie sie in seinen Armen lag, ließ sich nicht beiseiteschieben, nicht von anderen Bildern überlagern. Was für eine Frau war sie, die gerade die größtmögliche Intimität mit einem Mann genossen hatte und noch an seiner Brust liegend an einen anderen dachte? Dabei wusste sie nicht einmal, ob sie sich für Carl entscheiden würde, wenn man sie – mit dem Wissen, das sie heute hatte – noch einmal vor die Wahl stellen würde.

Was er Elisa angetan hatte, war furchtbar, und auch mit Karolina empfand Adela Bedauern, wenngleich diese es ihr nicht leicht machte, sie zu mögen. Fast schon war es, als laste sie Carls Verhalten Adela an. Dabei konnte sie doch nichts dafür, dass er sich zu dieser Art von Rachegelüsten gegenüber Leonhard hatte hinreißen lassen. Leonhard – da war sich Adela ziemlich sicher – hätte dergleichen nicht getan. Und doch konnte sie die Gefühle, die sie nach wie vor für Carl hegte, nicht ersticken, so gerne sie dies täte. Konnte nicht verhindern, dass wieder und wieder der Wunsch in ihr aufkeimte, seine Geliebte zu sein. Und sie empfand eine wild auflodernde Eifersucht, weil Elisa und Karolina wussten, wie es sich anfühlte. Dann, wie Nebel, der langsam über die Küste zog, kroch die Scham in ihr hoch.

Leonhards Atem ging ruhig und gleichmäßig, und Adela löste sich behutsam aus seinen Armen, schlang ein Laken um sich und ging zu einem Stuhl am Fenster. Sie schob den Vorhang weit genug beiseite, um in die Nacht hinaussehen zu können, setzte sich auf den Stuhl und zog die Knie an. Das Bild ihrer und Carls ineinander verschlungener Gliedmaßen schob sich vor den Nachthimmel, in dem sich ihre Gestalt durchscheinend spiegelte. Sie schloss die Augen, aber das Bild blieb, und ihr Herzschlag beschleunigte sich bei der Vorstellung geteilter Küsse und Zärtlichkeiten. Rasch öffnete sie die Augen wieder, schüttelte den Kopf, als ließe sich damit die Vorstellung vertreiben. Aber diese blieb hartnäckig, ließ ihr den Atem schneller gehen. Es wäre schön, das ahnte sie. Und Carl war ungebunden. Sie jedoch war es nicht, und sie wollte nicht, dass Leonhard sie verließ oder – Gott bewahre – starb. Was sie für ihn empfand, ging auf eine Weise tiefer als die Liebe und das ungestillte Verlangen nach Carl.

Sie erhob sich und ging zurück zum Bett, sah auf ihren schlafenden Mann und hatte ein elend schlechtes Gewissen. Behutsam schob sie sich neben ihn, drehte sich sein Gesicht zu und weckte ihn mit einem Kuss, drängte sich an ihn, so dass es keiner Worte bedurfte, damit er verstand, was sie von ihm wollte. Wenn ihn dieses Ansinnen erstaunte, ließ er es sich nicht anmerken. Ohne sich aus dem Kuss zu lösen drückte er sie in ihr Kissen und beugte sich über sie. Und während ihr Körper sich ihm entgegenbog, zerstob jeder Gedanke in ihr, und ihr ganzes Fühlen war nur noch auf den Moment gerichtet.

Dezember 1892

Obwohl er es nie offen zugegeben hätte, war Carl in seinem Innern eher Sozialdemokrat denn konservativ. Politik, Königstreue, all das war seit seiner Kindheit Teil seiner Erziehung. Und doch erfuhr er bei seinen Ausflügen nach Königsberg immer auch eine andere Wahrheit, eine, die einige seiner Freunde in Cafés, Künstlersalons und Lokalen teilten. Diese sahen im Nationalismus und dem steten Betonen patriotischer Bestrebungen ein Mittel, um von sozialen Missständen abzulenken. Und er erzog Constantin bereits in diesem Geist, zwar sehr subtil, denn er wollte keine Konflikte mit seinem Vater, aber doch so, dass er hoffentlich in dem Kind keimte.

An diesem Abend hätte er sich tatsächlich gerne nach Königsberg abgesetzt und lieber politische Reden gehört, als dem Dezember-Ball beizuwohnen, den seine Mutter schon seit Monaten mit viel Hingabe plante. Carl wusste natürlich, worum es tatsächlich ging. Seine Mutter war einfach nicht von dem Vorhaben abzubringen, ihm eine neue Ehefrau zu suchen.

Im Haus ging es zu wie in einem Taubenschlag, als alles

für den großen Abend vorbereitet wurde. Die von Schletters hatten eine Absage geschickt, aber alles andere hätte ihn auch gewundert. Im Grunde genommen war es lächerlich, sich gegenseitig ständig einzuladen, in dem Wissen, dass der andere ohnehin absagen würde. Es galt wohl einfach, eine gewisse Form zu wahren. Anders sah es bei Veranstaltungen aus, bei denen die Kinder zugegen waren, auf denen erschienen sie für gewöhnlich.

Carl verließ das Haus und stapfte durch den Schnee zum Pferdestall. Schneeschippen war vergebliche Liebesmüh, denn es schneite fortwährend, und jede Schneise, die man schlug, schloss sich rasch wieder. Dennoch mussten Türen und Wege freigehalten werden, und so griffen die Burschen immer wieder zur Schippe.

In den Stallungen brannten Laternen, fest angebracht an den Pfeilern, damit es nicht durch eine Unachtsamkeit zu einem Brand kommen konnte. Das Rascheln von Stroh war zu hören, das Mahlen von Pferdemäulern, leises Schnauben – für Carl war dies immer schon der Inbegriff wahrer Gemütlichkeit gewesen. Schon als Kind hatte er gerne in dem Aufenthaltsraum der Reitburschen gesessen.

Er ging in den Stutenstall, da eine der tragenden Stuten seit einiger Zeit Anlass zur Sorge gab. Zwar hatte der Tierarzt ein Auge darauf und auch der Stutmeister, aber Carl behielt das gerne selbst im Blick. Ein Reitbursche saß auf einem Stuhl und reckte sich schläfrig. Er trug eine dicke Jacke, und das Gesicht verschwand fast hinter dem wollenen Schal, so dass zwischen diesem und der Mütze nur die wasserblauen Augen zu sehen war. Rasch richtete er sich auf, als habe Carl ihn bei etwas Verbotenem erwischt.

»Geh und vertritt dir ein wenig die Beine«, sagte er. »Ich bin ja jetzt da.«

»Danke, gnädiger Herr.« Der Junge erhob sich und verließ den Stall.

Carl trat an die geräumige Box, in der die Stute stand. »Na, meine Schöne. Du wirst uns doch keinen Kummer machen, hm?«

Die haselnussbraune Stute sah ihn aus dunklen, feuchten Augen ruhig an, als verstünde sie jedes Wort. Sie neigte den Kopf, schien sagen zu wollen, dass sie selbst noch nicht wisse, was kommen würde. Carl streichelte das weiche Pferdemaul, steckte ihr eine schrumpelige Karotte hin, die sie mit leisem Knacken zerbiss. Als er Schritte hörte, drehte er sich um, dachte erst, der Reitbursche sei zurück, und erblickte seine Tochter Victoria, die einen dicken Mantel trug und eine Fellmütze, unter der ihre blonden Locken hervorquollen.

»Wie geht es Danae?«, fragte sie.

»Wie gehabt«, antwortete Carl, und Victoria trat zu ihm, streckte die Hand aus, um die Nüstern der Stute zu streicheln.

»Sollst du mich zum Essen holen?«, fragte er.

Sie schüttelte den Kopf. »Ich wollte nur ein bisschen raus.«

»Ist das alles?«

Sie schwieg, und er wartete. »Warum hast du Helene ein Pferd geschenkt und mir nicht?«, fragte sie schließlich. »Sie ist jünger als ich.«

Erstaunt sah er sie an. Das war doch schon Monate her. »Warum fragst du gerade jetzt danach?«

Ein kaum merkliches Schulterzucken war die einzige Antwort darauf.

»Ich habe ihr eins geschenkt, weil sie in ihrem jungen Alter schon reitet, als sei sie mit ihrem Pferd verwachsen. Das tust du nicht, daher wirst du zunächst weiterhin dein Reitpony reiten.«

»Constantin hat ein Pferd bekommen, da war er so alt wie ich jetzt.«

»Er ist ein hervorragender Reiter.« Carl taxierte seine Tochter prüfend. »Ich hatte bisher nie den Eindruck, dass dein Herz daran hängt, ein Pferd zu besitzen. Woher kommt der plötzliche Wunsch danach?«

Ihre Augen wichen ihm aus, sie sog die Lippen ein, streichelte erneut Danaes Nüstern und antwortete schließlich, ohne den Blick vom Pferd zu nehmen: »Stimmt es, dass du Helene das Pferd geschenkt hast, weil du ihre Mutter liebst und meine nicht?«

Carl spürte, wie Kälte in ihm hochkroch. »Wer sagt das?«

»Großmutter«, murmelte sie.

»Sie hat das zu dir gesagt?«

»Nein, zu Großvater.« Die Hände verharrten auf den Nüstern, dann zog Victoria sie zurück und schob sie in die Manteltaschen. »Dann hat sie mich gesehen und ausgeschimpft, weil ich gelauscht habe. Dabei habe ich das gar nicht, ich wollte in den Salon, und sie hat so laut gesprochen.«

Carl stieß den Atem in einem langen Zug aus. »Du hast deine Großmutter gewiss falsch verstanden, denn das würde ja bedeuten, dass mir an Helene mehr liegt als an dir, und kannst du dir das wirklich vorstellen?«

Victoria sah ihn an, eine kleine Falte zwischen den Brauen. »Nein, eigentlich nicht.«

»Ich liebe niemanden mehr als dich und Constantin. Niemanden. Wenn es um Liebe ginge, hättest du schon lange ein Pferd, aber so etwas entscheide ich nicht nach Gefühl. Du kennst mich doch. Habe ich je ein Pferd leichtfertig aus den Händen gegeben? Denkst du, ich würde Helene ein Pferd schenken, wenn sie nicht wirklich gut reiten könnte?«

Victoria schüttelte den Kopf.

»Du bekommst von mir alles, was du dir wünschst, aber ein Pferd erst, wenn du richtig gut reitest. Und das tue ich, weil ich dich liebe. Ich möchte nicht, dass du stürzt und dir etwas Schlimmes passiert.«

»Weil Mama so gestorben ist?«

Der Atem blieb ihm in der Kehle stecken, schien sich zu einem schmerzhaften Kloß zu verdichten. Er holte tief Luft, weitete die Lunge und atmete langsam aus. »Das hätte ich auch vor dem Tod deiner Mutter nicht getan, das wäre leichtsinnig gewesen.«

»Konnte Mama gut reiten?«

»Ja.«

»Warum ist sie dann gestürzt?«

»Manchmal stürzen auch gute Reiter, wenn sie einen Moment lang unachtsam sind oder das Pferd mit ihnen durchgeht. Unfälle lassen sich nicht vermeiden, man kann nur das Risiko kleiner halten.«

Victoria schwieg eine Weile. »Aber ich habe Großmutter nicht falsch verstanden, gewiss nicht. Sie hat laut gesprochen«, sagte sie schließlich.

»Dann hat deine Großmutter Unfug erzählt, und ich werde sie dafür zur Rede stellen.« Carl dachte mit Schaudern an den Moment, wenn seine Kinder alt genug wären, um das mit ihrer Mutter und Karolina zu begreifen. Denn irgendwann würden sie davon erfahren, das war unausweichlich.

Der Reitbursche kehrte zurück, und Carl verließ mit seiner Tochter den Stall. Das Licht aus dem Haus fiel durch die Fenster als weicher Schimmer auf den Schnee. Es war ein schönes altes Gutshaus – sandfarben, mit Giebeln und Gauben, wo man unter dem Dach auf dem Speicher das Knacken im Gebälk hören konnte. Elisa hatte das Haus gemocht, hatte es genossen, dass es im Winter so warm war in den Räumen und im Sommer so hell. Er wünschte, er hätte mehr dafür getan, dies hier zu einem richtigen Zuhause für sie zu machen.

Victoria bat darum, von der Galerie aus zusehen zu dürfen, wenn abends die Gäste kamen, und er erlaubte es, vorausgesetzt, sie ginge danach folgsam ins Bett. Sie nannte ihn ihren Herzenspapa, drückte ihm einen Kuss auf die Wange und lief die Treppe hoch, vermutlich, um Constantin die gute Nachricht zu überbringen, was letzten Endes wohl hieß, dass sie beide dort oben kauern würden.

Carl zog Mantel, Schal und Mütze aus, übergab beides dem Hausdiener und ging in den Salon zu seinen Eltern. Seine Mutter blickte auf, beobachtete ihn vorsichtig und schien ausloten zu wollen, ob Victoria ihm etwas erzählt hatte. Einen Moment lang ließ Carl sie im Ungewissen, ging zum Servierwagen und schenkte sich etwas zu trinken ein.

»Wenn du noch einmal behauptest, ich würde Adelas Kinder meinen gegenüber bevorzugen«, sagte er und schwenkte das Glas leicht in der Hand, »dann entziehe ich dir meine Kinder gänzlich.«

Gesa von Reichenbach riss die Augen auf. »Was hat das freche Ding dir erzählt? Dass sie gelauscht hat?«

»Das spielt überhaupt keine Rolle. Wenn sie es hört, kann es jeder andere auch hören. Die Dienstboten mögen für dich unsichtbar sein, aber taub sind sie nicht.«

»Ich habe nicht … Ich meine, es wirft doch Fragen auf, wenn du die hässliche Tochter der von Schletters so verwöhnst und dein hinreißendes Kind …«

»Verdammt noch mal!«, fuhr Carl dazwischen. »Ich …«

Sein Vater hob die Hand, gebot ihm zu schweigen. »Es reicht, ich möchte keinen Streit. Gesa, ich habe es dir vorhin schon gesagt, und ich wiederhole es hiermit: Dergleichen Unsinn wird hier nicht mehr geäußert. Und du, Carl, mäßigst dich jetzt. Sie ist immer noch deine Mutter. Und was deine Gefühle für die Mütter von Victoria und Helene angeht, wollen wir dies nicht näher ausführen. Dass du allerdings Helene mehr liebst als Victoria, ist natürlich Unsinn, das weiß deine Mutter im Grunde auch. Sie echauffiert sich nur darüber, dass die kleine von Schletter von dir so großzügig beschenkt wurde.«

Carl lag eine Entgegnung auf der Zunge, aber er spülte sie mit einem großzügigen Schluck aus seinem Glas hinunter. Dann wandte er sich ab und verließ den Salon.

»Der Arzt gefällt dir?«, fragte Justus, die Füße auf dem Kamingitter, wo der Schnee langsam von den Stiefelsohlen schmolz und zischend in den heißen Kohlen verdampfte.

»Wir haben ein paarmal zusammen eine Tasse Kaffee getrunken, mehr nicht.«

»Immerhin.«

»Ich lasse mich mit keinem Mann ein, schon um Annas willen.« Magdalena zog ihren wollenen Schal enger um sich und rückte mit dem Sessel näher zum prasselnden Feuer. Sie fror erbärmlich, den ganzen Tag schon.

»Vielleicht wird daraus ja etwas Ernstes.« Justus hob seine Tasse mit heißer Schokolade an die Lippen.

Ein knappes Schulterzucken war die einzige Antwort, die Magdalena darauf zu geben hatte. Ihr tat schon seit dem frühen Morgen der Kopf weh, und den Weg zur Arbeit hatte sie nur mit äußerster Anstrengung bewältigt. Inzwischen lag der Schnee fast kniehoch, was für Anna ein Quell der Freude war – nicht nur, weil sie gerne draußen spielte, sondern auch, weil sie nicht in die Schule musste.

»Fühlst du dich nicht gut? Du siehst unwohl aus.«

»Nein, alles bestens. Nur ein wenig Kopfweh.« Und Schmerzen im Nacken, Hitze, die sich in ihren Augen zu sammeln schien und sich dahinter als Druck aufbaute.

»Ich könnte den Arzt kommen lassen.«

»Untersteh dich!«

»Er macht Hausbesuche.«

»Na, er wird sich bedanken, wenn er wegen ein bisschen Kopfweh durch den kniehohen Schnee stapfen muss.«

»Er würde vermutlich wie ich mit dem Schlitten kommen.«

»Lass es gut sein, ja? Es geht schon.«

Justus wirkte skeptisch, insistierte jedoch nicht weiter und verabschiedete sich schließlich, damit sie sich hinlegen konnte. Und das tat sie entgegen ihren Gewohnheiten tatsächlich, aber auch mit Kohlepfanne im Bett wurde ihr nicht richtig warm. Sie sparte an Heizmaterial, da ihr Geld nicht reichte und ihr wichtig war, dass vor allem Anna es schön warm hatte. Aber selbst die lief den ganzen Tag in dicker, wollener Kleidung herum und verbrachte die Zeit am liebsten in der Küche, wo sie an dem geschrubbten hölzernen Tisch nahe dem Ofen zeichnete oder auf ein Kissen neben den Ofen gekauert las. Wenn ihr nachts gar zu kalt wurde, kam sie zu Magdalena ins Bett gekrochen, aber diese Nacht würde diese es ihr verbieten, denn falls sie tatsächlich krank wurde, sollte Anna sich nicht anstecken.

Während sie frierend im Bett lag, dachte sie an Łukasz Korol. Alle dachten, sie sei so erfahren in der Liebe, weil sie Mutter war. Dabei hatte sie im Grunde doch nur wenig Ahnung. Sie hatte ein paarmal geschwärmt, ein paarmal geküsst, einmal körperlich geliebt. Aber dadurch kannte man die Liebe doch nicht.

Manchmal dachte sie, dass sie gerne jemanden hätte, einen Partner, der für sie da war und sie unterstützte, ihr half, das alles nicht mehr allein zu tragen. Aber er musste auch als Vater für Anna geeignet sein, und derzeit konnte sich Magdalena nicht vorstellen, einem Mann zu erlauben, sich in die Erziehung ihrer Tochter einzumischen. Zitternd schloss sie die Augen mit dem Gefühl, dass ihr nie wieder warm werden würde.

Schon im Dienstbotenkorridor roch es verführerisch nach frisch Gebackenem, und Victoria – den strengen Augen ihrer Erzieherin entwischt – beeilte sich, in die Küche zu kommen, wo geschäftiges Treiben herrschte. Buttriges Gebäck wurde gerade aus dem Ofenrohr gezogen, während in einen anderen Ofen eine Form mit Teig geschoben wurde. Auf der Anrichte reihten sich Schüsseln mit Plätzchen, die darauf warteten, verziert zu werden. Auf Schloss Lilienau durfte Helene in der Küche beim Backen helfen, Plätzchen ausstechen und sie später mit dickem Zuckerguss oder Konfitüre bestreichen. Im Vorjahr hatte Victoria auch mitgemacht, das war ein Riesenspaß gewesen. Tante Adela hatte mit ihnen in der Küche gestanden, und es war viel gelacht worden. Sogar Max hatte sich dazugesellt und ein wenig geholfen. Daheim hatte Victorias Großmutter sie dann ausgeschimpft, weil ihr Kleid voll mit Zuckerguss und Konfitüre war, dabei hatte sie eine Schürze getragen, aber es hatte sich trotzdem nicht vermeiden lassen. Dieses Jahr wäre sie gerne wieder hingegangen, aber genau an dem Tag hatte ihre Großmutter sie mit zu einer Freundin genommen, wo sie die ganze Zeit hatte stillsitzen müssen.

Jetzt saß sie auf dem gemütlichen Stuhl nahe dem gekachelten Bollerofen und sah dem Treiben in der Küche zu. Die Köchin, Frau Rebuschat, steckte ihr immer wieder Leckereien zu, mal ein Plätzchen, mal einen großen Kuchenkrümel, der vom Rost gefallen war. »E kleenet Etwas öss beter als e grotet Garnuscht«, pflegte sie dabei zu sagen und zwinkerte ihr zu. Victoria sah zu, wie Teig angerührt und später ausgerollt wurde, ehe man ihn in Vierecke schnitt. Sie hatte sich süße Teigtaschen zum Dessert gewünscht, mit viel Butter und Zimtzucker. Offenbar hatte ihr Vater den Wunsch in die Küche weitergegeben. Allein beim Gedanken daran lief ihr das Wasser im Mund zusammen.

Victoria verbrachte im Winter gerne Zeit in der Küche, wo es immer so behaglich war und so herrlich roch. Sie wusste, dass hier unten eine Rangfolge herrschte, die denen der Herrschaften nicht unähnlich war. Die Köchin stand der Küche vor und hätte sich nie dazu herabgelassen, mit den Küchenmädchen zu speisen. Sie und die Haushälterin, Frau Reese, hatten ihr eigenes kleines Zimmer, wo sie zusammen mit der Kammerzofe und dem Hausverwalter die Mahlzeiten zu sich nahmen. Beim Stallpersonal gab es ähnliche Hierarchien. Victoria stellte sich die Mahlzeiten bei den Stuben- und Küchenmädchen viel spannender vor. Bestimmt gab es allerlei zu erzählen und viel Gelächter. Oben durfte bei Tisch nie gelacht werden, sonst schickte Großmutter Gesa einen ohne Mahlzeit aufs Zimmer – zumindest, wenn ihr Vater nicht dabei war. In seiner Gegenwart wagte sie das nicht. Bei Großmutter Berta war es schöner, da fror man zwar beständig, aber bei Tisch ging es nicht so steif zu.

»Fräulein Victoria!«

Victoria schrak zusammen und stand eilig auf. Ihre Erzieherin stand in der Tür, die Hände in die Hüften gestemmt, die Brauen finster zusammengezogen.

»Was ist das für ein Benehmen? Sich in der Küche zu verstecken, wo der Unterricht bereits begonnen hat.«

Französisch parlieren in der ersten Stunde. Wie sehr

sie gehofft hatte, dem zu entgehen. Unter den nachsichtig lächelnden Blicken des Küchenpersonals verließ sie den Raum und zog in dem kalten Korridor fröstelnd die Schultern hoch.

»Wie oft haben ich und die werte Frau Großmutter schon gesagt, dass die Küche kein Aufenthaltsort für junge Damen ist?«

Schweigend ließ Victoria die unvermeidliche Predigt über sich ergehen. Helene und Max hatten es gut, die mussten wegen des Schnees nicht zur Schule. Allerdings würden sie im Januar nach Königsberg ziehen, um dort bei Verwandten von Großmutter Berta zu wohnen, bis das Tauwetter einsetzte, damit sie wieder zum Unterricht konnten. Die Glücklichen. Erst zwei Monate lang keine Schule, und dann lebten sie in Königsberg. Victoria seufzte tief.

Sie stiegen die Treppe zum Obergeschoss hoch, vorbei an einem Bild, das ihren Vater und ihre Mutter zeigte, irgendwann kurz nach der Hochzeit. Es war Sommer, und ihre Mutter trug ein hübsches, helles Kleid. Victoria mochte das Bild – außer dem Hochzeitsfoto, das im Salon stand, war es das einzige, das im Haus von ihrer Mutter existierte, und sie blieb oftmals davor stehen, um es anzusehen. Ihre Mutter sah so lieb aus. Und irgendwie war sie ihr so vertraut, obwohl sie sich nicht an sie erinnern konnte. Victoria fand, dass sie die schönste Frau der Welt war, sogar noch schöner als Tante Adela, und sogar schöner als sie selbst, und sie war schon überaus schön, das wusste sie, denn ihre Umgebung sagte es ihr immerzu.

»Fräulein Victoria. Bitte trödeln Sie nicht!«

Mit einem weiteren tiefen Seufzer setzte Victoria ihren Weg fort. »Es ist doch Heiligabend«, beschwerte sie sich.

»Eben. Und wer heute Abend Bescherung möchte, lernt jetzt fleißig und hält das Personal in der Küche nicht von der Arbeit ab.«

Als Victoria das Lernzimmer betrat, saß Constantin bereits am Tisch, vor sich ein aufgeschlagenes Buch. Er war fleißig und würde sicher ein Gelehrter werden. Victoria fragte sich, warum sie das alles überhaupt lernen musste, es war so furchtbar öde. Und ihre Großmutter sagte immerzu, es sei überflüssig, dass sie sich den Kopf mit all dem trockenen Zeug vollstopfe, sie heirate ohnehin.

»Leonhard?« Adela trat zu ihm, einen Brief in der Hand. »Kann ich dich kurz allein sprechen?«

»Sicher.« Er berührte ihren Ellbogen, um ihr zu bedeuten, mit ihm zu kommen. Sein Arbeitszimmer war um diese Zeit geheizt, und Adela stellte sich so nahe neben den Kamin, wie es mit ihrem Kleid gerade so möglich war, ohne Angst zu haben, in Flammen aufzugehen. »Was gibt es?«

»Justus hat mir geschrieben. Du weißt ja, dass er mit Magdalena befreundet ist. Ich möchte gerne, dass du Carl aufsuchst.«

Leonhard runzelte die Stirn.

»Ich würde es ja selbst tun, aber du weißt ja …« Sie zögerte, und er nickte. Ja, er wusste.

»Gut. Was soll ich ihm sagen?« Wäre Magdalena etwas passiert, müsste das wohl mitnichten auf so umständlichem Weg zugetragen werden. Hoffentlich ging es um keine Indiskretion, denn Leonhard würde den Teufel tun, zu Carl zu reiten, um seine Schwester zu denunzieren. Allerdings würde Adela dergleichen wohl auch nicht verlangen.

»Sie ist krank, weil sie kein Geld für Feuerholz hat. Justus wollte ihr helfen, aber dafür ist sie zu stolz, und das ist ja auch keine Lösung auf Dauer. Außerdem ist da noch das Kind, und das ist doch keine Umgebung für so ein kleines Mädchen, ein ungeheiztes Haus in Masuren im Winter.«

»Wie hat sie das in den Vorjahren gelöst?«

»Das weiß ich nicht, irgendwie ging es wohl. Vielleicht ist ihre Gesundheit inzwischen einfach nicht mehr so robust.«

Leonhard nickte. »Also gut, ich spreche mit Carl.«

»Danke. Sie tut mir leid. Und auch das Kind.«

»Ja, mir auch.« Er hatte überhaupt keine Lust, jetzt durch den Schnee bis zum Reichenbach-Gut zu reiten, aber sei's drum, in den nächsten Tagen hätte er keine Zeit dafür, und vermutlich war nun rasches Handeln nötig.

Eine halbe Stunde später führte er sein Pferd aus dem Stall, das von der Aussicht auf einen Ausritt ebenso wenig erfreut zu sein schien wie er. »Es geht nicht anders, mein Freund«, sagte er und stieg auf.

Der Wind war schneidend kalt, und Leonhard tränten beständig die Augen, aber wenigstens schneite es momentan nicht. Dennoch dauerte der Weg durch den hohen Schnee über eine Dreiviertelstunde. Als er schließlich in den Hof der von Reichenbachs ritt, war er durchgefroren. Das war ja genau das Richtige an Heiligabend. Hoffentlich kam er überhaupt pünktlich zurück.

»Guten Abend, Herr Baron«, sagte der verblüfft dreinblickende Hausdiener Ernst, als er die Tür öffnete.

»Guten Abend. Ich möchte zu Herrn Carl.«

»Der ist in seinem Arbeitszimmer.«

»Danke, ich kenne den Weg.« Ernst nahm ihm Mantel, Mütze, Handschuhe und Schal ab, und Leonhard spürte, wie ihm die Hitze nahezu schmerzhaft in die Wangen biss.

Carl wirkte nicht weniger überrascht als der Hausdiener. »Ist etwas passiert?«

»Traurig, wenn dir das bei meinem Anblick als Erstes einfällt, nicht wahr? Nein, es ist nichts passiert, aber deine Schwester braucht wohl Hilfe.«

Nun wirkte Carl alarmiert, wenn auch ein wenig argwöhnisch. »Und das schreibt sie dir und nicht mir?«

»Justus hat Adela geschrieben. Es fehlt an Heizmaterial, dein Vater möchte ja nach wie vor kein Geld schicken, und sie ist nun wohl krank.«

Carl stieß zwischen zusammengebissenen Zähnen etwas hervor, das wie ein leiser Fluch klang. »Warum sagt sie mir denn nicht, dass sie Hilfe braucht?«

»Aus Stolz?«, mutmaßte Leonhard.

Carl seufzte. »Wie auch immer. Ich werde mich umgehend darum kümmern. Danke, dass du extra deswegen gekommen bist.«

»Keine Ursache.« *Ich weiß ja, dass deine Schwester dir ebenso wichtig ist wie mir meine.* Leonhard sprach den Gedanken nicht aus. Es brachte ja auch nichts, ihm wieder und wieder Elisas wegen zuzusetzen. Da es mehr nicht zwischen ihnen zu sagen gab und Leonhard peinliches Schweigen vermeiden wollte, verabschiedete er sich. »Ich muss zusehen, dass ich pünktlich zu Hause bin«, fügte er hinzu, als sei er eine Erklärung schuldig.

»Es ist noch früh, du kannst dich gerne mit einem heißen Getränk aufwärmen.«

Leonhard lehnte ab und verließ das Arbeitszimmer. In der Eingangshalle begegnete ihm Victoria. Auch sie wirkte erstaunt.

»Feiert ihr heute mit uns, Onkel Leonhard?«

»Nein, Liebes, aber wir sehen uns bald. Ich hole euch nach Weihnachten mal mit der Kutsche ab.«

»Au, fein.«

Er strich ihr über den blonden Schopf und nahm dem Hausdiener seinen Mantel ab, band sich den Schal um Hals und Gesicht, so dass nur die Augen frei blieben, setzte seine fellgefütterte Mütze auf und zog die Handschuhe an. Als er den Hof betrat, blies ihm der Wind Schneeflocken wie feine Nadelstiche ins Gesicht. Der Rückweg dauerte noch länger als der Hinweg, weil er nun gegen den Wind ritt. Als er endlich ankam, war er so durchgefroren, dass ihm seine Bewegungen steif und eckig erschienen.

»Wo warst du?«, fragte Helene, die ihm mit einer Zuckerstange in der Hand entgegenkam.

»Ich musste etwas mit deinem Onkel Carl besprechen.«

»Warum hast du mich nicht mitgenommen?« Helene liebte es, in den Pferdeställen herumzustreunen, was Johannes von Reichenbach erstaunlicherweise duldete.

»Weil es zu anstrengend für dich gewesen wäre. Und zu kalt.«

»Ach, schade.«

Maximilian kam die Treppe hinunter, das sonst so widerspenstige weizenblonde Haar ordentlich frisiert, gekleidet in Gehrock und Hosen mit feinen Streifen. Er hatte von Leonhard nur die Augen, ansonsten war er rein äußerlich ganz und gar Adelas Sohn. Nur in dem widerspenstigen Wesen glich er seiner Tante Karolina, was wohl der Grund dafür war, dass die beiden nicht miteinander auskamen.

»Papa wird sicher kein Wickelkind mit durch den Schnee nehmen«, sagte er, und Helene fuhr wütend herum, aber Leonhard legte ihr begütigend die Hand auf die Schulter.

»Vertragt euch wenigstens heute.«

Maximilian zuckte lässig mit den Schultern. Es hatte ihn geärgert, dass Carl Helene zu ihrem siebten Geburtstag ein Pferd geschenkt hatte. Er selbst hatte erst jetzt eines bekommen und sich vorher lange eins gewünscht. Leonhard hoffte, dass ihr Verhältnis zueinander nicht so problematisch blieb, aber vermutlich waren das hier nur die normalen geschwisterlichen Zankereien.

»Da bist du ja.« Seine Mutter kam in die Halle. »Das Essen wird gleich aufgetragen.«

»Ich ziehe mich um, dann komme ich.«

Berta von Schletter nickte lächelnd und ging zurück in den Speisesaal, um letzte Vorbereitungen zu treffen. Er wusste, dass viele über seine Mutter spotteten, sie als nicht ganz gescheit abtaten. Nach Elisas Tod war sie traurig gewesen, aber kurz darauf hatte sie wieder einen Grund gefunden, glücklich zu sein. Leonhard konnte sich nicht daran erinnern, je ein lautes Wort von ihr gehört zu haben, nicht einmal ein unfreundliches. Aber die Fähigkeit, aus eigener Kraft glücklich zu sein, schien manchen Zeitgenossen offenbar unheimlich. Dabei wünschte Leonhard, er hätte in dieser Hinsicht ein bisschen von ihr geerbt, aber das hatte keiner von ihnen.

April 1893

Magdalenas Genesung war sehr langsam vorangeschritten. Von Carl war kurz nach Weihnachten Geld gekommen und ein Brief, in dem er sie mit knappen Worten anwies, ihm künftig früher Bescheid zu geben, wenn es ihr an etwas fehlte. Erst hatte Magdalena sich gefragt, woher er von ihrer Misere wusste, aber dann wurde ihr klar, dass es da nur eine Quelle geben konnte, und sie stellte Justus zur Rede.

»Irgendwer muss ja vernünftig sein, wenn du es nicht bist«, hatte er geantwortet. »Und wenn du schon nicht um deinetwillen den Arzt holst, dann wenigstens um Annas willen, schließlich braucht sie dich.«

Das war das Einzige, was Magdalena zu einem Einsehen gebracht hatte, und so war Łukasz Korol gekommen und hatte sie untersucht, hatte einen grippalen Infekt diagnostiziert und viel Ruhe verschrieben. Später war ein hartnäckiger Husten hinzugekommen, bei dem Sorge bestanden hatte, er könne sich zu einer Lungenentzündung auswachsen. Magdalena war von ihrer Haushälterin umsorgt worden, die sich auch um Anna kümmerte, die sie inzwischen über alles liebte. »Ich hatte nie eigene Kinder und hätte so gerne welche gehabt!«, sagte sie, während sie das Mädchen hätschelte. Ihr Mann sorgte dafür, dass immer Holz im Haus war, schippte Schnee, reinigte den Kamin und die Öfen.

Magdalena wusste nicht, wie hoch sich die Arztkosten mittlerweile beliefen, aber Dr. Korol hatte ihr gesagt, sie solle sich keine Gedanken darum machen. Sie argwöhnte, dass Justus alles beglich oder aber Carl über verschlungene Wege davon erfuhr und selbst dafür aufkam.

Dann hatte irgendwann der Frühling seine Fühler ausgestreckt. Der Schnee taute, es wurde milder, erstes Grün spross, und anstelle von tagelangem Schneien fiel Regen. Bäume standen in Blüte, und Anna konnte wieder lange draußen spielen. Allerdings musste sie auch wieder in die Schule, was ihr nicht ganz so gut gefiel.

Nachdem Magdalena zwei Monate ans Bett gefesselt gewesen war, hatte sie ihre Arbeit verloren, und nun hielt sie sich mit Gelegenheitsarbeiten über Wasser. Da Carl seine Zahlungen beibehielt und sie nicht mehr so viel Feuerholz benötigten, kam sie trotzdem gut über die Runden. Nur die Schwäche in den Gliedern machte Magdalena zu schaffen, sie kam einfach nicht richtig zu Kräften, und der tägliche Marsch nach Johannisburg verlangte ihr viel ab.

»Sie sollten sich mehr schonen«, hatte Dr. Korol geraten.

»Wie lange denn noch? Wo gibt es denn so etwas, dass man monatelang krank im Bett liegt?«

Eines Nachmittags, als sie mit einer Limonade auf der vorderen Veranda saß, bemerkte sie eine Kutsche, die sich dem Haus näherte. Sie richtete sich auf, verengte die Augen, um zu sehen, ob sie die Kutsche erkannte. Das Gefährt fuhr in den Hof, und der Kutscher stieg vom Bock, um den Schlag zu öffnen.

»Carl?« Magdalena glaubte, ihren Augen nicht trauen zu können, während der Kutscher den Gurt um das Gepäck löste.

Erst stand sie wie erstarrt, dann löste sie sich und lief auf ihn zu. Er lachte, fing sie auf, hob sie hoch und drehte sich einmal mit ihr im Kreis, ehe er sie wieder absetzte.

»Warum hast du mir nicht geschrieben, dass du kommst?«

»Dann wäre es ja keine Überraschung mehr, nicht wahr?« Carl bezahlte den Kutscher, während Hannes Mann Wilhelm aus dem Haus trat, um mit dem Gepäck zu helfen. Er stellte sich erneut vor, als könne Carl ihn vergessen haben.

»Wilhelm Triest, der Hausverwalter, gnädiger Herr.«

»Carl von Reichenbach.«

»Der Herr Bruder des gnädigen Fräuleins.«

»Eben der«, bestätigte Magdalena und hakte sich bei Carl ein.

»Wo ist Anna?«

»Vor einer Stunde war von ihr nur ein Kleiderzipfel in der Krone ihres Apfelbaums zu sehen.«

Carl hob fragend die Brauen.

»Sie hat einen Lieblingsbaum, wo sie oft sitzt und liest.«

»Klingt, als wäre sie deine Tochter.«

»Nun, das zumindest ist unzweifelhaft.«

Sie betraten das Haus. »Bring bitte das Gepäck meines Bruders in das Gästezimmer.« Dann wandte sich Magdalena an Hanne, die nun ebenfalls in die kleine Eingangshalle trat. »Mein Bruder, Carl von Reichenbach.«

»Ich erinnere mich. Herzlich willkommen.«

»Machst du uns ein paar belegte Brote und Kaffee?«

»Kommt sofort, gnädiges Fräulein.«

Sie gingen in den Herrensalon, und Carl sah sich anerkennend um. »Gemütliches Haus. Ich hatte es etwas heruntergekommener in Erinnerung.« Allerdings hatte er seinerzeit, als er Magdalena hierher begleitet hatte, kaum einen Blick gehabt für Haus und Umgebung. Vielmehr hatte ihn die Sorge um sie umtrieben, der Zorn auf den Mann, der sie in diese Situation gebracht hatte.

»Na ja, ich war anfangs ein wenig schockiert, weil es so klein und einfach ist. Aber mittlerweile mag ich es sehr.«

»Und in welchem Baum hockt nun meine Nichte?«

Nichte. Er hatte es ausgesprochen, sie gehörte zu ihm, ebenso wie Magdalena seine Schwester war. »Warte, ich rufe sie.« Mit wild klopfendem Herzen trat Magdalena an die Verandatür. »Anna!« Sie musste noch dreimal rufen, ehe sie endlich eine Antwort bekam.

»Ja, Mama!«

»Komm, hier wartet Besuch.«

»Ist gut.«

Magdalena hätte sich gewünscht, dass Anna ein wenig präsentabler war als mit verrutschten Strümpfen, verkratzten Knien und Schienbeinen und einem Kleid, in dem weiße Blütenblätter hingen. Das Haar, morgens noch ordentlich frisiert, hing ihr halb gelöst auf die Schultern, und ihre Wangen hatten einen rosigen Schimmer. »Carl, dieser Wildfang ist meine Anna. Anna, dein Onkel Carl.«

Carl musterte das Kind, dann grinste er breit. »Sieht so aus, als ließe deine Mutter dich all das tun, was sie als Kind nicht tun durfte.«

Erleichtert lachte Magdalena. »Anna, möchtest du deinen Onkel nicht begrüßen?«

Artig reichte Anna ihm die Hand. »Guten Tag, Onkel Carl.«

»Guten Tag.« Er lächelte. »Wie schön, dass wir uns endlich kennenlernen.«

»Du hättest ja mal früher kommen können.«

»Anna!«

Carl lachte. »Schon gut, sie hat ja recht. Ich werde das künftig nachholen, ja?«

»Ist gut. Darf ich jetzt wieder raus?«

»Ja, geh nur.« Magdalena wandte sich an Carl. »Eigentlich ist sie ein höfliches Kind.«

»Sie hat nur die Wahrheit gesagt.« Er zwinkerte ihr zu, und im nächsten Moment betrat Hanne mit einem Servierwagen den Salon.

»Wie war die Reise?«, fragte Magdalena, als sie Platz genommen hatten.

Sehr schön, erzählte er. Er hatte den Zug von Königsberg über Rastenburg nach Lyck genommen, hatte dort genächtigt und war am kommenden Tag nach Johannisburg gereist. »Du müsstest mal nach Lyck fahren, dort würde es dir gefallen, die einzige Stadt in Masuren, die man als nahezu großstädtisch bezeichnen kann.«

»Was gibt es Neues von daheim?«

»Nichts, was ich dir nicht schon in Briefen geschrieben hätte.«

»Und wie war der Ball, auf dem Mutter nach einer neuen Braut für dich Ausschau halten wollte?«

»Frag nicht«, antwortete er und verdrehte die Augen.

Nachmittags erschien Justus Lamberg, und er ging mit einer Selbstverständlichkeit in den Salon, die Carl irritierte. Dass er Magdalenas Bruder hier antraf, ließ ihn erstaunt innehalten, aber er fasste sich schnell wieder, grüßte höflich und nahm Magdalenas Einladung zum Kaffee an.

»Ist er dein Liebhaber?«, fragte Carl, als er mit seiner Schwester wieder allein war.

»Du lieber Himmel, nein. Ich hoffe, du fragst jetzt nicht als Nächstes, ob er Annas Vater ist.«

»Nun, bis neun zählen kann ich durchaus. Er war zu dem fraglichen Zeitpunkt gar nicht in Königsberg.«

Sie öffnete das Fenster und ließ den sanften Aprilwind in den Raum. »Viele hier glauben das, und sie lassen sich nicht davon abbringen.«

»Na ja, man kann in Anna allerdings nicht viel von Justus erkennen.« Sie war ein hübsches Kind mit grünblauen Augen und Haaren in einem kühlen Dunkelbraun. Justus war dunkelblond und hatte braune Augen. Ähnlichkeit mit Anna war auch nicht in den Gesichtszügen zu finden. Carl hatte die Kleine beobachtet, hatte versucht auszuloten, wer der Vater war.

»Warum willst du seinen Namen nicht nennen?«, fragte er, als sie abends bei einem späten Essen saßen und Anna von Hanne ins Bett gebracht wurde.

»Weil es eine Wahrheit wäre, die niemandem etwas nützt.« Sie spießte ein Stück kalten Braten auf und kaute mit nachdenklicher Miene. »Er hatte Angst, als ich ihm von der Schwangerschaft erzählt habe.«

»Ja, das glaube ich gern.«

»Es wäre nicht recht, wenn sein Tun seine Familie die Existenz kostet.«

»Aber denkst du nicht, dass Anna ein Recht darauf hat, es zu erfahren?«

Sie zuckte die Schultern. »Vielleicht … irgendwann …«

Schweigend aßen sie weiter. Der Braten war wirklich gut, und Carl schnitt sich eine weitere Scheibe ab. Es war behaglich hier in dem kleinen Esszimmer mit dem leise bollernden Ofen, der abends immer noch mal beheizt wurde, da es tagsüber zwar warm, aber zum Abend hin nach wie vor winterlich kühl wurde. »Ich möchte, dass du mir künftig schreibst, wenn es dir an etwas fehlt«, sagte er.

Sie schwieg. »Diese Standpauke hat mir Justus schon gehalten«, antwortete sie schließlich.

»Zu Recht.«

»Ich wollte es allein schaffen.«

»Du trägst aber nun einmal nicht nur für dich die Verantwortung, sondern auch für das Kind.«

Sie legte die Gabel hin, griff nach ihrem Glas, nahm einen Schluck und stellte es ab. »Da ist ohnehin noch etwas, über das ich mit dir sprechen wollte.« Sie faltete die Hände und legte das Kinn darauf. »Es geht darum, was mit Anna geschieht, wenn mir etwas zustößt.«

»Gott bewahre.«

Sie lächelte. »Aber Vorsorge muss ich dennoch treffen, nicht wahr?«

»Darüber gibt es eigentlich nicht viel zu diskutieren.

Wenn es dazu kommt – was wir nicht hoffen wollen –, dann nehme ich sie zu mir.«

»Und was ist mit Mutter und Vater?«

»Die können gerne versuchen, mich davon abzuhalten. Abgesehen davon, denke ich kaum, dass sie ein mutterloses Kind auf die Straße setzen. Sei es, wie es will, Anna ist immer noch ihr Enkelkind.«

»Du weißt, dass sie sie nicht als solches anerkennen. Um Vater mache ich mir diesbezüglich auch weniger Sorgen als um Mutter.«

»Das verstehe ich, aber sie hat mir in dieser Hinsicht nichts zu sagen, also sei unbesorgt.« Carl nahm sein Glas, schwenkte es leicht zwischen den Fingern und dachte über die Männer in ihrem Umkreis nach, fragte sich wieder einmal, welcher davon Magdalena nahegekommen war. »Ist es ein Dienstbote?«

»Du kannst es nicht lassen, nicht wahr?«

»Ich würde es Vater nicht verraten.«

»Nein, aber vielleicht wäre dein Bedürfnis, diese Schmach zu rächen, irgendwann doch zu groß. Ich habe ihm versprochen zu schweigen, und das tue ich.«

Er trank den letzten Schluck aus und stellte das Glas zurück auf den Tisch. Die rotgoldene Abenddämmerung war Dunkelheit gewichen, und im Fenster spiegelte sich der Raum. Flüchtig stieg der Wunsch in ihm auf, an einem Ort wie diesem seinen Lebensabend verbringen zu dürfen.

Johannes von Reichenbach fragte sich im Nachhinein, wie Wilhelm von Schletter erfahren hatte, dass er Alexej Kasakow praktisch unter der Hand weiter beschäftigte. Denn dass es Wilhelm gewesen war, der dafür gesorgt hatte, dass nun Gendarmen auf seinem Gut standen und die Angestellten einzeln überprüften, daran zweifelte er nicht.

Er kannte die Gendarmen alle mit Namen, versuchte, an ihre Nachsicht zu appellieren. »Der Mann fürchtet um sein Leben. Seine ganze Familie wurde bei Pogromen getötet.«

»Was Recht ist, muss Recht bleiben.«

Diese Worte wiederholte Wilhelm später, als Johannes ihn aufsuchte und zur Rede stellte. »Was Recht ist, muss Recht bleiben.«

»Du leugnest nicht einmal, dass du ihn verraten hast, nicht wahr?«

»Warum sollte ich die Ausübung meiner Pflicht leugnen?«

»Alexejs Frau ist Deutsche. Er hat ein Leben hier.«

»Daher darf sie ja auch bleiben. Nur er und die Kinder eben nicht.«

»Himmel.« Johannes fuhr sich durch das Haar. »Warum? Nur weil du wütend auf Carl bist? Daher lieferst du diesen Mann einfach aus?«

»Ich habe die Gesetze nicht gemacht. Ich habe nichts gegen Russen oder Juden im Speziellen. Aber es gibt nun einmal Regeln und Gesetze.«

Sie wussten jedoch beide, dass Wilhelm sich die Mühe nie gemacht hätte, würde er nicht stets nach Möglichkeiten suchen, Johannes von Reichenbach Schaden zuzufügen. Und alles nur wegen Carls unseliger Affären. Warum nur hatte er nicht die Finger von Wilhelms Töchtern gelassen? Zumindest von Karolina, verwünscht sei sie. Wer trieb es mit dem Ehemann der eigenen Schwester? Ohne Aussicht auf eine Ehe und Ehrbarkeit? Wilhelm wäre Alexej nicht einmal aufgefallen, der Mann war Kontorist, fertigte Kopien an und machte Schreibarbeit, zusammen mit drei anderen. Man musste schon konkret auf der Suche gewesen sein, um auf ihn zu stoßen.

»Verdammt noch mal, Wilhelm.«

»Ich habe ein gutes Wort dafür eingelegt, dass man dir lediglich eine Geldstrafe auferlegt.«

»Erwartest du jetzt auch noch Dankbarkeit?«

»Durchaus, aber ich weiß ja, dass ich bei euch von Reichenbachs umsonst darauf warten würde. Also lassen wir das.«

Johannes ballte die Fäuste, er war außer sich vor Wut und rang mühsam um Beherrschung. Dieser Impuls, einfach zuzuschlagen, überkam ihn äußerst selten – zuletzt, als Carl ihm erzählt hatte, Elisa geschwängert zu haben –, aber wenn, dann war er nahezu überwältigend. Er zwang ihn nieder, indes ihm der Atem in kurzen Stößen ging. Offenbar ahnte Wilhelm, wie kurz er davor war, um einige Zähne ärmer zu sein, denn er wich unwillkürlich zurück. Um nicht in Versuchung zu geraten, wandte sich Johannes abrupt ab, ging über den Hof zu dem Stallburschen, der sein Pferd hielt, saß auf und ritt davon.

Ehe er heimkehrte, machte er einen langen Umweg, wobei er das Pferd in einen scharfen Galopp trieb, so dass beide außer Atem waren, als er in den Hof einritt. Anstatt das Tier einem Reitburschen zu übergeben, rieb er es selbst ab, das war er dem Pferd nach dieser Verausgabung schuldig. Hernach führte er es anstatt in den Stall auf die Koppel, wo es sogleich den Kopf senkte, um zu grasen.

Vielleicht war es ganz gut, dass Carl nicht da war, ansonsten hätte er ihm nun gründlich den Kopf gewaschen. Ihm war es zu verdanken, dass Wilhelm so offensichtlich darauf sann, ihnen Schaden zuzufügen, und dabei auch nicht davor zurückschreckte, andere dafür bezahlen zu lassen. Seine beiden missratenen Kinder waren in Masuren. Auch gut, da sollten sie nach seinem Dafürhalten erst einmal bleiben.

Dass Carl Magdalena heimlich Geld schickte, wusste er schon seit Längerem, er war ja kein Narr. Und ihm wurde auch zugetragen, dass Magdalena Justus von Lambergs Geliebte war. Offenbar hatten sie und ihr Bruder einen recht ähnlich gelagerten Geschmack. Der Vater des Kindes konnte er aber zumindest nicht sein, das passte einfach vom Zeitraum her nicht. Manchmal überkam Johannes der Wunsch, zu seiner Tochter zu reisen und ihr zu verzeihen, denn ihr Vergehen war weniger schlimm als Carls, und der wurde dafür nicht von der Familie verstoßen. Dann musste er nur daran denken, wie verstockt sie sich weigerte, den Namen des Mannes, der sie verführt hatte, zu nennen, und jede nachgiebige Regung erstarb im Keim.

Maximilian schlug mit einem Stock auf Büsche und hohes Gras ein. Ihm war langweilig. In Königsberg hatte es ihm gut gefallen, auch wenn die nervige kleine Helene dabei gewesen war, aber irgendwann hatte ihn die Sehnsucht nach zu Hause ergriffen, nach seiner Mutter, die abends immer noch mal an sein Bett kam – wobei er stets so tat, als sei er dafür schon zu erwachsen, aber er liebte es dennoch –, und auch nach seinem Vater, der ihn ab und zu mit auf einen Ausritt nahm. Dass Helene praktisch im selben Jahr wie er ein Pferd bekommen hatte, obwohl sie viel jünger war als er, nagte immer noch an ihm, denn jetzt gehörten die Ausritte nicht mehr ihm und seinem Vater allein.

An diesem Tag schien die Sonne, und überall zeigten sich vielversprechende Boten eines nahenden Sommers. Außer Maximilian schien niemand draußen zu spielen. Er war bei seinem besten Freund gewesen, doch der war mit seinen Eltern bei Nachbarn. Ein weiterer Freund war in Königsberg, und nun streifte er umher, in der Hoffnung, einen Spielgefährten zu finden. Helene hatte er erfolgreich abgehängt, auf eine Weise, bei der ihm keine Prügel drohten. Er drosch mit dem Stock auf einen Zweig, und weiße Blütenblätter regneten hinab.

Dann bemerkte er sie. Elisabeth. Lis. Ihre Eltern waren Bauern, sehr einfache Leute, und es war die einzige Familie, mit der sein Vater ihm den Umgang verbot.

»Die Kinder sind Rabauken, alle miteinander. Und der Vater ein Trinker«, so seine Worte.

Dennoch schloss Elisabeth sich ihnen manchmal an, wenn sie durch die Wälder streunten, und er hatte sie immer gerne dabei. Wenn er sie sah, fühlte es sich seltsam an, ganz tief in ihm drin. Sie roch stets nach Äpfeln, auch im Winter. Ihr Haar war ganz dunkel, fast schwarz, und ihre Augen grün. »Bastard«, hatte sie mal jemand genannt und angemerkt, dass es weder in der Familie ihres Vaters noch ihrer Mutter so dunkles Haar gab. Maximilian hatte keine Ahnung, was das bedeuten sollte, aber etwas Gutes wohl nicht.

»Guten Tag!«, rief er ihr zu.

Sie winkte nur, und ein Lächeln flog über ihr Gesicht. Sie war ein Jahr jünger als er, und obwohl sie mutig alles mitmachte, wirkte sie, wenn sie allein war, stets schüchtern.

»Was machst du hier so allein?«, fragte sie.

»Mich langweilen.«

»Ich langweile mich auch.« Wieder lächelte sie scheu. »Komm, ich zeige dir etwas.« Sie winkte ihn heran, und er folgte ihr zögernd.

Gemeinsam streiften sie durchs Unterholz, und einmal musste er ihr helfen, als sich ihr Rock in kleinen Zweigen verfing. Immer weiter führte sie ihn in den Wald, und er fragte sich schon, was sie entdeckt hatte, als sie schließlich vor einem Schlehendorn stehen blieb und behutsam die Zweige beiseiteschob. Dahinter stand ein Korb, dessen Deckel sie anhob.

»Kätzchen?« Er war enttäuscht. »Was soll daran denn besonders sein? Wir haben ständig welche.«

»Ja, aber die hier sind besonders. Ich habe sie gerettet. Mein Vater wollte sie ersäufen.«

Maximilian nahm eine der kleinen Katzen aus dem Korb. Sie war weich und so winzig, dass sie in eine Hand passte. »Und was machst du jetzt mit ihnen?«

»Sie füttern. Ich muss nur immer ein bisschen Milch stibitzen.«

»Ein bisschen wird nicht reichen. Wo ist denn ihre Mutter?«

»Weg.« Sie zuckte mit den Schultern. »Papa hat sie getreten, weil sie wieder Junge bekommen hat. Vielleicht ist sie weggelaufen.«

Maximilian ahnte, dass die Kätzchen nicht lange überleben würden. Sie waren viel zu klein, um ohne ihre Mutter auszukommen. »Es wäre gut, wenn du die Mutter findest.«

»Ich schaffe das schon«, sagte Elisabeth. »Hilfst du mir?«

»Wie stellst du dir das vor? Soll ich hier jeden Tag mit einer Kanne Milch herkommen?«

Nun wirkte sie verzagt und sah auf die Kätzchen hinab. Er beugte sich vor, um das Kleine wieder zu seinen Geschwistern zu setzen, dabei bemerkte er, wie sich in Elisabeths Augenwinkel eine Träne löste. Er seufzte. »Jetzt heul nicht. Ich frage mal meine Mutter, ob sie eine Idee hat, ja?« Er ahnte ihre Antwort jedoch bereits. Es war nicht der erste Katzenwurf, den er sah, bei dem das Muttertier die Jungen verlassen hatte.

Elisabeth sah ihn an und nickte, blinzelte die Tränen weg. Dann stand sie auf, klappte den Deckel des Körbchens wieder zu, klemmte einen Zweig dazwischen, so dass die Kätzchen atmen konnten. »Sie überleben«, sagte sie im Brustton der Überzeugung, und Maximilian widersprach nicht.

Gemeinsam streiften sie durch den Wald, er erzählte von Königsberg und sie davon, wie gerne sie mal dorthin wollte.

»Irgendwann nehme ich dich mal mit«, versprach er.

»Versprochen?«

»Klar!«

Sie spielten verstecken, kletterten auf Bäume, stöberten kleine Spitzmäuse auf und gelangten schließlich in der Nähe von Elisabeths Wohnhaus an. Ihre Eltern mochten ihn ebenso wenig wie seine Eltern Elisabeth. Einen reichen Schnösel nannten sie ihn oder auch mal elitäres Pack. Einer von Elisabeths älteren Brüdern hatte ihn einmal verprügelt, daher hielt er lieber Abstand zu dem Haus. Unbemerkt blieben sie trotzdem nicht, denn Elisabeths drei Jahre ältere Schwester Beatrix hatte sie erspäht. Sie kam über das Feld geschlendert, das dunkelblonde Haar offen und verwildert wie Elisabeths, damit erschöpfte sich jedoch die Ähnlichkeit. Sie sah Maximilian an und grinste.

»Soll ich dir etwas zeigen?«, fragte sie.

Er taxierte sie argwöhnisch.

»Verschwinde, Bea!«, rief Elisabeth.

»Heinrich gefiel es.« Beatrix blieb beharrlich.

Maximilian mochte sie nicht, sie hatte etwas Verschlagenes an sich und brachte andere gerne in Verlegenheit.

»Na, was ist? Oder hast du Angst? Bist du etwa noch ein Wickelkind?«

Wut stieg in ihm auf. »Natürlich nicht. Dann zeig schon.«

Sie hob ihren Kleidersaum und zog ihn weit über den Kopf. Darunter trug sie nichts. Maximilian spürte, wie sich gänzlich unbekannte Gefühle in ihm regten, dann schoss ihm das Blut in den Kopf, er drehte sich um und rannte davon, während Beatrix' höhnisches Lachen noch in ihm nachklang, selbst als er es nicht mehr hören konnte.

II

Land der dunklen Wälder
und kristall'nen Seen,
über weite Felder
lichte Wunder geh'n.

Ostpreußenlied
Herbert Brust 1930 (Text: Erich Hannighofer)

September 1895

Er hatte es wieder getan. Es war dieser feine Duft, der seinem Hemd anhaftete, ganz zart, kaum wahrnehmbar und doch so deutlich, da er dort einfach nicht hingehörte. Ein Frauenparfum, und gewiss keines, das Adela nutzte, abgesehen davon, dass sie Leonhard am Abend zuvor gar nicht so nahe gewesen war, um eine so offensichtliche Duftmarke zu setzen. Adela zerknüllte das Hemd zwischen den Fingern, warf es zu Boden und verließ das Ankleidezimmer.

Sie fand Leonhard in seinem Arbeitszimmer, wo er gerade in ein Heft schrieb. Seine Hand glitt über das Papier, hinterließ Wort um Wort in seiner gleichmäßigen Handschrift. Er beendete den Satz, legte den Federhalter beiseite und sah auf.

»Was gibt es?«

»Du warst wieder mit einer anderen Frau zusammen«, kam sie ohne Umschweife zur Sache.

Einen Moment lang schwieg er, schraubte den Füllfederhalter zu. »Woher weißt du das?«

Fassungslos stieß sie ein kurzes Lachen aus. »Du leugnest es nicht einmal.«

»Nun, so entschieden, wie du hier vor mir stehst, wäre das wohl auch sinnlos, nicht wahr? Also, woher weißt du es?«

»Das ist doch gleich, ich weiß es nun einmal. Und was hast du dazu zu sagen?«

»Es war eine einmalige Sache.«

»Ja, das ist es jedes Mal, nicht wahr?«

»Ich habe das nicht geplant, es ist einfach geschehen.«

»Ich nehme an, wenn mir das einfach geschähe, wärest du ebenso nachsichtig wie mit dir selbst?«

Er senkte einen Augenblick lang die Lider, dann sah er sie wieder an. »Die Antwort darauf kennst du, nicht wahr?«

»Warum tust du mir das an? Bin ich nicht gut genug? Genüge ich deinen Bedürfnissen nicht?«

»Das hat damit nichts zu tun. Und natürlich möchte ich dich nicht verletzen, sonst wäre ich nicht so diskret.«

»Soll mich das jetzt trösten?«

Die Ruhe, mit der er dasaß und sie anblickte, machte sie rasend. Sie wollte die Wände hochgehen, auf ihn los, sich in seine Haare krallen, ihn dazu bringen, ihr zu versprechen, dass dergleichen nicht wieder geschah. Dieser Impuls war ihr, die stets zurückhaltend blieb, auch in ihrem Zorn, so fremd, dass sie erschrak. Sie bekam Angst vor sich selbst, vor dem, was sie möglicherweise in diesem Zorn zu tun imstande war. Jäh drehte sie sich um und verließ das Arbeitszimmer.

»Adela, ich …«, hörte sie noch, ehe sie die Tür mit einem Knall ins Schloss zog. Sie lief in ihr Zimmer, zog sich einen Mantel an, denn der September war trotz der schönen Spätsommertage schon recht kühl, und wollte hinaus, als Leonhard an der Tür auftauchte.

»Geh nicht im Zorn, bitte.«

Sie wusste, dass er an seine Schwester dachte, dass er womöglich Angst hatte, ihm sei der Moment der Versöhnung ebenso verwehrt wie Carl, aber da konnte sie ihm nun nicht helfen. Sie musste fort, musste sich bei einem Ausritt abreagieren. Wortlos drängte sie sich an ihm vorbei, rannte aus dem Zimmer und die Treppe hinab.

»Adela!«

Sie antwortete nicht und verließ das Haus. Im Stall sattelte sie ihre Stute Gloriette, wobei sie unwillkürlich an den Morgen denken musste, als Carl das Pferd gebracht hatte. Tränen stiegen ihr in die Augen, und sie wischte sie mit einer wütenden Bewegung mit ihrem Ärmel ab, dann führte sie das Pferd aus dem Stall und saß auf. Sie sah, dass Leonhard im Hof stand, sie beobachtete, aber sie ignorierte ihn.

Buntes Laub lag auf den Wegen, erinnerte daran, dass der September nur mehr die Illusion des Sommers trug und der Herbst begonnen hatte, in dem bereits der Atem des Winters lag. Die Kinder freuten sich darauf, hatten Spaß daran, den Bauern bei der Kartoffelernte zu helfen, und freuten sich später über das Feuer, wenn das Kraut am Rand der Felder verbrannt wurde. Danach konnte man wunderbar über die Stoppelfelder reiten.

Das Pferd trabte an, und Adela trieb es hernach in einen leichten Galopp. Nirgendwo, da war sie sich sicher, war die Landschaft weiter, waren die Wälder dunkler, und nirgendwo konnte man wunderbarer reiten. Am Pregelufer war es schattig und still, die Wasseroberfläche kräuselte sich leicht im sachten Wind. Die Bedeutung des Flusses als Wasserstraße hatte mit Ausbau der Eisenbahnlinie Königsberg-Insterburg nachgelassen, gleichwohl er nach wie vor auf der ganzen Länge befahren wurde.

Adela ließ die Stute vom Galopp in den Trab und schließlich in den Schritt fallen. Sie war gerne hier und genoss die Aussicht auf den Fluss. Nachdem sie eine gute Viertelstunde langsam am Ufer entlanggeritten war, bemerkte sie einen Reiter, der neben seinem Pferd stand und am rechten Vorderhuf zugange war. Adelas Herz schlug rascher, denn er brauchte sich nicht aufzurichten, damit sie ihn erkannte, und einen Moment lang überlegte sie, einfach fortzureiten. Es war so lange her, seit sie das letzte Mal irgendwo allein gewesen waren. Sie ließ ihre Stute jedoch weitergehen, und auch Carls Pferd reagierte, hob den Kopf, witterte, stellte die Ohren auf. Carl musste sich nicht umdrehen, um zu wissen, dass sich ein anderes Pferd näherte.

Als er sich aufrichtete und sie erblickte, wirkte er einen Augenblick lang erstaunt, dann lächelte er. »Was für eine reizende Überraschung.«

Adela ritt zu ihm, und er hielt Gloriette, damit sie absitzen konnte. Ganz selbstverständlich, als bestünde kein Zweifel daran, dass sie dies tun wollte. Und sie wollte. Als sie neben ihm stand, strich sie ihr Kleid glatt und nahm ihm Gloriettes Zügel aus der Hand. »Lahmt er?«, fragte sie mit Blick auf Grandeur.

»Nein, er hatte sich nur einen Stein eingetreten, den habe ich gelöst.«

Sie nickte.

»Was ist los mit dir? Hast du geweint?«

Es war so, als hätten sie sich erst gestern das letzte Mal getroffen, um zu reden und sich zu küssen, die Vertrautheit hatte auch mit den Jahren nicht nachgelassen. »Es ist nichts, nur ein Streit mit Leonhard.«

Sein Blick wurde aufmerksam. »Behandelt er dich schlecht?«

»Nein, also er schreit mich nicht an oder so. Aber er betrügt mich.« Carl wirkte nicht erstaunt, und Adelas Lippen hoben sich zu einem höhnischen kleinen Lächeln. »Du wusstest das natürlich, nicht wahr? Für euch Männer ist das wohl eine Art Sport.«

»Ganz so ist es nicht.«

»Du hast Elisa doch auch betrogen.«

»Ja, und das hat sich als Fehler herausgestellt. Aber Leonhard treibt es nicht ganz so schlimm wie manch anderer, falls dich das beruhigt.«

»Ja, ungemein.«

»Hast du mit ihm darüber gesprochen?«

»Mehr als ein Mal.« Verzagt senkte sie den Blick auf ihre behandschuhten Hände, die die Zügel hielten.

»Gehen wir ein wenig spazieren?«, fragte er, und sie nickte nur. Gloriette hatte offenbar beschlossen, Grandeur nicht zu mögen, denn sie legte die Ohren an, als er ihr zu nahe kam. »Sei lieb zu deinem Bruder«, sagte Carl und streichelte ihre Nüstern, hielt sein Pferd jedoch auf Abstand zu ihr.

Schweigend schlenderten sie am Ufer entlang, ein angenehmes Schweigen, bei dem jedoch viel Ungesagtes in der Luft hing. Adela holte tief Luft, stieß den Atem dann wieder aus, ohne etwas gesagt zu haben. Erst nach vier Anläufen gelang es ihr, die Frage zu stellen. »Hättest du mich betrogen?«

Sie sah ihn nicht an, spürte jedoch seinen Blick, während er »Nein« sagte.

»Wie kannst du dir da so sicher sein?«

»Ich hätte nicht das Verlangen nach einer anderen Frau gehabt.«

»Das sagst du jetzt. Vielleicht wäre ich dir irgendwann ja auch über geworden. Oder du hättest Abwechslung gebraucht, so wie Leonhard. Dem genüge ich offenbar auch nicht.«

»Leonhard ist ein Narr.«

»Elisa war dir auch nicht genug, und sie hat dich geliebt. Bist du ebenso närrisch wie er?«

Carl blieb stehen, band Grandeur an einen Baum, so dass er grasen konnte, und nahm ihr Gloriettes Zügel aus den Händen, um sie ein Stück von Grandeur entfernt anzubinden, dann kehrte er zu Adela zurück. »Ja, möglicherweise bin ich ein ebenso großer Narr wie er, was das angeht. Es gab sicher Männer, die Elisa nicht betrogen hätten. Das Bizarre an der Situation war ja auch, dass die ganze Sache, der Streit, erst geschah, nachdem ich es mit Karolina bereits beendet hatte.«

»Hast du Karolina gesagt, dass es aus ist?«

»Nein, ich habe sie nicht mehr getroffen.«

Das war ja mal wieder typisch. Um Adelas Mundwinkel zuckte es spöttisch. »Elisas Untreue hättest du vermutlich nicht einfach so hingenommen, wie du das von ihr verlangt hast, nicht wahr? Stell dir vor, sie hätte dich mit deinem Bruder betrogen, so du einen hättest.«

»Ich mache mir seither Vorwürfe genug, du kannst nun aufhören. Und du musst mich auch nicht dafür bestrafen, dass dir Leonhard nicht treu ist. Ich wäre es.«

Sie musterte ihn prüfend. Schwieg. Eine winzige Haarsträhne kitzelte ihren Mundwinkel, und Carl strich sie zurück, strich hernach ein weiteres Mal über ihre Wange, dann beugte er sich vor und küsste sie. Adela zögerte, wollte zurückweichen und erwiderte dann den Kuss. Carls Arme schlossen sich um sie, während ihre Hände um seinen Nacken glitten. Der Kuss war lang und intensiv, ließ sich Zeit bis zur Sättigung und fachte gleichzeitig den Hunger immer neu an. Wieder und wieder küssten sie sich, sanken zusammen in das sonnenwarme Gras, und Carl streifte ihr den Mantel ab, ehe er seinen auszog, dann beugte er sich wieder über sie, um sie zu küssen. Sie schmeckte sein Lachen, ungläubig, entzückt, erwiderte es, lachte in seine Kehle, während ihr Körper sich seinen Händen entgegenbog.

Carl löste Knöpfe, Schlaufen, glitt mit der Hand in das Kleid, liebkoste, murmelte Zärtlichkeiten an ihren Mund, an ihren Hals, in die kleine Kuhle zwischen ihren Schlüsselbeinen. Adela vergrub ihre Hände in seinem Haar, wand sich unter seinen Küssen, zerrte an seinen Hemdknöpfen, bis sie nachgaben, spürte seine warme Haut darunter.

Das harte Knacken eines Astes durchbrach die Stille, und Adela fuhr auf, presste sich instinktiv das Kleid vor die Brust. Hastig blickte sie umher, konnte aber niemanden entdecken. Auch Carl sah sich um, richtete sich auf die Knie auf, um einen besseren Überblick zu haben.

»Da ist niemand, vermutlich ist eines der Pferde auf einen Ast getreten.« Er wollte sie wieder an sich ziehen, aber ihr Körper war steif und unnachgiebig.

»Und wenn da doch jemand war?«

»So laut, wie das Knacken war, muss der sehr nahe gewesen sein, und hier ist niemand. Wenn jemand weggelaufen wäre, hätten wir das sehen müssen. Mach dir keine Sorgen.«

Die Stimmung war jedoch dahin, und Adela wurde bewusst, wozu sie sich beinahe hätte hinreißen lassen. »Grundgütiger«, murmelte sie und erhob sich, schloss ihr Kleid, zupfte Grashalme und Laub daraus. »Grundgütiger.« Was hatte sie getan? Was tun wollen?

»Adela, bitte bleib.«

»Ich kann nicht. Das war falsch, Carl, wir hätten niemals so weit gehen dürfen.«

»Er hätte dich nicht heiraten dürfen.«

»Das hat er aber nun einmal, und ich habe Kinder von ihm. Die Dinge sind, wie sie sind, man kann sie nicht ändern.«

»Er betrügt dich auch.«

»Ja, das tut er. Aber ich möchte, dass er damit aufhört, und wie kann ich das fordern, wenn ich mit dir schlafe?«

»Du liebst mich.«

»Eben drum!« Tränen traten ihr in die Augen. »Er tut es aus Lust, weil es ihn in dem Moment danach verlangt, hernach vergisst er die Frau vermutlich. Aber ich, ich …« Ihre Stimme brach, und sie nahm den Mantel entgegen, den Carl für sie aufgehoben hatte.

Sein Atem ging immer noch schwer, vermutlich kostete

es ihn deutlich mehr Anstrengung, sein Verlangen herunterzukämpfen als sie. Sie ging zu ihrem Pferd, band mit fliegenden Fingern die Zügel los.

»Ich muss heim.«

»Warte, ich begleite dich noch ein Stück.«

Aber sie ignorierte ihn, ließ lediglich zu, dass er ihr aufs Pferd half, und trieb Gloriette fort vom Ufer, weg von Carl und der Versuchung, die nach wie vor lockte. Als sie nach einem langen Ritt zu Hause ankam, fühlte sie sich erschöpft und elend. Ein Reitbursche nahm ihr Gloriette ab, und sie ging direkt ins Haus, hoffte, dass ihr Leonhard nicht begegnete. In der Eingangshalle kam ihr Wilhelm von Schletter entgegen, fahl und auf eine irritierende Weise verstört.

»Gut, dass du da bist«, sagte er, und seine in Hilflosigkeit gekleideten Worte ließen in Adela augenblicklich Ängste aufsteigen. Leonhard, dachte sie. Während sie sich von Carl beinahe hatte verführen lassen, war ihm etwas zugestoßen. Sie schmeckte Galle auf der Zunge, würgte die Angst zurück in ihre Kehle. Und dann ließen Wilhelm von Schletters nächste Worte eine Erleichterung in ihr aufsteigen, die an Scham grenzte. »Berta ist gerade zusammengebrochen, und ich weiß nicht, was ich tun soll.«

Leonhard war selbst losgeritten, um den Arzt in Königsberg zu benachrichtigen, anstatt einen Dienstboten zu schicken. Seine Mutter hatte im Salon das Bewusstsein verloren, und niemand wusste, wie lange sie dort gelegen hatte, ehe das Stubenmädchen sie gefunden hatte. Leonhard war im Arbeitszimmer gewesen, wütend auf sich und

Adela, während sein Vater sich im Stall aufgehalten hatte, wo er sich mit einem Züchter aus der Region traf.

Das Stubenmädchen war in Leonhards Arbeitszimmer gestürmt, panisch in dem Glauben, die gnädige Frau lebe nicht mehr. Leonhard war vor Entsetzen fast das Herz stehen geblieben, er war aufgesprungen und in den Salon gerannt, wo der Körper seiner Mutter lag wie eine weggeworfene Puppe. Wie zerbrechlich sie gewirkt hatte. Im Nachhinein wunderte er sich über die Ruhe, in der er ihren Puls gesucht und gefunden hatte, und die Erleichterung war unbeschreiblich gewesen. Er hatte sie hochgehoben, in ihr Zimmer gebracht, und in diesem Augenblick kam auch schon sein Vater, sehr blass und zittrig.

»Was ist mit ihr?«

»Das weiß ich nicht. Ich hole einen Arzt.«

»Bleib hier, bitte. Ich weiß nicht, was ich tun soll.«

»Ich auch nicht.« Doch er konnte nicht untätig herumstehen und warten, er musste etwas tun, musste selbst dafür sorgen, dass der Arzt schnellstmöglich kam. Karolina war nicht da, Adela ebenfalls nicht, sein Vater musste allein bei seiner Frau ausharren.

Der Ritt nach Königsberg dauerte eine halbe Stunde. Mit einem ausdauernden Pferd war die Strecke in einem Drittel der Zeit zu bewältigen, den sie sonst mit der Kutsche brauchten. Leonhard erschien dies immer noch zu langsam, und er befürchtete, dass seine Mutter bereits gestorben war, ehe er mit dem Arzt zurück war. Glücklicherweise war Dr. Ziedorn in seiner Praxis und nicht gerade auf Hausbesuch. Da es sich um einen Notfall handelte, ging er sofort zu seinem leichten Einspänner. Damit würde es sicher noch einmal selbst in zügigem Tempo eine gute Stunde dauern, aber das war nun nicht zu ändern, auch wenn Leonhard jede Minute, die ihm unter den Fingern zerrann, Sorge bereitete.

Als sie endlich am Schloss Lilienau ankamen, öffnete ihnen der besorgt dreinschauende Markus die Tür. Ohne ihm ein Wort zu gönnen, lief Leonhard an ihm vorbei durch die Halle und die Treppe hoch zum Zimmer seiner Mutter, gefolgt von Dr. Ziedorn. Zu seinem Erstaunen saß nicht nur sein Vater am Bett seiner Mutter, sondern auch Adela. Diese hielt ihre Hand und richtete sich auf, als er eintrat. Sie wich seinem Blick aus, aber ohnehin hatte er nun andere Sorgen als den lästigen Streit mit ihr.

»Hat sie ihr Bewusstsein wiedererlangt?«, fragte er, was im Grunde genommen müßig war, wenn man das reglose Gesicht seiner Mutter betrachtete.

Adela schüttelte kaum merklich den Kopf. »Nein, bisher nicht.«

»Ich untersuche sie.« Dr. Ziedorn trat ans Bett und bat Leonhard und seinen Vater, das Zimmer zu verlassen, während er Adela darum ersuchte, ihm zur Hand zu gehen.

»Ich möchte bleiben«, sagte Wilhelm von Schletter.

»Nur, wenn Sie mir versprechen, sich ruhig im Hintergrund zu halten.«

Leonhard schloss die Tür hinter sich und ging im Korridor auf und ab. Er ahnte, dass es nicht gut aussah, denn Menschen fielen nicht einfach so in Ohnmacht, erst recht nicht seine Mutter. Hatte es Anzeichen gegeben, die er übersehen hatte? Sie war blass gewesen, aber das war sie seit der Erkältung im Frühjahr oft. Geklagt hatte sie jedoch nie, hatte im Garten gearbeitet und sich auch sonst wenig Mäßigung auferlegt.

»Wer rastet, der rostet«, so ihre Worte.

Mit beiden Händen fuhr er sich übers Gesicht und durchs Haar, fragte sich, ob sie sich nicht doch zu viel zugemutet hatte. Aber die Gartenarbeit hatte sie immer geliebt, sie war so glücklich, wenn sie dort werken durfte, ebenso wie Adela. Vielleicht war es wirklich nur ein Schwächeanfall, möglicherweise hatte sie einfach zu wenig geschlafen, und ihr Körper forderte nun Ruhe ein. Da ihn das Warten zermürbte, ging er im Korridor hin und her, und erst Schritte auf der Treppe ließen ihn innehalten, Karolina nahm eilig die Stufen.

»Albert hat gesagt, dass es Mama nicht gut geht.« Albert war der Hausverwalter, Karolina seit jeher sein Liebling gewesen, so, wie es nun Helene war.

»Sie ist ohnmächtig geworden. Dr. Ziedorn ist bei ihr.«

Karolinas Blick huschte unruhig zur Tür. »Wie geht es ihr?«

»Das weiß ich nicht, sie hat das Bewusstsein noch nicht wiedererlangt.« Als Karolina Anstalten machte, in das Zimmer zu gehen, hielt er ihren Arm fest. »Nicht. Sie braucht jetzt Ruhe und niemanden, der aufgeregt neben dem Bett steht. Dr. Ziedorn sagt uns Bescheid, wenn er mehr weiß.«

Nun erst bemerkte er Helene, die ebenfalls die Treppe hochkam, langsam, beinahe schüchtern, als warte hier eine Wahrheit, der sie sich nicht stellen wollte. »Was ist mit Großmutter?«, fragte sie.

Leonhard bemühte sich um einen beruhigenden Tonfall. »Sie ist ohnmächtig geworden, Liebes. Aber es wird ihr bestimmt bald besser gehen.«

»Wird sie sterben?«

»Nein, gewiss nicht!«

Karolina schwieg, blinzelte und verschlang die Finger ineinander.

»Sie hat sich manchmal hierhin gefasst«, sagte Helene und legte sich die Hand auf die Brust.

Konnte es denn sein, dass das Kind mehr gesehen hatte als die Erwachsenen? »Warum gehst du nicht in die Küche und bittest Walburga um ein Stück Kuchen mit Sahne? Ich sage dir Bescheid, wenn ich mehr weiß, ja?«

Walburga buk täglich Leckereien, und die Kinder liebten es, bei ihr in der Küche zu sitzen. Helene jedoch blieb am Treppenabsatz stehen und schüttelte den Kopf, eine kleine Falte zwischen den Brauen.

Ehe Leonhard noch etwas sagen konnte, wurde die Tür geöffnet, und Dr. Ziedorn trat hinaus. »Sie ist wieder bei Bewusstsein.« Leonhard konnte angesichts der ernsten Miene des Arztes keine Erleichterung empfinden. Die nächsten Worte bestätigten seine Befürchtung. »War Ihre Mutter in letzter Zeit krank?«

»Sie hatte im Frühjahr eine Erkältung und lag einige Zeit mit Fieber im Bett. Aber sie war recht bald wieder auf den Beinen und sagte, es gehe ihr gut.«

»Vermutlich war es ein über längere Zeit verschleppter Infekt, der nicht richtig ausgeheilt ist und aufs Herz geschlagen hat. Manchmal heilt so etwas aus, manchmal, wie offensichtlich im Fall Ihrer Mutter, macht das Herz irgendwann einfach nicht mehr mit.«

Leonhard sah seine Tochter an. »Helene, geh bitte in die Küche und iss Kuchen.«

»Ich mag keinen Kuchen.«

»Dann geh auf dein Zimmer!« Er war lauter geworden als angebracht, und seine Tochter sah ihn verletzt an, ehe sie sich abwandte und davonlief. Leonhard fuhr sich mit einer Hand übers Gesicht, ehe er fortfuhr: »Heißt das, dass meine Mutter sterben wird?«

»Wir werden sehen. Vielleicht hilft ihr die Schonung, und schonen muss sie sich unbedingt. Lassen Sie sie nicht aufstehen, auch nicht, wenn sie denkt, es gehe ihr besser.«

Leonhard nickte. »Wir geben auf sie acht.«

»Ja, tun Sie das.« Dr. Ziedorn ließ ein stärkendes Medikament da und verabschiedete sich, indes Leonhard und Karolina in das elterliche Schlafzimmer gingen. So viel Aufmerksamkeit hatte seine Mutter vermutlich seit Langem nicht mehr bekommen, und ihre Wangen röteten sich, während sie alle um ihr Bett standen.

»Ach, Mama«, rief Karolina und sank neben dem Bett auf die Knie. »Was machst du für Sachen, Mamachen?«

»Es ist nichts, mein Kind. Mir geht es schon wieder gut.«

Aber das tat es nicht, das war ihr deutlich anzusehen. *Wir geben auf sie acht.* Genau das hatten sie nie getan.

»Ist Großmutter krank?« So viel hatte Victoria von dem, was ihr Vater nach Erhalt der Nachricht ihren Großeltern gegenüber angedeutet hatte, verstanden.

»Ihr war heute unwohl, aber der Arzt war da, und sie erholt sich bestimmt wieder.«

Aber Victoria wusste, dass es ernst war und ihr Vater sie nur beruhigen wollte. Sie verließ den Salon und ging hinunter in die Küche, wo eines der Küchenmädchen gerade ein Blech mit in Teig gebackenen Äpfeln hervorzog, dicke Herbstäpfel, die mit Schmand, Marzipan, Kompott und Mandeln gefüllt waren. Allein bei dem Geruch lief Victoria das Wasser im Mund zusammen, und sie setzte sich auf ihren Lieblingsplatz, während sie beobachtete, wie eine sahnige Soße angerührt wurde, die man später mit den Bratäpfeln servieren würde.

»Was steht ihr da und dabbert«, rief die Köchin, als sie aus der angrenzenden Kammer trat, wo die Vorräte untergebracht waren, und scheuchte zwei Küchenmägde, die plaudernd vor dem Ofen gestanden hatten, an die Arbeit. »Und sagt Hein, dem Däselkopp, dass ich immer noch auf die Mehlsäcke warte.«

»Ja, Frau Rebuschat.«

Schatchen nannten die Kinder sie oft, weil sie sie so mochten, und sie machte dieser Zuneigung stets alle Ehre, so wie jetzt, als sie Victoria ein paar Mandeln zusteckte.

Gedankenverloren knabberte sie die Mandeln und beobachtete das Treiben in der Küche. Wenn Großchen Berta krank war, sollten sie sie dann nicht besuchen? Ihr Blumen bringen? Ihr Vater hatte nichts davon gesagt, aber er und Großvater Wilhelm mochten sich ja ohnehin nicht, da hatte er vielleicht schlicht keine Lust, einen Besuch zu machen. Sie würde ihn fragen, ob sie morgen zu ihr durfte.

Da die Äpfel gleich serviert wurden, stand Victoria auf, um ins Speisezimmer zu gehen, wo es für die Erwachsenen Kaffee gab und für sie und Constantin heiße Schokolade. Im Speisezimmer war noch niemand, und so ließ sie sich allein am gedeckten Tisch nieder, fing das Lächeln des Stubenmädchens auf, das gerade die Kaffeekanne abstellte, erwiderte es und sah zur Tür, durch die nun ihre Großmutter trat.

»Was fläzt du am Tisch? Steh sofort auf und warte, bis wir uns alle setzen, wie sich das für eine Dame gehört.«

Augenrollend erhob Victoria sich, und auch das war für ihre Großmutter wieder Anlass, sie zu tadeln. Respektlos sei sie und in letzter Zeit unannehmbar aufsässig. Dass Victoria kein offensichtliches Zeichen der Einsicht zeigte, fachte ihren Ärger immer weiter an.

»Am besten ist es wohl, wenn du auf dein Zimmer gehst«, schloss sie.

»Aber es gibt Bratäpfel, darauf freue ich mich schon den ganzen Tag.«

»Dann ist es zumindest eine Strafe, die dich über dein Tun nachdenken lässt.«

Victoria ballte die Fäuste. »Ich wünschte, du wärst krank und nicht Großchen Berta!«

Ihre Großmutter holte aus und schlug sie auf die Wange. Victoria schrie auf. Im nächsten Moment war ihr Vater, der eben durch die Tür getreten war, an ihrer Seite, umfasste den Arm seiner Mutter und sah ihr ins Gesicht. »Tu das nie wieder!«, sagte er so kalt und ruhig, dass es Victoria Angst machte. So hatte sie ihn noch nie gehört. Großmutter Gesa empfand offenbar ähnlich, denn ihre Augen wurden ganz groß.

»Lass mich los!«

Ihr Vater gehorchte, und seine Mutter wich vor ihm zurück. »Hast du nicht gehört, was das Kind zu mir gesagt hat?«

»Habe ich, und sie wird sich dafür entschuldigen.« Er sah Victoria an, und diese wagte nicht zu widersprechen.

»Verzeihung«, kam es leise aus ihrem Mund.

Ihre Großmutter schnaubte. »Seit du ihr mehr Umgang mit der Familie von Schletter erlaubst, ist sie aufmüpfig und frech.«

»Das stimmt nicht!«, rief sie. »Aber du bist gemein.«

»Victoria«, kam es von ihrem Vater. »Das reicht jetzt. Geh auf dein Zimmer.«

»Aber Papa!«

»Muss ich mich wiederholen?«

Rasch drehte sie sich um und rannte hinaus. Sie lief hinauf in ihr Zimmer, knallte die Tür ins Schloss und warf sich aufs Bett, presste die Augenlider zu, aber es ließ sich keine Träne herausdrücken. Nachdem sie eine Weile dagelegen hatte, klopfte es. Kurzes Warten, dann erneut ein Klopfen, und als sie wieder nichts sagte, wurde die Tür behutsam geöffnet. Victoria richtete sich auf und strich sich das Haar zurück. Constantin trat ein, balancierte einen Teller mit einem Bratapfel, auf dem die Soße gefährlich nah an den Rand schwappte, in der einen Hand sowie einen Becher, dem Dampf entstieg, in der anderen. Die Kuchengabel rutschte vom Teller und fiel zu Boden, während Constantin mit dem Ellbogen die Tür wieder schloss. Victoria kam ihm zu Hilfe. Sie stellte den Teller auf den kleinen Tisch neben dem Sessel in der Ecke hinter dem Fenster und hob die Gabel auf, während Constantin die heiße Schokolade abstellte.

Ihr Bruder setzte sich im Schneidersitz auf den Teppich, was sie ihm gleichtat, dann nahm sie den Teller ungeachtet der Soße, die darunter klebte, auf den Schoß, lehnte sich mit dem Rücken an den Sessel und aß. Es schmeckte himmlisch. »Schatchen macht die besten Bratäpfel der Welt«, schwärmte sie.

»Nein, die macht Tante Adela«, widersprach Constantin.

Sie wollte etwas darauf entgegnen, als es erneut klopfte. Ihr Vater trat ein, ein kleines Tablett mit einem Bratapfel und einem Becher heiße Schokolade in der Hand. Ihr schuldbewusster Blick begegnete seinem erstaunten, und Constantin lachte prustend auf.

Berta von Schletter starb so still, wie sie gelebt hatte. Nachdem sie die ganze Zeit über bei Bewusstsein gewesen war und sich mit ihnen hatte unterhalten können, hatte Leonhard vorsichtig Hoffnung geschöpft. Sie hatte sich gefreut, als Carls Kinder gekommen waren, um sie zu besuchen, und gemeinsam mit Leonhards Kindern hatten sie in ungewohnter Eintracht an ihrem Bett gesessen. Dann war eines Morgens sein Vater im Frühstückszimmer erschienen, grau im Gesicht, sagte, seine Mutter liege im Bett und wirke so starr und eingefallen. Leonhard war ins Zimmer seiner Eltern gelaufen und hatte nicht nach dem Puls suchen müssen, um zu wissen, dass seine Mutter gestorben war.

In den Tagen bis zur Beerdigung war viel zu tun gewesen, und auch am Tag der Beerdigung war Leonhard durchweg beschäftigt. Aus der ganzen Region kamen die Leute, um Berta von Schletter die letzte Ehre zu erweisen. Sein Bruder Friedrich hatte eine bewegende Rede gehalten. Dann jedoch, als der Leichenschmaus vorbei, die Trauergäste gegangen waren und sich das erste Mal eine bleierne Ruhe über das Schloss senkte, wurde Leonhard vollumfänglich bewusst, dass seine Mutter nicht mehr da war, und eine Trauer, die er in diesem Ausmaß nicht gekannt hatte, engte ihm die Brust ein, machte das Atmen schwer, so dass jeder Zug nur in einem Schluchzen möglich war. Adela war schließlich zu ihm getreten, und in ihren Armen hatte er in dieser Nacht Trost gefunden.

Die wahre Trauer, das wurde ihm bewusst, begann erst jetzt, als klar wurde, wie sehr seine Mutter im Alltag fehlte. Allein, dass sie morgens nicht am Frühstückstisch saß, der nun so leer wirkte und an dem sein Vater wirkte wie ein Theaterschauspieler, der seinen Text vergessen hatte, unbeholfen und in ständiger Erwartung, dass ihm jemand sagte, wie er zu agieren hatte. Adela war nun die Hausherrin, und sie war es, die dafür sorgte, dass die Abläufe funktionierten.

Eines Nachmittags, als Leonhard von einem Ritt über die Weiden zurückkehrte, fand er Karolina weinend in der Bibliothek vor. Sie war seit dem Tod ihrer Mutter still, hatte aber nicht gerade gramgebeugt gewirkt, vielmehr war ihre Haltung nahezu trotzig gewesen. Sie nun so verzweifelt und in sich zusammengesunken zu sehen, irritierte ihn. Helene hatte geweint, und er hatte sie getröstet, auch Victoria war bei der Beerdigung und danach immer wieder in Tränen ausgebrochen, während Maximilian und

Constantin mühsam gefasst gewirkt hatten. Aber das hier war eine andere Art der Trauer.

Sie hatte sich auf die Fensterbank gesetzt, lehnte am Rahmen und presste ein Taschentuch vor das Gesicht. Leonhard trat zu ihr, legte ihr die Hand auf die Schulter. »Karolina«, sagte er behutsam.

Aus geröteten Augen sah sie zu ihm auf, an ihren tränenverschmierten Wangen klebten kleine Haarsträhnen, aber sie machte sich nicht die Mühe, sie beiseitezustreichen, stattdessen rieb sie mit dem Taschentuch über ihre ohnehin schon rote Nase. »Sie ist gestorben, während ich eine einzige Enttäuschung für sie war«, sagte sie, und erneut quollen Tränen hervor. »Ihr Wunsch war, dass ich heirate, und immer wenn sie das gesagt hat, habe ich sie ausgelacht und ihr Vorwürfe gemacht. Dabei hat sie mich nie verurteilt, hat sich nie zu meiner Richterin aufgeschwungen. Aber ich war immer so wütend, und wenn sie mir dann mit Heiraten kam … Ich war oft grausam zu ihr.«

»Sie hat dich trotzdem geliebt.«

»Ja, und daher war sie vermutlich tieftraurig, wenn ich so zu ihr war. Und sie ist gestorben in dem Glauben, dass ich sie verachte.«

»So ein Unsinn. Du hast an ihrem Bett gesessen, ihre Hand gehalten.«

Karolina schüttelte den Kopf. »Das macht es nicht wieder gut.«

»Sie ist nicht im Groll auf dich gegangen, Karolina. Das hätte sie gar nicht gekonnt, du kanntest sie doch.«

»Was hätte ich mir denn vergeben, freundlicher zu ihr zu sein, ihre Hoffnung zu erhalten, ich würde eines Tages heiraten?« Sie fuhr sich mit dem Ärmel über die Augen. »Ich habe sie nicht um Verzeihung gebeten, weißt du. Das hätte bedeutet, das Unaussprechliche, ihren Tod, wirklich zu machen. Und jetzt wünschte ich, ich …« Ihre Worte zerfielen in einem Aufschluchzen, und Leonhard legte den Arm um ihre Schultern, zog sie tröstend an sich.

Eine halbe Stunde stand er bei ihr, ehe er die Bibliothek verließ, um Friedrich aufzusuchen. Vielleicht wusste sein Bruder als Theologe besseren Trost zu spenden, als er es vermochte. Als er diesen jedoch fand, schien ihn eine gänzlich andere Sorge als der Kummer um die Mutter zu beschäftigen. Er lief im Salon auf und ab, das Gesicht gerötet vor Ärger.

»Kannst du dir vorstellen, dass Vater sich ausgerechnet diesen Moment aussucht, um mir mitzuteilen, dass ich *heiraten* soll? Mutter hätte es so gewollt. Ich meine, ist das zu fassen? Er nutzt die Trauer um unsere Mutter, damit ich mich ins Gefängnis begebe?«

Leonhard ging zum Servierwagen und zog den Stöpsel aus einer Glaskaraffe. »Nicht der richtige Moment, das stimmt. Andererseits hat Mutter es sich tatsächlich gewünscht.« Und kein Kind war ihr näher gewesen als Friedrich, auch wenn dieser in der Ferne weilte. Schon als kleiner Junge war er ein Mama-Kind gewesen, daran hatte sich auch als Heranwachsender nichts geändert, und aus Berlin hatte er ihr fast wöchentlich geschrieben, hatte nach ihrem Befinden gefragt und von seinen Studien erzählt. Manchmal waren es nur wenige Sätze gewesen, wenn ihm die Zeit fehlte, aber selbst über die kurzen Episteln hatte seine Mutter sich stets gefreut. Vielleicht war das der Grund, warum Friedrich traurig, aber nicht gramgebeugt war. Er war mit sich im Reinen, musste nicht damit hadern, sich zu wenig gekümmert oder sie enttäuscht zu haben.

»Ich werde nicht irgendeine Frau heiraten, nur damit Vater Geld bekommt.«

»Wir hätten es tatsächlich nötig.« Es stand zwar besser als noch vor einigen Jahren, aber von Wohlstand waren sie weit entfernt. Und stets hing das Damoklesschwert einer schlechten Ernte über ihrem Haupt. Mal davon abgesehen, dass sie froh sein konnten, dass das Schloss bisher nicht über ihnen zusammengebrochen war. Instand gesetzt waren die Wohnräume, aber der Rest – nun ja.

»Wenn ich mich richtig erinnere, warst du seinerzeit nicht so erpicht aufs Heiraten«, sagte Friedrich.

»Ja, aber das hatte andere Gründe.«

»Ich höre.«

»Keine, die ich äußern kann, ohne das Vertrauen eines anderen Menschen zu verletzen.«

Friedrich nickte nur. »Ich könnte mich zum Katholizismus bekennen und Priester werden.«

Leonhard starrte ihn an, und Friedrich erwiderte den Blick einen Moment lang ernst, dann grinste er breit, und Leonhard atmete auf. »Keine Sorge, dafür liebe ich die Frauen zu sehr. Was ist eigentlich mit Carl von Reichenbach? Immerhin ist er Vaters Schwiegersohn. Warum nicht ihn um Unterstützung bitten?«

»Nach dem, was er unseren Schwestern angetan hat, sollen wir ihn um Geld bitten? Bist du toll?«

»Er hat ein so schlechtes Gewissen, dass er Vater helfen würde, denkst du nicht?«

»Das würde er allerdings.«

»Aber das wiederum möchtest du nicht, habe ich recht? Er soll sich nicht besser fühlen, soll nicht das Gefühl bekommen, für das, was er getan hat, Abbitte leisten zu können.« Friedrich schenkte sich ebenfalls ein Glas ein und prostete Leonhard zu. »So viel zur allseits gerühmten Nächstenliebe, nicht wahr?«

Carl wusste, dass seine Kinder Elisas Mutter mehr geliebt hatten, als sie seine liebten, und er konnte es ihnen nicht einmal verdenken. Berta von Schletter war voller Herzenswärme gewesen, hatte immer gelächelt, wenn die Kinder um sie waren, hatte ihnen erlaubt, sich im Garten die Kleidung dreckig zu machen – wofür sie dann daheim von ihrer anderen Großmutter ausgeschimpft wurden.

Auch jetzt, nach der Beerdigung waren die Kinder täglich in Schloss Lilienau, weil Friedrich da war und den ganzen Tag mit den Kindern spielte, mit ihnen durch die Wälder streifte, sie von ihrem Kummer ablenkte. Die Liebe zu dem Onkel einte die vier ebenso, wie es zuvor die Liebe zur Großmutter getan hatte. Nachdem Wilhelm von Schletter seinerzeit Alexej verraten hatte – was Johannes von Reichenbach nebenbei eine nicht unerhebliche Summe an Strafe gekostet hatte –, sah Carl es nicht gerne, wenn die Kinder zu viel Zeit auf Schloss Lilienau verbrachten. Denn er vermutete, dass sein Schwiegervater auf diesem Weg von dem Mann erfahren hatte, über arglose Antworten, die die Kinder auf sehr gezielte Fragen gaben.

Er dachte an Adela und daran, wozu er sich beinahe hatte hinreißen lassen. Nach wie vor wusste er nicht, ob er Bedauern oder Erleichterung darüber empfinden sollte, dass sie gestört worden waren, ehe es zum Unvermeidlichen gekommen wäre. Sein erster Impuls war Wut gewesen, weil sie so kurz davor gewesen waren, weil sie sich ihm entzog, wo sie ihn vorher so weit hatte gehen lassen. Aber dann wurde ihm klar, dass sie, wäre diese erste Hemmschwelle erst überwunden, es womöglich wieder und wieder getan hätten. Eine Vorstellung, die zwar reizvoll sein mochte, aber auch ihre Gefahren barg. Und an dem, was Elisa zugestoßen war, trug nun einmal Carl die Schuld, da gab es nichts schönzureden. Mochte Karolina ihren öffentlichen Fall auch selbst verursacht haben, so war dies jedoch ebenfalls Carl anzulasten. Er konnte nun nicht auch noch Adela entehren. Zudem wollte er ihr diese Gewissensnöte nicht aufbürden, die Lügen, die Verstellung Leonhard und ihren Kindern gegenüber.

Als die Kutsche abends losfuhr, um die Kinder von Schloss Lilienau abzuholen, begleitete Carl sie. Er musste mit Leonhard reden, musste dafür sorgen, dass es dergleichen Versuchungen nicht wieder gab, denn er wusste nicht, ob er stark genug sein würde, ihnen zu widerstehen. Es war ein angenehmer Ritt, langsam und gemächlich bei herrlichem Wetter.

Markus ließ ihn ein und sagte, der junge Herr Baron befinde sich in seinem Arbeitszimmer. Wo auch sonst? Leonhard hatte die Arbeit immer schon ernst genommen, weitaus ernster als Carl. Als er durch die Halle und den Korridor ging, fiel ihm auf, wie deutlich man den Verlust Berta von Schletters spürte, obwohl sie so still gewesen war und immer nur im Hintergrund zu existieren schien. Als hätte ihr Geist das Haus belebt und sei mit ihr gegangen. Schloss Lilienau war immer schon düster gewesen, doch nun lastete auch noch die Trauer darauf, schien aus den Wänden zu atmen.

»Ich wollte fragen, wie es dir geht«, sagte Carl, als er den Raum betrat und in Leonhards Augen die stumme Frage las, was es mit dem Besuch auf sich hatte.

»Den Umständen entsprechend gut.«

»Wenn ich etwas tun kann …«

»Kannst du nicht.« Als wolle Leonhard seinen schroffen Tonfall mildern, trat nun ein kaum sichtbares Lächeln auf seine Lippen. »Danke dennoch.«

Carl zog einen der Besucherstühle heran und setzte sich. »Leonhard, ich möchte nicht, dass du denkst, ich mische mich in dein Leben ein«, begann er, und sein früherer Freund hob fragend die Brauen, »aber ich denke, du solltest aufhören, deine Frau zu betrügen.«

Irritation und Zorn spiegelten sich im raschen Wechsel auf Leonhards Gesicht wider. »Hat sie sich bei dir ausgeheult?«

»Wann hätte sie das tun sollen?«, konterte Carl. »Hast du je erlebt, dass wir uns allein zurückziehen, wenn ein Treffen ansteht?«

Leonhards Züge entspannten sich. »Natürlich nicht.«

»Ich weiß es, weil jeder es weiß.«

»Es geht dich doch gar nichts an.«

»Nein, da hast du recht. Ich könnte glücklich darüber sein, dass du ihr Kummer bereitest – und das tust du, man sieht es ihr an. Eines Tages könnte ich mich als Tröster anbieten, und denkst du, sie würde ablehnen? Wenn sie doch weiß, dass sie dich nicht halten kann? Dass du dich mit anderen Frauen vergnügst und sie dir nie genügen wird?«

Nun verengten Leonhards Augen sich. »Das wagst du nicht.«

»Darauf würde ich nicht wetten.«

»Ich bin der Onkel deiner Kinder, verdammt noch mal!«

»Und Karolina war die Schwester meiner Frau. Hat mich das abgehalten?«

Leonhard sprang auf. »Verschwinde!«

Langsam erhob Carl sich. »Hör auf, sie zu betrügen. Ich denke beinahe, sie liebt dich.« Die letzten Worte versetzten ihn selbst in Erstaunen, was ihm vermutlich anzuhören war. »Sag ihr nicht, dass ich hier war und mit dir darüber gesprochen habe.«

»Gewiss nicht. Und nun geh!«

Carl drehte sich um und verließ das Arbeitszimmer. Mochte Leonhard denken, was er wollte, aber dies Warnung war vermutlich das Nobelste, was er je getan hatte.

November 1895

Dank Łukasz Korol lernte Magdalena ein Masuren kennen, das mythisch erschien und auf Traditionen fußte, die ihren eigenen fremd waren. Obwohl sie sich bemüht hatte, ihn auf Abstand zu halten, waren sie sich doch zunehmend nähergekommen, denn er hatte nicht einmal versucht, sein Interesse an ihr zu verbergen. Seine Aufmerksamkeit brachte die Erinnerung an jene Zeit in ihr hervor, als es normal gewesen war, dass Männer sie umwarben. Ihr war erst jetzt bewusst geworden, wie sehr sie es vermisst hatte, und obwohl sie vorsichtig geworden war, ließ sie zu, dass er sich ihr näherte, zunächst auf eine sehr romantisch-behutsame Art, dann auf eine körperliche, als es zu ihrem ersten Kuss kam. Das war vor einem Jahr gewesen, und beim Küssen blieb es bisher auch. Er bat sie nicht darum, mit ihm zu schlafen, machte nicht einmal Andeutungen diesbezüglich. Magdalena hoffte, dies war ein Zeichen dafür, dass er es ernst mit ihr meinte.

Sie unternahmen lange Kutschfahrten, besuchten Wald- und Heidedörfer, die fernab der Verkehrswege lagen, Orte, wo sich alte Volkstraditionen behaupteten und nicht ausmerzen ließen, gleich, welche Bestrebungen unternommen wurden, diese schlechtzureden. Magdalena – ebenso wie die Großstädter – hatte Masuren stets als primitiv empfunden, die typischen Bauernhäuser, strohgedeckte Holzbauten aus behauenen Balken, wo Ställe und Wohnstube nur durch einen Flur getrennt waren. Es gab kaum Industrie, vielmehr spielten hier Land- und Holzwirtschaft eine wichtige Rolle sowie Handel und Handwerk. Deutsche Vorbilder prägten mit Zuzug des Militärs eine deutsche Bürgerkultur, aber das Provinzielle blieb in Masuren bestehen, man konnte – und wollte – seine Wurzeln nicht verleugnen.

Magdalena lernte, dieses Ursprüngliche zu schätzen, ein Jahresreigen, der durch kirchliche Festtage bestimmt wurde. Am elften November feierte man Martini, ein Tag zu Ehren von Martin Luther, der am Namenstag des von den Katholiken zum Heiligen erklärten Martin von Tours getauft worden war, und es wurden Gänse geschlachtet und gerupft. Die Federn und Daunen ließen sich verkaufen – wenngleich Magdalena gerne ein eigenes Plumeau gehabt hätte, aber für solchen Luxus hatte sie kein Geld –, und die Gans kam als Braten auf den Tisch.

Łukasz war eingeladen, und Anna, die ihn inzwischen recht gern mochte, führte einen regelrechten Tanz auf, als sie erfuhr, dass sie an Martini einen Gast hatten. In der Schule lief es besser, seit sie eine Freundin dort hatte. Sie wurde zwar nach wie vor geschnitten, aber es machte ihr weniger aus, da sie jemanden an ihrer Seite wusste. Alma war die Tochter eines Handwerkers aus Johannisburg, ein schüchternes Mädchen, das von ihren Klassenkameradinnen aufgrund ihres feuerroten Haares gehänselt wurde. Zunächst hatten sich die beiden als eine Art Schicksalsgemeinschaft gefunden, danach war eine Freundschaft daraus erwachsen.

»Ich finde auch nicht mehr schlimm, dass Justus nicht mein Vater ist«, erklärte sie am Martinimorgen.

»Das freut mich. Aber wie kam es dazu?«

»Mein Herz ist jetzt frei für den neuen Vater, den du heiratest.«

Magdalena sah sie erstaunt an, doch Anna war schon wieder abgelenkt, denn Hanne rief sie, damit sie beim Backen half, was bedeutete, sie durfte den Teig aus der Schüssel naschen. Währenddessen räumte Magdalena im Haus auf, holte Holzscheite und stapelte sie neben dem Kamin auf und deckte den Tisch. Obwohl sie Łukasz oft sah, waren es bisher stets Treffen gewesen, bei denen sie entweder in seiner Kutsche durch die Gegend fuhren, spazieren gingen oder sich in einer Konditorei trafen. Hier bei ihr war er bisher nur gewesen, wenn sie oder Anna seine medizinische Hilfe benötigten. Erstaunt stellte sie fest, dass sie aufgeregt war, so ähnlich, wie sie sich als Kind vor der Bescherung gefühlt hatte.

Gedeckt hatte sie im Esszimmer, das unmittelbar an die nur selten genutzte Wohnstube grenzte. Damit die Wärme nicht verloren ging, hatte Magdalena die zweiflügelige Tür zwischen den beiden Räumen geschlossen. Früher einmal hatte es hier bestimmt Feierlichkeiten gegeben, für die man die beiden Räume genutzt hatte. Magdalena stellte sich vor, wie die Familie hier zu einer großen Weihnachtsfeier versammelt war, alles schön geschmückt, die Kinder aufgeregt und mit glänzenden Augen. Oder im Sommer, wenn man die Türen zum Garten öffnen konnte. Wie die Dinge jedoch standen, war das lediglich eine schöne Vorstellung, mehr nicht.

»Ich mache auf!«, schrie Anna, als der Türgong anschlug, und lief mit wenig damenhaftem Gepolter die Treppe hinunter. Ihr langer geflochtener Zopf tanzte auf ihrem Rücken, als sie durch die kleine Eingangshalle rannte, und Magdalena, die gerade das Speisezimmer verließ, lächelte.

Łukasz begrüßte sie und reichte ihr eine Papiertüte mit Bonbons, die sie mit leuchtenden Augen entgegennahm. Er und Magdalena begrüßten sich freundschaftlich, vor Anna küssten sie sich nie. Mochte die sich ihren Teil denken, aber Magdalena würde vor dem Kind erst dann offen zu ihm stehen, wenn sie wusste, woran sie bei ihm war.

Sie nahmen im Speisezimmer Platz, und Hanne servierte die knusprig gebratene Gans, die nach polnischer Art gefüllt war mit einer Masse aus Brot in Milch, sauren Äpfeln, Backpflaumen und Ei. Dazu gab es Kartoffelklöße in buttriger Soße und Rotkohl. Łukasz erhob sich und zerteilte die Gans, gab erst Anna etwas auf den Teller, dann Magdalena und schließlich sich selbst. Zum Nachtisch wurde Apfelkuchen serviert. Hernach gingen sie hinüber in den Herrensalon, in dem Hanne bereits den Kamin entfacht hatte, und während Magdalena sich mit Łukasz unterhielt, hatte sich Anna mit Kohlestiften und einem Block vor den Kamin gesetzt und zeichnete.

Im letzten Monat war sie elf Jahre alt geworden, und wie sie so dasaß, beleuchtet von den Flammen, die Brauen konzentriert zusammengezogen, wirkte sie schon so groß, als streife sie langsam die Hülle ihrer Kinderzeit ab. Magdalena hätte ihr so gerne mehr geboten, hätte ihr gerne so manchen Kummer erspart. Dafür jedoch hatte Anna etwas, das sie selbst nie gehabt hatte – die liebevolle Aufmerksamkeit ihrer Mutter. Magdalena hatte sie von klein auf zu langen Streifzügen durch die Natur mitgenommen, hatte mit ihr Beeren gesammelt, im Garten Gemüse geerntet, Äpfel von Bäumen geholt …

»Woran denkst du?«, fragte Łukasz, der ihr Mienenspiel offenbar beobachtet hatte.

Sie lächelte und hob ihr Glas an die Lippen. »Nur daran, wie schnell die Zeit vergeht.«

Sein Blick ging zu Anna, verharrte einen Moment lang bei ihr und kehrte zu Magdalena zurück. »Sie wird dir ähnlicher.«

»War sie das früher nicht?«

»Nein, eigentlich nicht.«

Anna hatte Ähnlichkeit mit ihrem Vater, was nicht schlimm war, denn er war ein hübscher Bursche gewesen, aber Magdalena hatte sich stets besorgt gefragt, ob man ihn wohl in dem Kind erkennen würde. Carl jedoch war offenbar nichts aufgefallen.

Als es Zeit wurde, dass Anna ins Bett ging, setzte das übliche Bitten und Betteln ein, doch Magdalena blieb konsequent, ließ sich jedoch dazu überreden, dass Łukasz mitkam und dabeisaß, als Magdalena ihr etwas vorlas – ein Ritual, das sie auch dann beibehielten, als Anna selbst lesen gelernt hatte – und ihr Abendgebet sprach.

»Das war sehr familiär«, bemerkte er, als sie in den Herrensalon zurückkehrten.

»Ja, man könnte sich glatt daran gewöhnen«, antwortete sie nur halb im Scherz.

Er erwiderte nichts, hob stattdessen ihr Gesicht an und küsste sie. Magdalena legte die Arme um seinen Hals, vergrub ihre Fingerspitzen in seinem Haar. Anstatt zu ihren Sesseln zurückzukehren setzten sie sich vor den Kamin, wo sie sich weiterküssten, während Łukasz' Hände in trägen Liebkosungen über ihren Körper glitten. Sie hatte längst vergessen, wie gut sich das anfühlte, und obwohl sie ihn nicht so weit gehen lassen würde, mit ihr zu schlafen, bog sie sich ihm sehnsuchtsvoll entgegen. Im Gegensatz zu dem Jungen seinerzeit auf dem Heuboden hatten Łukasz' Zärtlichkeiten nichts Hastiges, nichts Drängendes, vielmehr war er fast unerträglich zurückhaltend, und Magdalena ahnte, dass es wundervoll werden würde, wenn sie ihn nur gewähren ließe. Und sie war so kurz davor … Mit nur schlecht verborgenem Widerstreben löste sie sich von ihm, schloss die obersten Knöpfe ihres Kleides wieder, kam langsam zu Atem.

»Ich … Es ist nicht so, dass ich das nicht möchte«, sagte sie. »Aber es wäre nicht richtig.«

Er lehnte sich mit dem Rücken an den Sessel, der neben dem Kamin stand, zog ein Knie an, legte den Arm darüber. Einige blonde Haarsträhnen fielen ihm in die Stirn, ließen ihn jünger aussehen, und Magdalena wollte nichts lieber, als ihm das Haar aus dem Gesicht streichen und ihn erneut küssen.

»Was ist nicht richtig daran?«, fragte er nun. »Unsere Gefühle füreinander?«

»Ich kenne deine Gefühle für mich ja gar nicht.«

»Ich war der Meinung, sie seien ziemlich offensichtlich.«

Magdalena schwieg, starrte in die Flammen. »Ich … Ich bin nicht so erfahren mit Männern, wie du vielleicht glaubst. Anna ist nicht das Produkt eines wirklichen Liebhabers, sie ist in einer Nacht entstanden, als ich mich voller Neugierde auf die Liebe in die Arme eines jungen Mannes gegeben habe, kaum älter als ich selbst. Vermutlich war ich auch für ihn die Erste. Danach war ich schwanger, und meine Familie hat mich verstoßen.«

Łukasz nickte. »Verstehe.«

»Mir darf das nicht noch einmal passieren, verstehst du? Ich habe mich so bemüht, um Annas willen keinen Anlass zu Gerede zu geben. Wenn ich nun schwanger wäre …«

»Ich würde aufpassen.«

»Ja, und das geht einmal gut, vielleicht auch ein Jahr lang, und dann?«

»Denkst du, dass es das ist, was ich von dir will? Eine unbezahlte Geliebte?«

»Du hast nie gesagt, was du willst. Du lässt mich gewisse Dinge hoffen, aber ich wäre nicht die Erste, die das Handeln eines Mannes falsch deutet.«

»So grausam würde ich nie an dir handeln.«

»Du hast eine Familie, die mich akzeptieren muss.«

Eine katholische Familie, die vermutlich sehr strenge moralische Maßstäbe an eine Ehefrau legte.

»Ich fahre mit dir nach Lyck, dann lernst du sie kennen. Sie sind nicht so vernagelt, wie du es dir vielleicht ausmalst.«

Magdalena musste lächeln. »Wenn du mich sogar deiner Familie vorstellen möchtest, was bedeutet das dann?«

»Dass es mir ernst ist. Sehr ernst.«

Sie spürte, wie etwas sich in ihrer Brust löste, mit einem Mal konnte sie wieder freier atmen. »Das ist es mir auch«, antwortete sie kaum hörbar, schmeckte dieses Geständnis auf der Zunge, formte es erneut. »Das ist es mir auch.«

Die Orangerie im Garten war ein Geschenk ihres Vaters, der Freude daran hatte, die Geschenke ihres Ehemanns zu übertrumpfen. In diesem Fall hatte Oskar Lamberg jedoch der ganzen Familie einen jener Gefallen getan, die er sich einzufordern verbat, insofern hatte Adela sehr geschickt gehandelt, als sie beiläufig diesen Wunsch erwähnt hatte. Und so wanderten die Orangenbäumchen, die im Sommer den Garten zierten, im Winter in die Orangerie.

Das Gut war weitgehend autark, wie jedes Landgut hier in der Umgebung. Was sie zum Leben brauchten, bauten sie selbst an, Fleisch kam aus eigener Schlachtung. Lediglich Mehl wurde gekauft. Seit sich Adela um den Garten kümmerte, waren die Anbauflächen erweitert worden, was mehr Ernte versprach. Die Kinder, ihre wie auch die des Personals, freuten sich immer darauf, wenn es ans Ernten ging, und auch die Orangerie liebten sie.

Sie hatten bereits im September die Pflanzen in ihren Töpfen umgesiedelt, und nun stand Adela mit ihren Kindern und den beiden von Carl sowie den Kindern des Stallmeisters hier und kümmerte sich um die Orangen- und Zitronenbäumchen. Sie spürte ein Ziehen im Bauch, und sie hatte bereits, noch ehe ihr Monat ausgeblieben war, geahnt, dass sie wieder schwanger war. Dieses Mal kam auch noch Übelkeit hinzu, und sie hatte sich kurz nach dem

Frühstück übergeben. Ein einziges Mal hatte sie mit Leonhard geschlafen, das war in der Nacht nach der Beerdigung gewesen. Ihr Streit schwelte immer noch zwischen ihnen, auch wenn sie wieder normal miteinander umgingen. Hätte Adela mit Carl geschlafen, wüsste sie nun nicht, wessen Kind sie trug, ein Gedanke, der ihr Übelkeit verursachte. Die Vorstellung, sie könne ein Kind gebären, in dem sie Carl sah, und müsste jeden Tag in der Angst leben, auch andere würden es erkennen … Was für ein Geheimnis hätte sie da für den Rest ihres Lebens mit sich herumtragen müssen. Sie wollte nicht schwanger sein, wollte das alles nicht wieder durchmachen.

Ihr knurrte der Magen, doch allein der Gedanke an Essen verursachte ihr Übelkeit. Aber irgendetwas musste sie essen, vielleicht würde man ihr in der Küche eine leichte Brühe bereiten, am besten ohne Fleisch. Unwillkürlich stellte sie sich den ranzigen Geschmack von Fett vor, und sie atmete in den Bauch, würgte die Galle zurück. Sollte das jetzt drei Monate lang so gehen? So lange hatte das bei Justus' Frau Meta gedauert – bei jeder Schwangerschaft. Wie man unter diesen Umständen freiwillig vier Kinder bekommen konnte, war etwas, das Adela nie verstehen würde. Noch dazu von einem Mann, den man nicht einmal liebte. Warum schlief man überhaupt noch miteinander? In Ermangelung anderer Möglichkeiten? So war es wohl, denn Justus war treu, er hatte ihr erzählt, er sei nur einmal in Versuchung geraten, aber dabei war es geblieben. Wer die Frau war, wollte er ihr nicht sagen, aber sie konnte es sich denken.

Victoria hielt sich abseits, und Adela bemerkte, wie niedergeschlagen sie wirkte, still und in sich gekehrt. Lustlos harkte sie in einem der Töpfe herum, und ein paarmal wirkte es, als wische sie sich eine Träne weg. Ob es immer noch wegen Berta war? Adela zog die Handschuhe aus und ging zu ihr.

»Ist dir nicht wohl, meine Liebe?«

Victoria sah sie an, und nun begann ihre Unterlippe zu zittern. Sie rang sichtlich mit sich, das Blut stieg ihr ins Gesicht, während ihre Augen glasig wurde. Nachdem sie sich umgeschaut hatte und offenbar alle weit genug entfernt waren, sagte sie so leise, dass Adela sich vorbeugen musste, um sie zu verstehen: »Ich werde sterben.«

»Wie kommst du bloß auf diese Idee?« Adela legte ihr die Hand auf die Stirn. Wenn sie krank wäre, würde Carl sie doch mitnichten hierherkommen lassen. »Was fehlt dir denn?«

»Ich habe starke Schmerzen im Bauch, schon seit Tagen. Erst dachte ich, ich hätte etwas Falsches gegessen, aber heute Morgen war alles voller Blut.« Nun schluchzte sie auf, und Constantin, der ihnen am nächsten stand, sah zu ihr hinüber.

»Was ist passiert?«, fragte er und ging einen Schritt auf sie zu, aber Adela bedeutete ihm mit einer Handbewegung zu bleiben, wo er war.

»Es ist nichts, Constantin, alles in Ordnung.« Sie legte Victoria die Hand auf die Schulter, fühlte sich an sich selbst in diesem Alter erinnert. Wie furchtbar verloren sie sich gefühlt hatte. Aber wenigstens hatte es jemanden gegeben, der sich um sie gekümmert hatte. »Kinder, macht ihr weiter? Victoria und ich holen Getränke aus der Küche.«

»Für mich heiße Schokolade!«, rief Helene.

»Limonade!«

»Heiße Schokolade!«

»Heiße Milch!«

»Heiße Milch«, antwortete Adela. »Nichts Süßes zwischen den Mahlzeiten.« Damit führte sie Victoria aus der Orangerie und durchquerte mit ihr den Garten. »Nicht da lang«, sagte sie, als das Mädchen den Weg zur Küche einschlagen wollte. »Komm mit in mein Zimmer, und da reden wir.«

Nachdem sie Victoria davon überzeugt hatte, dass sie nicht sterben würde, und das Mädchen nun wusste, wie sie mit der Angelegenheit umzugehen hatte, war dieses in einer Stimmung, die einerseits gelöst, andererseits aber auch tief in sich gekehrt schien, in die Orangerie zurückgekehrt. Sie hatte einen Schritt zur Frau gemacht und wusste noch nicht so recht, wie sie damit umgehen sollte. Und doch verriet ihr Blick, dass sie nun Trägerin eines Geheimnisses war, eines jener Geheimnisse, die alle Frauen mit sich trugen, das Wissen um ihre eigene Körperlichkeit.

Abends führte Adela das erste Mal seit Langem wieder ein Gespräch mit Leonhard, das über allgemeine Dinge hinausging. Obwohl er ihr Ehemann war, war es ihr ein wenig unangenehm, mit ihm über Victoria und das Problem, das sie mit sich herumtrug, zu sprechen, doch es musste sein, um des Mädchens willen.

»Ich soll mit Carl über seine Tochter sprechen? Über ihre Indisponiertheit?«

»Ich kann es ja wohl schlecht tun. Das Mädchen braucht jemanden in diesem Haus, der sich um sie kümmert.«

Leonhard seufzte. »Ist gut, ich spreche mit Carl.« Sehr ungern, das war nicht zu übersehen. »Und was ist mit uns, hm?«

»Was soll mit uns sein?« Adela ließ sich vor ihrem Frisiertisch nieder und löste ihr Haar.

Leonhard stand an die Wand daneben gelehnt, die Arme vor der Brust verschränkt, und beobachtete sie. »Soll das nun die ganze Zeit so weitergehen? Dass du mich auf Distanz hältst?«

»Wenn du mit mir schlafen willst, musst du das nur sagen, du weißt, ich weise dich nicht zurück.«

Entnervt stieß er den Atem aus. »Himmel, Adela, du weißt, was ich meine. Ich habe einen Fehler gemacht …«

»Einen?«

»Ich tue es nicht wieder, versprochen.«

Sie sah auf, betrachtete ihn. »Ich bin schwanger. Wieder einmal.« Wenn es doch nur eine Möglichkeit gäbe, das Kind nicht zu bekommen. In ihr keimte der Wunsch auf, ein Pferd zu nehmen, im vollen Galopp davonzureiten und sich einfach fallen zu lassen. Aber vermutlich verletzte sie sich dabei nur schwer, und das Kind blieb in ihrem Leib.

Leonhard sagte nichts auf die Ankündigung hin. Gut, er hatte ja auch nicht daran zu tragen, er konnte entspannt neun Monate lang warten, während sie sich erst wochenlang erbrach und dann immer dicker wurde, bis sie sich nur noch watschelnd bewegen konnte. Sie wäre verärgert gewesen, wenn er mit offensichtlicher Freude reagiert hätte, aber dass er gar nichts sagte, ärgerte sie auch.

»Hat es dir die Sprache verschlagen?«

»Nein, ich weiß nur, dass dir nichts von dem, was ich dazu zu sagen hätte, gefallen würde.«

»Du freust dich auf das Kind, ja?«

»Wäre dir lieber, wenn ich das nicht täte?«

Nein, natürlich nicht. Adela rieb sich die Schläfen, als könne sie den aufkeimenden Kopfschmerz einfach wegdrücken. Als sie Augen öffnete, bemerkte sie, dass Leonhard hinter sie getreten war. Er legte die Daumen an ihren Nacken, fand genau den richtigen Druck, ließ die Finger bis zu ihren Schultern gleiten, massierte ihren Halsansatz, und wie so oft machte er dabei wohl irgendetwas richtig, denn Adela entspannte sich, und die Schmerzen ließen ein wenig nach.

»Gehst du mit mir ins Bett?«, fragte er unvermittelt, und als Adela ihn im Spiegel ansah, erwiderte er ihren Blick, wirkte belustigt, und sie erkannte, dass es ein Friedensangebot werden sollte, dass er versuchte, wieder etwas Ungezwungenes in ihren Umgang miteinander zu bringen.

»Wenn du dabei auch nur ein Wort über Essen verlierst, dürfte das ein sehr kurzes Vergnügen werden.«

»Ich denke, da lassen sich andere Themen finden.«

Sie erhob sich. »Wenn das so ist, lass uns keine Zeit verlieren.«

Der Gedanke daran, dass es keine Frau in seinem Haushalt gab, der Victoria sich anvertrauen konnte, hatte Carl nächtelang wachgehalten. Und wenn er doch wieder heiratete? Aber was, wenn sich die Stiefmutter als Drachen herausstellte? Wenn es eine war, mit der seine Mutter einverstanden sein würde, konnte es sich nicht anders verhalten. Er hatte das delikate Thema Victoria gegenüber nicht angesprochen, um seine Tochter nicht in Verlegenheit zu bringen. Stattdessen hatte er die Köchin – die einzige Frau, der seine Tochter nahe war – zu Rate gezogen, und die wiederum hatte mit seiner Tochter gesprochen. Was auch immer sie ihr gesagt hatte, Victoria hatte hernach weniger elend gewirkt.

Allein dass Leonhard ihm hatte erklären müssen, was seiner Tochter fehlte … Aber gut, zu Carls Ehrenrettung musste gesagt werden, dass es Adela gewesen war, die es herausgefunden hatte, Leonhard war nur der Überbringer der Nachricht gewesen, was an und für sich schon unangenehm genug war. Ihm war anzusehen gewesen, dass ihm nicht wohl dabei war, mit Victorias Vater über etwas so Intimes zu sprechen, etwas, das ihr Geheimnis sein sollte, geteilt mit einer Mutter. Stattdessen musste ihr Vater von ihrem Onkel darüber aufgeklärt werden. Das war in der Tat erbärmlich. Aber hätte Victoria sich ihm mit etwas so Delikatem anvertraut, wenn er direkt gefragt hätte? Er hatte ja gemerkt, dass es ihr nicht gut ging, hatte dies jedoch auf den Verlust der Großmutter geschoben.

Als er am frühen Nachmittag in den Hof trat, bemerkte er einen hageren Mann, der durch das Portal trat, sich suchend umsah, ehe sein Blick an Carl hängen blieb. Er brauchte einen Moment, ehe er ihn erkannte. Emil Moors. Nicht gerade ein Zeitgenosse, über dessen Anwesenheit man erfreut war, und erst recht niemand, den man auf seinem Grund und Boden antreffen wollte, denn meist bedeutete dies Ärger.

»Was gibt es, Moors?«, fragte er beim Näherkommen. »Hat sich Constantin wieder mit einem Ihrer Jungs geprügelt?«

»Nein, ich suche meine Elisabeth.«

»Hier ist sie nicht.«

»Ist heute Morgen los und wollte bis zum Mittag mit Maximilian von Schletter spielen, aber in Schloss Lilienau haben sie mich nicht mal zu ihm gelassen, um ihn zu fragen. Der junge Herr Baron sagt, meine Lis war nicht dort.«

»Dann wird das wohl stimmen.«

»Sie wollte zu Mittag heimkommen. Hab schon überall im Umkreis gefragt.«

Carl wartete.

»In zwei Stunden wird es dunkel.«

»Bis dahin ist sie gewiss wieder daheim.«

Emil Moors stapfte auf der Stelle, als sei ihm kalt, was angesichts der zerschlissenen Kleidung wohl nicht so abwegig war. »Wäre es Ihre Victoria, würden schon alle Leute aus dem Umkreis suchen gehen. Bei meinem Kind werde ich sofort weggeschickt.«

Dass die kleine Herumtreiberin nicht daheim war, war wohl nicht ganz so ungewöhnlich und alarmierend, wie wenn eines der Gutsbesitzerkinder nicht mehr zu finden wäre. Sie lungerte vermutlich irgendwo herum und hatte die Zeit vergessen. »Wenn sie hier auftaucht, bringe ich sie heim«, versprach er.

Der Mann antwortete nicht, sondern nickte nur resigniert, drehte sich um und verließ den Hof. Einen Moment lang keimte ein Anflug von schlechtem Gewissen in Carl auf, aber er schob es beiseite. Um die Moors-Kinder musste man sich nun wahrhaftig nicht kümmern, die gingen nicht verloren.

»Na, du Streuner«, begrüßte Maximilian seinen getigerten Kater, der sich gerade unter dem Stalltor hindurchdrückte und zum Wassernapf ging. Elisabeths Kätzchen hatten überlebt, und nach wie vor wusste Maximilian nicht, wie sie das geschafft hatte. Aber Lis war hartnäckig in ihren Vorhaben. Da es keine Möglichkeit für sie gab, sie mit nach Hause zu nehmen, hatten die Katzen ihren ersten Winter in einer der Scheunen auf Schloss Lilienau verbracht, und dorthin kehrten sie immer wieder von ihren Streifzügen zurück. Eines der Kätzchen war in Maximilians Besitz übergegangen, der grau getigerte Kater, den alle nur Streuner nannten.

Maximilian traf Lis weiterhin zum Spielen im Wald, wenngleich sie nicht mehr dabei war, sobald sie sich in einer größeren Gruppe trafen, denn die Eltern seiner Freunde waren in Bezug auf ihre Familie wie die seinen und duldeten den Umgang nicht mehr. Als sie noch klein gewesen war, hatte man darüber hinweggesehen, aber ihre Schwester Beatrix kam zunehmend in Verruf, und man befürchtete, Elisabeth würde dasselbe Verhalten an den Tag legen, daher hielt man sie auf Distanz. Weder wollte man, dass sich die Töchter verhielten wie sie, noch, dass die Söhne – ja, was eigentlich? Auf diese Fragen hatten die Älteren Antworten, die die Neugierde nur noch weiter anfachten. Zu Maximilians tiefer Beschämung hatte er bereits von Beatrix geträumt, von ihrem Körper, der fraulich gereift war. Sie war zwei Jahre älter als er, und er war vermutlich nicht der Einzige, der sinnliche Träume von ihr hatte.

Elisabeth jedoch war anders, zurückhaltender, schüchterner. In ihrer Gegenwart wurden selbst ihre rüpelhaften Brüder zu handzahmen Katzen und entwickelten ungeahnte Beschützerinstinkte. Die Erwachsenen jedoch wollten das nicht sehen, sie sahen nur Elisabeths Familie, sahen Beatrix und die Prügeleien, in die ihre Brüder verwickelt waren. Das reichte für sie, um zu meinen, Elisabeth zu kennen.

Ab und zu machte sie trotz allem den Versuch, mit ihnen zu spielen, und während die Jungen meist nachgiebig waren, wollten die Mädchen sie nicht dabei haben. Für Elisabeth bedeutete das, sie saß nicht mehr mit ihnen in den Gärten der Gutshäuser und bekam Leckereien, die daheim nie auf den Tisch kamen. Ab und zu machte Maximilian ein Picknick mit ihr, stibitzte dafür Gebäck aus der Küche. Dann saßen sie im Wald, aßen Kuchen und tranken Quellwasser.

An diesem Morgen waren sie verabredet gewesen, aber sie war nicht erschienen. Später hörte Maximilian, dass ihr Vater nach ihr gefragt hatte, aber sein Vater hatte ihn abgewimmelt. »Aber wenn ihr etwas passiert ist?«, hatte Maximilian gefragt.

»Der passiert nichts.«

Maximilian ärgerte sich darüber, dass niemand sie vermisste. Andere Kinder aus der Umgebung waren vormittags hier gewesen, und nachdem er das Warten auf Elisabeth aufgegeben hatte, war er mit ihnen herumgezogen und erst mittags heimgekehrt. Nun, als Elisabeths Vater auftauchte, bekam ihr Nichterscheinen etwas Beängstigendes. Sie verpasste nie eine Verabredung mit ihm, noch dazu, wenn er Honigkuchen versprochen hatte.

Nachdem Emil Moors gegangen war, machte er sich selbst auf die Suche nach Elisabeth, was ein vergebliches Unterfangen war, da er nicht wusste, wo er beginnen sollte. Und so ging er einfach den Weg ab von Schloss Lilienau bis zu ihrem Zuhause, aber so schlau war ihr Vater sicher schon gewesen, und natürlich lag sie da nirgendwo verletzt auf dem Weg. Als er nach Hause kam, dämmerte es bereits, und sein Vater schimpfte mit ihm, weil er sich im Dunkeln nicht allein im Wald herumtreiben sollte. Der Schnee lag noch nicht besonders hoch, dennoch war es kein Wetter, wo man seine Kinder allein im Dunkeln herumlaufen ließ.

»Bei Emil Moors war keiner zu Hause«, sagte er. »Es war alles finster.«

»Die werden in irgendeiner Schenke sitzen«, sagte sein Großvater.

»Oder sie suchen Elisabeth!«

»Dann wären sie gewiss hier noch einmal vorbeigekommen.«

»Die wissen doch, dass es euch nicht kümmert.« Maximilian sprang vom Tisch auf und rannte aus dem Raum, ungeachtet dessen, dass sein Vater ihn zurückrief.

Dieser Tage dachte Karolina wieder oft an Elisa, als habe der Tod ihrer Mutter die alte Wunde erneut aufgerissen. Ihre Mutter hatte nie darüber gesprochen, über die Trauer und den Kummer – ganz anders als ihr Vater. Meist vermied Karolina den Gedanken an ihre Schwester, weil sie es nicht ertrug, an jenen letzten Moment mit ihr zu denken. Sie hatte Elisa geliebt, und sie erinnerte sich daran, wie sie als Kinder zusammen gespielt oder als Halbwüchsige zusammen um die Wette geritten waren. Aus Elisas Mund würde nie ein Wort der Vergebung kommen, kein Lachen von jener Nachsicht, wie man sie oft den Kapriolen der kleinen Schwester schenkte.

Der Gedanke an Elisa brachte sie zu deren Tochter und zu der Leonhards. Während Victoria in ihren schwarzen Kleidern beinahe schon dramatisch schön war, wirkte Helene wie eine Dohle. Das Schwarz ließ ihre ohnehin schon zierliche Gestalt dünn und knochig wirken, was geradezu anrührend war. Karolina mochte sie sehr, eigentlich mehr noch als Victoria, aber in Victoria erkannte sie gewissermaßen eine Gleichgesinnte, auch wenn das dem Mädchen noch nicht klar sein konnte. Wenn sie älter wäre, würde Karolina sie unter ihre Fittiche nehmen.

Seit dem Tod ihrer Mutter hielt Karolina sich zurück, ging nicht mit Männern aus und verzichtete auf unangemessene Vergnügungen. Sie trug Schwarz, wie sich das für eine trauernde Tochter gehörte, wenngleich die Traurigkeit in ihr schon so düster war, dass es keiner äußeren Darstellung mehr bedurft hätte. Sie kam sich vor, als wandele sie wie ein schwarzer Schatten durch die Gegend.

Als sie an diesem Tag nach Hause kam, war es schon beinahe dunkel, und ihre Gestalt schien mit der Düsternis der Umgebung zu verschmelzen. Karolina wünschte sich einen irritierenden Moment lang, es sei wirklich so, und diese Vorstellung war so real, dass sie einen Wimmerlaut hörte, ganz zart. Sie verharrte, als sie den Laut erneut hörte. Ein Schauder rann ihr über den Rücken, und ihr erster Impuls war es davonzulaufen. Aber dann ermahnte sie sich, dass ein Triebtäter wohl mitnichten wimmernd im Gebüsch säße.

Langsam ging sie weiter, lauschte. Da war es wieder. Sie ging zu einem mannshohen Erdhügel, in den eine massive Tür eingelassen war. Hier befand sich der Eiskeller des Schlosses, und schon in ihrer Kindheit war ihnen streng verboten worden, ihn zu betreten. Sie hatten es natürlich dennoch getan und einmal im Sommer vergessen, ihn wieder ordentlich zu verschließen. Das war die erste und einzige Tracht Prügel, die Karolina und Elisa je bekommen hatten, und auch Leonhard, der schon die eine oder andere erlebt hatte, dürfte sie in denkwürdiger Erinnerung behalten haben.

Hatte die Köchin beim Holen der Vorräte hier ein Tier eingeschlossen? Karolina fingerte an dem schweren Riegel herum, was in den dicken Handschuhen nicht leicht war, aber sie auszuziehen kam nicht infrage, denn es war so kalt, dass ihre Finger am Eisen festfrieren würden. Nach mehreren Versuchen gelang es ihr schließlich, und der Riegel gab knirschend nach. Öffnete man diese Tür in der Zeit von Frühjahr bis zum Spätsommer, so kam einem ein kalter Atem aus der dunklen Tiefe entgegen, nun jedoch war die Luft, die ihr entgegenströmte zwar klamm, aber kaum kälter als draußen.

Das Wimmern kam von einer Gestalt, die auf dem ersten Treppenabsatz kauerte. Die Stufen waren schmal, zu schmal, um darauf längere Zeit sitzen zu können, aber vermutlich war das Kind, das nun zu ihr aufblickte – das

Gesicht ein blasses Oval im Dunkeln –, mehrmals hier hochgelaufen, hatte an die massive Tür geschlagen und geschrien. Aber das hörte man nicht, wenn man auf dem Schlosshof war. Dass Karolina das Wimmern gehört hatte, war einfach dem glücklichen Umstand geschuldet, dass sie einen anderen Weg zurück genommen hatte und dass das Kind in eben diesem Moment seine Kräfte noch einmal zusammengenommen hatte und sich durch Klagelaute erneut bemerkbar machte.

»Ach, du armes Ding«, rief Karolina und half dem Mädchen auf, das nur sehr wacklig auf die Beine kam. Trotz der dicken Kleidung musste die Kleine durchgefroren sein, und als sie schließlich in den Mondschein traten, erkannte sie die Moors-Tochter. »Wer hat dich denn hier eingesperrt?«

Das Mädchen zitterte so stark, dass es keine Antwort artikulieren konnte.

»Komm, du musst sofort ins Warme.« Sie nahm das Mädchen an der Hand und zog es mit sich. »Komm, Kleines.«

Sie brauchten fast zehn Minuten bis zum Schlosshof, da das Kind so sehr zitterte, dass es nur schleppend laufen konnte. Im Hof kamen ihnen zwei Stallburschen entgegen, und Karolina wies einen von ihnen an, das Mädchen ins Haus zu tragen.

»In den Salon«, befahl sie. »Dort ist es um diese Zeit schön warm.«

»Grundgütiger!«, rief Markus, als er ihnen die Tür öffnete. »Was ist passiert?«

»Gib in der Küche Bescheid, dass ein heißer Kräuteraufguss gemacht wird, und man soll etwas zu essen bringen«, befahl Karolina.

»Gütiger Himmel, was ist mit dem armen Ding passiert?«, fragte eines der Stubenmädchen und eilte voran, um die Tür zum Salon zu öffnen.

Da saßen sie. Leonhard mit einem Buch im Sessel, ihr Vater mit einer Pfeife am Kamin, Helene am Klavier, Adela mit einer Handarbeit im Schoß. Sie alle blickten auf, als Karolina mit dem Stallburschen und dem Kind im Arm den Raum betrat. Leonhard und Adela sprangen fast gleichzeitig vom Sessel auf.

»Ist das Elisabeth?«, fragte Leonhard.

»Leg sie hier aufs Sofa«, wies Adela den Stallburschen an. »Und dann soll jemand in die Küche ...«

»Das habe ich schon in Auftrag gegeben«, fiel Karolina ihr ins Wort, kniete sich neben das Sofa und rieb die Hand des Mädchens, die trotz ihres Handschuhs eiskalt war.

»Schick jemanden zum Moors-Hof«, wies Leonhard Markus an. »Sag ihnen, die Herumtreiberin ist bei uns aufgetaucht.«

Karolina fuhr auf. »Herumtreiberin? Jemand hat sie in unseren Eiskeller gesperrt!«

Leonhard starrte sie an, die Stirn gekraust, ungläubig, als habe sie sich das ausgedacht. Und dann kam Maximilian in den Raum gelaufen. Helene hatte ihm wohl Bescheid gesagt, dass seine Freundin hier war.

»Lis?« Er kniete sich neben Karolina auf den Boden. »Oh, was ist denn mit ihr, Tante Karolina? Ist sie krank?«

»Weißt du, wer sie in den Eiskeller gesperrt haben könnte?«, fragte sein Vater.

Maximilian drehte sich zu ihm um. »War sie da?« Wieder beugte er sich zu Elisabeth. »Wer war das?«, fragte er sie, aber sie wirkte schläfrig, ihre Lider flatterten, während sie immer noch zitterte. Er wandte sich wieder zu Leonhard um. »Ihr Vater hat sie gesucht, aber ihr wart euch ja alle zu fein, um ihm zu helfen!«, schrie er.

»Mäßige dich«, mahnte Leonhard, doch das Unbehagen war ihm anzusehen.

»Stimmt das?«, fragte Karolina.

»Sie ist doch ständig auf Streifzügen«, verteidigte Leonhard sich.

»Und das haben vermutlich alle Eltern gesagt, denn mir ist kein Suchtrupp begegnet.« Karolina spürte, wie die Wut in ihr anschwoll. »Sie war es wohl nicht wert, was?« Sie sah Leonhard an, dass er ihr widersprechen wollte, aber das konnte er offenbar nicht guten Gewissens.

Adela hatte dem Kind den Mantel ausgezogen, auf dem die Eiskristalle schmolzen, hatte es in dicke Decken gehüllt und vor den Kamin gesetzt, aber es hörte nicht auf zu zittern. Sie hielt Elisabeth einen dampfenden Becher mit heißer Schokolade hin, und eine schmale Hand kam aus der Decke, umfasste den Griff des Bechers.

»Wer hat dich eingesperrt?«, fragte Leonhard erneut.

Doch das brachte nichts, sie würde niemanden verraten, und Leonhard erkannte das wohl auch recht bald. Maximilian saß neben Elisabeth vor dem Feuer und war wütend, davon zeugte die steile Falte zwischen den Brauen und die Art, wie er den Körper von seinen Eltern abgewandt hielt. Adela konnte es ihm nicht verübeln.

Markus kündigte Emil Moors an, der kurz darauf in den Salon kam, den Blick durch den Raum schweifen ließ und seine Tochter am Kamin entdeckte. »Danke, dass Sie sich um sie gekümmert haben«, sagte er. »Wo warst du denn, Lis? Komm, wir gehen heim.«

»Möchten Sie sich nicht vorher aufwärmen?«, fragte Leonhard.

Schnee schmolz zu feinen Wasserperlen auf Mantel und Mütze, aber Emil Moors schüttelte den Kopf. »Machen Sie sich keine Umstände, haben Sie ja vorher auch nicht. Danke, dass Sie sie hier haben warten lassen. Aber wir gehen jetzt heim. Komm, Lis.«

»Darf ich noch meine Schokolade austrinken?«

»Sie ist ganz durchgefroren«, fügte Adela hinzu.

»Wo hast du dich herumgetrieben?«, fragte Emil Moors. »Wir haben dich überall gesucht, deine Mutter und Beatrix sind gerade heimgekommen, Hubert und Rolf suchen noch.«

»Das ist nicht ihre Schuld«, wandte Adela ein. »Rabauken haben sie in unseren Eiskeller gesperrt. Dort hat meine Schwägerin sie gefunden.«

Emil Moors' Augen weiteten sich. »Im Eiskeller?« Sein Blick flog zu Maximilian.

»Ich war das nicht«, rief er. »Ich bin sie sogar suchen gegangen, weil sonst keiner gehen wollte.«

»Max!«, mahnte sein Vater leise.

»Stimmt doch!«

Elisabeth trank die Schokolade aus und gähnte, eine satte Schläfrigkeit, die wohl nur Kinder kannten. Zudem hatte endlich das Zittern aufgehört.

»Sind Sie mit dem Wagen hier, Moors?«, fragte Leonhard.

»Nein, ich hab keinen, das wissen Sie doch.«

»Ich lasse einspannen und Sie heimbringen.«

»Die Umstände können Sie sich sparen. Und wer die Burschen sind, das kriege ich schon noch raus.«

»Wenn Sie erlauben, kümmere ich mich darum, immerhin ist es auf meinem Grundstück passiert.«

»Aber mit meiner Tochter.«

»Was wollen Sie denn tun? Sich jedes Kind einzeln vornehmen?«

»Wenn es sein muss!«

»Das halte ich für eine schlechte Idee. Ich spreche mit den Eltern, dabei wird mehr herauskommen. Wenn ich weiß, wer es war, sorge ich dafür, dass die Kinder sich entschuldigen.«

»Entschuldigen!«, spuckte Emil Moors. »Hätten meine Kleine da bis morgen drin eingesperrt. Was, wenn sie erfroren wäre?«

Der Gedanke war Adela auch schon gekommen. Ein sehr gefährlicher Spaß war das gewesen.

»Wie gesagt, ich kümmere mich darum«, wiederholte Leonhard.

Damit musste Emil Moors sich zufrieden geben, und er bedeutete Elisabeth aufzustehen. Diese streifte die Decke ab und erhob sich. Adela reichte ihr Mantel, Schal und Mütze, und das Kind schauderte, als es in die klammen Kleidungsstücke schlüpfte.

»Um des Kindes willen sollten Sie nicht zu Fuß gehen«, bat Adela. »Wir lassen Sie heimbringen, sonst wird sie noch krank.« Sie raffte die Decke vom Boden vor dem Kamin auf und legte sie auf ein Sofa. Maximilian erhob sich nun auch und ging zu Elisabeth.

»Es tut mir leid«, sagte er.

»Du bist ja nicht schuld«, antwortete sie.

»Ich hätte dich sofort suchen sollen, als du nicht gekommen bist.«

Sie antwortete nicht, sondern lächelte nur.

»Ich lasse einspannen«, sagte Leonhard und verließ den Raum, ohne Emil Moors Zeit zur Antwort zu geben.

Adela begleitete ihn und Elisabeth zur Tür.

»Ihr Sohn soll sich von meiner Tochter fernhalten«, sagte Emil Moors nicht unfreundlich.

»Sie sind Freunde«, antwortete Adela.

»Sie sind Kinder. Aber was aus so etwas wird, wenn sie älter werden, das weiß man ja.« Er nickte ihr zu und verließ mit seiner Tochter das Haus.

Kurz darauf kam Leonhard zurück. »Gut, dass er Vernunft angenommen hat. Es wäre Wahnsinn, mit dem Kind jetzt durch die Kälte zu laufen.«

»Es war schon Wahnsinn, nicht nach ihr zu suchen.«

Leonhard schwieg.

»Ich habe es dir gesagt, ich habe gesagt, es ist nicht richtig, den Vater wegzuschicken. Keiner hat helfen wollen.«

»Sie treibt sich ständig herum, das weiß jeder.«

»Ja, und weil es jeder weiß, hätten wir sie morgen wohl erfroren in unserem Eiskeller gefunden – für den Fall, dass morgen überhaupt etwas daraus benötigt worden wäre. Ansonsten halt später.«

»Morgen hätten sich alle an der Suche beteiligt, wenn sie über Nacht nicht heimgekommen wäre.«

Adela ging in den Salon, wo sich Maximilian mit verschlossener Miene vor dem Feuer niedergelassen hatte und in die Flammen starrte. Sie ging zu ihrem Sohn, legte ihm die Hand auf die Schulter. »Es wird Zeit, zu Bett zu gehen«, sagte sie sanft.

Er sah auf und nickte, dann erhob er sich.

»Max«, rief Leonhard, als sein Sohn mit einem gemurmelten »gute Nacht« an ihm vorbeigegangen war, ohne ihn anzusehen. »Es tut mir leid. Nächstes Mal höre ich auf dich«, versprach er.

Nun schenkte Maximilian ihm einen Blick, nickte erneut, dann drehte er sich um und verließ den Salon. Leonhard ging zum Kamin, wo das Feuer seinem Gesicht einen rötlichen Schimmer verlieh. Er hatte die Stirn gekraust, wirkte in sich gekehrt. Adela ahnte, was in ihm vorging. Er bildete sich viel darauf ein, dass er stets hilfsbereit war und keinen Unterschied machte zwischen dem Kind eines Landadligen oder dem eines seiner Angestellten. Wäre die Tochter des Stallmeisters nicht heimgekehrt, hätte er sich sofort an der Suche beteiligt. Ein kleines Mädchen, allein bei diesem Wetter – da konnte alles Mögliche passiert sein. Aber bei Menschen wie Emil Moors war man offenbar nicht so erpicht darauf zu helfen. Trinker, Raufbolde, leichte Mädchen – da wusste man ja, woran man war. Dass die Sache für Elisabeth böse hätte enden können – und das auf seinem Grundstück –, machte Leonhard nun wohl doch zu schaffen. Zu recht, wie Adela fand.

Februar 1896

»Unsere Tochter hat endgültig den Verstand verloren«, rief Gesa von Reichenbach, während ihr Mann die Szene mit einer Art distanziertem Interesse betrachtete.

»Was ist passiert?«, fragte Carl, da diese Frage in der dramatischen Schweigepause offenbar von ihm erwartet wurde.

»Sie wird heiraten!«

»Das ist doch großartig.« Carl verschwieg, dass er das bereits wusste. Magdalena hatte es ihm unter dem Siegel der Verschwiegenheit in einem Brief zu Weihnachten anvertraut.

»Einen katholischen Polacken!«, rief seine Mutter und wedelte mit dem Brief vor seiner Nase herum.

»Einen polnischen Arzt«, erklärte sein Vater deutlich ruhiger. »Die Familie kommt aus Lyck.«

»Es ist doch vollkommen egal, wo die Familie herkommt!«, schrie Gesa von Reichenbach. »Ihre Kinder werden einen polnischen Namen tragen, gar Polnisch sprechen!« Ihre Stimme schraubte sich in schrille Höhen. »Grundgütiger, Johannes, du musst zu ihr! Rede ihr das aus! Ich habe doch gesagt, sie darf dort nicht allein bleiben, jetzt haben wir das Theater.«

»*Du* hast das gesagt?« Nun platzte Johannes von Reichenbach offenbar die Geduldsschnur. »Du warst doch die Erste, die sie so weit wie möglich weg wissen wollte.«

Seine Frau ignorierte das. »Wir müssen zumindest das Kind holen. Es mag ein Bastard sein, aber ein deutscher Bastard von unserem Blut.«

»Anna«, sagte Carl. »Sie heißt Anna. Und Magdalena wird sie dir nicht überlassen.«

»Sie ist unsere Tochter, eine ledige Mutter. Wenn wir wollen, können wir ihr das Kind wegnehmen, denn eine Frau wie sie ist wohl mitnichten geeignet, dem Mädchen Anstand beizubringen.«

»Sie wird keine ledige Mutter bleiben«, entgegnete Carl. »Wie du weißt, wird sie heiraten, und wenn Łukasz Korol das Kind als seines annimmt, wirst du nichts tun können.«

»Woher weißt du, wie er heißt?«, fragte sein Vater.

Carl räusperte sich. »Wir, hm, hatten das Vergnügen, als ich da war.«

»So lange geht das schon?«, fragte seine Mutter entsetzt. »Ist er ihr Liebhaber, oder was?«

»Nein, ihr Hausarzt. Und als solchen habe ich ihn kennengelernt.«

»Davon hast du nichts erzählt.«

»Mir war nicht klar, dass du dich für ihren Arzt interessierst.«

»Wie auch immer«, mischte sich nun sein Vater ein. »Die Hochzeit ist im Sommer. Zeit genug, hier Vorkehrungen zu treffen, eine Weile fortzugehen.«

Gesa von Reichenbach starrte ihn an, rang sichtlich um Fassung. »Du wirst dorthin fahren?«

»Ich werde mehr tun als das. Sie bekommt das Gut, in dem sie lebt, geschenkt, und ich werde ihr Kind anerkennen.«

»Bist du von Sinnen?«

»Ich habe mich nie klarer gefühlt.« Johannes von Reichenbach zog seine Pfeife hervor und einen kleinen Lederbeutel mit Tabak. »Sie hat sich mit keinem Mann eingelassen, hat gearbeitet – o ja, ich habe mich durchaus erkundigt –, hat nie gebettelt, wie ich es erwartet hätte. Ich dachte, sie kommt auf Knien hier angerutscht und bittet mich, sie wieder aufzunehmen. Einen Winter lang Kälte und Hunger, dachte ich. Aber ich habe mich geirrt. Sie hat sich und ihr Kind durchgebracht – ja, Carl, ich weiß, mit deiner Hilfe, ich bin kein Narr –, und nun heiratet sie einen Arzt. Das ringt mir durchaus Respekt ab.«

Gesa von Reichbach stand glotzend da, öffnete und schloss mehrmals den Mund, als wolle sie etwas sagen und finde die Worte nicht. Offenbar ging ihr auf, dass sie dadurch wirkte wie ein Fisch auf dem Trockenen, denn endlich hielt sie ihn geschlossen, wandte sich ab und ging.

»Ich komme natürlich auch mit«, sagte Carl. »Zusammen mit den Kindern.«

»Etwas anderes habe ich nicht erwartet.« Sein Vater hielt ein Zündholz an die Pfeife und paffte. »Ich muss gestehen, ich habe sie sehr vermisst. Es ist an der Zeit, sie endlich in die Familie zurückzuholen.«

Na, dachte Carl, hoffentlich war es dafür noch nicht zu spät. Er ging in sein Arbeitszimmer und setzte sich an die Buchhaltung. Das letzte Jahr war nicht schlecht gewesen, sie hatten hervorragende Fohlen gezogen. Es könnte allerdings alles ein wenig besser laufen, wenn Wilhelm von Schletter seine Position und seinen neu gewonnenen Einfluss nicht ausnutzen würde, um ihnen, wo er konnte, Steine in den Weg zu legen.

Carl hätte gerne mit Leonhard seinen Frieden geschlossen, aber die Sache mit Elisa und Karolina konnten dieser und sein Vater weder vergeben noch vergessen. Wäre es möglich, sich aus dem Weg zu gehen, hätte Carl dies getan, aber man begegnete sich nicht nur auf dem gesellschaftlichen Tapet, es war ja nach wie vor so, dass die Kinder auch auf Schloss Lilienau verkehrten. Umgekehrt war das nicht der Fall, Helene und Maximilian kamen nur, wenn eine Feier anstand, zu der sie eingeladen waren. Aber die von Reichenbachs waren nun einmal nicht ihre Blutsverwandten. Diese Einseitigkeit sorgte dafür, dass die von Schletters Einfluss auf die Kinder nahmen, ohne im Gegenzug befürchten zu müssen, dass die von Reichenbachs es ebenso hielten.

Vom Hof her war das Lachen der Kinder zu hören, als Constantin und Victoria zusammen mit einigen Kindern vom Gut loszogen, um die freien Stunden bis zum Abend im frisch gefallenen Schnee zu verbringen. Das brachte ihn – wie so oft – zu Elisabeth Moors. Was für eine Geschichte. Carl konnte nicht daran denken, ohne dass ihm die Schamesröte ins Gesicht stieg, und so ging es nicht nur ihm. Leonhard hatte herausgefunden, wer Elisabeth eingeschlossen hatte, und diese Kinder hatten hernach wohl nichts zu lachen gehabt. Allerdings spielte in die Bestrafung für diesen bösartigen Streich wohl auch das schlechte Gewissen der Eltern mit hinein.

Die Kinder – zwei Mädchen und ein Junge – hatten Elisabeth gesehen, als sie auf dem Weg zu ihrem Treffpunkt mit Maximilian gewesen war, und sie hatten sie in den Eiskeller gelockt. Eigentlich hatten sie sie später wieder herauslassen wollen, aber dann hatten sie heimgemusst, und später hatte ihnen der Mut gefehlt, etwas zu sagen. Jeder hatte die Hoffnung gehegt, einer der anderen möge sich darum kümmern, Elisabeth hinauszulassen, mit dem Ergebnis, dass es keiner tat.

Constantin war enttäuscht von ihm gewesen, das hatte Carl ihm angesehen. »Du sagst doch immer, wir sollen jedem helfen, der in Not ist.«

»Ja«, war Carls Antwort gewesen. »Und ich habe einen Fehler gemacht. Reiten wir jetzt nicht wochenlang darauf herum.«

Die Geschichte um Elisabeth führte Carls Gedanken zu Anna. Ob man Magdalena geholfen hätte, wenn sie verzweifelt nach ihrem Kind gesucht hätte? Aber Magdalena gab – im Gegensatz zu Emil Moors – keinen Anlass zu der Annahme, ihre Tochter treibe sich einfach so herum. Allerdings hatte sie als ledige Mutter wohl kaum einen besseren Leumund als Emil Moors' Frau, die zwar als flatterhaft galt, aber immerhin verheiratet war. Mochte man über Elisabeths Herkunft auch munkeln, was man wollte. Emil Moors erkannte sie offenbar als die seine an und schien diesbezüglich keine Zweifel zu hegen. Vielleicht konnte er sich nicht vorstellen, dass jemand es wagen könnte, ihn zu betrügen. Dieser Gedanke wiederum führte ihn zu Leonhard und Adela. Herrgott! Er ließ den Füllfederhalter sinken und erhob sich. Vielleicht sollte er es wie die Kinder machen und den Nachmittag damit verbringen, Spuren im Schnee zu hinterlassen.

Durch Łukasz lernte Magdalena das Leben der Polen in Masuren kennen. Lange Zeit war Masuren in einer Art Starre verharrt, die noch aus der Zeit vor dem Nationalismus rührte. Polnisch war in allen Bereichen des Lebens zu finden gewesen, und doch waren die Polen auch stolze, königstreue Preußen gewesen. Im Zuge der Germanisierung hatte man sich zum Ziel gesetzt, dem hinterwäldlerischen Masuren mit seinen vielfach armen Dörfern und den erbärmlichen Schulen, die zudem nur im Winter besucht werden konnten – sommers musste Vieh gehütet werden –, den Anschluss an die deutsch-preußische Kultur zu ermöglichen, und dazu gehörte Schuldbildung. Und mit dem Bau von Schulen schritt die Germanisierung voran, was Menschen wie Łukasz zu spüren bekamen. Es ging nun vor allem darum, die polnische Vergangenheit zu verdrängen und die deutsche Sprache und Kultur zur Richtschnur zu machen. Das polnischsprachige Masuren wurde zu einem Relikt aus vornationaler Zeit erklärt.

Ein Antrag seitens der polnischen Fraktion, die polnischen Landesteile Preußens – unbeschadet ihrer Zugehörigkeit – aus dem Deutschen Reich auszugliedern, war 1871 abgelehnt worden, und es wurde auch kein Minderheitenschutz in die Verfassung aufgenommen. Die Polen hatten versucht, sich ihren Rechtsstatus in Preußen zu erhalten, denn ihnen war seinerzeit zugesichert worden, dass sie ihre

Nationalität nicht verleugnen müssten. War Polnisch damals noch als Gerichts- und Schulsprache in einigen Teilen der Provinz zugelassen gewesen, wurde nun von den Bürgern ein klares Bekenntnis zum Deutschtum gefordert, Loyalität zur Nation reichte nicht mehr. Solange Polnisch von den Polen als gleichwertig zur deutschen Sprache gesehen wurde, konnte laut den Politikern die Integration in den preußischen Staat nur mangelhaft erfolgen.

Der Innenminister hatte nach der Reichsgründung deutliche Worte gefunden. Die Polen sollten entweder in der Isolierung verharren und somit verdrängt und ausgerottet werden. Oder aber sie regenerierten sich durch die Annahme der deutschen Kultur und verschmolzen mit ihr. Inzwischen allerdings waren einige Maßnahmen rückgängig gemacht worden, beispielsweise durfte der Religionsunterricht wieder auf Polnisch abgehalten werden, und seit nahezu zwei Jahren fand auch wieder polnischer Sprachunterricht an den Mittel- und Oberklassen der Volksschule statt.

Da Magdalena Polnisch schon seit ihrer Kindheit sprechen konnte, begann sie, ihre etwas eingerosteten Sprachkünste mit Łukasz' Hilfe wiederzubeleben. Sie hatte zwar nie ein besonderes Interesse an der Sprache gehabt, aber wenn man verbot, dass sie gesprochen würde, tat Magdalena es erst recht. Und sie wollte, dass ihre Kinder – so sie welche bekamen – ebenfalls in beiden Sprachen aufwuchsen.

»Egal, wo wir sind«, sagte sie, während sie mit Łukasz eng umschlungen an einem windstillen Nachmittag spazieren ging, »wir dürfen nie vergessen, wo unsere Wurzeln sind. Kultur ist etwas Erhaltenswertes, man darf sie nicht verdrängen. Und ich glaube auch nicht, dass das hier auf Dauer zu etwas Gutem führen wird.« Sie dachte an Alexej, den sie im Grunde kaum gekannt hatte, aber der nun in ein Leben gestoßen worden war, dem er so unbedingt hatte entkommen wollen. Die gesamte kulturelle Avantgarde in Königsberg wurde von den Juden getragen. Was, wenn irgendwann ein Gesetz erging, dass nicht nur die Russen, sondern sämtliche eingewanderte Juden zu gehen hatten?

»Ich mache mir schon Sorgen, was noch alles kommt«, sagte Łukasz. »Was, wenn ich – aus welchen Gründen auch immer – das Deutsche Reich verlassen muss?«

»Wir würden einen Weg finden, das zu verhindern.«

Er antwortete nicht, und sie wusste, woran er dachte. Vor zehn Jahren waren viele tausend eingewanderte Polen – zumeist Landarbeiter – ausgewiesen worden. »Du hast die deutsche Staatsbürgerschaft«, antwortete sie. »Dir kann nichts passieren.«

Und doch wusste sie, dass es so einfach nicht war. Es gab Ansiedlungsgesetze, die zum Ziel hatten, das deutsche Element zu stärken. Dafür kaufte die Ansiedlungskommission Land aus polnischem Besitz und vergab es an deutsche Siedler. Magdalena hatte ihr Leben stets unberührt von Politik verbracht. Sie lebten im östlichsten Landesteil des Reichs, wo die adeligen Gutsbesitzer herrschten und wo man von der Landwirtschaft lebte. Hier schien alles weitgehend unberührt von den Umbrüchen im Reich. Aber derzeit kam es Magdalena so vor, als gäre es unter der Oberfläche, und die politischen Umbrüche krochen langsam auch auf diesen Teil des Landes zu, streckten zuckende Finger danach aus wie Nebelzungen, kalt, klamm und doch nicht zu fassen.

»Was denkst du«, wechselte Łukasz das Thema, »wie deine Familie auf die Ankündigung unserer Hochzeit reagiert hat?«

»Carl wird sich gefreut haben, aber meine Eltern ...« Sie hob kurz die Schultern. »Letzten Endes ist es mir gleich. Möglicherweise sind sie froh, dass ich nun wieder *ehrbar* bin.«

»Denkst du, sie werden kommen?«

»Vielleicht, vielleicht auch nicht. Carl gewiss, und er ist der Einzige, bei dem es mir wichtig ist.«

»Freust du dich schon auf unsere Reise?« Sie würden nach Lyck zu seinen Eltern fahren.

»Ja. Ich hoffe, sie sind duldsamer als meine.«

»Sie sind entzückend.«

Magdalena lächelte, während sie weiterspazierten. Noch fünf Monate, dann würde sie Anna die Familie bieten können, die diese sich so sehr wünschte. Und sie würde endlich mit Łukasz schlafen dürfen, was sie sich bisher versagte, obwohl er schon das eine oder andere Mal bei ihr übernachtet hatte, da es gar zu spät geworden war und sie nicht wollte, dass er nachts noch durch den tiefen Schnee fuhr. Sie würden in seinem Haus in Johannisburg wohnen, was für Anna künftig einen kürzeren Schulweg bedeutete. Das Haus hatte einen hübschen Garten, nicht so groß wie der, den sie jetzt hatten, aber doch ausreichend groß, um darin zu spielen. Zudem lebte Justus in der Nähe, und auf diese Freundschaft, das hatte sie Łukasz von Anfang an gesagt, werde sie nicht verzichten.

»Das würde ich nie von dir erwarten«, hatte er geantwortet.

Als sie zum Haus zurückkehrten, öffnete Anna die Tür und kam ihnen entgegengelaufen – ohne Jacke und in Holzpantinen. »Du wirst dir noch eine ernsthafte Verkühlung holen«, sagte Magdalena.

Anna ignorierte das. Sie war noch nie ernsthaft krank gewesen, daher enthielt diese Warnung keinen Schrecken. »Przyniosłeś mi książkę?«

Magdalena hatte Łukasz darum gebeten, nur noch Polnisch mit ihr zu sprechen, damit sie es lernte, es würde nun auch ein Teil ihres Lebens sein. Erst hatte sie befürchtet, dass es einen Ansporn brauchte, damit Anna es sprach, aber es reichte vollkommen, ihr in Aussicht zu stellen, dass sie eine Menge Sagen und Märchen lesen konnte, die ihr derzeit nicht zugänglich waren. Anna war ein lernbegieriges Kind, daher fand sie sich auch in der neuen Sprache schnell zurecht.

»Jest w salonie na stole. Czy odrobiłaś już swoją pracę domową?«

»Ja, schon längst fertig«, antwortete Anna und lief zurück ins Haus.

»Hast du noch ein wenig Zeit?«, fragte Magdalena.

»Ich muss heute noch einige Hausbesuche machen, aber auf einen Kaffee kann ich bleiben.«

Sie gingen in den Salon, wo Anna bereits am Kamin saß und in einem Buch mit polnischen Märchen blätterte, die Stirn konzentriert gekraust. Ihr Polnisch war vermutlich noch nicht gut genug, um alles zu verstehen, aber davon würde sie sich nicht abhalten lassen. Magdalena spürte eine Welle von Zärtlichkeit, die warm durch sie hindurchschwappte. Gleichzeitig machte ihr unvermittelt eine jähe Verlustangst die Brust eng, und sie sog die Luft tief ein in einem vergeblichen Versuch, diese wegzuatmen.

Johannes hatte seit seiner Kindheit ein feines Gespür für Pferde gehabt, ein Gespür, das er bei Carl zu seinem Bedauern nicht fand. Natürlich liebte Carl Pferde, und er verstand eine ganze Menge von ihnen, aber das war nicht dasselbe. Er würde das Gestüt in gute Hände geben, aber er hätte sich dennoch gewünscht, dass Carl in dieser Hinsicht mehr nach ihm kam. Johannes erspürte Stimmungen bei Pferden, wusste, ob sie krank waren, selbst wenn sich Symptome erst in feinen Nuancen zeigten.

Für Johannes verkörperte der Trakehner mit seiner Eleganz, Schönheit und Intelligenz all das, wonach Pferdezüchter schon immer gestrebt hatten. Man lobte ihre Schnelligkeit, nutzte sie als Reit- und Kutschpferde und vor allem beim Militär. Johannes züchtete seit jeher in erster Linie Pferde für die preußische Kavallerie. Pferde waren entscheidend für die Kampfkraft des Militärs, was hohe Maßstäbe an die Zucht setzte. Pferde, die zu hitzig waren und sich nur schwer an den Zügel bekommen ließen, schloss Johannes direkt von der Zucht aus und verkaufte sie.

Während er jetzt die Jährlinge auf der Weide betrachtete, dachte er an Magdalena, daran, wie sie als Kind neben ihm hergelaufen war, wenn er über die Weiden ging, wie ihre Augen geleuchtet hatten, wenn sie die Pferde sah. Sein Kind. Wilhelm von Schletter hätte wohl alles gegeben, wenn ihm das ermöglichen würde, Elisa wieder in die Arme zu schließen. Johannes hatte diese Möglichkeit, aber er verweigerte sich ihr seit Jahren. Und auf einmal wurde es ihm furchtbar wichtig, das zu tun, Magdalena an sich zu drücken, ihr zu sagen, dass sie ihm alles war.

Dieser Stolz, dachte er, dieser törichte, zerstörerische Stolz. Sie hatte nicht gehorcht, hatte ihm Schande gemacht. Als habe es vor diesem Mann – verwünscht sollte er sein – nichts gegeben, das es wert wäre, in die Waagschale geworfen zu werden. Sie hing an ihrem Kind mit der Liebe einer Mutter. Hätte sie einen Ehemann, hätte man diese Liebe honoriert, ja, man hätte sie gar kaltherzig geschimpft, wenn sie sie nicht besessen hätte. Aber Magdalena hatte keinen Mann, und so bestrafte er sie für ihren Ungehorsam, dafür, dass sie ihr Kind so sehr liebte, dass sie allen Annehmlichkeiten entsagte, dass sie es zuließ, von ihrer Familie verstoßen zu werden.

Johannes fuhr sich mit den Fingerspitzen über die geschlossenen Lider. Dann sah er zum Himmel. Gleich war es an der Zeit, die Pferde wieder in den Stall zu treiben. Ein paar Stunden draußen, damit sie Bewegung hatten, aber abends ging es wieder zurück. Ab Frühjahr konnten sie länger auf die Weiden, und er vermutete, die Tiere sehnten den Moment ebenso herbei wie er. Seit einigen Jahren schlug ihm, der nie krank wurde, die Kälte auf die Knochen.

Er kehrte langsam zurück zum Haus, wo er hörte, wie Gesa Victoria ermahnte, bei dem Gebäck zurückhaltend zu sein. Fortwährend trieb sie die Sorge um die schlanke Statur des Mädchens, ebenso, wie sie die Zofe anwies, das blonde Haar regelmäßig mit Öl und einem seidenen Tuch zu bearbeiten, damit es seinen Glanz behielt. Früher hatte Victoria alles widerspruchslos über sich ergehen lassen, aber mittlerweile begehrte sie immer öfter auf. Seit Kurzem wurde sie dazu angehalten, Haare und Kleider beim Spielen nicht in Unordnung zu bringen – eine Maßnahme, die nicht nur Carl für völlig absurd hielt. Die Reise nach Masuren würde dem Kind guttun. Er für seinen Teil freute sich darauf und war überrascht, dass Gesa mitkommen wollte. Vielleicht strebte sie ja trotz allem augenscheinlichen Widerwillen nach einer Versöhnung.

Paul von Sabrowski war der beste Liebhaber, den Karolina je gehabt hatte, einfühlsam und draufgängerisch zugleich, eine Mischung, die sie unwiderstehlich fand. Sie hatte sich in ihn verliebt, schon ehe sie mit ihm schlief, und irgendwie hatte sie die Hoffnung getrieben, er könne ebenso für sie empfinden und seine Verlobung lösen. Davon jedoch war keine Rede. Es war dasselbe Elend wie stets, Karolina hatte einfach kein Glück mit den Männern.

Paul brauchte eine reiche Ehefrau und eine mit einem großen Namen. Nun, den Namen hätte sie schon zu bieten, aber an dem Geld haperte es. Und – das klang unausgesprochen mit – die Ehefrau brauchte einen hervorragenden Leumund. Aus reinem Selbstschutz sollte Karolina sich so schnell wie möglich von ihm lossagen.

Als sie abends auf dem Heimweg war, ließ sie ihre Stute im Schritt gehen, damit sie länger brauchte und in Ruhe ihren Gedanken nachhängen konnte. Nach dem Tod ihrer Mutter hatte sie sich nicht mehr vorschnell zu einer Liebschaft hinreißen lassen wollen. Aber an diesem Nachmittag war sie schwach geworden, er hatte es verstanden, sie nach allen Regeln der Kunst zu verführen. Früher hatte er sie gar nicht so sehr interessiert, aber dann hatten sie sich vor Weihnachten eher zufällig getroffen, und er hatte ihr seine Anteilnahme ausgesprochen. Später, als sie zusammen spazieren gegangen waren, hatte er vom Tod seiner Eltern erzählt, der ihm sehr nahegegangen sei. Es war recht schnell eine Vertrautheit zwischen ihnen entstanden, und so hatte Karolina nicht lange gezögert, als er sie zu sich eingeladen hatte – wenngleich sie geahnt hatte, worauf es hinauslief.

Und nun war die Nachricht gekommen, dass Magdalena heiraten würde. Magdalena, die ein uneheliches Kind hatte und deren Vergehen man Tag für Tag leibhaftig sah. Sie würde nicht nur einen Arzt heiraten – Pole hin oder her, das spielte in dem Fall keine Rolle –, sondern der würde darüber hinaus ihrem Kind ein Zuhause bieten. Justus Lamberg hatte alles detailliert seiner Schwester geschrieben, und Adela hatte es abends bei Tisch erzählt. Obwohl ihr Vater Magdalenas endgültigen gesellschaftlichen Untergang in dieser Ehe sah, konnte Karolina nicht anders, als bitteren Neid zu verspüren.

Magdalena hatte mit einem Mann geschlafen – bis heute wusste keiner, mit wem –, war schwanger geworden, hatte sich von ihrer Familie losgesagt und lebte seither allein. Karolina wurde bewusst, dass es nicht nur die Ehe war, die sie ihr neidete, sondern auch das Kind und die Unabhängigkeit. Der Mann, den sie heiratete, war angesehen und liebte sie offenbar wirklich und wahrhaftig, denn sie hatte nichts zu bieten außer sich selbst.

Von Carls Kindern war die Neuigkeit gekommen, dass die Familie hinreisen werde, es folgte also auch noch die Versöhnung mit dem Vater. Damit hatte Magdalena nicht rechnen können, und es würde für sie eine ebenso große Überraschung sein wie für jeden hier. Vermutlich stattete ihr Vater sie sogar noch mit einer Mitgift aus. Obwohl Karolina nicht wollte, klebte der Neid in zähen Schlieren in ihr.

Das Stallpersonal begann mit der abendlichen Fütterung, und Karolina führte ihre Stute in den Stall, nahm ihr Sattel und Zaumzeug ab, verstaute alles in der Sattelkammer und brachte das Pferd in die Box. Eine Weile blieb sie im Stall, beobachtete die Fütterung, hörte das Mahlen der Pferdemäuler, das Rascheln im Stroh, das Knacken im Gebälk, Geräusche, die sie schon als Kind mit Gemütlichkeit und Geborgenheit in Verbindung gebracht hatte.

Als Halbwüchsige hatte sie oft hier gestanden und davon geträumt, mit Carl in das Gut zu ziehen, dieses herrliche sandfarbene Haus mit den Fenstern und Erkern aus rotem Ziegel und seinen Räumen mit den honigfarbenen Dielen, den hohen, dunklen Deckenbalken, den Teppichen, der Wärme im Winter, wenn die Öfen und Kamine angefacht wurden und man nicht zaudern musste, weil das Geld fehlte. Ihre Gedanken wanderten zu Elisa, die all das, was Karolina so sehr begehrte, besessen hatte. Wieder stieg Bitterkeit in ihr auf, und sie schüttelte sie entschieden ab. Wie weit war es mit ihr gekommen, wenn sie gar auf eine Tote neidisch war?

Dass Leonhard nicht in die Politik wollte, war ein Umstand, den Wilhelm von Schletter nicht zu akzeptieren bereit war. Seine Elisa war geschwängert, mit einem Schuft verheiratet und in den Tod getrieben worden, seine Karolina war eine Hure – dank desselben Mannes –, sein Sohn Friedrich drohte damit, ein katholischer Pfaffe zu werden, wenn er ihn in eine Ehe drängte. Schlimm genug, dass er sich seinerzeit strikt geweigert hatte, eine militärische Laufbahn einzuschlagen! Er hatte – mehr schlecht als recht – seinen Wehrdienst abgeleistet, dabei war es dann auch geblieben. Und nun weigerte sich Leonhard, dem Pfad zu folgen, den Wilhelm ihm vorgab. Sollte ihm denn hier alles aus den Händen gleiten? Blieb nichts übrig, was er lenken konnte? War das die neue Generation? Und mit all dem hatte Berta ihn allein gelassen. Wer würde ihm nun zuhören, wenn er sich über dieses Elend beklagte?

Was Leonhard offenbar nicht klar war, war die Tatsache, dass sie Verpflichtungen hatten, nicht nur gegenüber der Familie, sondern auch dem Vaterland. Es galt, sich gegen multiethnische Traditionen zu wehren. Man konnte sich gesellschaftlich hervortun durch das neu aufkeimende deutsche Vereinswesen, das eine Möglichkeit zum Zusammenschluss außerhalb von Zünften und Innungen gab. Überall sollte Deutsch gesprochen werden, bis in die letzte Gaue des Reichs, und das funktionierte nur, wenn die Kinder die Traditionen hochhielten. Aber bei Wilhelm funktionierte das alles nicht so, wie es sollte. Einzig in Maximilian fand er einen willigen Zuhörer, wenn er ihm von Stolz und Patriotismus erzählte. Der Junge freute sich auf seinen Militärdienst, und so sollte es sein! Wenn Leonhard sich aus der Politik fernhielt, würde die Familie wieder in die Bedeutungslosigkeit zurückfallen, denn sie hatten nicht wie die von Reichenbachs eine stolze Trakehner-Zucht zu bieten oder riesige Ländereien wie die Grafschaften. Die Viehzucht war nützlich und bot ein einigermaßen ordentliches Einkommen – das jedoch in all den Löchern, die im Schloss im wahrsten Sinne des Wortes prangten, versickerte.

Der einzige Lichtblick derzeit war, dass die von Reichenbachs nun einen Polen zum Schwiegersohn bekamen. Wilhelm von Schletter hatte seinerzeit die Rede Bismarcks verfolgt, denn ebenso wie dieser hielt er nicht viel von dessen Nachfolger Leo von Caprivi. Diese völlig verfehlte Nachgiebigkeit, die einem die Polen ohnehin nicht dankten – stattdessen hatte die Mehrheit der polnischen Reichstagsfraktion heftige Kritik an dem regierungsnahen Kurs ihres Vorsitzenden geübt. Ende des vorletzten Jahres hatte man endlich reagiert und den Verein zur Förderung des Deutschtums in den Ostmarken ins Leben gerufen. Dank diesem wurde nun verstärkt die Kolonisation der Deutschen in den Ostgebieten vorangetrieben, und man bot dem erstarkenden polnischen Nationalismus die Stirn. Wilhelm hatte mit zunehmender Besorgnis beobachtet, wie die polnischen Sozialisten sich von der SPD trennten, um ihre eigene preußische Partei ins Leben zu rufen. Selbst die deutschen Sozialdemokraten mutmaßten, dass es dieser Partei – PPS – weniger um den Sozialismus ging als vielmehr um die Wiederherstellung Polens. Und jetzt holte sich Johannes von Reichenbach so einen Unruhestifter ins Haus. Das konnte doch nur schiefgehen. Im Grunde genommen konnte sich Wilhelm zurücklehnen und einfach nur abwarten. Wichtig war, den Einfluss auf Constantin zu vergrößern, damit dieser sich hilfesuchend an ihn wandte, wenn alles den Bach hinunterging.

Juli 1896

In aller Frühe war vor Schloss Lilienau ein großer Wagen eingespannt worden, auf dem die Küchenmädchen zusammen mit den Kindern – die der Dienstboten sowie der Herrschaften – Platz nahmen. Maximilian liebte das Beerensammeln im Wald. Körbe wurden an den Wagen gehängt, denn auf der Ladefläche war es zu voll, und dann ging es in gemächlichem Tempo los. Unterwegs sangen die Kinder masurische Volkslieder, die sie von dem alten Albert, dem von den Kindern geliebten Kutscher, gelernt hatten. »Kling klang, Schmied schlag zu«, sangen sie vielstimmig. »Kling klang, Schmied schlag zu, und beschlag mein Pferdchen du. Spannen wir den Wagen an, fahren in den Wald sodann.« Es folgte »Ein Hündchen lief durchs Haferfeld« und »Ging ein Weiblein Nüsse sammeln«. Für viel Gelächter sorgte Martha, ein Küchenmädchen aus dem Samland, die die dortige Mundart beherrschte und »De Buer häft e Aeppelboom« sang, was den Kindern, die versuchten, es nachzuahmen, mehr schlecht als recht gelang und immer wieder von prustendem Gekicher unterbrochen wurde.

»Ihr seid eine alberne Bande«, sagte Martha und versuchte, böse zu schauen, was ihr nicht so recht gelang.

Viele Lieder später waren sie im Wald angelangt, wo es um diese Uhrzeit angenehm kühl war. Sie schlugen sich ins Dickicht, und zwischen dem Lachen und Plaudern war immer wieder ein leiser Schmerzensschrei zu hören, wenn man bei den Dornen und Brennnesseln zu unachtsam war. Vieles von der süßen Last der Sträucher landete nicht in den großen Körben, sondern direkt in den Mündern der Kinder.

Im Laufe des Vormittags schlossen sich Mädchen und Jungen aus der Nachbarschaft an, und zu Maximilians Freude kam auch Elisabeth. Seit der Sache mit dem Eiskeller hatte er sie nur selten gesehen, da ihr Vater ihr verbot, ihn zu treffen, als sei das alles seine Schuld. Im Winter hatten sie sich überhaupt nicht getroffen, und als er sie im April wiedergesehen hatte, erschien sie ihm verändert, die Wangen weniger rund und unter den Kleidern Anzeichen erster fraulicher Rundungen. Sie war in diesem Monat dreizehn geworden, und er hatte ihr zu ihrem Geburtstag einen Korb mit Leckereien aus der Küche mitgebracht, die sie bei einem Picknick im Wald gemeinsam verspeist hatten.

Maximilian bemerkte, dass die Jungen ihre Anwesenheit ebenfalls wahrnahmen und sie anders ansahen als noch im Sommer zuvor, während die Mädchen sie nach wie vor ignorierten. Die drei, die sie in den Eiskeller gesperrt hatten, waren von ihren Eltern bestraft worden – denn wenngleich man die Moors nicht mochte, es konnte nicht angehen, dass man der Tochter derart übel mitspielte. Aber, so hatte man eingeschränkt, letzten Endes war es eben doch nur ein Streich gewesen. Und immerhin mochte sie es ja selbst provoziert haben, denn die Kinder behaupteten … Maximilian blendete die Beteuerungen und Rechtfertigungen aus, denn der Gedanke daran genügte, um wieder Zorn in sich aufsteigen zu fühlen.

Er und Elisabeth pflückten ein wenig abseits von den anderen Kindern, und dann und wann berührten ihre Hände sich, wenn sie die dornigen Äste beiseiteschoben, um an besonders pralle Beeren zu kommen. Maximilian klopfte das Herz bis zum Hals, und er wusste nicht recht, wie er mit diesen verstörenden Gefühlen umgehen sollte, die ihn in ihrer Gegenwart überfielen. Und dann kam dieser Moment, in dem sie beide mit dem Pflücken innehielten und sich ansahen. Ihr Blick begegnete seinem ruhig, aber er bemerkte das Pochen an ihrem Hals und ahnte, dass ihr das Herz ebenso schnell ging wie ihm. Er nahm seinen ganzen Mut zusammen und beugte sich zu ihr, berührte mit seinem Mund ihre Lippen, die sich nun leicht öffneten. Sie schmeckte nach Beeren, und er spürte ihr Lachen, dann küsste sie ihn zurück, unbeholfen, ebenso wie er.

»Maximilian!«

Er fuhr auf, als er die Stimme seines Vaters hörte. Wo kam der denn auf einmal her? Atemlos drehte er sich um, spürte, wie ihm das Blut in die Wangen schoss. Auch Elisabeth war feuerrot geworden, sprang auf und nestelte nervös an ihrer Schürze.

»Elisabeth, geh zu den anderen Kindern!«

Sie beeilte sich, dem Befehl Folge zu leisten, und Leonhard von Schletter wandte sich an Maximilian. »Dafür, mein Sohn, hast du noch ein paar Jahre Zeit. Überstürze es nicht. Und erst recht nicht mit einer der Moors-Töchter.«

»Ich werde Elisabeth heiraten.«

»Ganz sicher nicht!«

Eigentlich war das mit der Ehe einfach so dahergesagt gewesen, aber nun ärgerte Maximilian die Selbstverständlichkeit, mit der sein Vater ihm das untersagte.

»Max!«, rief er, als Maximilian sich abwandte und wütend davonlaufen wollte. Widerwillig wandte er sich zu ihm um. »Ich weiß, dass es aufregend ist, aber das, was du für sie fühlst, hat nichts mit Liebe zu tun und ist gewiss keine Grundlage, auf der du eine Ehe schließen kannst.«

»Woher willst du denn das wissen?«

»Ich bin ein paar Jährchen älter als du und habe das auch alles erlebt.«

Maximilian nickte nur mit verschlossener Miene und ging weiter. Natürlich war Elisabeth nicht mehr da, sie würde sich nicht zu den anderen Kindern gesellen. Er ließ sich vor einem der Sträucher nieder und klaubte lustlos Himbeeren ab. Seine Laune war dahin, und am liebsten hätte er dem neben ihm stehenden Korb einen Tritt versetzt.

Es hatte Magdalena in Erstaunen versetzt, dass ihre Mutter tatsächlich mit angereist war. Zwar hatte Carl ihr das in einem Brief angekündigt, aber sie hatte damit gerechnet, dass diese einen Grund finden würde, doch daheim zu bleiben. Die Begrüßung war kühl ausgefallen. Ihre Mutter hatte mit verkniffenem Mund vor ihr gestanden und sie distanziert gemustert. Anna war ihr kaum einen Blick wert gewesen, und so war es seither geblieben. Vor gut einer Woche waren sie angekommen, und Gesa von Reichenbach tat kaum mehr, als mit blasierter Miene herumzulaufen und sich über die beengten Verhältnisse in dem kleinen Gut zu beklagen.

»Gut, dass keine große Hochzeitsgesellschaft zu erwarten ist. Und gut, dass niemand kommt, mit dem wir gesellschaftlich verkehren.«

Lichtblick waren hingegen Carls Kinder. Mit Victoria verstand sich Anna auf Anhieb ebenso wie mit Constantin, und so zogen sie am ersten Tag los, um unter Annas kundiger Führung die Gegend zu erforschen. Magdalena hatte befürchtet, dass Anna die Streifzüge fehlen würden, wenn sie in der Stadt lebten, aber ihr Vater hatte sie überrascht. Nicht nur hatte er sie zur Begrüßung fest umarmt und ihr zugeflüstert, dass es ihm leidtue, dass sie ihm gefehlt habe, er hatte ihr auch das Gut überschrieben.

»Ein Geschenk zur Hochzeit«, hatte er gesagt, und Magdalena war in Tränen ausgebrochen.

Überhaupt schien sich ihr Vater hier sehr wohlzufühlen, er lobte, wie gemütlich das Haus inzwischen war, führte angeregte Unterhaltungen mit Łukasz und war überaus freundlich zu dessen Eltern, womit er das unmögliche Verhalten ihrer Mutter ausglich, die herumstolzierte und auf die Leute herabblickte, als seien sie Emporkömmlinge, die von ihnen aus der Gosse gezogen worden waren.

Magdalena hatte ihre künftigen Schwiegereltern im April bei einer Reise nach Lyck kennengelernt und sie gleich ins Herz geschlossen, was auf Gegenseitigkeit beruhte. Es waren einfache Leute, die es durch harte Arbeit zu bescheidenem Wohlstand gebracht hatten. Łukasz' Vater arbeitete im Holzhandel, zusammen mit seinem ältesten Sohn. Magdalena war auch von Lyck beeindruckt gewesen und hatte Łukasz gefragt, warum um alles in der Welt er diese reizende Stadt hatte verlassen müssen, aber er wiederholte, es gäbe Peinlichkeiten in seinem Leben, die er lieber vergessen wolle. Seine Mutter war da mitteilsamer und erzählte ihm von einer pikanten Liebschaft mit einer Frau, die nicht nur verheiratet, sondern auch die Ehefrau eines Garnisonsoffiziers war. Das hatte einen unglaublichen Skandal gegeben, und an eine weitere Tätigkeit als Arzt war unter diesen Umständen nicht zu denken gewesen.

»Nun«, hatte Magdalena geantwortet, »ich bin froh darum, denn sonst hätten wir uns nicht getroffen.«

Kurzum – alles ließ sich wunderbar an, und Magdalena konnte sogar ihre Mutter ertragen. »Weißt du«, sagte sie, als sie mit Carl am frühen Abend, wenige Tage nach seiner Ankunft, spazieren ging, »man kann ja über jeden Menschen irgendetwas Gutes sagen, genauso, wie man bei Menschen, die einem lieb sind, oftmals auch Dinge findet, die einem missfallen. Aber bei Mutter kann ich suchen, wie ich will, ich finde nichts, was mir gefällt, keine Herzenswärme, keine Freundlichkeit, einfach nichts. Dass die Kinder Berta von Schletter lieber mochten, glaube ich dir aufs Wort.«

»Sie denkt, sie tut das Richtige«, machte Carl den vagen Versuch, ihre Mutter zu verteidigen. »Sie selbst ist auch so erzogen worden.«

Magdalena zuckte mit den Schultern. Ihre Großmutter mütterlicherseits hatten sie nicht kennengelernt, da diese vor ihrer Geburt verstorben war, aber wie es sich anhörte, hatten sie nicht viel verpasst. Doch sie wollte sich nicht bekümmern, wollte sich einfach nur auf die Hochzeit freuen und den herrlichen Sommerabend genießen, das Zirpen der Grillen, die schrägen Sonnenstrahlen in der Farbe von dunklem Gold, unter denen all die Farben so intensiv wirkten. Ein kleiner Bach floss mit leisem Gurgeln zwischen den Bäumen entlang, und im hohen Gras raschelte es. Magdalena liebte die nahe gelegene Johannisburger Heide und beschloss, dass sie am kommenden Tag unbedingt mit den Kindern dorthin mussten.

»Was ist denn da passiert?«, fragte Carl, und nun bemerkte auch sie die Ansammlung von Menschen vor der alten Scheune neben dem Gutshof. Schreckensschreie wurden laut, und eine unbändige Angst durchfuhr Magdalena. Sie raffte die Röcke und rannte los.

Für Gesa war dies alles ein fortwährendes Ärgernis, nicht nur die Sache an sich, diese Hochzeit, die Selbstverständlichkeit, mit der man Magdalenas Bastard in die Familie aufgenommen hatte, nein, auch die Art, wie man ihren Unmut fortwährend ignorierte. Alle waren bester Stimmung, als habe Magdalena der Familie keine Schande bereitet, als sei Anna nicht die Ausgeburt einer abscheulichen Verfehlung. Sie hatte so große Hoffnungen gehabt, hatte sich seit Magdalenas Geburt immer wieder die Hochzeit ausgemalt, zu der alles kommen würde, was Rang und Namen hatte. Der prächtige Garten des Gutes wäre in einer Art geschmückt, über die man noch Jahre später reden würde. Es sollte der große Moment werden, wenn die von Reichenbachs in den Hochadel heirateten und ihre Tochter es an den kaiserlichen Hof schaffte.

Und nun lebte eben diese Tochter mit einem unehelichen Kind auf einem heruntergekommenen Gut, heiratete einen katholischen Polen und würde die Hochzeit mit lauter unbedeutenden Menschen in dem verwilderten Garten eben dieses Gutes feiern. Da sollte man als Mutter nicht verzweifeln? Gesa war so wütend, dass sie kaum wusste, wohin mit dieser Wut. Sie machte Spaziergänge – die Landschaft immerhin konnte sich sehen lassen –, aber auch die reichten nicht, um sich abzureagieren. Wenn sie wenigstens das Gefühl gehabt hätte, bei Johannes auf offene Ohren zu stoßen, aber der balzte ja lieber vor diesem Polacken und dessen Eltern herum, als wären diese Leute wer.

Als sie von ihrem Spaziergang zurückkehrte, fiel ihr Blick auf die Scheune. Auf dem Scheunenboden hatte man seinerzeit Heu und Stroh gelagert, als es hier noch Vieh gegeben hatte. Nun war der Boden leer und fungierte als Spielplatz für die Kinder. Allerdings war dort in diesem Moment nur Magdalenas missratene Tochter zu sehen. Was saß das Kind dort überhaupt so nah am Rand? Saß da und ließ die Beine baumeln, blickte in den Himmel und schien zu träumen.

Gesas erster Impuls war, ihr zuzurufen, dass das gefährlich sei. Aber vermutlich würde sich das Kind erschrecken und dann erst recht fallen. Das war typisch für Magdalena. Wer ließ ein Kind überhaupt an einem so gefährlichen Platz herumspielen? Und wo dieses Kind war, waren Victoria und Constantin meist nicht weit. Was, wenn einer von beiden stürzte? Womöglich gar Constantin. Eine Katastrophe wäre das, vor allem angesichts dessen, dass sein Vater offenbar nicht vorhatte, mit einer neuen Ehefrau weitere Söhne zu zeugen.

Sie ging zu dem Aufstieg, der immerhin breit und stabil war, und hoffte, dass niemand sie dabei sah, wie sie in ihren eleganten Röcken zum Scheunenboden hochstieg. Ein wenig geriet sie ins Keuchen, als sie oben ankam. Sie würde Constantin und Victoria hinunterschicken und danach ein Wort mit Carl sprechen, damit er diesem Leichtsinn ein Ende setzte. Als sie sicher auf dem Scheunenboden stand und sich umblickte, bemerkte sie, dass niemand außer ihr und Anna dort war.

Das Mädchen hatte das Knarzen der Bohlen gehört und drehte sich um, wirkte überrascht. »Großmutter.« Ein zögerliches Lächeln breitete sich über ihr Gesicht aus, und Gesa fragte sich, ob sie sie auslachen wollte.

»Was du hier tust«, sagte sie, während sie langsam zu ihr ging, »ist gefährlich.«

»Ach was, ich habe keine Höhenangst, und ich sitze hier ja nur.«

Man hatte von hier aus einen hübschen Ausblick, das musste Gesa gestehen. Sie ging hinter dem Mädchen in die Hocke und sah über dessen Schulter hinaus, betrachtete die Landschaft aus der Höhe der Kinderaugen. »Dennoch solltest du lieber hier wegkommen«, sagte sie und legte ihr eine Hand auf die schmale Kinderschulter. Wieder wallte der Zorn in ihr auf, auf Magdalena, auf dieses Kind. Wie sehr wünschte sie, es sei niemals geboren. Und dann, ehe sie so recht wusste, was sie tat, versetzte sie dem Mädchen einen kräftigen Stoß.

Ein Schrei gellte durch die Luft und brachte Gesa umgehend zur Besinnung. Der Atem ging ihr auf einmal in hastigen Stößen, und ihr dröhnte der Herzschlag in den Ohren. Was hatte sie getan? Um des lieben Himmels willen, was hatte sie da getan? Zitternd neigte Gesa sich zum Rand des Bodens, blickte hinunter und sah das Kind dort liegen, reglos, mit seltsam verrenkten Gliedern.

Adela saß auf dem Bett neben der Wiege ihres Kindes und schaukelte sie sacht. Trotz ihrer Ängste und der anfänglich stets präsenten morgendlichen Übelkeit war es letzten Endes doch weniger schlimm gewesen als befürchtet, und sogar die Geburt war schnell gegangen – wenngleich womöglich schmerzhafter als die beiden ersten. Bis zum Schluss hatte sie mit der Schwangerschaft gehadert, aber nun war das Kind da und forderte seinen Platz in der Welt.

Sacht berührte Adela das dunkle Haar, ließ den Finger über die runde Wange gleiten. Während sie von anderen Müttern stets hörte, dass diese vom ersten Moment an von Liebe erfüllt gewesen seien, fremdelte sie anfangs stets mit ihren Kindern. Obwohl sie neun Monate in ihrem Körper herangewachsen waren, fühlte sie zunächst keine Vertrautheit. Zärtlichkeit, das ja, aber Vertrautheit nicht. Die hatte sich bei Maximilian und Helene in den ersten Monaten eingestellt, als sie heran- und ihr damit ans Herz wuchsen.

So klein sie waren, hatten sie doch von Anfang an schon eine Persönlichkeit, waren von Geburt an so unterschiedlich. Maximilian hatte stets ihre Nähe gesucht, hatte bei Krankheit gar bei ihr im Bett schlafen wollen. Helene hingegen wollte von Anfang an ihren Freiraum. Maximilian hatte anfangs viel geweint, Helene war eine stille Beobachterin gewesen.

»Wie du wohl werden wirst?«, murmelte Adela. »Und wie gut, dass ich dich nie ansehen und mich fragen muss, wer dein Vater ist. Das hätte unser Verhältnis zueinander sehr schwierig gemacht, musst du wissen.«

Das Kind schlug die Augen auf und sah sie an, als wüsste es genau, was sie damit sagen wollte.

Die Tür ging auf, und Maximilian kam ins Zimmer. Er schien einen Narren an dem Kleinen gefressen zu haben. Vor allem war er froh, dass es ein Bruder war und nicht noch eine Schwester. Er setzte sich neben sie und hielt dem Säugling den Finger hin. »Na, du Kleiner«, begrüßte er ihn.

Adela beobachtete ihn von der Seite. Er war seit letztem Sommer ein gutes Stück gewachsen, hatte sie längst eingeholt. Zu seinem Vater ging er momentan auf Distanz, zeigte ihm gegenüber eine Mischung aus Groll und peinlicher Berührtheit. Leonhard hatte ihr natürlich erzählt, was im Wald geschehen war.

»Der erste Kuss, Leonhard«, hatte sie gesagt. »Du hättest ihn nicht so rüde unterbrechen sollen.«

»Es tut mir leid, aber die Sache muss von Anfang an unterbunden werden. Nicht auszudenken, wenn er sich mit dem Moors-Mädchen näher einlässt.«

Adela wusste, dass Maximilian Elisabeth sehr mochte, aber man musste ja nicht gleich etwas Großes hineindeuten. Er spielte mit vielen Kindern, und früher hatte niemand etwas dagegen gehabt, wenn Elisabeth sich anschloss. Das hatte sich erst geändert, als die Kinder älter wurden und Beatrix ebenso oft von sich reden machte wie ihre Brüder. Adela tat das Mädchen leid, das man nicht einmal hatte suchen wollen, als es verschwunden war. Diese Geschichte ging ihr immer noch nahe. Die beiden verwöhnten Gören, die die Sache zusammen mit einem Freund angezettelt hatten, hatten sich nicht einmal bei ihr entschuldigen müssen. Die Väter waren zu Emil Moors gegangen und hatten ihn dazu angehalten, aus dieser kleinen Geschichte keine große Sache zu machen. Kinder spielten einander nun einmal Streiche, kein Grund, das aufzubauschen. Als Wiedergutmachung hatte man ihm beim Schlachtfest im Frühjahr einige ordentliche Stücke Fleisch zukommen lassen.

Adela hatte sich gefragt, wie die Väter im umgekehrten Fall wohl reagiert hätten, aber dieser Gedanke war müßig. Sie beobachtete Maximilian, der sich vorbeugte und Kaspar aus der Wiege hob. Helene tat das nie, sie mochte den Kleinen zwar, aber sie hatte derzeit noch nicht viel Interesse daran, sich mit ihm zu befassen. Ganz anders als Victoria, die ihn stets herzte und herumtragen wollte. Aber Adela hatte sich als Kind auch nicht für Säuglinge begeistern können, daher verstand sie ihre Tochter.

»Warum durften wir eigentlich nicht mit nach Masuren?«, fragte Maximilian. »Immerhin ist Onkel Justus Trauzeuge, und Magdalena war die Schwägerin von Tante Elisa.«

»Weil dein Vater keine Zeit hatte zu fahren und ich noch keine weite Reise unternehmen kann.«

»Wir hätten auch mit Onkel Carl fahren und dann bei Onkel Justus und Großvater wohnen können. Er lädt uns ständig ein.«

Gott bewahre, dachte Adela. Ihre Kinder einen Monat lang unter den Fittichen ihres Vaters? Der womöglich zum Rohrstock griff, wenn sie nicht spurten? Justus arbeitete, der war nicht ständig daheim. Und wer würde sich dann um die Kinder kümmern? Meta? Die bisher nicht einmal mit Justus gekommen war, wenn dieser nach Königsberg reiste? Die drei Ältesten kamen stets allein mit, und bald würde auch die kleine Emma dabei sein, Justus' jüngstes Kind, das vor drei Jahren zur Welt gekommen war. Nicht jedoch Meta.

»Onkel Justus kommt im August hierher«, sagte sie. »Und im kommenden Jahr können wir ja auch mal gemeinsam dorthin reisen.«

Maximilian nickte nur und sah auf das Kind in seinem Arm, wiegte es, als es anfing zu greinen. Wie auf Kommando erschien die Amme und nahm ihm den Säugling aus dem Arm, um ihm die Brust zu geben.

»Wo ist Helene eigentlich?«, fragte Adela. »Ich habe sie seit dem Frühstück nicht mehr gesehen.«

»Reitet mit Papa auf Mistral aus.«

»Warum bist du nicht mitgeritten?«

Maximilian zuckte kaum merklich mit den Schultern.

»Du solltest aufhören, ihm zu grollen, Max«, sagte Adela behutsam.

»Dann soll er aufhören, mir meine beste Freundin zu verbieten.«

»Das tut er nicht, er denkt nur, du solltest dich auf die Freundschaft beschränken.«

Maximilian wurde feuerrot im Gesicht und sprang auf. »Was wisst ihr denn schon?«, rief er und verließ das Zimmer.

Auch Tage später klang Magdalenas Schrei Carl noch in den Ohren, ebenso, wie er sein eigenes Entsetzen erspürte, sobald er die Augen schloss und den Körper seiner kleinen Nichte auf dem Boden liegen sah. Er hörte Victorias hysterisches Schluchzen, Constantins hastigen Atem, das erschrockene Keuchen seines Vaters. Und er sah seine Mutter, die im Tor der Scheune stand, weiß wie eine Wand.

Sie konnten Gott nicht genug danken, dass er ihnen Łukasz geschickt hatte, Łukasz, der in diesem Moment auf dem Gut ankam, weil er einen spontanen Besuch machen wollte. Łukasz, der ruhig und bestimmt blieb, wo alle anderen in ihrem Erschrecken nicht wussten, was zu tun war. Łukasz, der erklärte, Anna sei nicht tot, und sie anwies, das Kind auf eine Decke zu legen, die an vier Enden gehoben und in den Salon getragen werden sollte, wo er Anna auf dem Boden untersuchte. Noch während der Untersuchung schlug Anna die Augen wieder auf, und Carl ahnte, dass nicht nur er ein Dankgebet gemurmelt hatte.

Das linke Bein war zweimal, der rechte Unterarm einmal gebrochen, und eine Schulter war angebrochen. Mehr Sorge bereitete Łukasz jedoch der Kopf, denn Anna klagte über Schmerzen. Später wollte sie nur noch schlafen und übergab sich schließlich mehrmals. Man richtete ihr ein

Bett im Salon her, damit sie nicht die Stufen hochgetragen werden musste, und Magdalena schlief bei ihr, während man für Łukasz ihr Zimmer bereitete.

Danach kam die Frage, was geschehen war, und Constantin sagte, er habe die Großmutter auf dem Scheunenboden gesehen. Ja, so seine Mutter mit bebender Stimme, sie habe das Kind dort oben gesehen, habe befürchtet, die anderen beiden seien auch dort. Und als sie das Kind am Arm vom Rand der Scheune wegziehen wollte, habe es sich losreißen wollen und sei gestürzt. Zwei Tage später behauptete Anna jedoch, die Großmutter habe sie gestoßen, was nur Magdalena glaubte. Es entspannen sich heftige Diskussionen, denn natürlich verwahrte sich seine Mutter entschieden gegen eine solche Anschuldigung.

»Wir müssen die Hochzeit ausfallen lassen«, sagte Magdalena. »Ich kann doch so nicht heiraten. Nicht, wenn es Anna so schlecht geht.«

Davon jedoch wollte weder Carl noch sein Vater etwas wissen, und auch Łukasz war anzusehen, dass er nicht glücklich über Magdalenas Wunsch war, aber er insistierte nicht. Annas Kopf ging es durch stetige Bettruhe besser, sie konnte nur nicht laufen, weil ihr rechter Arm bis zur Schulter und ihr linkes Bein geschient waren und ihr strenge Ruhe verordnet war. Das bedeutete, sie konnte nicht mit Carls Kindern spielen, und sie würde auch keine Blumen streuen können.

Gemeinsam mit Łukasz' Eltern gelang es ihnen, Magdalena umzustimmen. Sogar seine Mutter stellte sich erstaunlicherweise auf seine Seite. »Jetzt sind wir doch schon einmal hier«, sagte sie. »Soll die Reise vielleicht umsonst gewesen sein? Und die Eltern deines Bräutigams sind extra gekommen. Außerdem müsstest du alle Gäste ausladen.«

Die praktische Sicht der Dinge war es vermutlich nicht, die Magdalena dazu bewegte – erst recht nicht, wenn diese von ihrer Mutter vorgebracht wurden –, die Eheschließung trotz allem stattfinden zu lassen, sondern Łukasz, der in Ruhe mit ihr unter vier Augen sprach.

Für Anna war es traurig, da diese sich sehr darauf gefreut hatte, in einem schönen Kleid und einem kleinen Korb mit Blüten vor dem Brautpaar herzugehen. Nun übernahm Victoria diesen Part, und Anna musste von ihrem Stuhl aus zusehen. Justus war Magdalenas Trauzeuge, was hoffentlich jedem Gerücht um eine Affäre den Wind aus den Segeln nahm. Welcher Angetraute würde schon hinnehmen, dass der Geliebte seiner Braut deren Trauzeuge wurde?

Magdalena und Łukasz wurden im Garten getraut – von einem protestantischen Geistlichen, darum hatte Magdalena gebeten. Ebenso wie darum, dass mögliche Kinder im protestantischen Glauben erzogen werden würden.

»Anna war nie wie die anderen«, hatte sie erklärt. »Ich möchte, dass sich unsere Kinder zugehörig fühlen.«

Die Kinder würden Polnisch sprechen und auf diese Weise den Bezug zu Łukasz' Familie erhalten. Carl hatte bemerkt, dass seine Mutter sich – bei allem, was sie auszusetzen gehabt hatte – zumindest in diesem Punkt merklich entspannt hatte. Während der Trauung beobachtete er sie, sah, dass sie mit den Tränen kämpfte. Ob aus Rührung oder vor Zorn vermochte er nicht zu unterscheiden. Aber da sie darauf bestanden hatte, dass die Eheschließung stattfand, war es möglicherweise sogar Ersteres.

Die ganze Angelegenheit um Annas Sturz war bizarr, denn das Mädchen beharrte darauf, dass die Großmutter sie gestoßen habe. Carl bezichtigte das Mädchen nicht der Lüge, aber er konnte das einfach nicht glauben. War seine Mutter dazu imstande? Sein Vater hielt das für ausgeschlossen und vermutete, das Kind könne durch den Sturz auf den Kopf die Dinge durcheinanderbringen, könnte die Hand auf ihrer Schulter als Stoß in Erinnerung haben, wo sie doch nur in die andere Richtung habe drängen wollen.

Nach der Trauung spielte eine kleine Kapelle in der Wohnstube, die durch die geöffneten Türen zum Speisezimmer hin vergrößert worden war, und Magdalena eröffnete mit Łukasz den Tanz. Sie sah hinreißend aus in ihrem apfelgrünen Kleid. Ein feiner, in Blüten geraffter kurzer Schleier lag auf ihrem Haar. Sie hatte nicht in Weiß heiraten wollen. »Das wäre doch skurril gewesen«, hatte sie gesagt, »als Mutter eines unehelichen Kindes.«

Ihr Vater löste seinen Schwiegersohn ab und wirbelte Magdalena durch den Raum. Es waren an die fünfzig Gäste da, mehr, als Carl erwartet hatte. Justus war in Begleitung seiner Frau Meta und seiner Kinder gekommen, und sein Ältester, Richard, war sichtlich hingerissen von Victoria. Carl lächelte, als der Junge mit ihr tanzte, beide unbeholfen, obwohl sie tanzen konnten. Als sie hernach lachend in den Garten liefen, war jede Verlegenheit fort, und sie waren doch noch mehr Kind als Erwachsene. Anna sah ihnen sehnsüchtig nach, während Constantin sie mit Eiskrem zu trösten versuchte. Justus' Töchter tauten nur allmählich auf und gaben ihre Distanziertheit schließlich auf, weil doch zu viele Vergnügungen lockten. Nur seine Frau saß fortwährend mit verkniffener Miene da und schoss Blicke wie Pfeile auf Magdalena, die diese mit einem Blinzeln abtat.

Die Nacht würde Magdalena mit Łukasz in seiner Wohnung verbringen, während Anna bei ihnen auf dem Gut blieb. Hernach ging es zur Hochzeitsreise an die Kurische Nehrung. Carl und seine Kinder würden in Johannisburg Anna Gesellschaft leisten, indes seine Eltern heimfuhren. Anna hätte auch allein mit der Haushälterin bleiben können, aber Carl gefiel es hier gut, und die Kinder fühlten sich ebenfalls wohl. Außerdem wollte er nicht, dass Magdalena einen Grund fand, die Hochzeitsreise Annas wegen doch nicht stattfinden zu lassen. Und er selbst genoss den Aufenthalt hier ebenfalls. Er war noch nie für lange Zeit mit seinen Kindern allein verreist, meist waren die Großeltern dabei, oder es waren Reisen für wenige Tage. Die gemeinsame Zeit würde allen guttun.

Obwohl es eine wunderschöne Feier war, sehnte Magdalena den Moment herbei, an dem sie mit Łukasz allein sein würde, während es ihr gleichzeitig widerstrebte, Anna zurückzulassen. Sie setzte sich zu ihr, als sie einen Moment lang allein war, weil die Kinder sich ebenfalls auf die Tanzfläche begeben hatten. Justus' Töchter wetteiferten um Constantins Aufmerksamkeit, und Magdalena vermutete, dass dieser hübsche Kerl es später recht leicht haben würde bei den Frauen.

»Wie geht es dir, mein Schatz?«, fragte sie.

Anna wollte die Schultern heben, zuckte dann jedoch zusammen. »Gut, Mami.«

Magdalena legte ihr die Hand an die Wange. »Mir ist überhaupt nicht wohl dabei, abzureisen und dich allein zu lassen.«

»Ich bin doch gar nicht allein, Onkel Carl bleibt ja hier mit Victoria und Constantin.«

»Wenn du möchtest, dass ich nicht fahre, sag es nur, dann bleibe ich.«

Entschieden schüttelte Anna den Kopf. »Ich will aber, dass du fährst.«

Zweifelnd krauste Magdalena die Stirn, beugte sich vor und gab ihrer Tochter einen Kuss, atmete den Duft der Blütenseife, mit der Hanne ihr das Haar gewaschen hatte. Sie blieb bei ihr sitzen, bis es an der Zeit war aufzubrechen. Łukasz kam zu ihr, flüsterte ihr ins Ohr, der Abend sei nun weit genug fortgeschritten, dass sie sich davonstehlen konnten. Keiner von ihnen wollte daraus eine große Sache machen und unter Zoten und Scherzen die Feier verlassen.

Magdalena drückte Anna an sich und sagte nur Carl Bescheid, der nickte und unauffällig den Garten verließ, um vor dem Haus einspannen zu lassen. Eine halbe Stunde später saßen sie in der Kutsche und fuhren in Richtung Johannisburg. Łukasz hielt Magdalenas Hand umfasst, und ihr Herz ging so schnell, als habe sie nie zuvor die körperliche Liebe geschmeckt.

»Aufgeregt?«, fragte Łukasz.

»Ein wenig.« Sie schenkte ihm ein zittriges Lächeln.

»Aber Angst hast du nicht, oder?«

Sie schüttelte den Kopf. »Ich freue mich darauf, mit dir allein zu sein. Und gleichzeitig muss ich die ganze Zeit an

Anna denken. Es kommt mir falsch vor zu verreisen, während es ihr nicht gut geht.«

»Sie wird versorgt, und wir haben die Reise ja von vier Wochen auf zwei verkürzt.«

Magdalena hatte sie gänzlich absagen wollen, sich jedoch von Carl überreden lassen zu fahren, unter der Voraussetzung, dass er ihr sofort telegrafierte, wenn es Anna schlechter ging oder sie sie gar zu sehr vermisste.

»Denkst du wirklich, es war deine Mutter? Ich mag das kaum glauben.«

»Anna lügt nicht, und erst recht würde sie sich so etwas nicht ausdenken.«

»Es ist ihr Enkelkind.«

»Vor allem ist es mein uneheliches Kind. Du kennst meine Mutter nicht, sonst wüsstest du, dass es ihr zuzutrauen ist.«

»Sie wirkte vollkommen entsetzt.«

Das war in der Tat so gewesen, entweder hatte sie gut geschauspielert oder aber sie war erschrocken von dem, wozu sie fähig war. Allein, dass sie hernach so freundlich gewesen war, auf die Beibehaltung des Heiratstermins gedrungen hatte, Anna von ihrem einzigen Ausflug nach Johannisburg eine Leckerei mitgebracht hatte, sagte so eini-ges darüber aus, was vor sich gegangen war.

Magdalena lehnte den Kopf zurück und sah hinaus in den Sommerabend, eine Chaussee, die sich zwischen Wiesen und verwitterten Holzzäunen entlangschlängelte, in bläuliches Zwielicht getaucht, überspannt von einem Himmel, der sich langsam entfärbte. Nichts war zu hören als das Rattern der Kutschräder und das Klappern der Pferdehufe.

Sie fuhren in die Stadt, in der abends nichts mehr von ihrer emsigen Geschäftigkeit zu spüren war. Die Menschen hatten ihr Tagewerk beendet und ließen den Abend auf Bänken vor den Häusern, in Gärten und Höfen ausklingen. Wirts- und Gasthäuser waren noch geöffnet, fröhliche Stimmen und Musik erklangen. Obwohl Magdalena gerne auf dem Gut lebte, freute sie sich auf das Leben in der Stadt.

Die Kutsche hielt vor dem Haus, das still und dunkel vor ihnen lag. Łukasz stieg aus, half Magdalena hinaus und bot ihr galant den Arm. Sie gingen zu dem seitlichen Eingang, da man von vorne erst die Praxis hätte durchqueren müssen, und Łukasz begann, in seinen Taschen zu kramen.

»Was passiert, wenn du nun feststellt, dass du den Schlüssel vergessen hast?«, fragte Magdalena und konnte sich ein kleines spöttisches Lächeln nicht verkneifen.

»Dann werde ich meine Nachbarin aus dem Schlaf läuten müssen, wofür sie mich garantiert lieben wird, da sie in wenigen Stunden schon wieder in der Backstube stehen muss. Aber«, er hielt triumphierend den Schlüssel hoch, »dazu besteht wohl keine Notwendigkeit.« Er entriegelte die Tür, stieß sie auf, und ehe Magdalena so recht wusste, wie ihr geschah, hob er sie hoch, trug sie über die Schwelle ins Innere und stieß die Tür mit dem Fuß zu. Vor der Treppe setzte er sie ab, und hier bekam Magdalena ihren ersten richtigen Kuss, seit sie verheiratet waren.

Hernach nahm er ihre Hand und lief mit ihr nach oben. In Magdalenas Brust stieg ein Glücksgefühl auf, das sie in der Kehle kitzelte und zum Lachen reizte. Im ersten Stock blieben sie stehen, küssten sich ein weiteres Mal, und

Łukasz begann bereits damit, die Knöpfe in ihrem Rücken zu lösen, während sie noch im Flur standen. Sie taumelten ins Schlafzimmer, und Magdalena schob ihm das Jackett von den Schultern, öffnete die Knöpfe seines Hemdes.

Magdalenas Kleid fiel zu Boden, und Łukasz nestelte an ihrem Unterkleid, während sie auf das Bett fielen und im nächsten Moment niesend und husten auffuhren, als Daunen um sie herum aufwirbelten. Überall waren sie, in ihren Haaren, auf dem Boden, in ihrer Kleidung. Jemand musste mindestens zwei Plumeaus ausgeleert haben und hatte hernach sorgsam die Laken darüber angeordnet, so dass man es nicht merkte.

»Wer kommt denn auf so eine Idee?«, fragte Łukasz und wischte sich eine Daune von der Zunge.

»Carl! Das ist ein kindischer Scherz, der ihm ähnlich sieht. Ich bin letzten Endes immer noch in erster Linie die *kleine* Schwester.« Magdalena wedelte auffliegende Daunen weg. »Ich muss mir wohl überlegen, ob er erwachsen genug ist, um ihm mein Kind anzuvertrauen.« Sie stand auf und strich sich Federn von den Schultern. Ein Blick in den Spiegel offenbarte ihr das Ausmaß der Bescherung, und mit einem entnervten Seufzen begann sie, sich die Daunen aus dem aufgesteckten Haar zu zupfen.

»Ehe du mit mir schläfst, wirst du mich wohl rupfen müssen wie ein Huhn.«

Er grinste und zupfte ihr einige Daunen aus den Haaren. »Man könnte es für einen Teil des Brautschmucks halten.«

Vorsichtig löste Magdalena den Schleier aus ihrem Haar.

»Sieh mal, da ist etwas hinuntergefallen.« Łukasz hob

eine Karte aus dickem cremefarbenem Papier auf, die neben dem Bett lag, und reichte sie ihr.

Nachdem du dich nun weidlich über mich geärgert hast, ich mir diesen kleinen Spaß aber nicht entgehen lassen wollte, sieh in das Zimmer nebenan.

Hab eine unvergessliche Nacht. Carl

»Na, was habe ich gesagt?« Magdalena legte die Karte auf das Nachtschränkchen.

»Dann lass uns nachsehen, was sich im anderen Zimmer getan hat.«

»Wenn er dort auch wieder etwas Bizarres vorbereitet hat …«

»Dann lieben wir uns auf dem Sofa im Salon.«

In Magdalena stieg ein alberner Lachreiz auf, und sie folgte Łukasz in das angrenzende Zimmer. Das war so wundervoll hergerichtet, dass sie einen Moment lang innehalten musste. Rosenblätter waren verstreut, Kerzen standen in Kandelabern, die Bettwäsche war frisch und leuchtend weiß, die Decke einladend nach hinten geschlagen. Das hier war eindeutig das Werk einer Frau, und Magdalena argwöhnte, dass ihre Nachbarin eingeweiht gewesen war.

»Dann sollten wir diesem wundervollen Arrangement unbedingt die nötige Aufmerksamkeit schenken und es zu dem Zweck nutzen, zu dem es vorbereitet wurde«, scherzte Łukasz. Sie drehte sich zu ihm um, zog ihn an sich und küsste ihn.

Johannes von Reichenbach war nicht entgangen, dass Magdalena die Feier verließ, aber da sie so offensichtlich wollte, dass niemand es merkte, tat er, als habe er nichts gesehen. Gesa hatte sich im Nachhinein darüber geärgert, hatte gesagt, es sei unhöflich, seine Gäste einfach zu verlassen, ohne sich zu verabschieden. Tatsächlich schien es sie jedoch vor allem zu treffen, dass Magdalena ihr gegenüber distanziert und unversöhnlich geblieben war, obwohl sie zum Schluss hin Anna gegenüber so bemüht gewesen war.

»Es ist ja nicht so, als hätten das nicht schon andere Brautpaare zuvor getan«, verteidigte er seine Tochter. »Nicht jeder möchte sich unter Gelächter und Zoten zu seiner Hochzeitsnacht verabschieden.«

Am kommenden Tag würden sie nach dem Frühstück aufbrechen und nach Hause fahren, was Johannes sogar ein klein wenig bedauerte, denn es war wirklich schön hier. Magdalena hatte aus dem kleinen Gut einen Ort geschaffen, an dem man sich wohlfühlen konnte. Die Kinder allerdings würden sich freuen, Zeit mit ihrem Vater allein zu verbringen, vor allem Victoria wäre den stets wachsamen Augen der Großmutter entzogen. Und wenn man Carl eins zugestehen musste, dann, ein guter Vater zu sein.

Dass Gesa die kleine Anna vom Heuschober gestoßen hatte, glaubte Johannes keinen Augenblick lang. Seine Ehefrau mochte zu so einigem imstande sein, und ihm war seinerzeit ihr Umgang mit Elisa – Gott sei ihrer Seele gnädig – keineswegs recht gewesen, was er ihr auch mehrmals zu verstehen gegeben hatte. Auch Magdalena und ihrem Kind gegenüber waren ihre Gefühle gewiss nicht liebevoll gewesen. Aber sie versuchte doch nicht, ein Kind zu töten. Er vermochte dies selbst in Gedanken kaum auszusprechen.

Der Abend war langsam in bläuliche Nacht übergegangen, und die Feier war immer noch ausgelassen und fröhlich. Die Gäste kannten einander, und es war eine wunderbare Stimmung. Selbst Justus Lambergs bisher so stoisch schweigende Ehefrau stand mittlerweile plaudernd mit einigen Frauen zusammen. Anna war zu Bett gebracht worden, aber den übrigen Kindern erlaubte man, aufzubleiben und zu feiern. Je später es wurde, umso weniger Wert wurde auf steife Etikette gelegt, und die Kinder streiften im Dunkeln umher und erzählten einander Gruselgeschichten. Unter der Voraussetzung, dass sie zusammenblieben, war ihnen das gestattet worden, auch wenn Gesa – sie wäre nicht sie selbst, hätte sie dies nicht getan – darauf hinwies, dass Victoria ihr Festtagskleid ruinieren könnte.

Zu später Stunde beschloss Johannes zusammen mit Gesa, dass die jungen Leute jetzt ohne sie weiterfeiern mussten. »Geh nur schon zu Bett«, sagte er zu ihr. »Ich komme gleich nach.«

Er verließ die Feier, ging um das Haus herum und stand im Hof, die Arme hinter dem Rücken verschränkt, die Luft atmend, in der der Duft des Sommers lag. Über ihm wölbte sich ein sternenklarer Himmel, an dem der Mond nur als schmale Sichel auszumachen war. Es war richtig gewesen zu kommen, richtig, seinen Frieden mit seiner Tochter gemacht zu haben. Er fühlte sich so gut wie seit Langem nicht mehr.

Der Gedanke an sich und Magdalena mit all den im Groll verschwendeten Jahren brachte ihn – wie so oft in letzter Zeit – zu Wilhelm von Schletter und seiner geliebten Tochter, deren Tod dieser nie ganz verwunden hatte. Was Elisa anging, so war Johannes stets im Reinen mit sich gewesen. Er hatte ihr nie zugesetzt, und so wenig er diese Ehe auch gewollt hatte, so hatte er sie doch akzeptiert, hatte Elisa als seine Schwiegertochter angenommen. Was hatte sie denn auch getan, außer den falschen Mann zu lieben? Dass sie so jung gestorben war, bedauerte er zutiefst, und so sehr er Wilhelm grollte, so konnte er dessen Zorn doch in gewisser Weise verstehen. Johannes wusste nicht, wie er selbst reagiert hätte, hätte Leonhard seiner Tochter etwas Derartiges angetan.

Lachen war zu hören, Gekicher, hingeworfene Scherzworte. Die Kinder streiften durch die Umgebung, tauchten ein in das nächtliche Masuren mit all seinen Geheimnissen und Mythen, mit seinen Geschichten, die für Kinder bei Nacht zum Leben erwachten. Sie huschten umher wie Schatten. Nur Victorias helles Kleid schimmerte im Dunkeln, als sei sie ein lichtes Elfenwesen, das sich in diese Welt verirrt hatte.

Epilog

Dezember 1896

Carl hatte seine Tochter bei dem Grab ihrer Mutter gefunden, nachdem er sie überall im Haus gesucht hatte. Auf dem Friedhof war er schließlich fündig geworden, sah sie, wie sie dastand, gekleidet in einen warmen Mantel, die Hände im Muff. Auf dem verschneiten Grab lag ein frischer Tannenzweig.

Elisa von Reichenbach (geb. von Schletter)
August 1861 bis Januar 1885
Mögest du in Frieden ruhen

Der Schnee knirschte unter seinen Füßen, und Victoria wandte den Kopf, sah ihn an. »Erinnerst du dich noch an dein letztes Weihnachten mit ihr?«, fragte sie unvermittelt.

Das war vor zwölf Jahren gewesen, Elisa hatte die Geschenke für die Kinder ausgesucht und sich wie stets mehr auf das Schenken gefreut als darauf, beschenkt zu werden. »Ja«, antwortete er, »ich erinnere mich.«

Sie hatte ihm eine silberne Uhr geschenkt, sorgsam und mit viel Liebe ausgesucht. Darauf, sie mit einem rührseligen Spruch zu gravieren, hatte sie verzichtet, und so standen dort nur seine Initialen auf der Rückseite. Sein Geschenk an sie war so belanglos gewesen, dass er sich nicht einmal mehr daran erinnerte. Und drei Wochen später war sie tot gewesen. Carl krümmte sich innerlich. Er betrachtete seine Tochter, der er die Mutter genommen hatte, jene Mutter, die sie so dringend benötigte.

»Ach, Papa, Entschuldigung«, sagte sie nun rasch. »Du siehst ganz traurig aus.« Prompt schimmerte es in ihren Augen.

Das war das Letzte, was er wollte, ihren Moment stiller Einkehr bei ihrer Mutter dadurch zerstören, dass sie weinte, weil sie ihn traurig machte. Wenn du wüsstest, dachte er, wenn du wüsstest, wie gerne ich reine und unverfälschte Trauer fühlen würde und nicht dieses beständig nagende Gefühl von schwerer Schuld. Er wusste nicht einmal, wie er das Gefühl nennen sollte, das sich in seine Brust grub, wann immer er an Elisa dachte. Eine diffuse Art von Trauer, die überschattet war von einem Schuldgefühl, das ihm den Atem nahm.

»Du hast mich nicht traurig gemacht«, sagte er nun. »Ich musste nur gerade an ein wunderschönes Geschenk denken, das deine Mutter mir gemacht hat.« Dreiundzwanzig war Elisa gewesen, zehn Jahre älter als Victoria jetzt.

Sie lächelte. »Was war es denn?«

»Meine silberne Uhr.«

Er sah Victoria an, indes ihm Ängste die Brust eng werden ließen. Was, wenn sie an einen Kerl wie ihn geriet?

Einer, der sich an Constantin rächen wollte, indem er sie entehrte? Einer, der sie so behandelte wie Carl ihre Mutter?

»Die, die immer bei dir im Zimmer liegt?«

»Genau die.«

»Benutzt du sie nicht, weil du Angst hast, dass du sie verlierst?«

»Ganz recht.« Und weil er die Erinnerung nicht ertrug, die sie auslöste. Carl war nicht gut darin, mit dergleichen umzugehen, konnte sie nicht wegatmen und weitermachen wie bisher, indes er die Uhr als liebenswertes Erinnerungsstück betrachtete. Vielmehr kam es ihm vor, als habe er nicht das Recht, dieses mit so viel Liebe überreichte Geschenk zu tragen. Wenn Constantin alt genug war, würde er sie ihm schenken. Die Initialen waren dieselben, und er verdiente das Geschenk seiner Mutter eher als Carl.

»Komm«, sagte er und reichte ihr seinen Arm. »Gehen wir zurück. Die Kuchentafel wird schon gedeckt, und in ein paar Stunden ist es Zeit für die Bescherung.«

In Victorias Gesicht flackerte jene Vorfreude auf, wie sie nur Kinder zu Weihnachten empfanden. Constantin gab sich mittlerweile etwas abgeklärter, was das anging, wenngleich er die Spannung ebenfalls nicht gänzlich verbergen konnte. Es würde gefüllte Äpfel aus dem Backofen geben und allerlei andere Leckereien, auf die sich die beiden bereits seit Tagen freuten.

»Da seid ihr ja«, begrüßte seine Mutter sie, als sie in die Eingangshalle traten. In ihrer Stimme lag jedoch kein Vorwurf, was ungewöhnlich für sie war.

Den ganzen Tag über begleiteten Carl die von Victoria geweckten Erinnerungen an Elisa, so, dass es war, als säße sie mit ihnen am Tisch, beobachte die Kinder dabei, wie sie ihre Geschenke auspackten, wäre bei der Messe an ihrer Seite und sähe gelegentlich zu Carl hinüber, als wolle sie sich vergewissern, dass er ihre Anwesenheit auch wahrnahm. Und nach wie vor wollte ihm nicht einfallen, was sein letztes Geschenk für sie gewesen war.

Nachdem ihm Victoria und Constantin eine gute Nacht gewünscht und sich in ihre Zimmer zurückgezogen hatten, saß Carl noch in der Bibliothek, las ein Buch und dachte immer wieder an Elisa. War es ein Schmuckstück gewesen? Wahrscheinlich, aber was für eins? Carl schloss die Lider, rief sich die letzte gemeinsame Bescherung vor Augen. Er schlug raschelndes Seidenpapier auf, entdeckte die silberne Uhr und begegnete Elisas gespanntem Blick. Um sie herum stieß Constantin immer wieder Rufe der Begeisterung aus. Carl bedankte sich bei Elisa und küsste sie. Danach erst packte sie sein Geschenk aus. Eine samtrote Schachtel, die sie aufklappte. Ein Diamantenhalsband. Er öffnete die Augen. Wie hatte ihm das entfallen können? Ein Geschenk, mit dem er sein schlechtes Gewissen besänftigen wollte, weil er sie so lange mit ihrer Schwester betrogen hatte.

Carl erhob sich und verließ die Bibliothek. Er wollte zu Bett gehen, diesen Tag mit all seinen Erinnerungen abschließen. Als er am Salon vorbeikam, bemerkte er, dass der Raum mit bläulichem Mondlicht gefüllt war, als habe jemand die Vorhänge geöffnet. Er trat ein und sah seine Mutter am Fenster stehen und in die Ferne blicken. Dies war so untypisch für sie, dass Carl zu ihr trat. Offenbar war er nicht der Einzige, den in dieser Nacht die Erinnerungen heimsuchten. Jene Frage, die seit Monaten in ihm lauerte und sich nun in seiner Kehle ballte, drängte darauf, endlich ausgesprochen zu werden.

»Mutter, wenn ich dir verspreche, es für mich zu behalten, willst du mir dann erzählen, wie es wirklich gewesen ist? Was war mit Anna?«

Gesa von Reichenbach richtete ihren Blick wieder in die Ferne. »Ich habe sie dort oben sitzen sehen. Und ich wollte wissen, ob deine beiden auch dort oben waren. Aber sie war allein. Also bin ich zu ihr gegangen und habe ihr gesagt, es sei gefährlich, so nah am Rand.«

Er wartete.

Sie blinzelte, als eine Träne ihr aus dem rechten Augenwinkel lief, öffnete den Mund und schien erst nach mehreren Versuchen imstande zu sprechen. »Manchmal, Carl, manchmal, da lernen wir Wahrheiten über uns, von denen wir lieber weiterhin nichts gewusst hätten.«

Personenübersicht

Familie von Reichenbach

Johannes, reicher Gutsbesitzer und Rittmeister
Gesa seine intrigante Ehefrau

Gemeinsame Kinder
Carl, Offizier und Haupterbe

Kinder aus Carls Ehe mit Elisa
Constantin, Haupterbe, schlägt ebenso wie alle Männer der Familie die Offizierslaufbahn ein
Victoria (spätere Lamberg), Carls einzige Tochter

Magdalena (spätere Korol), einzige Tochter des Hauses

Uneheliches Kind
Anna, Kind aus einer kurzen Beziehung

Familie von Schletter

Wilhelm, verarmter Gutsbesitzer mit politischen Ambitionen
Berta, seine stets im Hintergrund stehende Ehefrau

Gemeinsame Kinder
Leonhard, Haupterbe und Offizier wie sein Vater

Kinder aus Leonhards Ehe mit Adela
Maximilian, sein Haupterbe, Offizier
Helene »Lene«, Leonhards Tochter mit einem erstaunlichen Gespür für Pferde
Kaspar, das Nesthäkchen der Familie

Friedrich, der jüngste Sohn, Geistlicher

Elisa (spätere von Reichenbach),
Leonhards Lieblingsschwester

Karolina, die stets an den Rand gedrängte jüngste Tochter der Familie

Familie Lamberg

Oskar, verwitweter Kaufmann

Seine Kinder

Justus, sein ältester Sohn

Kinder aus Justus' Ehe mit Meta

Richard*, Kaufmann wie sein Vater und Großvater

Henriette »Jette«, Justus' Lieblingstochter

Charlotte, seine fügsame jüngere Tochter

Emma, das verwöhnte Nesthäkchen

Adela (spätere von Schletter), Oskars schöne Tochter

Sonstige

Frau Rebuschat, Köchin bei den von Reichenbachs

Ernst, Hausdiener bei den von Reichenbachs

Grete, Tochter des Hausverwalters der von Reichenbachs

Dora, Stubenmädchen bei den von Reichenbachs

Frau Reese, Haushälterin bei den von Reichenbachs

Hanne, Haushälterin in Johannisburg

Markus, Hausdiener bei den von Schletters

Peter, Stallbursche bei den von Schletters

Dr. Brandeis, Tierarzt

Dr. Ziedorn, Arzt

Łukasz Korol, polnischer Arzt

Die Geschichte der Familien von Reichenbach,
Lamberg und von Schletter geht weiter:

Nora Elias
Königsberg
Bewegte Jahre
ISBN 978-3-442-48930-5

Lesen Sie hier weiter:

Ostpreußen Anfang des 20. Jahrhunderts: Victoria, Tochter des Gutsbesitzers Carl von Reichenbach, genießt ein mondänes Leben, bis sie an den falschen Mann gerät und ihr Leben eine tragische Wendung erfährt. Leonhard von Schletters Tochter Helene hingegen versucht sich als Pferdezüchterin und möchte, dass ihr gelingt, was ihrem Großvater versagt geblieben ist – das Gut in moderne Zeiten führen. Was die Lage der beiden Frauen nicht einfacher macht, ist die Feindschaft, die seit Langem ihre Väter entzweit und auch vor ihren Brüdern nicht Halt macht. Während die Welt am Abgrund steht, bestimmen Intrigen und Verrat das Schicksal der beiden Familien.

Teil 1

1904–1908

I

»Wie uns mitgeteilt wurde, war der Besitzer dieses modernsten Verkehrsmittels ein Franzose, der sich mit Weib und Kind auf einer Spazierfahrt druch unser Vaterland befand.«

Meldung in der Glocke vom 13. Juli 1901, nachdem das erste Automobil in Masuren gesichtet worden war

September 1904

Wer ist denn diese Schönheit?« Gerhard von Sabrowski lehnte sich auf seiner Rappstute vor, und Maximilian folgte seinem Blick.

»Das ist meine Cousine Victoria.« Ihm entging das aufflackernde Begehren im Blick seines Freundes nicht. »Ich dachte, du musst dir deine Braut im Hochadel suchen?«

»Man darf doch träumen.«

Die Rominter Heide, in der sich der Adel mit dem Haus Hohenzollern zur Jagd traf, war eine von sanften Hügelketten geprägte Landschaft, die durchzogen war von Laub- und Nadelwäldern, Mooren und Waldseen. Maximilian mochte die dunkle Tiefe der Wälder mit ihrem uralten Baumbestand, der jetzt im Herbst von einer wahrhaft beeindruckenden Schönheit war mit seinem Laub, das in allen Nuancen von Zartgelb über Rot bis hin zu Braun gefärbt war.

»Deine Tante trifft sich wieder mit meinem Onkel«, nahm Gerhard den Faden auf, den Blick immer noch auf Victoria gerichtet.

Mit welchen Männern sich seine Tante traf, interessierte

Maximilian nicht im Geringsten. »Erhoffst du dir, dass sie dich mit Victoria bekannt macht?«

»Ja, denn ich vermute, du wirst es nicht tun.«

»Du vermutest richtig. Ihr Vater ist ziemlich streng, was Männerbekanntschaften angeht, und dass du sie nicht heiraten wirst, weiß er ebenso gut wie jeder andere.«

»Tja, das ist leider die Entscheidung meines Onkels, nicht die meine.« Gerhard war der einzige direkte Erbe des Hauses Sabrowski, dem langsam die finanziellen Mittel ausgingen. Und natürlich konnte der Erbe des Grafentitels keine Frau heiraten, die seiner Stellung nicht ebenbürtig war – sagte Paul von Sabrowski. Wenn Gerhard nicht enterbt werden wollte, musste er gehorchen. Denn ansonsten, so Paul von Sabrowski, werde er dem Sohn seines Vetters mit seiner Ehefrau aus dem Hochadel alles vermachen.

Constantin ritt an ihnen vorbei und nickte Maximilian knapp zu. Vor fünf Jahren hatten sie gemeinsam ihren Wehrdienst begonnen, und seither war es immer wieder zu Auseinandersetzungen gekommen. Was in ihrer Kindheit und Jugend nicht so offensichtlich gewesen war, trat nun vermehrt zutage – sie waren in unterschiedlichem Geist erzogen worden. Maximilian in strikter Vasallentreue zum Kaiser, Constantin als Demokrat, wenngleich er natürlich betonte, ebenfalls dem Kaiser anzuhängen. Aber man konnte nicht kaisertreu und gleichzeitig ein Sympathisant der SPD sein. Davon abgesehen munkelte man, sein angeheirateter polnischer Onkel sei Sozialist.

Noch zwei Jahre, dann hatten sie den gemeinsamen Wehrdienst überstanden, zwei Jahre, in denen Constantin weiterhin überall anecken konnte. Während Maximilian der geborene Offizier war, tat sich Constantin schwer als Befehlsempfänger. Da konnte man nur beten, dass kein Krieg ausbrach, wo sie sich und ihre Vaterlandstreue beweisen mussten. Nicht auszudenken, wenn das eigene Überleben von Männern wie ihm abhing.

»Ich wusste gar nicht, dass du einen Bruder hast«, bemerkte Gerhard.

»Constantin? Der ist nicht mein Bruder, sondern mein Cousin.«

»Er sieht aus wie dein Vater.«

»Nun, auch ein von Reichenbach kann es gut treffen.«

Gerhard lachte.

Tatsächlich war es Maximilian ein Ärgernis, dass viele dachten, Constantin sei Leonhard von Schletters Sohn, während man Maximilian, der mit seinem blonden Haar und den blauen Augen nach seiner Mutter kam, eher seiner Tante Elisa zuzuordnen schien.

Immer wieder neigte Maximilian grüßend den Kopf, plauderte mit Bekannten und Freunden. Vereinzelt war Gelächter zu hören, prahlerische Rufe, durchmischt vom Bellen der Hundemeute. Gleich würde es losgehen, und Maximilian spürte die fieberhafte Erregung, die ihn stets vor der Jagd erfasste.

Auch sein Rotfuchs – eines der wahrhaft guten Pferde aus eigener Zucht – schien von der allgemeinen Erwartung angesteckt worden zu sein. Er hatte den Kopf gehoben, die Ohren aufmerksam aufgestellt und tänzelte auf der Stelle. Maximilian sah sich um, entdeckte seinen Vater im Gespräch mit zwei Freunden. Seine Mutter, die sich für die Jagd nie so richtig hatte begeistern können, war dieses

Jahr zu Hause geblieben. Allerdings war seine Tante dabei, und obwohl man ihr oft mit Herablassung begegnete, zog sie doch die Blicke auf sich, sie war immer noch eine schöne Frau.

Dann ging es los. Die Meute lief, und die Jäger trieben ihre Pferde an. Hufe trommelten auf den Boden, und Maximilian ahnte, dass nicht nur er sich wie im Rausch befand. Von der rechten Seite näherte sich vom Hügel ein einsamer Reiter, kam näher und schloss sich an, ritt im wilden Galopp an ihnen vorbei und setzte sich an die Spitze. Maximilian grinste. Seine Schwester Helene.

Neben sich hörte er, wie eine Frau entsetzt aufschnappte. »Die trägt ja Hosen!«

Nun musste er lachen.

Nachdem Helene den aufsehenerregendsten Auftritt gehabt hatte, hatte Constantin hernach einen der kapitalsten Hirschböcke geschossen – zu Maximilians ganz offensichtlichem Missfallen. Nun stand Constantin da, hielt sein Pferd am Zügel, lachte, schäkerte mit jungen Frauen und war Leonhard nicht nur in seinem Aussehen mit dem dunklen Haar und den Gesichtszügen, sondern auch in seiner Art, sich zu bewegen, so ähnlich, dass es in Carl bittersüße Erinnerungen an seine eigene Jugend weckte. Damals, als er und sein Freund noch Seite an Seite auf die Jagd geritten waren und hernach den Frauen schöne Augen gemacht hatten.

Carl erinnerte sich an jenen Moment, als er vor Leonhard gestanden hatte, ein letzter Moment, in dem sie noch Freunde gewesen waren. *Du kennst diese Frau seit drei*

Monaten, ich bin dein Freund seit Jahren. Himmel, Carl, es gibt so viele hübsche Frauen, du brauchst doch nur zu wählen. Aber einen guten Freund findest du nicht so ohne weiteres. Über zwanzig Jahre war das nun her. Ja, er hatte Adela geliebt, tat es wohl immer noch, aber aus dieser Liebe war das Verzehrende gewichen, sie war blass geworden, ein schwacher Abglanz der früheren Leidenschaft.

Jetzt wünschte er, er hätte seinerzeit anders entschieden, hätte Leonhard besser zugehört. *Aber einen guten Freund findest du nicht so ohne weiteres.* Und damit hatte er recht gehabt. Carl hätte es auch nach der Hochzeit mit Elisa wiedergutmachen können, hätte die Hand ausstrecken und die alte Freundschaft aufleben lassen können. Aber nein, er hatte sich in dem vermeintlichen Unrecht, das ihm angetan worden war, gesuhlt, hatte leichtfertig jedes bisschen Glück, das aus dieser Verbindung erwachsen war und noch hätte erwachsen können, in den Dreck getreten. Sich auf Karolina einzulassen hatte den seinerzeit befriedigenden, längst schalen Beigeschmack gehabt, dass diese Leonhards Schwester war.

Carl dachte oft darüber nach, in welchen Momenten seines Lebens er sich einen anderen Verlauf gewünscht hätte. Leonhards Freundschaft nicht ausschlagen? Ja, ohne Zweifel. Karolina unbehelligt lassen? Auch da würde er zu gerne noch einmal anders entscheiden können. Elisa nicht einfach davonreiten lassen? Dieser Moment war einer der schlimmsten in seiner Erinnerung, und er hatte die Szene unendlich oft in seinen Gedanken durchgespielt. Wenn er jedoch an die Ursache all dieser Konflikte und falschen Entscheidungen dachte, wenn er sich vorstellte, es böte sich die Möglichkeit, Adela zu heiraten und alles anders kommen zu lassen, dann hätte er das noch vor einigen Jahren, ohne lange nachzudenken, gewollt. Leonhard und er wären, noch Freunde, Elisa und Karolina wären womöglich glücklich verheiratet. Aber es gäbe Constantin und Victoria nicht. Nein, dachte Carl, immer wieder nein. Adela war für ihn verloren gewesen, aber es hatte eine andere Art von Glück gegeben, eines, das er nicht hatte haben wollen, das er zu spät gewürdigt hatte. Und erst das hatte seinerzeit all die zerstörerischen Prozesse in Gang gesetzt. Und nun war es zu spät, Elisa tot, die Freundschaft zu Leonhard für immer dahin.

Victoria ging zu Constantin und hakte sich bei ihm ein, was die jungen Frauen ein wenig auf Distanz gehen ließ unter dem gestrengen schwesterlichen Blick. Carl musste grinsen. Die jungen Männer schoben sich nun, da sich die Reihen an Röcken um Constantin lichteten, näher an ihn heran, und der gestrenge Blick schmolz zu Koketterie. Da Constantins so offen bekundete Kameradschaft die jungen Männer weniger abschreckte als Victorias Andeutung von schwesterlicher Stutenbissigkeit die Frauen, waren sie kurz darauf alle in eine angeregte Unterhaltung vertieft – mit Victoria als einziger junger Frau in der Runde.

Carl wandte sich ab und schlenderte ein wenig umher. Nach all der Geselligkeit des Tages war er froh um ein wenig Ruhe. Früher einmal war das hier alles eine weitläufige Wildnis gewesen, davon zeugten nur noch die Reste undurchdringlicher Wälder, uralte Baumbestände, die früher einmal eine Barriere gegen Überfälle der slawischen Nachbarn gewesen waren. Hier gab es Fichten, Starkkiefern,

Eichen, Brüche und dunkle Waldseen. Die Rominte durchfloss den Wald, und an ihrem Ufer lagen verschwiegene Wiesen, auf denen das Rominter Rotwild aste. Vor drei Jahren hatte der Kaiser in der Heide das Rominter Jagdschloss erbaut, in dessen Nähe die Jagdgesellschaft sich nun versammelt hatte.

Einen Monat vor Magdalenas Hochzeit hatte Adela einen Sohn geboren, und Carl musste nicht lange rechnen, um zu wissen, dass es bezüglich der Vaterschaft für Adela Ungewissheit gegeben hätte, hätten sie sich seinerzeit hinreißen lassen. Immerhin war ihr das erspart geblieben. Und offenbar hatte Leonhard sich seine Warnung zu Herzen genommen und betrog sie seither nicht mehr.

»Gratuliere zu deinem Sohn«, sagte Hermann von Agarus, der auf einem Trakehner-Gut in der Nähe von Insterburg lebte, ein Freund von Carls Vater. »Hervorragender Schütze.«

»Ja, das ist er wohl.«

»Ich habe gehört, der junge Deluweit hat Interesse an deiner Tochter.«

»Das ist richtig, aber ich nicht an ihm.«

Hermann von Agarus nickte langsam. »Ich habe gehört, sie trifft sich mit ihm.«

Nun taxierte Carl ihn aus leicht verengten Augen. »Sagt wer?«

»Anneli Carell sagte, sie habe sie gesehen.«

Die alte Klatschbase. »Ich werde mit Victoria sprechen und sie fragen.«

»Wird sie es zugeben?«

»Sie hat mich bisher nie angelogen.«

»In der Liebe werden die Kinder findig.«

Carls Blick suchte Victoria und fand sie immer noch bei Constantin stehen. Kam ihr Gustav Deluweit näher als die anderen? Gerade neigte er den Kopf, um ihr zuzuhören, ein kleines Lächeln auf den Lippen. »Was Kerle mit seinem Leumund wollen, hat mit Liebe nicht viel zu tun.«

Was für einen immensen Unterschied doch ein Ring am Finger machte, dachte Magdalena, während sie mit ihrer jüngsten Tochter durch die Straßen Johannisburgs spazierte. Ihre Zwillinge, Jan und Daniel, waren sechs Jahre alt, das Mädchen, Clara, war gerade drei geworden. Zu ihrem Erstaunen hatte es über ein Jahr gedauert, ehe sie von Łukasz empfing. Wenn man bedachte, dass es bei Anna nur ein Mal gebraucht hatte … Weil die Schwangerschaft mit den Zwillingen so schwierig gewesen war, hatten sie zunächst aufgepasst, aber auch nachdem sie ein weiteres Kind gewollt hatten, hatte es erneut nahezu zwei Jahre gebraucht, ehe sie schwanger geworden war. Vermutlich lag das an ihrem Alter, denn bei der letzten Schwangerschaft war sie bereits Ende dreißig gewesen.

Ihre neue Freundin Gudrun, eine junge Frau aus der Nachbarschaft, hatte da ihre eigene Theorie. »Liegt vermutlich eher an ihm als an dir«, mutmaßte sie.

Magdalena war es gleich, an wem es lag. Sie hatte drei gesunde Kinder von ihm, damit war sie glücklich, und weitere Kinder wollte sie ohnehin nicht. Für Anna war es anfangs schwer gewesen, und nun zahlte es sich aus, dass Magdalena eine so enge Bindung zu dem Kind hatte, denn diese führte dazu, dass Anna nie infrage stellte, dass sie geliebt wurde, wenngleich sie anfangs, als plötzlich zwei andere Kinder im Mittelpunkt standen, Eifersucht nicht verhehlen konnte. Das hatte sich längst gelegt. Mit Łukasz sprachen alle Kinder, auch Anna, ausschließlich Polnisch, was Annas Bindung an die Geschwister und ihren Stiefvater festigte, da sie über die Sprache verbunden waren und die Kultur, die er ihnen nahebrachte.

Wenn es den Zustand des wunschlosen Glücklichseins gab, dann befand Magdalena sich darin. Der einzige dunkle Punkt in ihrem Leben war ihre Mutter, aber diese hatte sie rigoros daraus verbannt. Das Entsetzen, als sie geglaubt hatte, ihr Kind sei tot, verursachte ihr heute noch Albträume. Und Anna log sie nicht an, das wusste sie. In ihr hatte der Vorfall Angst vor Höhen ausgelöst, und das Kind, das so gerne in Bäumen gesessen hatte, traute sich seither auf keine Mauer, die höher als hüfthoch war.

Im kommenden Monat würde Anna ihren neunzehnten Geburtstag feiern. Ab dem nächsten Schuljahr würde sie in einer Volksschule Kinder unterrichten. Obwohl sie den Makel der unehelichen Geburt trug, gab es einige annehmbare Bewerber um sie, aber sie wollte noch nicht heiraten und lehnte jeden Antrag ab. Justus' ältere Töchter, die schon verlobt waren, zogen sie gelegentlich damit auf, dass sie vor lauter Gelehrsamkeit am Ende überhaupt niemanden mehr abbekommen würde, aber darüber lachte Anna nur.

Dass sie sich überhaupt mit den beiden Mädchen anfreundete, hatte Magdalena erstaunt, auch wenn Alma nach wie vor ihre beste Freundin blieb. Aber je älter die Mädchen geworden waren, umso unwichtiger schienen jene Dinge zu sein, um die sie sich als Kinder so heftig gestritten hatten. Der schlimmste Streitpunkt – Justus' vermeintliche Vaterschaft – hatte sich als nichtig herausgestellt, und Anna hatte nun einen Stiefvater. Es war so, als sehe man endlich den Menschen in ihr, der sie wirklich war.

Was Magdalena ein wenig bedauerte, war, dass Carl nicht mehr so oft kam. Früher war er mindestens einmal im Jahr mit den Kindern hier gewesen. Sie hatten dann auf dem Gut gewohnt, und Anna verbrachte dort viel Zeit mit Constantin und Victoria. Sie wünschte, Carl fände auch endlich wieder eine Frau, aber er schien gar nicht auf der Suche zu sein. Magdalena konnte sich das vorstellen. Mal hier eine Liebschaft, mal da eine, die Sinne befriedigen, ohne das Herz zu verwirren. Carl schien einer jener Menschen zu sein, die nur ein Mal liebten, aber dann ganz und gar.

»Otto Belack«, hatte er bei seinem letzten Besuch im Frühjahr nach Claras Geburt gesagt, als sie auf der Veranda des Guts gesessen und den jungen Leuten beim Federball im Garten zugesehen hatten.

Magdalena war bei seinen Worten wie erstarrt gewesen, hatte den Blick auf ihr Eis gesenkt, das langsam in der Schale schmolz.

»Natürlich. Die Augen, die Gesichtszüge. Man sieht es nicht sofort, aber ich habe mich schon bei meinen letzten Besuchen gefragt, an wen sie mich erinnert.«

Magdalena hatte ihn angesehen. »Und was fängst du mit diesem Wissen nun an?«

»Er hat schon vor Jahren aufgehört für uns zu arbeiten

und ist nach Danzig gegangen. Sein Vater ist gestorben, wusstest du das?«

Nein, woher auch. Seit jenem Gespräch, als sie ihm ihre Schwangerschaft gebeichtet hatte, hatte sie ihn nicht wiedergesehen.

Sie hatte Carl taxiert, auf eine Reaktion gewartet. Aber ihm schien es zu reichen, das Geheimnis gelüftet zu haben, und so hatte er sich auf ein – ziemlich selbstgefälliges – Lächeln beschränkt.

»Ein Reitbursche«, sagte er schließlich nach einer längeren Pause. »Ich hatte geahnt, dass er gesellschaftlich völlig untragbar sein würde, aber ein *Reitbursche*?«

Magdalena hatte nichts dazu gesagt, und da die Kinder – sie würden wohl immer *die Kinder* bleiben – zum Haus zurückkehrten, hatten sie das Thema gewechselt.

Während sie nun mit ihrer Jüngsten spazieren ging, fand Magdalena, dass ihr Leben schon fast bürgerlich-spießig geworden war. Die Ehefrau des Arztes, die ihm die Bücher führte und das Haus in Ordnung hielt. Seit seine Assistentin Frau Schompeter vor einem Jahr in den Ruhestand getreten war, hatte Magdalena ihre Aufgaben übernommen. Sie konnte Clara mit in die Praxis nehmen, aber in der Regel langweilte sie sich dort, so dass Magdalena neben ihren Aufgaben auch noch das Kind beschäftigen musste.

Nun hatte es sich glücklicherweise ergeben, dass eine von Łukasz' Patientinnen sich erboten hatte, auf Clara aufzupassen. Sie hatte keine Enkelkinder, da ihre Söhne kinderlos verstorben waren, und fühlte sich recht einsam. Im Gegenzug dafür, dass sie sich um Clara kümmerte, versorgte Łukasz sie medizinisch, ohne sich dafür bezahlen zu lassen. Clara ging gerne zu ihr und sprach sie bereits mit »Großchen« an, das Kosewort für Großmutter. Da Magdalena mit ihrer Mutter gebrochen hatte, war sie froh darüber, dass es »Großchen Erna« gab.

Meta Lamberg, Justus' Frau, kam ihnen entgegen, und Magdalena öffnete bereits den Mund für einen höflichen Gruß, als diese vor Clara ausspuckte und »Polackenbalg« zischte. Magdalena blieb stehen, suchte nach einer passenden Entgegnung, während Clara die Frau nur mit großen Augen ansah. Als befürchte sie, nun zur Rechenschaft gezogen zu werden, beschleunigte Meta Lamberg ihren Schritt und war an ihnen vorbei, ehe Magdalena, die nur selten sprachlos war, wusste, was sie sagen sollte.

»Was hat die Frau gesagt?«, fragte Clara.

»Nichts. Sie hat einfach keine Erziehung genossen«, antwortete Magdalena laut in der Hoffnung, Justus' Frau würde sie hören. Die zeigte keine Reaktion. Einen Moment lang sah Magdalena ihr nach, kämpfte gegen den Impuls, ihr hinterherzulaufen und die Hände in ihr sorgsam aufgestecktes Haar zu krallen.

»Komm, Mäuschen«, sagte sie und nahm die Hand des Kindes. Mit wild klopfendem Herzen gingen sie die letzten Schritte bis zum Haus von Erna Baran. Dass Justus' Frau und sein Vater ihr nicht viel Freundlichkeit, ja, nicht einmal ein Mindestmaß an Höflichkeit entgegenbrachten, war sie gewöhnt. Sein Vater, ein Mann, der stets einen grimmigen Ernst ausstrahlte, beachtete sie nicht einmal, wenn er ihr auf der Straße begegnete, und auch seine Frau erwiderte einen Gruß, wenn überhaupt, nur kaum hörbar. Aber das war wirklich der Gipfel. Warum dieser Groll?

Dachte Meta Lamberg immer noch, sie würde mit Justus schlafen? Oder habe es getan?

Als ihr Atem wieder ruhiger ging, betätigte sie den Türgong und bemerkte, dass ihr die Hand zitterte. Aber sei's drum, sie musste Clara abgeben und in die Praxis. Dann erst würde sie überlegen, ob sie Łukasz oder gar Justus davon erzählte.

»Warum nennt man es eigentlich Altweibersommer?«, fragte Elisabeth, während sie auf dem Rücken im Gras lag und das schräge Licht der Sonne goldene Strahlen auf ihr tanzen ließ.

Maximilian lag neben ihr, auf einen Ellbogen gestützt, und kitzelte sie mit einem Grashalm unter der Nase. »Der milde Wind weht die Fäden kleiner Spinnen durch die Gegend. Wenn dann der Tau darauf glänzt, sehen die Fäden aus wie das feine silbergraue Haar von alten Frauen.« Er neigte den Kopf und küsste sie. »Manche sagen«, er küsste sie erneut, zurückhaltend und spielerisch, »dass der Name daher kommt, weil die Spinnen weiben, so nannte man früher einmal das Weben von Netzen. Ein alter Volksglaube sagt, dass es eine baldige Hochzeit voraussagt, wenn sich die Spinnenfäden in den Haaren junger Mädchen verfangen.«

Elisabeth schlang ihm die Arme um den Hals und zog ihn zu sich, um den nächsten Kuss länger auszukosten. Er schob sein Knie zwischen ihre Beine, und sie schlang die Schenkel darum, während ihre Küsse immer atemloser wurden. Es kostete Maximilian große Willenskraft, von ihr abzulassen, nicht mehr zu tun, als die obersten Knöpfe ihres Kleides zu öffnen, die Hand hineingleiten zu lassen. Mit geschlossenen Augen wand sich Elisabeth unter seinen Liebkosungen.

»Tust du es eigentlich mit anderen Frauen?«, fragte sie später, als sie an seine Brust geschmiegt lag, die Finger spielerisch durch die Öffnungen zwischen seinen Hemdknöpfen geschoben.

»Nein, natürlich nicht, das habe ich dir doch versprochen.«

»Ich habe gehört, ihr jungen Offiziere stoßt euch bei den leichten Frauen in Königsberg und Berlin die Hörner ab.«

Das taten sie, und nicht nur die Offiziere. Maximilian hätte mehr als ein Mal die Gelegenheit gehabt, und es fiel ihm schwer, aber er hatte Elisabeth versprochen, dass es nur sie geben würde, und sie wartete auf ihn wie er auf sie. Er würde gerne mit ihr schlafen, doch dafür war ihm die Sache zu ernst. Wenn er sie schwängerte, würde es aussehen, als sei er gezwungen worden, sie an den Altar zu führen, und sie würde den Weg in Schande niedergedrückt gehen, anstatt mit stolz erhobenem Haupt. Und so beließen sie es bei Küssen und zurückhaltenden Zärtlichkeiten.

»Beatrix sagt, Constantin habe bei ihr seine Unschuld verloren.«

»Kann sein, über so etwas sprechen wir nicht.« Der stille, ernsthafte Constantin, der auf Frauen gerade wegen dieser Distanziertheit eine so ungeheure Anziehungskraft ausübte. Maximilian zweifelte nicht daran, dass er seine

Erfahrungen gemacht hatte, und derer wohl nicht gerade wenig. Er selbst redete zwar nicht darüber, aber dafür die übrigen Offiziere und gemeinsame Freunde. Dass Beatrix die Erste für ihn gewesen war, war durchaus vorstellbar, sie war hübsch und leicht zu haben, und Constantin war nach allem, was man erzählte, kein Kostverächter.

Elisabeth setzte sich auf und zupfte Grashalme und Gänseblümchen aus, die sie wie einen kleinen Strauß zusammenlegte. »Musst du heute Abend wieder fort?«

»Ja, leider.«

Sie band den Strauß mit einem langen Grashalm zusammen und steckte ihn in das Knopfloch von Maximilians Gehrock. »Ich liebe dich so«, sagte sie und küsste ihn erneut.

»Ich dich auch.« Er zog sie so eng an sich, dass er vermeinte, ihren raschen Herzschlag zu spüren, der im Gleichtakt mit dem seinen erklang.

Als er sie losließ, erhob sie sich. »Ich muss los, Mutter kontrolliert in letzter Zeit genau, wann ich heimkomme.«

»Denkst du, sie weiß, dass du bei mir bist?«

»Wer ahnt schon, was sie so alles weiß. Unsere ganze Kindheit über hat sie sich kaum für uns interessiert, und auf einmal wacht sie über mich und meine Heimkehr. Ich glaube einfach, sie hat Angst, ich könnte so geraten wie Beatrix.«

»Die Gefahr besteht gewiss nicht.«

Sie schenkte ihm ein Lächeln, dann drehte sie sich um und lief davon. So waren ihre Abschiede stets, da Elisabeth es nicht mochte, sich zu verabschieden. Sie drehte sich abrupt um und war fort. Wie eine Waldelfe. Maximilian ging lächelnd zu seinem Pferd zurück und saß auf.

Im Hof erwartete ihn sein Vater. Als Maximilian absaß, zuckte Leonhard von Schletters Blick kurz zu dem kleinen Gänseblumenstrauß an Maximilians Gehrock. »Du triffst dich immer noch mit der Moors-Tochter.«

Maximilian fiel es nicht ein, dass Offensichtliche zu bestätigen, und so schwieg er.

»Ich spiele nur ungern den Haustyrannen.«

»Dann tu es einfach nicht.«

»Ist sie deine Geliebte?«

»Nein.« Maximilian ahnte, dass seinem Vater ein Ja lieber gewesen wäre. Eine Geliebte, das war nichts Ernstes. Gefährlich wurden die Frauen, die man traf, um nicht mit ihnen zu schlafen.

»Du weißt, was ich von Emil Moors und seiner Familie halte.«

Maximilian nickte nur knapp.

»Man munkelt, Beatrix habe sich die französische Krankheit eingefangen.«

»Tatsächlich? Na, das dürfte ja ein böses Erwachen für Constantin geben.«

Sein Vater runzelte die Stirn. »Constantin und Beatrix?«

»Der Beginn der amourösen Laufbahn meines Vetters. Vermutlich hat er aber noch einmal Glück gehabt, man sagt ja, er habe früh angefangen.«

»Wie dem auch sei, du hältst dich fern von diesen Leuten.«

Erneut nickte Maximilian nur unbestimmt. Sollte sein Vater hineindeuten, was er wollte. Dann führte er seinen Wallach über den Hof zum Stall.

»Und er hat wirklich gesagt, ich gefalle ihm?« Victoria hatte Gerhard von Sabrowski auf der Jagd gesehen, und er hatte durchaus Eindruck auf sie gemacht.

»Nicht nur seinem Onkel gegenüber«, sagte ihre Tante Karolina, mit der sie durch Königsberg spazierte, »sondern auch vor Maximilian.«

»Das ist so aufregend.« Victoria wusste, dass ihre Großmutter es nicht gerne sah, wenn sie mit ihrer Tante ausging, aber da ihr Vater stets seine schützende Hand über sie hielt, wurde ihr nahezu jede Freiheit gewährt, nach der es sie verlangte – und nach dieser hungerte Victoria geradezu. Sie wollte ihr Leben in vollen Zügen auskosten und fand in ihrer Tante Karolina eine Gleichgesinnte.

Durch ihre Tante lernte sie interessante Männer kennen, was viel spannender war als das Beisammensein bei Veranstaltungen, wo man sich ständig den Blicken aller Umstehenden ausgesetzt wusste. Außerdem unternahmen sie oft Ausflüge nach Königsberg, und diese liebte Victoria. Sie wollte in die Stadt, wollte feiern, am liebsten wäre sie nach Berlin gegangen oder nach München, jene West-Metropolen, wo das moderne Leben pulsierte. Vielleicht würde Gerhard mit ihr solche Reisen unternehmen, und bei dem Gedanken daran begann ihr Herz heftig zu pochen.

»Ich dachte, du triffst den jungen Deluweit«, sagte Karolina.

»Schon längst nicht mehr, er ist ein eitler Geck.«

Victoria schlenderte mit ihrer Tante am Pregelhafen entlang, von wo aus sich ein wunderbarer Blick auf den Münchenhof bot. Es war immer viel los an Hafen und Anlegestellen. Stauer verrichteten ihre Arbeit, Schiffe wurden be- und entladen, Fracht wurde angekarrt, Waren umgeschlagen. Auch auf dem Pregel herrschte ein lebhafter Verkehr durch Fracht- und Dampfschiffe. Wenn hohe Seeschiffe und hochmastige Segler passierten, mussten die Brücken hochgezogen werden, was den Straßenverkehr zum Innehalten zwang. Schon als Kind hatte Victoria Häfen faszinierend gefunden und davon geträumt, wohin all die Schiffe wohl reisten. Es hatte das Flair der weiten Welt gehabt, und ihr Vater hatte sie einmal sogar mit an den Pillauer Hafen genommen. Größere Schiffe konnten von der Ostsee über Pillau nach Königsberg gelangen. Victoria war mit ihrem Vater oft am Pregel entlangspaziert, hatte sich die Turmspeicher am Hafenbecken angesehen, die Fachwerkspeicher auf der Lastardie, wo die Königsberger Kaufleute das Getreide lagerten, die alten Speicher und den Fischmarkt, von dem aus man den Schlossturm sehen konnte.

Karolinas Abstecher zum Hafen waren allerdings immer nur von kurzer Dauer, sie war nicht gerne dort, mochte den Geruch nach Teer und Fisch nicht. Sie spazierte lieber über den Kaiser-Wilhelm-Platz, wo sich die von Efeu umrankte Altstädtische Kirche befand. Ab und zu nahm sie Victoria mit in das »Blutgericht«, ein Lokal im mächtigen Kellergewölbe des Schlosses, das ausgestattet war mit Prunkfässern. Hübsch war auch der Markttag auf dem Altstädtischen Marktplatz, wo neben allerlei Obst und Gemüse prachtvolle Blumen verkauft wurden, doch auch daran fand Karolina nur wenig Gefallen, es war ihr zu voll. Sie ging lieber in eines der Cafés, wo es jenes Marzipan gab, für das Königsberg berühmt war.

Victoria hatte Helene und Maximilian oftmals darum beneidet, dass sie Adela als Mutter hatten, daher fand sie es wunderbar, dass Karolina ihr inzwischen so nahe war. Vor einigen Jahren hatte sie Gerüchte darüber gehört, dass Karolina und ihr Vater schuld am Tod ihrer Mutter gewesen seien, aber Karolina hatte ihr gesagt, sie solle nicht alles glauben, was man sich erzählte. Sie wäre mit Carl von Reichenbach seinerzeit wegen eines Missverständnisses aneinandergeraten, und hernach hätte er sich mit Elisa gestritten, daraufhin sei diese fortgeritten und gestürzt. Ihr Vater hatte ihr dies bestätigt und hinzugefügt, dass sie niemandem zuhören solle, der das Andenken an ihre Mutter schmähe.

Sie nahmen in einem Café Platz und bestellten Kaffee und Konfekt. Das Konfekt war mit Fondant gefüllt und gratiniert, so dass das Innere weich, die Oberfläche aber gelblich braun geröstet war, typisch für Königsberger Marzipan. Victoria nahm ein rundes Stück, das in der Mitte mit kandierten Früchten belegt war, und biss hinein. Genießerisch schloss sie die Augen. Das war einfach himmlisch.

»Was für eine erfreuliche Überraschung«, hörte sie eine Männerstimme sagen und öffnete die Augen. Vor ihr stand Gerhard von Sabrowski, unglaublich gutaussehend mit seinem dunklen Haar und den grünen Augen. Victoria wollte antworten, hatte aber noch den Mund voll und kaute schneller. Gerhard wirkte belustigt, was ihr das Blut ins Gesicht trieb.

»Es freut mich ebenfalls«, sagte sie schließlich und hoffte, ihr klebten keine kandierten Früchte an den Zähnen. Als er sich an Karolina wandte, um sie zu begrüßen, fuhr Victoria rasch mit der Zunge über die Schneidezähne, um Gerhard ein strahlendes Lächeln zu schenken, als er sich wieder ihr zuwandte.

»Setzen Sie sich doch«, sagte Karolina und deutete auf einen der beiden freien Stühle an ihrem Tischchen.

»Wenn ich die Damen nicht störe?«

»Aber keinesfalls«, entgegnete Karolina, und so nahm er zwischen ihnen Platz, und kurz berührten sich ihre Knie, was in Victorias Bauch einen wilden Hummeltanz auslöste.

Sie teilte ihr Konfekt mit ihm, und er bestellte sich eine Tasse Kaffee dazu, während er von seinem Studium in Berlin erzählte.

»Kennen Sie meinen Vetter daher?« Maximilian fuhr ab und zu nach Berlin, um dann für einige Tage in das trubelige Leben dort einzutauchen.

»Ja, er ist mit einem Kommilitonen von mir befreundet, und darüber haben wir uns kennengelernt.«

»Sind Sie dort aufgewachsen?«

»Ursprünglich in Masuren, dann ist mein Vater gestorben, und meine Mutter ist mit mir nach Berlin zu ihrer Familie gegangen. Na ja, und jetzt hat Onkel Paul mich auf sein Gut beordert, weil ich sein Haupterbe bin.«

Karolina bestellte eine weitere Kanne Kaffee, und Gerhard plauderte charmant über Berlin, über den kaiserlichen Hof – womit er Victoria tief beeindruckte – und über das Leben als Student, erzählte Anekdoten, bei denen sogar Karolina herzhaft lachen musste. Als er sich schließlich nach einem Blick auf die Uhr wieder erhob und sagte, er habe noch eine Verabredung, Victoria dabei in die Augen sah und der Hoffnung Ausdruck verlieh, sie würden sich bald wiedersehen, schlug ihr das Herz so schnell, dass sie es im Hals pochen spürte.

»Du bist verliebt«, stellte Karolina fest, als er gegangen war. »Er wird eine Frau aus dem Hochadel heiraten müssen, das solltest du wissen.«

Aber Victorias Höhenflug setzte das keine Grenze. Sie sah ihm nach, wie er am Fenster vorbeiging, wo er noch einmal kurz innehielt und ihr zuwinkte. Er wäre nicht der Erste, der sich einer solche Forderung widersetzte. Und als Haupterbe konnte er ja gewiss frei wählen, wem zugunsten sollte man ihn denn enterben? Mochte Karolina sagen, was sie wollte, Victoria war sich gewiss, dass er sich in sie verliebt hatte wie sie sich in ihn.

Autorin

Nora Elias ist das Pseudonym einer im Rheinland lebenden Autorin historischer Romane. Zum Schreiben kam sie bereits als Studentin. Sie liebt Reisen und lange Wanderungen. Ihr Roman »Antonias Tochter« wurde mit dem begehrten DELIA-Literaturpreis 2018 ausgezeichnet.
Weitere Titel der Autorin, darunter Band zwei der Königsberg-Saga, »Königsberg. Bewegte Jahre«, sind bei Goldmann in Vorbereitung.

Nora Elias im Goldmann Verlag:

Antonias Tochter. Roman
Die Frauen der Familie Marquardt. Roman
Königsberg. Glanzvolle Zeiten. Roman

(Alle auch als E-Book erhältlich)

GOLDMANN
Lesen erleben